PANINI BOOKS

AUSSERDEM VON PANINI ERHÄLTLICH:

WORLD OF WARCRAFT: Krieg der Ahnen I – Die Quelle der Ewigkeit
Richard A. Knaak, ISBN 978-3-8332-3534-4

WORLD OF WARCRAFT: Krieg der Ahnen II – Die Dämonenseele
Richard A. Knaak, ISBN 978-3-8332-3535-1

WORLD OF WARCRAFT: Krieg der Ahnen III – Das Erwachen
Richard A. Knaak, ISBN 978-3-8332-3536-8

WARCRAFT: Der offizielle Roman zum Film
Christie Golden, ISBN 978-3-8332-3267-1

WARCRAFT: Durotan – Die offizielle Vorgeschichte zum Film
Christie Golden, ISBN 978-3-8332-3266-4

WORLD OF WARCRAFT: Illidan
William King, ISBN 978-3-8332-3265-7

WORLD OF WARCRAFT: Der Lord der Clans
Christie Golden, ISBN 978-3-8332-3444-6

WORLD OF WARCRAFT: Der letzte Wächter
Jeff Grubb, ISBN 978-3-8332-3445-3

WORLD OF WARCRAFT: Der Aufstieg der Horde
Christie Golden, ISBN 978-3-8332-3446-0

WORLD OF WARCRAFT: Kriegsverbrechen
Christie Golden – gebundene Ausgabe, ISBN 978-3-8332-2858-2

WORLD OF WARCRAFT: Der Untergang der Aspekte
Richard A. Knaak – gebundene Ausgabe, ISBN 978-3-8332-2859-9

WORLD OF WARCRAFT: Vol'jin – Schatten der Horde
Michael Stackpole – gebundene Ausgabe, ISBN 978-3-8332-2617-5

WORLD OF WARCRAFT: Jaina Prachtmeer – Gezeiten des Krieges
Christie Golden – gebundene Ausgabe, ISBN 978-3-8332-2523-9

WORLD OF WARCRAFT: Wolfsherz
Richard A. Knaak – gebundene Ausgabe, ISBN 978-3-8332-2233-7

Weitere Titel und Infos unter www.paninibooks.de

Im Strom der Dunkelheit

Von Aaron Rosenberg

Ins Deutsche übertragen von Mick Schnelle

Bibliografische Information der Deutschen Nationalbibliothek
Die Deutsche Nationalbibliothek verzeichnet diese Publikation in der Deutschen Nationalbibliografie; detaillierte bibliografische Daten sind im Internet über http://dnb.d-nb.de abrufbar.

Amerikanusche Originalausgabe:
„WORLD OF WARCRAFT: Tides of Darkness“ von Aaron Rosenberg, erschienen bei Simon and Schuster, Inc., September 2007.

Deutsche Ausgabe: Panini Verlags GmbH, Rotebühlstraße 87, 70178 Stuttgart.
Geschäftsführer: Hermann Paul
Head of Editorial: Jo Löffler
Head of Marketing: Holger Wiest (E-Mail: marketing@panini.de)
Presse & PR: Steffen Volkmer

Übersetzung: Mick Schnelle
Lektorat: Manfred Weinland, Andreas Kasprzak & Jesper Hollenberg, Uwe Raum-Deinzer
Umschlaggestaltung: tab indivisuell, Stuttgart
Cover Illustration von Bill Petras
Satz: Greiner & Reichel, Köln
Druck: GGP Media GmbH, Pößneck
Printed in Germany

YDWCTP010

ISBN 978-3-8332-3633-4
1. Auflage, März 2018

Auch als E-Book erhältlich: ISBN 978-3-8332-1973-3

Findet uns im Netz:

PaniniComicsDE

Für meine Familie und meine Freunde,
vor allem jedoch für meine großartige Frau,
die mir geholfen hat, den Strom aufzuhalten.
Für David Honigsberg (1958–2007), Musiker, Autor,
Computerspieler, Rabbi und ganz besonderer Freund.
Zeig dem Himmel, wie man rockt, Amigo!

ERSTER PROLOG

Die Morgendämmerung kroch über das Land und nagte an dem dichten Nebel, der alles verhüllte. In dem kleinen Dorf Süderstade erwachten die Menschen und machten sich daran, ihren täglichen Verrichtungen nachzugehen. Das Licht der aufgehenden Sonne wärmte sie noch nicht, aber die Nacht neigte sich unaufhaltsam ihrem Ende zu.

Noch immer lag der dichte Dunst über den schlichten Holzhütten und bedeckte das Meer jenseits des Dorfes. Obwohl nicht zu sehen, war die Brandung, die sich am Kai brach, deutlich zu hören.

Etwas anderes klang darin mit, langsam und gleichmäßig, als würde etwas durch den Nebel gleiten. Das Geräusch hallte von überall her wider, und die Menschen von Süderstade konnten nicht sagen, um was es sich dabei handelte und aus welcher Richtung es ertönte. Erklang es im Land hinter dem Dorf, oder kam es von der See her? Schlugen lediglich die Wellen etwas fester gegen die Gestade, oder war es der Regen, der den Nebel niederkämpfte?

Oder sollte es sich gar um den Wagen eines Händlers handeln, der einen der Feldwege entlangfuhr?

Nachdem sie angespannt gelauscht hatten, erkannten sie, dass das merkwürdige unbekannte Geräusch vom Wasser her kam. Sie liefen zum Strand und versuchten erfolglos, in der Finsternis etwas zu erkennen.

Was war das für ein Geräusch, und wodurch wurde es verursacht?

Langsam veränderte sich der Nebel, als würde das Geräusch ihn vor sich hertreiben. Er wurde dichter und dunkler. Die Finsternis begann Form anzunehmen, bildete eine Art Welle, die auf die Dorfbewohner zurollte.

Hastig wichen sie zurück, wobei einige laut schrien. Die Männer waren mit der See groß geworden, waren geborene Fischer, die schon alles gesehen zu haben glaubten, was mit dem Meer zu tun hatte. Doch diese Welle bestand eindeutig nicht aus Wasser. Und sie bewegte sich auch anders …

Die Dunkelheit näherte sich dem Ufer zusehends und brachte den Nebel mit sich. Das unbekannte Geräusch wurde lauter und durchbrach schließlich den diesigen Schleier. Die riesige Welle teilte sich in viele kleinere auf und nahm dabei Form an.

Es waren Boote. Die Dörfler beruhigten sich bei dem vertrauten Anblick, blieben aber dennoch auf der Hut. Süderstade war ein winziges Fischerdorf, und seine Bewohner nannten gerade mal ein Dutzend kleiner Kähne ihr Eigen. In den letzten Jahren hatten sie kaum mehr als zehn oder zwölf fremde Schiffe zu sehen bekommen. Und nun näherten sich ihnen auf einen Schlag Hunderte von Booten!

Die Männer ergriffen ihre kurzen, dicken Holzknüppel, Messer, mit Haken versehene Stangen und mit Gewichten beschwerte Netze. Sie warteten gespannt. Immer mehr Schiffe schälten sich aus dem Nebel, eine schier endlose Armada.

Mit jedem weiteren Schiff nahm die Bestürzung der Fischer zu. Das waren nicht Hunderte, sondern Tausende von Booten! Mehr Boote, als sie jemals zuvor gesehen hatten.

Wo kamen sie her? Was konnte ihre Besatzungen aufs Wasser getrieben haben … und was führte sie nach Lordaeron?

Die Dörfler packten ihre Waffen fester, Kinder und Frauen verbargen sich in den Hütten. Und noch immer erhöhte sich die Zahl der Boote.

Längst war den Bewohnern von Süderstade klar geworden, dass das Geräusch von den Rudern stammte, die ungleichmäßig durch das Wasser pflügten.

Das erste Boot legte am Kai an. Jetzt konnten die Einheimischen die Gestalten darauf deutlich erkennen. Sie entspannten sich, obwohl ihre Verwunderung wuchs. Es handelte sich um Menschen, darunter auch Frauen und Kinder. Hell- und dunkelhäutige und mit Haarfarben in sämtlichen Schattierungen.

Das waren keine Monster oder irgendeine andere Rasse, von denen die Dorfbewohner bisweilen zwar gehört, die sie jedoch nie mit eigenen Augen gesehen hatten. Diese Menschen schienen auch nicht für einen Krieg gerüstet, denn offensichtlich waren die meisten Ankömmlinge keine Krieger.

Nein, dies war keine Invasion. Vielmehr schien es, als seien diese Menschen auf den Booten auf der Flucht vor einer schrecklichen Katastrophe. Die Fischer spürten, dass sich ihre Furcht in Sympathie verwandelte.

Was aber konnte eine solche Zahl von Flüchtlingen auf die See hinausgetrieben haben?

Weitere Boote erreichten die Küste, und ihre Besatzungen verließen wankend die unsicheren Planken. Einige brachen auf dem steinigen Strand zusammen und weinten. Andere versuchten, ihre Haltung zu bewahren, und atmeten lediglich tief durch, als wären sie heilfroh, endlich der Wasserwüste entkommen zu sein.

Der Nebel lichtete sich allmählich. Die Morgensonne löste die dunstigen Schwaden mit ihren starken Strahlen zusehends auf. Die Dorfbewohner konnten jetzt vieles klarer erkennen.

Diese Menschen gehörten unzweifelhaft keiner Invasionsarmee an. Viele der Frauen und Kinder waren ärmlich gekleidet und die meisten abgemagert und schwach. Es handelte sich um einfache Leute, die eindeutig von einem großen Unglück betroffen worden waren. Manche waren so erschöpft, dass sie kaum noch stehen konnten oder wie betrunken über den Strand torkelten.

Einige wenige trugen jedoch auch Rüstungen. Einer der Männer, die sich auf dem vordersten Boot befunden hatten, kam auf die eng beieinanderstehenden Dörfler zu. Er war von großer, kräftiger Statur, nahezu kahlköpfig und trug einen dichten

Schnurrbart in seinem harten, ernsten Gesicht. Seine Rüstung hatte sich erkennbar in mehreren Kämpfen bewährt, und der Griff seines großen Schwertes ragte über seiner Schulter auf. Seine Hände umfassten jedoch keine Waffen, sondern zwei kleine Kinder. Weitere Kinder liefen neben ihm her und hielten sich an seiner Rüstung, seinem Gürtel und der Scheide seines Schwertes fest.

Neben ihm schritt ein merkwürdiger Mann einher. Er besaß breite Schultern, war jedoch auffallend hager. Sein weißes Haar wehte in der leichten Brise. Er hatte ein zerfetztes violettes Gewand an und einen abgewetzten Rucksack auf. Auf der linken Schulter trug er ein Kind, und ein zweites, das noch aus eigener Kraft gehen konnte, hielt er an der rechten Hand.

Eine dritte Gestalt gehörte dieser seltsamen Vorhut an: ein junger braunhaariger Mann mit ebenfalls braunen Augen, der seine Umgebung kaum wahrzunehmen schien. Eine Hand hatte er in den Umhang des großen Mannes gegraben, um den Halt nicht zu verlieren. Mehr noch als die Kinder wirkte er wie ein kleiner Junge, der sich verzweifelt an seinen Vater klammerte. Seine Kleidung war von edler Machart, doch von Wind und Wetter arg verblichen.

„Seid gegrüßt!“, rief der Krieger und kam mit einem breiten Lächeln auf die Bewohner Süderstades zu. „Wir sind Flüchtlinge, die einer schrecklichen Schlacht entkommen sind. Ich bitte euch um Nahrung und etwas zu trinken, so ihr es entbehren könnt. Und ebenso bitte ich um Unterkunft für die Kinder.“

Die Einheimischen schauten einander an, nickten schweigend und senkten ihre Waffen. Süderstade war kein reiches Dorf, jedoch auch nicht verzweifelt arm. Es hätte ihnen schon weitaus schlechter gehen müssen, wenn sie die erschöpften Kinder und deren Angehörige abgewiesen hätten.

Einige Männer traten vor und nahmen dem Krieger die Kleinen ab, und der Mann mit der violetten Robe führte sie zur Kirche, dem größten und stabilsten Gebäude des Dorfes. Die Frauen bereiteten derweil Unmengen von Haferbrei und Eintopf zu.

Schnell hatten die Flüchtlinge Unterkunft in der Kirche und unmittelbar davor bezogen. Sie aßen und tranken, teilten sich Stoffe und Bekleidungsstücke. Es hätte ein Fest sein können, wäre nicht der betrübliche Ausdruck auf den Gesichtern der Flüchtlinge gewesen.

„Unser Dank ist euch gewiss“, wandte sich der Krieger an den Dorfvorsteher, der sich ihm als Marcus Rotpfad vorgestellt hatte. „Ich weiß sehr wohl, dass ihr nicht viel entbehren könnt. Deshalb wiegt das wenige, das ihr mit uns teilt, umso schwerer.“

„Wir lassen Frauen und Kinder nicht hungern“, antwortete Marcus. Er schaute finster drein und musterte das Schwert und die Rüstung seines Gegenübers. „Erzählt mir doch, wer Ihr seid und was euch hierher verschlagen hat.“

„Ich bin Anduin Lothar“, erwiderte der Krieger bedächtig und fuhr sich mit der Hand über die Stirn. „Ich bin ... ich *war* der Held von Sturmwind.“

„Sturmwind?“ Marcus hatte von dieser Nation bereits gehört. „Das liegt doch jenseits des Meeres!“

„Ja“, nickte Lothar traurig. „Wir sind tagelang gesegelt, um hierher zu gelangen. Wir befinden uns in Lordaeron, nicht wahr?“

„Ganz gewiss sind wir dort“, sagte der violett gekleidete Mann, der nun zum ersten Mal das Wort ergriff. „Ich erkenne das Land wieder, obwohl mir das Dorf fremd ist.“ Seine Stimme war sehr fest für jemanden seines Alters. Nur seine Haarfarbe und die Falten in seinem Gesicht wiesen auf sein tatsächliches Alter hin, ansonsten wirkte er wie ein Jüngling.

„Ihr seid in Süderstade“, sagte Marcus. Er beäugte den weißbärtigen Mann misstrauisch und fragte schließlich: „Stammt Ihr aus Dalaran?“ Er bemühte sich um einen möglichst neutralen Tonfall.

„Aye“, gab der Fremde zu. „Habt keine Furcht – ich werde dorthin zurückkehren, sobald meine Gefährten wieder in der Lage sind zu reisen.“

Marcus versuchte, sich seine Erleichterung nicht anmerken zu lassen. Die Zauberer von Dalaran waren überaus mächtig, und er hatte gehört, dass der König sie als Verbündete und Berater schätzte. Er selbst aber wollte mit Magie und Zauberei nichts zu tun haben.

„Wir müssen uns beeilen", stimmte Lothar zu. „Ich muss so schnell wie möglich mit dem König sprechen. Wir dürfen der Horde keine Gelegenheit geben, weiteren Vorsprung zu gewinnen."

Marcus verstand diese Bemerkung nicht, doch er erkannte die Dringlichkeit im Tonfall des stämmigen Kriegers. „Die Frauen und Kinder können eine Weile bei uns bleiben", versicherte er ihm. „Wir werden uns um sie kümmern."

„Danke!", sagte Lothar aufrichtig. „Wir schicken Nahrungsmittel und andere Güter, sobald wir beim König waren."

„Es wird einige Zeit kosten, die Hauptstadt zu erreichen", erklärte Marcus. „Deshalb werde ich jemanden auf einem schnellen Pferd vorausschicken, damit man auf Eure Ankunft vorbereitet ist. Was soll er ausrichten?"

Lothar runzelte die Stirn. „Er soll dem König berichten, dass Sturmwind gefallen ist", sagte er schließlich leise. „Der Prinz ist bei uns und mit ihm so viele Menschen, wie ich retten konnte. Wir brauchen so rasch wie möglich Lebensmittel. Und leider bringen wir ihm schlechte Nachrichten von höchster Dringlichkeit."

Marcus' Augen waren angesichts des Gehörten immer größer geworden. Sein Blick war zu dem Jungen gewandert, der neben dem Krieger stand. Dann jedoch schaute er beiseite, bevor es unangenehm wurde. „Wird erledigt", versicherte er ihnen und sprach mit einem der Dörfler.

Der nickte und sprang auf eines der bereitstehenden Pferde. Er galoppierte bereits davon, bevor der Dorfvorsteher die Kirche wieder betrat.

„Willem ist unser bester Reiter, und sein Pferd ist das schnellste des Dorfes", versicherte Marcus den beiden Männern. „Er wird die Hauptstadt lange vor Euch erreichen und die Botschaft überbringen. Wir organisieren derweil Pferde und Nahrung für Euch und Eure Begleiter."

Lothar nickte und dankte, bevor er sich dem Mann im violetten Gewand zuwandte. „Ruft alle, die mit uns kommen, zusammen, Khadgar, und haltet Euch bereit! Wir brechen so bald wie möglich auf."

Der Zauberer nickte und begab sich zu den Flüchtlingen.

Einige Stunden später verließen Lothar und Khadgar Süderstade. Prinz Varian Wrynn begleitete sie mit sechzig Mann. Die meisten Flüchtlinge hatten lieber in Süderstade zurückbleiben wollen, um ihre Wunden auszukurieren oder um sich von der anstrengenden Flucht zu erholen. Manche waren auch noch zu verängstigt und schockiert und wollten mit den wenigen Überlebenden aus ihrer Heimat zusammenbleiben.

Lothar nahm es ihnen keineswegs übel. Auch er selbst wäre gern in dem gastlichen Fischerdorf geblieben, doch er hatte eine Aufgabe zu erfüllen. Wie so oft.

„Wie weit ist es bis zur Hauptstadt?", fragte er Khadgar, der neben ihm herritt. Die Dörfler hatten ihnen an Reittieren und Wagen überlassen, was sie entbehren konnten. Lothar wollte den großzügigen Menschen nicht zu sehr zur Last fallen, doch schließlich hatte er ihr Hilfsangebot akzeptiert, da er wusste, dass sie auf diese Weise deutlich an Zeit gewannen. Und die war überaus wertvoll.

„Ein paar Tage noch, vielleicht eine Woche", antwortete der Zauberer. „Ich kenne mich in diesem Teil des Landes nicht so gut aus. Doch ich erinnere mich daran, wie es auf den Karten ausgesehen hat. Wir sollten die Turmspitzen der Stadt in spätestens fünf Tagen ausmachen können. Dann müssen wir noch durch den Silberwald, der zu den großen Wundern Lordaerons gehört. Er liegt am Rande des Lordameresees. Die Stadt erhebt sich an seinem nördlichen Ufer."

Khadgar verfiel wieder in Schweigen, und Lothar beobachtete seinen Begleiter verstohlen. Er sorgte sich um den jungen Mann. Bei ihrem ersten Zusammentreffen hatte er ihn bewundert für seine Gelassenheit und Selbstsicherheit, die bei einem Mann so jugendlichen Alters nur äußerst selten zu finden waren.

Khadgar war damals erst siebzehn Jahre alt gewesen und bereits ein vollwertiger Zauberer. Zudem war er der Erste, den Medivh als Lehrling akzeptiert hatte!

Spätere Treffen hatten Lothar gezeigt, dass Khadgar klug, strebsam und freundlich war. Er mochte den Jüngling. Es war das erste Mal, dass er wieder freundschaftlich mit einem Zauberer verkehrte, seit ... nun, seit der Zeit von Medivh. Doch nach allem, was in Karazhan geschehen war ...

Lothar erschauderte, als er sich den hässlichen, albtraumhaften Konflikt in Erinnerung rief. Er hatte gemeinsam mit Khadgar, der Halborcfrau Garona und einer Handvoll Männer gegen Medivh antreten müssen. Khadgar hatte einen tödlichen Angriff gegen seinen Meister geführt, doch es war Lothar gewesen, der seinem ehemaligen Freund den Kopf abgeschlagen hatte – den Kopf, den er in ihrer Jugendzeit so oft verteidigt hatte, damals, als er, Medivh und Llane noch Freunde und Gefährten gewesen waren.

Lothar schüttelte den Kopf, um die Tränen zurückzudrängen. Er war auf der langen Seereise oft in tiefe Trauer versunken. Doch noch immer schienen die Qual, die Wut und das Bedauern ihn zu überwältigen.

Llane! Sein bester Freund, sein Gefährte, sein König. Llane mit dem breiten Grinsen, den lachenden Augen und der raschen Auffassungsgabe. Llane, der Sturmwind in ein goldenes Zeitalter geführt hatte, um dann miterleben zu müssen, wie die Orcs es zerstörten.

Die Horde war über das Land gefegt und hatte alles verwüstet, was ihr im Weg stand.

Schließlich hatten sie erkennen müssen, dass *Medivh* für all das verantwortlich war: dass *seine* Magie den Orcs geholfen hatte, diese Welt zu erreichen und nach Sturmwind zu gelangen!

Als Folge davon war nicht nur das Königreich vernichtet worden, sondern hatte auch Llane den Tod gefunden ...

Lothar schluckte bei dem Gedanken daran, was er und sein Volk alles verloren hatten. Doch schließlich riss er sich zusammen – wie schon so viele Male zuvor auf ihrer Reise. Er konnte sich diesen Gefühlen nicht ergeben, denn sein Volk brauchte ihn, ebenso wie die Bewohner dieses Landes, auch wenn sie das noch nicht wussten.

Khadgar folgte seinem Beispiel. Lothar verstand noch immer nicht alles, was in Karazhan in jener Nacht geschehen war, doch irgendwie hatte sich Khadgar während des Kampfes mit Medivh verändert. Seine Jugend war verschwunden und sein Körper unnatürlich gealtert. Nun sah er wie ein uralter Mann aus, viel älter als Lothar, obwohl Khadgar beinahe vierzig Jahre jünger war.

Lothar fragte sich, was damals *noch* mit dem jungen Zauberer geschehen war. Khadgar wiederum war viel zu sehr in Gedanken versunken, um den besorgten Blick seines Gefährten zu bemerken. Der junge und doch so alt anmutende Zauberer war in sich gekehrt, obwohl er über dieselben Dinge nachgrübelte wie sein Begleiter. Er durchlebte noch einmal den Kampf von Karazhan. Dabei verspürte er erneut das schreckliche Zerren, das er empfunden hatte, als Medivh ihm seine Magie und Jugend entzogen hatte.

Die Magie war zurückgekehrt – sie war sogar auf vielerlei Weise stärker geworden als zuvor –, doch seine Jugend war ihm lange vor der Zeit genommen worden. Er war ein alter Mann geworden, zumindest dem Aussehen nach, auch wenn er sich noch immer gesund und munter fühlte wie eh und je. Tatsächlich war er genauso ausdauernd, stark und beweglich wie einst. Lediglich sein Gesicht war voller Falten, seine Augen lagen tiefer in den Höhlen, und sein Haar und der seit Kurzem sprießende Bart schimmerten weiß.

Obwohl er erst neunzehn war, sah Khadgar gut dreimal so alt aus.

Damit ähnelte er dem Mann in seinen Visionen, jener älteren Ausgabe seiner selbst, die er während des Kampfes aufgrund der in Medivhs Turm freigesetzten Magie gesehen hatte – der ältere

Mann, der eines Tages unter einer merkwürdigen roten Sonne sterben würde, weit weg von zu Hause …

Khadgar analysierte die Gefühle, die ihn seit Medivhs Tod bewegten. Der Mann war das personifizierte Böse gewesen und allein verantwortlich dafür, dass die Horde auf diese Welt hatte gelangen können – auch wenn er nicht er selbst gewesen war, denn Medivh war von Sargeras beherrscht worden, dem Titanen, den Medivhs Mutter ein Jahrtausend zuvor hatte besiegen können. Doch jener Sargeras war seinerzeit nicht vollständig gestorben, nur sein Körper war vergangen. Er hatte sich in Aegwynns Mutterleib eingenistet und dort ihren noch ungeborenen Sohn beeinflusst.

Nein, Medivh war für seine Taten nicht verantwortlich. Im Todeskampf hatte er Khadgar verraten, dass er gegen das Böse in sich bereits seit Jahren ankämpfte, vielleicht schon sein ganzes Leben lang. Khadgar war sogar einem merkwürdigen Trugbild seines toten Meisters begegnet, kurz nachdem dessen Körper begraben worden war. Es stammte laut Medivh aus der Zukunft und war endlich befreit von Sargeras' Geist – dank Khadgar.

Wie sollte ich mich also fühlen?, überlegte Khadgar. Sollte er trauern, weil sein Meister tot war?

Zuweilen hatte er Medivh sehr gemocht, und ganz sicher hatte die Welt durch seinen Tod einen herben Verlust erlitten.

Sollte er also stolz darauf sein, dass er seinen Teil dazu beigetragen hatte, den Mann zu befreien und Sargeras erneut aus dieser Welt zu vertreiben? Sollte er wütend auf Medivhs Taten sein – oder von ihnen beeindruckt, weil der Magier der Einflussnahme durch den Titanen so lange widerstanden hatte?

Er war sich nicht sicher. Khadgar war sowohl im Geiste als auch im Herzen verwirrt. Dazu kamen noch einige andere Dinge: Hier war er zu Hause. Ja, er war zurückgekehrt in sein Heimatland Lordaeron, wenn auch nicht so, wie er es erwartet hatte.

Als er auf Geheiß seines vorherigen Meisters in Dalaran ausgezogen war, um Medivhs Schüler zu werden, hatte Khadgar nicht damit gerechnet, nach Lordaeron zurückzukehren, bevor er nicht selbst ein Meistermagier geworden war. Er hatte sich vorgestellt, wie er auf einem Greifen zurückgeflogen kam, so wie Medivh es ihn gelehrt hatte. Er wäre auf dem Dach der Violetten Zitadelle gelandet, sodass alle seine ehemaligen Lehrer und Freunde sein Können hätten bestaunen können ...

Stattdessen ritt er nun auf einem Ackergaul dahin, Seite an Seite mit Sturmwinds ehemaligem Helden und in Begleitung einer heruntergekommenen Kriegerschar, um den König dazu zu überreden, die Welt zu retten.

Immerhin entbot man ihnen gewiss einen dramatischen Empfang, was seine alten Lehrer und Freunde zu schätzen wissen würden.

„Was machen wir, wenn wir die Stadt erreicht haben?“, fragte er Lothar und riss den alternden Krieger aus seinen Gedanken.

Sein Kamerad war schnell wieder bei der Sache und musterte ihn mit diesen entwaffnenden blauen Augen, die die Gefühle des Kriegers verrieten, ohne seinen scharfen Verstand durchblicken zu lassen.

„Wir werden mit dem König sprechen“, antwortete Lothar. Er schaute zu dem Jüngling hinüber, der schweigsam neben ihnen ritt, und strich über den Schaft seines Schwertes. Die Edelsteine und das Gold, mit denen es verziert war, glitzerten in der Nachmittagssonne. „Auch wenn Sturmwind verloren ist, so ist Varian noch immer der Prinz, und ich bin nach wie vor sein Berater. Ich habe König Terenas vor vielen Jahren nur einmal kurz getroffen, doch vielleicht erinnert er sich ja noch an mich. Varian wird er zweifellos wiedererkennen, und durch den Boten ist er von unserem Eintreffen unterrichtet worden. Er wird uns eine Audienz gewähren, bei der wir ihm erklären, was geschehen ist und was getan werden muss.“

„Und was soll das sein?“, fragte Khadgar, obwohl er es bereits wusste.

„Wir rufen die Könige dieser Länder zusammen“, antwortete Lothar, wie Khadgar es erwartet hatte, „und müssen sie dazu bringen, die Gefahr zu erkennen. Keine Nation kann der Horde allein widerstehen. Mein Land hat es versucht und ist vernichtet worden. Das darf hier nicht geschehen. Die Menschen müssen sich zusammenschließen und als Verbündete kämpfen!" Seine Hände umklammerten die Zügel, und nun erkannte Khadgar wieder den mächtigen Krieger in ihm, der Sturmwinds Armee angeführt und für so viele Jahre die Grenzen des Landes gesichert hatte.

„Dann sollten wir hoffen, dass sie uns zuhören", sagte Khadgar leise.

„Das werden sie", versicherte ihm Lothar. „Sie müssen einfach!"

Keiner der beiden Männer sprach aus, was sie dachten. Sie hatten die Macht der Horde erlebt. Wenn die Nationen sich *nicht* vereinten, wenn ihre Könige die Gefahr *nicht* erkennen wollten, würden sie untergehen.

In diesem Falle würde die Horde dieses Land ebenso überrennen wie Sturmwind. Und nichts würde von ihr verschont bleiben.

ZWEITER PROLOG

Eine dunkle Gestalt stand auf dem hohen Turm und schaute auf die Welt hinab. Von diesem Aussichtspunkt aus konnte sie die Stadt und das Umland überblicken. Beides war von einer sich bewegenden Dunkelheit bedeckt, einer Flut, die sich über die Landschaft und die Gebäude ergoss ... und nichts als Ruinen hinterließ.

Die Gestalt schaute zu. Groß, mächtig und muskelbepackt stand sie bewegungslos auf der steinernen Spitze des Turms. Ihre scharfen Augen verfolgten das Geschehen unter ihr. Das lange, dunkle, zu Zöpfen geflochtene Haar hing über ihr kantiges Gesicht. Die mit Quasten versehenen Enden der Zöpfe strichen über die langen Hauer, die hinter der Unterlippe hervorragten.

Die Sonne brannte auf die Gestalt herab, und ihre Haut leuchtete grünlich. Das Licht wurde von zahlreichen Trophäen und Medaillons, die ihr um den Hals hingen, reflektiert. Schwere Plattenpanzer bedeckten die Brust, die Schultern und die Beine. Ihre verkratzte Oberfläche glühte schwarz. Auffällige Bronzeschnallen prangten darauf. Golden leuchtete es an den Rändern der Panzer und unterstrich die Bedeutung dieses Wesens.

Schließlich hatte die Gestalt genug gesehen. Sie hob ihren riesigen schwarzen Kriegshammer, auf den sie sich gestützt hatte und dessen steinerner Kopf das Sonnenlicht zu absorbieren schien, und stieß ein lautes Brüllen aus. Es war ein Kriegsschrei, der zur Zusammenkunft rief. Er drang in die Gebäude und selbst in die Hügel ringsum ein und hallte von ihnen wider.

Die schwarze Flut wurde langsamer und kräuselte sich, als sich die Gesichter nach oben wandten. Die Orcs in der Horde blieben stehen und schauten zu der einsamen Gestalt empor, die nun erneut aufbrüllte und ihren Hammer in die Höhe hielt. Nun brach die Flut der Orcs in einen ohrenbetäubenden Jubel aus. Die Horde huldigte ihrem Anführer.

Befriedigt ließ Orgrim Schicksalshammer seine markante Waffe sinken, und die dunkle Flut nahm ihre Verderben bringende Bewegung wieder auf.

Jenseits der Stadttore lag ein Orc auf einem Feldbett. Sein kurzer, magerer Körper war mit dicken Fellen bedeckt, und edle Kleidungsstücke lagen für ihn bereit. Doch die Gewänder waren seit Wochen nicht mehr angerührt worden.

Der Orc bewegte sich nicht und sah aus, als wäre er tot. Sein hässliches Gesicht war vor Schmerz oder Konzentration verzerrt. Ein dichter Bart verdeckte den knurrenden Mund.

Plötzlich änderte sich alles. Keuchend setzte sich der Orc auf. Die Felle fielen von seinem schweißgebadeten Körper, und seine Augen öffneten sich. Wenige Sekunden lang waren sie glasig und schienen nichts wahrzunehmen, doch dann blinzelte er den langen Schlaf fort und blickte sich um.

„Wo ...“, wollte er wissen.

Eine größere Gestalt war schon auf dem Weg zu ihm. Ihre beiden Köpfe zeigten einen angenehm überraschten Gesichtsausdruck, und als der Blick des Orcs den Doppelhäuptigen traf, wurde die Welt wieder klar und enthüllte ihre Details.

Was auch immer ihn ausgeschaltet hatte, lag nun hinter ihm und war überwunden. Heimtücke und Wut erfüllten ihn. „Wo bin ich?“, wollte er wissen. „Was ist geschehen?“

„Du bist eingeschlafen, Gul’dan“, antwortete die Kreatur, die neben dem Feldbett niederkniete und dem Orc einen Kelch hinhielt.

Der Orc nahm ihn, roch daran und trank den Inhalt zufrieden grunzend. Mit der Hand wischte er sich anschließend über den Mund.

„Du hast geschlafen wie ein Toter. Seit Wochen hast du dich nicht mehr bewegt, hast kaum geatmet. Wir dachten schon, dein Geist sei fort."

„Tatsächlich?" Gul'dan grinste. „Hattest du Angst, dass ich dich verlassen würde, Cho'gall, und dich Schwarzfausts Gnade ausliefere?"

Der zweiköpfige Ogermagier schaute ihn an. „Schwarzfaust ist tot, Gul'dan!", sagte einer der Köpfe. Der andere nickte eifrig.

„Tot?" Gul'dan glaubte, sich verhört zu haben, doch Cho'galls finsteres Mienenspiel überzeugte ihn vom Gegenteil, noch bevor die beiden Köpfe heftig nickten. „Was? Wie?" Gul'dan richtete sich auf und setzte sich hin. Die plötzliche Bewegung ließ ihn taumeln, und kalter Schweiß brach ihm aus allen Poren. „Was ist passiert, während ich schlief?"

Cho'gall setzte zu einer Antwort an, als jemand das Leder vor dem Eingang beiseiteschob und in den engen Raum trat.

Zwei kräftige Orc-Krieger schoben Cho'gall aus dem Weg, packten Gul'dan fest an den Armen und stellten ihn auf die Füße.

Der Oger begann zu protestieren. Seine beiden Köpfe liefen dunkel an vor Wut, doch zwei weitere Orcs drängten in den Raum und verstellten ihm den Weg. Ihre Kriegsäxte hielten sie bereit. Sie standen Wache, während die anderen Orcs Gul'dan aus dem Zelt schleiften.

„Wohin bringt ihr mich?", verlangte er zu wissen und versuchte seine Arme frei zu bekommen. Doch er hatte keine Chance. Selbst bei guter Gesundheit wäre er kein ernst zu nehmender Gegner für einen dieser Krieger gewesen, und zurzeit konnte er sich nur mit Mühe auf den Füßen halten.

Sie schubsten ihn mehr vor sich her, als dass sie ihn führten. Er bemerkte, dass er zu einem großen Zelt gebracht wurde.

Schwarzfausts Zelt.

„Schicksalshammer ist jetzt an der Macht, Gul'dan", sagte Cho'gall leise. Er ging neben dem Orc her, hielt sich jedoch außer Reichweite der Krieger. „Als du ohnmächtig warst, hat er den Schattenrat angegriffen und die meisten seiner Mitglieder getötet! Nur du, ich und einige der niederen Hexenmeister sind übrig geblieben!"

Gul'dan schüttelte den Kopf und versuchte, seine Gedanken unter Kontrolle zu bekommen. Er fühlte sich noch immer benommen.

Nach allem, was Cho'gall erzählt hatte, war dies ein denkbar ungünstiger Zeitpunkt, um das Bewusstsein zu verlieren. Doch was der Oger ihm erzählt hatte, verwirrte ihn. Schwarzfaust getötet? Der Schattenrat zerstört?

Das war der reine Wahnsinn!

„Wer war das?", wollte er wissen. Hinter den breiten Schultern der Krieger wandte er Cho'gall sein Gesicht zu. „Wer hat das getan?"

Doch Cho'gall war zurückgefallen. Auf seinen beiden Gesichtern spiegelten sich Furcht und Bestürzung.

Gul'dan sah wieder nach vorne. Eine kräftige Gestalt trat vor. Als er den imposanten Krieger in seiner schwarzen Plattenrüstung sah, den gigantischen Kriegshammer mit spielerischer Leichtigkeit in Händen haltend, verstand Gul'dan endlich.

Schicksalshammer.

„Ah, du bist wach!" Schicksalshammer spie die Worte geradezu aus.

Die Krieger ließen Gul'dan sofort los. Der Orc-Hexenmeister konnte sich nicht auf den Beinen halten und stürzte. Auf dem Boden kniend, schaute er auf und schluckte angesichts der nackten Wut und des Hasses im Gesicht seines Gegenübers.

„Ich ...", begann Gul'dan.

Doch Schicksalshammer unterbrach ihn. Mit dem Handrücken schlug er so fest zu, dass Gul'dan einige Meter durch die Luft geschleudert wurde und in einem Müllhaufen landete.

„Ruhe!", knurrte der neue Anführer der Horde. „Ich hatte dir noch nicht erlaubt zu sprechen!" Er kam näher und hob Gul'dans Kinn mit der Spitze seiner fürchterlichen Waffe an. „Ich weiß, was du getan hast, Gul'dan. Ich weiß, wie ihr Schwarzfaust kontrolliert habt, du und dein Schattenrat." Er lachte heiser, erfüllt von Bitterkeit und Abscheu. „Oh ja, ich weiß davon. Aber deine Hexenmeister werden dir jetzt nicht mehr helfen können. Die meisten sind tot. Und die wenigen, die noch am Leben sind, bleiben angekettet und unter strenger Beobachtung." Schicksalshammer beugte sich vor. „*Ich* befehlige die Horde jetzt, Gul'dan. Nicht du, nicht deine Hexenmeister, sondern ich, Orgrim Schicksalshammer! Es wird keine Ehrlosigkeit mehr geben! Keinen Verrat mehr, keine Hinterlist und keine Lügen!" Schicksalshammer erhob sich zu seiner vollen beeindruckenden Größe und überragte Gul'dan. „Durotan ist wegen dir gestorben, aber er ist der Letzte, der deinen Intrigen zum Opfer fiel. Und er wird gerächt werden! Du wirst dein Volk nie wieder aus den Schatten heraus regieren! Du wirst unser Schicksal nicht mehr lenken und uns zu deinem Vorteil missbrauchen. Unser Volk wird frei von dir sein!"

Gul'dan zitterte und dachte nach. Er hatte gewusst, dass Schicksalshammer zu einem Problem werden konnte. Der selbstbewusste Orc-Krieger war zu intelligent, zu ehrenhaft und nobel, um beeinflusst oder gar kontrolliert zu werden. Er war Schwarzfausts Stellvertreter gewesen, die rechte Hand des einstmals mächtigen Anführers des Schwarzfelsklans, den Gul'dan zu seiner Marionette für die Herrschaft über die Horde auserkoren hatte.

Schwarzfaust war ein starker Krieger gewesen, hielt sich jedoch für schlauer, als er war, und konnte deshalb leicht kontrolliert werden. Gul'dan und der Schattenrat hatten die wahre Macht in Händen gehalten, und Gul'dan seinerseits kontrollierte den Rat ebenso wie den Kriegshäuptling.

Über Schicksalshammer hatte er jedoch keine Gewalt gehabt. Dieser hatte ihm die Gefolgschaft verweigert und seinen eigenen Weg beschritten, denn er war nur von der Loyalität seinem Volk gegenüber beseelt. Schicksalshammer war natürlich klar, was hinter den Kulissen geschah, und er wusste um die Korruption, die um sich gegriffen hatte. Als er schließlich genug gesehen hatte – als er es nicht mehr ertragen konnte –, hatte er handeln müssen.

Schicksalshammer hatte den Augenblick klug gewählt. Nachdem ihm Gul'dan nicht mehr im Weg stand, war Schwarzfaust verwundbar. Wie er dem Schattenrat auf die Schliche gekommen war, wusste Gul'dan nicht, doch offensichtlich war er erfolgreich gewesen, und die meisten Mitglieder waren eliminiert worden. Es blieben nur Gul'dan, Cho'gall und ein paar andere übrig.

Jetzt stand er mit erhobenem Hammer vor Gul'dan, bereit, ihn ebenfalls zu vernichten.

„Warte!", schrie Gul'dan. Er hatte beide Hände instinktiv erhoben, um sein Gesicht zu schützen. „Bitte, ich flehe dich an!"

Schicksalshammer verharrte. „Du, der mächtige Gul'dan, bettelst? Sehr gut, Hündchen, winsle! Bettle um dein Leben!" Er hielt den Hammer noch immer hoch erhoben.

„Ich ..." Gul'dan hasste ihn, ja, er hasste ihn mit einer Leidenschaft, die er niemals für etwas anderes aufgebracht hatte als für die pure Macht. Aber er wusste, was er zu tun hatte. Schicksalshammer hasste ihn ebenso, weil er Schuld am Tod seines alten Freundes Durotan trug und weil er ihr Volk von friedfertigen Jägern in rasende Monster verwandelt hatte.

Wenn Gul'dan jetzt auch nur die kleinste Entschuldigung vorbrachte, würde der Hammer seinen Schädel zerschmettern und danach mit seinem Blut, seinem Haar und seiner Hirnmasse überzogen sein!

So weit durfte er es nicht kommen lassen.

„Ich beuge mich deiner Macht, Orgrim Schicksalshammer", rang er sich schließlich mühsam ab. Jedes Wort erklang klar und deutlich. Alle Umstehenden konnten es hören. „Ich erkenne dich als Kriegshäuptling der Horde an, und ich unterwerfe mich dir. Ich werde dir in allen Belangen gehorchen."

Schicksalshammer grunzte. „Du hast niemals zuvor Loyalität bewiesen", erwiderte er scharf. „Warum sollte ich dir glauben?"

„Weil du mich brauchst", antwortete Gul'dan. Mit diesen Worten hob er den Kopf und hielt dem Blick des Kriegshäuptlings stand. „Du hast meinen Schattenrat getötet und deine Macht über die Horde gestärkt. So soll es sein. Schwarzfaust war nicht stark genug, um uns zu führen. Du bist es, und deshalb brauchst du den Rat nicht." Er schürzte die Lippen. „Aber du brauchst Hexenmeister. Du brauchst unsere Magie, weil die Menschen ihre eigenen Zauberer besitzen. Ohne uns hast du keine Chance gegen sie." Er schüttelte den Kopf. „Du hast nur wenige Hexenmeister am Leben gelassen: mich, Cho'gall und eine Handvoll Neophyten. Ich kann dir zu nützlich sein, als dass du mich aus purer Rache tötest."

Schicksalshammer knurrte, aber er senkte den Hammer. Einen Moment lang sagte er nichts und blickte Gul'dan wütend an. Seine grauen Augen füllten sich mit Hass.

Doch schließlich nickte er. „Du hast recht", räumte er ein, obwohl es ihn offensichtlich große Überwindung kostete. „Ich werde die Bedürfnisse der Horde über meine eigenen stellen." Schicksalshammer entblößte seine Zähne. „Ich erlaube dir zu leben, Gul'dan, dir und den übrigen Hexenmeistern. Das gilt jedoch nur so lange, wie ihr euch für die Horde als nützlich erweist."

„Oh, wir werden nützlich sein!", versicherte ihm Gul'dan und verbeugte sich tief. Sein Verstand lief bereits auf Hochtouren. „Ich werde dir Kreaturen erschaffen, die du niemals zuvor gesehen hast, mächtiger Schicksalshammer. Krieger, die nur dir allein gehören. Mit ihrer Macht und unserer Magie werden wir die Zauberer dieser Welt zermalmen, so wie die Horde die Krieger des Feindes zerstampfen wird."

Schicksalshammer nickte. Seine gefletschten Zähne wichen einem nachdenklichen Stirnrunzeln. „Sehr gut", sagte er schließlich. „Du hast mir Krieger versprochen, die den Magiern der Menschen standhalten. An diesem Versprechen werde ich dich messen." Damit wandte er sich von Gul'dan ab. Die Orc-Krieger folgten ihm. Der Hexenmeister glaubte, sie lachen zu hören, als sie sich entfernten.

Gul'dan blieb zurück. Cho'gall befand sich in seiner Nähe.

Verdammt sei Schicksalshammer!, dachte Gul'dan, als er sah, wie der Kriegshäuptling in sein Zelt zurückging. *Und verdammt sei dieser menschliche Zauberer!*

Gul'dan schüttelte den Kopf. Vielleicht hätte er auch sich selbst verfluchen müssen wegen seiner Ungeduld. Denn diese hatte ihn in Medivhs Geist getrieben, wo er nach den Informationen suchte, die der Magier ihm versprochen, jedoch bislang vorenthalten hatte.

Gul'dans Pech war es gewesen, dass er sich in Medivhs Geist befunden hatte, als der Mensch gestorben war. Sein eigener Verstand war von diesem Eindruck überwältigt worden und gefangen gewesen, unfähig, in seinen Körper zurückzukehren. Er hatte die Welt um sich herum nicht wahrnehmen können, und so hatte Schicksalshammer die Gelegenheit beim Schopf gepackt und die Macht ergriffen.

Doch jetzt war er wieder wach und konnte seine Pläne ausführen.

Immerhin war der Akt der Verzweiflung, mit dem er sein Leben gerettet hatte, nicht umsonst gewesen. Gul'dan hatte die Information, die er benötigte. Schon bald würde er Schicksalshammer oder die Horde nicht länger brauchen, ohne sie an die Macht gelangen und sich dort behaupten!

„Ruf die anderen zusammen!", befahl er Cho'gall, während er aufstand, sich streckte und in sich hineinlauschte. Er war schwach, aber er würde es schaffen. Gul'dan hatte keine Zeit zu verlieren. „Ich werde sie zu einem Klan zusammenschmieden, der mich vor Schicksalshammers Zorn beschützen wird. Sie werden Sturmrächer sein und der Horde beweisen, was wir Hexenmeister zu erreichen imstande sind. Dann wird selbst Schicksalshammer unseren Wert nicht mehr bestreiten können."

Cho'gall führte den Schattenhammerklan an, der besessen war vom drohenden Ende der Welt – aber dennoch furchtlose Kämpfer vorzuweisen hatte.

„Es gibt viel zu tun!"

EINS

Gegen seinen Willen war Lothar beeindruckt.

Sturmwind war eine ebenso gewaltige wie eindrucksvolle Stadt gewesen mit ihren vielen Türmen und Terrassen, erbaut aus massivem Stein, der dem Wind und dem Wetter getrotzt hatte. Die Hauptstadt von Lordaeron jedoch war auf ihre ganz eigene Art unvergleichlich schön.

Nicht, dass sie Sturmwind sonderlich ähnlich gewesen wäre. So war sie wesentlich kleiner, doch die mangelnde Größe glich sie durch ihre Eleganz aus. Sie lag am nördlichen Ufer des Lordameresees und leuchtete weiß und silberfarben. Zwar funkelte sie nicht so, wie Sturmwind es getan hatte, doch schien die Sonne aus den anmutigen Gebäuden herauszuscheinen und nicht vom Himmel herab. Sie war ruhig und friedlich und strahlte beinahe etwas Heiliges aus.

„Ein machtvoller Ort“, sagte Khadgar und bestärkte mit diesen Worten Lothar in seinem Empfinden. „Obwohl ich ein wenig Wärme bevorzuge.“ Er blickte zurück zum südlichen Rand des Sees, wo sich eine zweite Stadt erhob. Ihre Umrisse waren denen der Hauptstadt ähnlich, doch diese Spiegelstadt mutete um einiges exotischer an. Ihre Mauern und Türme leuchteten violett und in anderen warmen Farben. „Das ist Dalaran“, erklärte er. „Dort befinden sich der Kirin Tor und seine Zauberer – meine Heimat, bevor ich zu Medivh geschickt wurde.“

„Vielleicht bleibt genügend Zeit, dass du wenigstens kurz nach Hause gehen kannst“, schlug Lothar vor. „Doch jetzt müssen wir uns auf die Hauptstadt konzentrieren." Er betrachtete erneut die leuchtende Stadt. „Lasst uns hoffen, dass ihre Bewohner so ehrenhaft in ihren Ansichten sind, wie ihre Gebäude es vermuten lassen."

Er trieb sein Pferd in einen leichten Galopp und ritt aus dem majestätischen Silberwald. Varian und der Magier befanden sich direkt hinter ihm. Die anderen Männer folgten in den Wagen.

Zwei Stunden später erreichten sie das Haupttor der Stadt. Wächter standen am Eingang, obwohl die Doppeltore weit offen standen. Sie waren so breit, dass zwei oder gar drei Wagen leicht nebeneinanderher durch sie hindurchfahren konnten.

Die Wachen hatten sie natürlich längst aus der Ferne bemerkt. Der Wächter, der nun vortrat, trug einen roten Umhang über seinem polierten Brustharnisch. Goldene Verzierungen befanden sich an seiner Rüstung und seinem Helm. Sein Benehmen war höflich, beinahe respektvoll, doch Lothar fiel sofort auf, dass der Mann einige Schritte von ihnen entfernt stehen blieb, genau in Reichweite seines Schwertes.

Er zwang sich, die Ruhe zu bewahren. Dies war nicht Sturmwind, und diese Männer waren keine erfahrenen Soldaten, die durch ständige Gefechte gestählt waren. Sie hatten noch nie um ihr Leben kämpfen müssen.

Bis jetzt zumindest.

„Tretet ein und seid willkommen!", sagte der Hauptmann der Wache und verneigte sich. „Marcus Rotpfad hat uns Euer Kommen angekündigt und von Eurer Notlage berichtet. Der König befindet sich im Thronsaal."

„Seid bedankt", antwortete Khadgar nickend. „Kommt, Lothar", ergänzte er und trieb sein Pferd an. „Ich kenne den Weg."

Sie ritten durch die Stadt und fanden sich in den breiten Straßen gut zurecht. Khadgar schien sich hier tatsächlich gut auszukennen und wurde nie langsamer, um nach dem Weg zu fragen.

Schließlich erreichten sie den Palast, stiegen ab und gaben die Pferde in die Obhut einiger ihrer Begleiter, die sich um sie kümmern würden.

Lothar und Prinz Varian gingen bereits die breite Palasttreppe hinauf, doch Khadgar war dicht hinter ihnen und holte schnell auf.

Sie schritten durch die äußeren Palasttüren und erreichten einen breiten Hof. Die Logen an den Seiten des Hofes standen leer, doch Lothar vermutete, dass sie während der hier stattfindenden Feste aus allen Nähten platzten.

Auf der anderen Seite des Hofes endete eine schmale Treppenflucht vor einer weiteren Reihe von Türen, die in den Thronsaal führten – ein beeindruckender Raum!

Das Deckengewölbe war so hoch, dass es sich in den Schatten verlor. Der Raum selbst war rund und wurde getragen von Bögen und Säulen. Goldenes Sonnenlicht schien durch die bunten Glasfenster, die in der Mitte der Decke eingesetzt waren. Dadurch entstanden komplizierte Muster auf dem Boden, ineinander verschachtelte Kreise, von denen keiner einem anderen glich, und ein Dreieck überlappte in der Mitte den innersten Ring.

Im Zentrum prangte das goldene Siegel von Lordaeron.

Es gab mehrere hohe Balkone, die, wie Lothar annahm, den Adligen vorbehalten waren. Doch sie hatten auch eine strategische Bedeutung. Einige wenige Wachen reichten aus, um von ihnen aus mit Pfeil und Bogen jeden Punkt des Thronsaals unter Feuer nehmen zu können.

Unmittelbar unter den Balkonen befand sich ein kreisrundes Podest, von dem konzentrisch angeordnete Stufen bis zum Thron hinaufführten. Der Thron selbst war aus glitzernden Steinen angefertigt worden. Darauf saß ein Mann, groß und kräftig, dessen blondes Haar von leichtem Grau durchwirkt war. Seine Rüstung strahlte, doch die Krone auf seinem Kopf sah aus wie ein Stachelhelm.

Ein wahrer König, das wusste Lothar augenblicklich. Jemand wie Llane, der nicht zögerte, für sein Volk zu kämpfen. Seine Hoffnung wuchs bei diesem Gedanken.

Es waren auch andere Personen anwesend: Bewohner der Stadt und einfache Arbeiter, sogar einige Bauern. Alle hielten sich in gebührendem Abstand zur Empore. Viele hatten etwas dabei, Pergamentrollen und Nahrungsmittel, doch sie alle entfernten sich lautlos, als Lothar und Khadgar sich dem Thron näherten.

„Ja?“, rief der Mann auf dem Thron. „Wer seid ihr, und was wollt ihr von mir?“

Selbst von seiner Position aus konnte Lothar die merkwürdig gefärbten Augen des Königs erkennen. In ihnen waren Blau und Grün vermischt. Sie blickten scharf drein, sodass Lothars Hoffnung weiter zunahm. Hier war ein Mann, der die Dinge so sah, wie sie waren.

„Euer Majestät“, antwortete Lothar, und seine tiefe Stimme war überall im Raum deutlich zu hören. Er blieb mehrere Schritte vor dem Podest stehen und verneigte sich. „Ich bin Anduin Lothar, ein Ritter aus Sturmwind. Dies ist mein Begleiter Khadgar von Dalaran.“ Er konnte das Gemurmel der Menge hinter ihnen hören. „Und dies ...“ – bei diesen Worten drehte er sich so, dass der König Varian sehen konnte, der hinter ihm gestanden hatte – „... ist Prinz Varian Wrynn, der Erbe des Thrones von Sturmwind.“

Das Murmeln schwoll an zu einem lauten Raunen, als die Leute begriffen, dass der Jüngling ein echter Monarch war. Doch Lothar ignorierte sie und konzentrierte sich auf den König. „Wir müssen mit Euch sprechen, Majestät. Es ist von großer Bedeutung.“

„Selbstverständlich.“ Terenas erhob sich bereits von seinem Thron und kam auf sie zu. „Lasst uns bitte allein!“, wies er die Umstehenden an.

Obwohl es ein Befehl war, hatte er ihn höflich formuliert. Die Leute gehorchten ihm umgehend, und nur eine Handvoll Adliger und einige Wachen blieben zurück.

Die Männer, die Lothar begleitet hatten, traten ebenso zur Seite, sodass Lothar, Khadgar und Varian allein waren, als Terenas zu ihnen trat.

„Euer Majestät“, grüßte Terenas den Prinzen Varian und verneigte sich vor ihm wie vor einem Ebenbürtigen.

„Euer Majestät“, antwortete Varian, dem es gelang, den ersten Schreck zu überwinden.

„Wir waren sehr betrübt, vom Tod Eures Vaters zu hören“, fuhr Terenas freundlich fort. „König Llane war ein guter Mann, und wir durften ihn einen Freund und Verbündeten nennen. Wisset, dass wir alles in unserer Macht Stehende tun werden, um Euch Euren Thron zurückzuerobern.“

„Ich danke Euch“, sagte Varian, wobei seine Unterlippe ein wenig bebte.

„Nun kommt und setzt Euch und erzählt mir, was geschehen ist“, forderte Terenas ihn auf und wies auf die Stufen zur Empore. Er setzte sich auf die oberste Stufe und bedeutete Varian, neben ihm Platz zu nehmen. „Ich habe Sturmwind selbst gesehen und bewundere die Stärke und Schönheit dieser Stadt. Was vermochte es, eine solche Bastion zu zerstören?“

„Die Horde“, sagte Khadgar und ergriff zum ersten Mal das Wort, seit sie den Thronsaal betreten hatten.

Terenas wandte sich ihm zu. Lothar sah, wie sich die Brauen des Königs zusammenzogen. „Die Horde hat das angerichtet“, bestätigte er.

„Und was ist diese Horde?“, wollte Terenas wissen und sah zuerst Varian, dann Lothar an.

„Es ist eine Armee, doch eigentlich ist es mehr als das“, antwortete Lothar. „Die Horde besteht aus einer Vielzahl von Truppen, mehr, als man zählen kann, und groß genug, um das Land von Küste zu Küste zu besetzen.“

„Und wer kommandiert diese unglaubliche Zahl von Männern?“, fragte Terenas.

„Es handelt sich nicht um Männer. Ja, es sind nicht einmal Menschen, sondern Orcs“, korrigierte ihn Lothar.

Der König blickte verwirrt, deshalb erläuterte Lothar: „Es ist eine neue Rasse, eine, die nicht von dieser Welt stammt. Sie sind so groß wie wir, aber kräftiger gebaut. Sie haben eine grüne Haut, leuchtend rote Augen und riesige Hauer, die aus ihrem Unterkiefer wachsen.“

Ein Adliger schnaubte im Hintergrund. Lothar drehte sich um. „Zweifelt Ihr an meinen Worten?“, rief er und ließ seinen Blick über die Balkone schweifen, um herauszufinden, wer gelacht hatte. „Ihr denkt, ich lüge?“ Er schlug mit seiner Faust auf die Rüstung, dort, wo eine der größeren Beulen auszumachen war.

„Das stammt vom Kriegshammer eines Orcs!“ Er schlug auf eine andere Stelle. „Und das von einem Orc mit einer Kriegsaxt!“ Er wies auf einen Schnitt an seinem Unterarm. „Hier hat ein Hauer gewütet, als mich eines der Monster ansprang und mir zu nahe kam, um es mit der Klinge bekämpfen zu können! Diese üblen Kreaturen haben mein Land vernichtet, meine Heimat, mein Volk! Wenn Ihr an mir zweifelt, dann kommt herunter und sagt es mir ins Gesicht! Ich zeige Euch dann, was für eine Sorte Mann ich bin und was denen widerfährt, die mich der Lüge bezichtigen!“

„Genug!“ Terenas’ Ruf schnitt jede mögliche Antwort ab. Die Wut war aus seiner Stimme deutlich herauszuhören, doch als er sich an Lothar wandte, erkannte der, dass der Zorn des Königs sich nicht gegen ihn richtete. „Genug“, wiederholte Terenas und sagte: „Niemand hier zweifelt an Eurem Wort.“ Ein ernster Blick machte seinen Adligen unmissverständlich klar, dass er keinen Widerspruch duldete. „Ich kenne Eure Ehre und Eure Loyalität. Ich vertraue Eurem Wort, auch wenn diese Kreaturen uns merkwürdig erscheinen.“ Er wandte sich um und nickte Khadgar zu. „Mit einem Zauberer von Dalaran, der für Euch bürgt, können wir Eure Aussage nicht im Mindesten anzweifeln. Ebenso wenig wie die Absichten einer Rasse, die uns bislang unbekannt war …“

„Ich danke Euch, König Terenas“, erwiderte Lothar förmlich und versuchte seine Wut zu unterdrücken. Er wusste nicht, was er als Nächstes tun sollte.

Glücklicherweise wusste Terenas das jedoch. „Ich werde die Herrscher der Nachbarreiche zusammenrufen“, kündigte er an. „Diese Ereignisse betreffen uns alle.“ Er wandte sich wieder an

Varian. „Euer Majestät, ich biete Euch mein Heim und meinen Schutz an, solange Ihr beides benötigt“, sagte er so laut, dass jeder es hören konnte. „Wisset, dass Lordaeron Euch dabei unterstützen wird, Euer Königreich zurückzuerobern, sobald die Zeit dazu gekommen ist.“

Lothar nickte. „Euer Majestät, Ihr seid sehr großzügig“, sagte er im Namen Varians. „Ich kann mir keinen sichereren oder besseren Ort vorstellen, an dem unser Prinz bis zu seiner Volljährigkeit verbleiben kann, als hier, in Eurer Hauptstadt. Wir sind jedoch nicht nur gekommen, um Euch um Zuflucht zu bitten. Vielmehr wollen wir Euch auch warnen.“ Lothar stand hoch aufgerichtet da, seine Stimme dröhnte durch den Raum, und seine Augen fixierten den König von Lordaeron. „Denn die Horde wird sich nicht mit Sturmwind begnügen. Sie will die ganze Welt erobern, und sie hat die Macht und mehr als genug Krieger, um dieses Vorhaben Wirklichkeit werden zu lassen. Es fehlt ihr auch nicht an magischer Unterstützung. Wenn sie mit meiner Heimat fertig ist …“, seine Stimme klang jetzt noch tiefer und rauer, doch er zwang sich weiterzusprechen, „… wird die Horde einen Weg finden, den Ozean zu überqueren, und hierherkommen.“

„Ihr meint, wir sollten uns auf einen Krieg vorbereiten“, stellte Terenas ruhig fest.

Es war keine Frage, doch Lothar antwortete trotzdem. „Ja.“ Er sah sich unter den versammelten Männern um. „Ein Krieg, bei dem es um das nackte Überleben unserer gesamten Rasse geht.“

ZWEI

Orgrim Schicksalshammer, Anführer des Schwarzfelsklans und Kriegshäuptling der Horde, beobachtete die Geschehnisse um sich herum. Er stand nahezu in der Mitte von Sturmwind, während seine Krieger die einst großartige Stadt in Schutt und Asche legten. Wohin er auch blickte, herrschten Tod und Zerstörung. Obwohl aus Stein erbaut, brannten die Gebäude lichterloh. Überall auf den Straßen lagen Leichen und Schutt. Blut floss über das Pflaster und sammelte sich hier und da zu größeren Lachen. Die Schreie verrieten, dass es unter den einstigen Bewohnern der Stadt noch Überlebende gab, die nun gefoltert wurden.

Schicksalshammer nickte. Sturmwind war eine imposante Stadt gewesen – und ein gewaltiges Hindernis. Eine Zeit lang war er nicht sicher gewesen, ob die Horde die mächtigen Mauern würde schleifen und ihre unerschütterlichen Verteidiger überwinden können. Obwohl ihnen die Horde zahlenmäßig weit überlegen war, hatten die Menschen mit unglaublicher Entschlossenheit und enormem Geschick gekämpft. Dafür respektierte Schicksalshammer sie. Sie waren würdige Gegner gewesen.

Doch sie hatten den Kampf verloren – wie letztlich jeder vor der Macht seines Volkes kapitulieren musste.

Die Stadt war dem Erdboden gleichgemacht worden, und ihre einstigen Verteidiger waren entweder tot oder geflohen. Das Land gehörte jetzt der Horde, dieses reiche, fruchtbare Land, das so sehr ihrer Heimat vor der Katastrophe glich.

Bevor Gul'dan sie zerstört hatte.

Schicksalshammer wurde zornig, und er umfasste seinen berühmten Hammer fester.

Gul'dan! Der verräterische Schamane, der zum Hexenmeister geworden war, hatte mehr Ärger verursacht, als er wert war. Lediglich die Öffnung des Spalts in diese Welt hatte ihn davor bewahrt, von seinen zornigen Klanbrüdern zerrissen zu werden.

Doch irgendwie hatte es dieser Intrigant geschafft, auch das noch zu seinem Vorteil zu nutzen. Schwarzfaust war unter seiner Kontrolle gewesen.

Schicksalshammer hatte seinen ehemaligen Häuptling jahrelang beobachtet und wusste, dass er schlauer gewesen war, als viele es dachten. Aber er war nicht schlau *genug* gewesen. Indem er Schwarzfausts Ego schmeichelte, hatte Gul'dan ihn beeinflusst und letztlich vollkommen unter seine Kontrolle gebracht. Von ihm stammte die Idee, die Klans zur Horde zu vereinen. Dessen war sich Schicksalshammer sicher.

Gul'dans Schattenrat hatte hinter den Kulissen die Fäden gezogen und Schwarzfaust derart manipuliert, dass er nicht einmal begriffen hatte, dass er den Befehlen Gul'dans folgte.

Schicksalshammer grinste. Das zumindest war jetzt vorbei, auch wenn er Schwarzfaust nur ungern getötet hatte, war er doch der Stellvertreter des Kriegshäuptlings gewesen. Er hatte geschworen, *mit* Schicksalshammer zu kämpfen, nicht *gegen* ihn. Doch die Tradition erlaubte es einem Krieger, seinen Häuptling herauszufordern. Schicksalshammer hatte sich schließlich gezwungen gesehen, diesen Weg zu wählen.

Er hatte gewonnen, weil er gewinnen musste. Mit einem Hieb hatte er Schwarzfausts Schädel zerschmettert und die Führung seines Klans und der Horde übernommen.

Danach hatte er sich um den Schattenrat kümmern müssen, was ihm eine Freude gewesen war.

Er grinste bei dem Gedanken daran. Wenige Orcs hatten Kenntnis von der Existenz des Schattenrats gehabt, und noch weniger hätten zu sagen vermocht, wer ihm angehörte und wo seine Mitglieder tagten.

Schicksalshammer jedoch wusste, wen er fragen musste. Die Halborcfrau Garona war gefoltert worden, bis sie den Ort preisgab, an dem sich der Schattenrat zu treffen pflegte. Zweifellos schwächte sie der Anteil fremden Blutes in ihren Adern, sodass sie der Folter nicht zu widerstehen vermochte.

Die entsetzten Gesichter der Hexenmeister zu sehen, als er in ihre Versammlung platzte, ließ sich nicht mit Gold aufwiegen. Und erst das Gefühl, das ihn überkam, als er sie einen nach dem anderen erschlug ... Schicksalshammer hatte die Macht des Schattenrats an jenem Tag gebrochen. Niemals würde er es zulassen, so kontrolliert zu werden wie Schwarzfaust. Er würde sich seine eigenen Kämpfe wählen und seine eigenen Pläne schmieden, die nicht dazu dienten, irgendjemandes Macht zu vergrößern, sondern das Überleben seines Volkes zu sichern.

Als hätte er sie per Gedankenbefehl herbeizitiert, erblickte Schicksalshammer in diesem Moment zwei Gestalten, die auf ihn zukamen. Die eine war kleiner als ein gewöhnlicher Orc, die andere weitaus größer und hatte eine merkwürdige Silhouette.

Schicksalshammer erkannte die beiden sofort, und seine Lippen wölbten sich höhnisch um seine Hauer.

„Hast du deine Aufgabe erfüllt?“, fragte er, als Gul’dan und sein Lakai Cho’gall näher kamen. Er behielt den Hexenmeister im Auge, während er seinen massigen Untergebenen völlig ignorierte.

Schicksalshammer hatte wie die meisten Orcs sein Leben lang gegen Oger gekämpft. Es hatte ihn angewidert, dass Schwarzfaust ein Bündnis mit diesen Monstern einging, obwohl er zugeben musste, dass sie sich im Kampf bewährt hatten. Doch er mochte sie immer noch nicht, geschweige denn, dass er ihnen traute.

Cho’gall war ihm zudem noch suspekter als alle anderen Oger. Er war einer der seltenen zweiköpfigen Vertreter seiner Rasse und wesentlich intelligenter als seine brutalen Artgenossen.

Cho’gall war ein echter Magier. Der Gedanke an einen Oger, der über eine derartige Macht verfügte, erfüllte Schicksalshammer mit Schrecken. Überdies war Cho'gall auch der Anführer des Schattenhammerklans geworden und legte denselben Fanatismus an den Tag wie seine Gefolgsleute. Dadurch wurde der zweiköpfige Oger zu einer besonders großen Gefahr.

Schicksalshammer ließ sich seine Vorbehalte nicht anmerken, abgesehen davon, dass er seinen Hammer fester umfasste, sobald der Ogermagier in der Nähe war.

„Nein, das habe ich nicht, werter Schicksalshammer", antwortete Gul'dan und blieb neben ihm stehen. Der Hexenmeister wirkte dürr, beinahe ausgezehrt, was angesichts seines monatelangen Schlafs kein Wunder war. „Aber ich habe die letzten Nachwirkungen meines langen Schlafs überwunden und bringe dir wichtige Erkenntnisse, zu denen ich während dieser Ruhephase gelangt bin."

„Oh? Der Schlaf hat dich weiser gemacht?"

„Er hat mir einen Weg zu großer Macht gewiesen", erklärte Gul'dan mit einem gierigen Blick.

Schicksalshammer wusste, dass es keine gewöhnliche Gier war – nach Frauen, gutem Essen oder Reichtum –, die Gul'dan beseelte. Nein, Gul'dan sann nur nach wahrer Macht und war bereit, alles zu tun, um sie zu erlangen. Seine Taten in ihrer Heimatwelt hatten das allzu deutlich bewiesen.

„Macht für dich – oder für die Horde?", fragte Schicksalshammer.

„Für beide", antwortete der Hexenmeister. Seine Stimme wurde zu einem durchtriebenen Flüstern. „Ich habe einen Ort gesehen, der älter ist, als wir uns vorstellen können – älter selbst als der Heilige Berg auf unserer Welt. Er liegt tief im Ozean verborgen. In ihm wohnt eine Kraft, die diese Welt verändern kann. Wir sollten diese Kraft für uns gewinnen, denn dann wird sich uns nie wieder jemand entgegenstellen können!"

„Schon jetzt kann sich uns niemand entgegenstellen", knurrte Schicksalshammer, „und ich ziehe die ehrliche Macht eines Hammers und einer Axt der verderbten Zauberei vor, die du entdeckt haben willst. Schau doch nur, was deine Intrigen unserer

Welt und unserem Volk angetan haben! Du wirst sie nicht wieder zerstören, kaum dass wir begonnen haben, die Welt zu erobern!"

„Es geht um etwas viel Größeres als deine Wünsche", blaffte der Hexenmeister. Sein Temperament ließ ihn jede Unterwürfigkeit vergessen. „Meine Bestimmung liegt unter dem Wasser, und du kannst nichts tun, um mich daran zu hindern, ihr zu folgen! Diese Horde ist nur der erste Schritt auf dem Weg unseres Volks. Ich werde es sein, der es zum Ziel führt, nicht du!"

„Vorsicht, Hexenmeister!", antwortete Schicksalshammer. Er hob seine Waffe und stieß sie Gul'dan leicht gegen die Wange. „Denk daran, was dem letzten Schattenrat zugestoßen ist! Ich kann deinen Schädel wie eine überreife Frucht zerschmettern. Wo liegt deine Bestimmung dann?" Er schaute den sich aufrichtenden Cho'gall finster an. „Und glaube ja nicht, dass dich diese Abnormität schützen wird", zischte er, hob den Hammer noch höher und lachte, als der Ogermagier einen Schritt zurückwich. Angst zuckte über dessen zwei Gesichter. „Ich habe schon Oger vor dir erschlagen und auch ein paar Gronns. Ich kann und werde das gerne wieder tun!" Schicksalshammer beugte sich weit vor. „Deine Absichten sind nicht länger von Interesse. Nur die Horde zählt."

Einen Moment lang sah er kalte Wut in Gul'dans Blick aufflackern und hielt es für möglich, dass der Hexenmeister nicht nachgeben würde. Insgeheim freute er sich darauf.

Schicksalshammer hatte stets die Schamanen seines Volkes geachtet, doch diese Hexenmeister waren etwas ganz anderes. Ihre Kräfte stammten nicht von den Elementen oder den Geistern der Ahnen, sondern aus einer anderen, aus einer schrecklichen Quelle. Die Magie hatte sein Volk von Braun zu Grün verfärbt und seine Heimatwelt zerstört. Deshalb war es gezwungen gewesen, hierherzukommen und um das nackte Überleben zu kämpfen.

Gul'dan war der Anführer der Hexenmeister gewesen, ihr Anstifter, der mächtigste, durchtriebenste und selbstsüchtigste von allen.

Schicksalshammer kannte den Wert der Hexenmeister für die Horde, aber dennoch war er sicher, dass sie *ohne* diese seltsamen Kreaturen weit besser dran gewesen wäre.

Offensichtlich erahnte Gul'dan diese Gedanken nach einem Blick in Schicksalshammers Augen, denn seine Wut schwand, und sein Verhalten ließ nun Vorsicht und Respekt Schicksalshammer gegenüber erkennen.

„Natürlich, großer Schicksalshammer", krächzte der Hexenmeister und neigte den Kopf. „Du hast recht. An erster Stelle steht die Horde." Er grinste, und von seiner Furcht war bereits nichts mehr zu spüren. Die Wut war anscheinend verschwunden, oder zumindest wusste er sie perfekt zu überspielen. „Ich habe einige neue Ideen, die für unseren Feldzug nützlich sein könnten. Doch zuerst einmal liefere ich dir die versprochenen Krieger. Sie sind nicht aufzuhalten, stehen jedoch völlig unter deiner Kontrolle."

Schicksalshammer nickte langsam. „Sehr gut", sagte er. „Ich werde nichts außer Acht lassen, was unserem Sieg dient." Er wandte sich ab und entließ so wortlos den Hexenmeister und dessen Begleitung.

Gul'dan verstand den Wink, verneigte sich und ging. Cho'gall stapfte neben ihm her.

Schicksalshammer wusste, dass er die beiden im Auge behalten musste. Gul'dan war niemand, der eine Niederlage widerstandslos wegsteckte, und er ließ sich gewiss auch nicht lange gängeln. Doch solange der Hexenmeister der Horde diente, war seine Magie nützlich, und Schicksalshammer würde sie einzusetzen wissen. Je eher sie ihre Gegner vernichteten, desto schneller konnte sein Volk die Waffen beiseitelegen, um wieder Häuser zu bauen und Familien zu gründen.

Solche Gedanken wälzend suchte Schicksalshammer nach einem seiner Offiziere. In der ehemaligen großen Halle, wo sich seine Krieger an den Speisen und Getränken labten, die sie dort vorgefunden hatten, traf er ihn an.

„Zuluhed!" Der Orc-Schamane schaute auf. Sofort schob er

den Kelch und den Teller von sich, als Schicksalshammer seinen Namen rief, und eilte schleunigst herbei. Zuluheds rotbraune Augen waren noch immer scharf und umrahmt von zerfransten grauen Zöpfen.

„Schicksalshammer!“ Anders als Gul’dan verbeugte Zuluhed sich nicht. Schicksalshammer duldete das, war Zuluhed doch selbst Häuptling, nämlich Oberhaupt des Drachenmalklans. Zudem war er Schamane, der einzige, der der Horde erhalten geblieben war. Nicht zuletzt aus diesem Grund bedachte Schicksalshammer ihn mit besonderer Aufmerksamkeit.

„Wie geht die Arbeit voran?“ Schicksalshammer hielt sich nicht mit Förmlichkeiten auf, nahm jedoch den Becher entgegen, den Zuluhed ihm anbot. Der Wein war exzellent, und die Reste menschlichen Blutes darin verbesserten das Bouquet spürbar.

„Wie immer“, antwortete der Anführer des Drachenmalklans. Man konnte ihm die Empörung vom Gesicht ablesen.

Vor einigen Monaten hatte der Schamane Schicksalshammer von merkwürdigen Visionen erzählt, die ihn plagten. Es handelte sich um Visionen von einer bestimmten Gebirgsregion, unter der ein mächtiger Schatz vergraben liegen sollte. Jedoch versprach dieser Schatz keinen Reichtum, sondern einzig und allein *Macht*.

Schicksalshammer vertraute dem älteren Häuptling und erinnerte sich der Kraft einer Schamanenvision in ihrer ursprünglichen Welt. Er hatte Zuluhed erlaubt, mit seinem Klan nach dem Berg und dem darin schlummernden Machtmittel zu suchen. Es hatte Wochen gedauert, doch schließlich hatte der Drachenmalklan eine Höhle tief unter der Erde gefunden.

Dort waren sie auf ein merkwürdiges Objekt gestoßen: eine goldene Scheibe, die sie *Dämonenseele* genannt hatten. Zwar hatte Schicksalshammer das Artefakt noch nicht selbst gesehen, doch Zuluhed hatte ihm versichert, es strahle ein hohes Alter und eine unglaubliche Kraft aus. Unglücklicherweise war diese Kraft jedoch nur schwer zu kontrollieren.

„Du hast mir versprochen, die Macht darin beherrschen zu können“, erinnerte Schicksalshammer ihn und warf den leeren

Becher achtlos beiseite. Scheppernd prallte er gegen die Wand und fiel zu Boden.

„Das werde ich auch“, versicherte Zuluhed. „Die Dämonenseele besitzt gewaltige Kräfte und eine so große Macht, dass sie Berge zu zertrümmern und den Himmel aufzureißen vermag!“ Er runzelte die Stirn. „Bislang hat sie jedoch meiner Magie widerstanden.“ Er schüttelte den Kopf. „Doch ich werde den Schlüssel dazu finden, dessen bin ich mir sicher. Ich habe vieles in meinen Träumen gesehen! Wenn wir erst einmal ihre Kräfte beherrschen, werden wir sie dazu einsetzen, unsere Gegner zu versklaven! Sobald wir das geschafft haben, werden wir die Lüfte beherrschen, und Feuer wird auf all die hinabregnen, die sich uns entgegenstellen!“

„Ausgezeichnet.“ Schicksalshammer klopfte dem Orc auf die Schulter. Manches Mal beunruhigte ihn der Fanatismus des Schamanen – vor allem, weil Zuluhed nicht ganz in dieser Welt zu leben schien –, doch er zweifelte seine Loyalität nicht an. Deshalb hatte er die Suche des alten Orcs unterstützt, während er Gul'dans Wunsch, der auf einer ähnlichen Vision basierte, rundweg abgelehnt hatte.

Schicksalshammer wusste, dass Zuluhed sich niemals gegen ihn oder sein eigenes Volk wenden würde. Wenn diese Dämonenseele auch nur halb so viel vermochte, wie Zuluhed behauptete – wenn sie es dem Schamanen ermöglichte, seine Vision wahr werden zu lassen –, würde sie der Horde die Übermacht im Kampf sichern. „Lass es mich wissen, wenn alles bereit ist.“

„Selbstverständlich.“ Zuluhed prostete ihm mit seinem Kelch zu, nachdem er ihn aus einem blutverschmierten Krug nachgefüllt hatte.

Schicksalshammer überließ den Schamanen den Freuden des Trinkens und Essens und wanderte durch die gefallene Stadt. Er machte sich gern selbst ein Bild von dem, was seine Krieger trieben, und vermittelte ihnen so das Gefühl, er sei einer von ihnen.

Das band sie noch stärker an ihn. Schwarzfaust hatte das ebenfalls gewusst. Er hatte dafür gesorgt, dass seine Orcs ihn ebenso als Krieger wie als Häuptling respektierten und später dann auch als Kriegshäuptling.

Das war eine der Lektionen, die Schicksalshammer von seinem Vorgänger gelernt hatte. Sein Gespräch mit Zuluhed hatte das ungute Gefühl beseitigt, das Gul'dan in ihm zurückgelassen hatte. Als er durch die Straßen ging, fühlte er sich prächtig. Seine Leute hatten hier einen großen Sieg errungen und es sich redlich verdient, ausgelassen feiern zu dürfen. Er würde ihnen einige Tage des Vergnügens gewähren, bevor sie sich dem nächsten Ziel zuwandten.

Gul'dan beobachtete Schicksalshammer aus der Entfernung, gut verborgen im Schatten eines Gebäudes.

„Was haben er und Zuluhed nur vor?“, murmelte er, den Kriegshäuptling nicht aus den Augen lassend.

„Keine Ahnung“, antwortete Cho'gall. „Sie sind sehr verschwiegen. Ich weiß, dass es um etwas geht, was der Drachenmalklan in den Bergen gefunden hat. Der halbe Klan ist jetzt dort. Aber ich weiß nicht, was sie dort tun.“

„Das ist eigentlich auch egal.“ Gul'dan furchte die Stirn und rieb sich geistesabwesend über einen seiner Hauer, während er nachdachte. „Was immer es auch ist, es sorgt zumindest dafür, dass Schicksalshammer abgelenkt ist. Und das ist sehr zu unserem Vorteil. Es wäre nicht gut, wenn er unsere Pläne aufdeckte, bevor wir sie umgesetzt haben.“ Er grinste. „Ist das erst einmal geschehen, ist es zu spät für ihn.“

„Wirst du ihn als Kriegshäuptling absetzen?“, fragte Cho'galls anderer Kopf, während sie zu ihrem Quartier zurückkehrten.

„Ich? Nein.“ Gul'dan lachte. „Ich habe keine Lust, mit Axt oder Hammer durch die Straßen zu ziehen, um meine Feinde zu erschlagen. Ich habe andere Vorstellungen: Ich treffe sie in ihrem Geist und erschlage sie aus der Ferne – und zwar Hunderte oder Tausende auf einen Streich!“ Er lächelte bei dem Gedanken. „Schon bald wird alles, was mir versprochen wurde, auch mir gehören. Dann ist Schicksalshammer nichts mehr im Vergleich zu mir. Selbst die Macht der Horde wird gegen mich verblassen.

Ich werde meine Hand ausstrecken und diese Welt säubern … um sie dann nach meinen Vorstellungen neu zu errichten!“ Gul’dan lachte abermals, und das Gelächter hallte von den Ruinen der Gebäude wider, als würde die sterbende Stadt darin einstimmen.

DREI

Aufmerksam beobachtete Khadgar die Ereignisse von der Seite des Thronsaals aus. Er hielt sich auf Lothars ausdrücklichen Wunsch hier auf: sowohl als Zeuge der Ereignisse als auch, wie Khadgar vermutete, um als vertrautes Gesicht in diesem merkwürdigen Land zu dienen.

Khadgars Neugier hatte dazu beigetragen, die Einladung anzunehmen, doch er vermied es wohlweislich, sich diesen Männern gegenüber als Gleichgestellter zu verhalten. Und das trotz der Macht, die er verkörperte.

Jeder Einzelne von ihnen war ein König und in der Lage, mit einem Fingerschnippen seinen Tod zu befehlen. Khadgar hatte viel zu lange im Mittelpunkt der Ereignisse gestanden, obwohl er seit seiner frühesten Jugend daran gewöhnt war, zu beobachten, abzuwarten, zu analysieren und erst nach reiflicher Überlegung zu handeln.

Es war schön, zu diesen alten Gewohnheiten zurückkehren zu können, selbst wenn es nur für kurze Zeit sein würde.

Er erkannte viele der anwesenden Männer, zumindest der Beschreibung nach. Der große, brummige Mann mit den markanten Gesichtszügen, dem dichten schwarzen Bart und der schwarz-grauen Rüstung war Genn Graumarn. Er herrschte über die südlichen Ländereien von Gilneas. Khadgar hatte gehört, dass er viel schlauer war, als es den Anschein erweckte.

Der große, hagere Mann mit der verwitterten Haut und der grünen Marineuniform war natürlich Admiral Daelin Prachtmeer, der Herrscher über Kul Tiras. Es war sein Amt als Kommandeur über die größte und effektivste Marine der Welt, das selbst Terenas ihn wie einen Ebenbürtigen behandeln ließ.

Der ruhige, kultiviert wirkende Mann mit dem ergrauenden braunen Haar und den dunklen Augen war Lord Aiden Perenolde, der Herrscher Alteracs. Er blickte gerade zu Thoras Trollbann, dem König des Nachbarreichs Stromgarde.

Doch der große, raue Trollbann ignorierte ihn. Das Leder und die Felle, die seinen Körper bedeckten, schirmten ihn von Perenoldes Wut offensichtlich ebenso ab, wie sie ihn vor dem unberechenbaren Wetter seiner Heimatberge schützten.

Sein wettergegerbter Kopf war einem kleinen, kräftigen Mann mit einem schneeweißen Bart und freundlichem Gesicht zugewandt. An keinem Ort des Kontinents musste dieser Mann vorgestellt werden, selbst wenn er seine Feiertagsgewänder und den Stab einmal nicht trug: Alonsus Faol war der Erzbischof der Kirche des Lichts und wurde allerorten von den Menschen hochgeachtet.

Khadgar, der Faol noch nie persönlich begegnet war, erkannte schlagartig, warum das so war. Die Aura des Friedens und der Weisheit, die den Erzbischof umgab, war beinahe mit Händen zu greifen.

Ein violettes Flackern, das er aus dem Augenwinkel wahrgenommen hatte, lenkte Khadgar ab. Er wandte sich um und musste dagegen ankämpfen, nicht allzu dumm dreinzuschauen.

Eine Legende betrat den Thronsaal. Groß und hager, mit langem, grau durchwirktem braunem Bart und buschigen Augenbrauen, die Glatze von einer goldumrandeten Kappe bedeckt, erschien der Erzmagier Antonidas.

In all seinen Jahren in Dalaran hatte Khadgar den Anführer der Kirin Tor nur zweimal zu Gesicht bekommen. Einmal im Vorbeigehen und das zweite Mal, als Khadgar darüber informiert wurde, dass er zu Medivh gehen sollte.

Den Meistermagier, jeder Zoll ein echter Monarch, hier neben den anderen Regenten zu sehen, erfüllte Khadgar mit großer Ehrfurcht und dem überraschenden Gefühl von Heimweh. Er vermisste Dalaran und fragte sich, ob er die Stadt der Zauberer wohl jemals wiedersehen würde.

Vielleicht, wenn der Krieg vorbei war. Wenn er ihn denn überlebte ...

Antonidas war der letzte Ankömmling. Als er die Fläche vor der Empore erreichte, erhob sich Terenas und klatschte in die Hände. Das Geräusch hallte von den hohen Wänden wider, und augenblicklich erstarben sämtliche Gespräche. Die Aufmerksamkeit aller Anwesenden richtete sich auf den königlichen Gastgeber.

„Danke, dass ihr alle hier erschienen seid“, begann Terenas. Seine Stimme durchdrang den Raum. „Ich weiß, dass meine Einladung überraschend für euch kam, aber ich habe wichtige Dinge mit euch zu besprechen, die keinen Aufschub dulden.“ Er machte eine kurze Pause, bevor er sich an den Mann wandte, der auf der Empore neben ihm stand. „Ich präsentiere euch Anduin Lothar, den Helden von Sturmwind. Er ist als Überbringer einer Nachricht hierhergekommen – und vielleicht sogar als unser aller Retter. Ich denke, am besten erzählt er selbst euch, was er erlebt hat und was uns vielleicht bald schon bedroht.“

Lothar trat vor. Terenas hatte ihn mit frischer Kleidung versorgen wollen, doch Lothar hatte darauf bestanden, seine ramponierte Rüstung anzubehalten. Sein Schwert ragte noch immer über seiner Schulter auf, was, wie Khadgar vermutete, einige der Monarchen ebenfalls bemerkt hatten. Doch es waren das Gesicht des Helden und seine Worte, die ihm sofort ihre ungeteilte Aufmerksamkeit sicherten.

„Eure Majestäten“, begann Lothar. „Ich danke Euch, dass Ihr zu diesem Treffen erschienen seid und mir zuhört. Ich bin kein Dichter und auch kein Diplomat, sondern ein Krieger. Aus diesem Grund werden meine Worte direkt und knapp bemessen sein.“ Er atmete tief durch. „Meine Heimat Sturmwind ist nicht mehr.“ Einige der Könige schnappten hörbar nach Luft, andere wurden aschfahl. „Sie fiel einer Horde von Kreaturen zum Opfer, die sich Orcs nennen. Es sind schreckliche Feinde, so groß wie ein Mensch, doch sehr viel stärker. Sie haben bestialische Gesichtszüge, eine grüne Haut und rote Augen. Diese Horde erschien vor Kurzem und begann unsere Patrouillen zu attackieren", fuhr Lothar fort. „Doch das waren nur ihre Voraustrupps. Als uns ihre versammelte Armee angriff, waren wir völlig überrascht. Es sind Zehntausende von Kriegern – genug, um das Land wie ein unheilvoller Schatten zu überziehen. Die Orcs sind stark, grausam und erbarmungslos." Er seufzte. „Wir bekämpften sie, so gut wir konnten, doch unsere Kräfte reichten nicht aus. Die Horde belagerte unsere Stadt, nachdem sie das Land verwüstet hatte. Obwohl wir sie eine Zeit lang zurückhalten konnten, durchbrachen die Orcs schließlich unsere Verteidigungslinien. König Llane wurde getötet ..."

Khadgar bemerkte, dass Lothar verschwieg, wie der König gestorben war. Vielleicht hätte die Erwähnung der Halborc-Mörderin, der sie als Kundschafterin vertraut hatten, den Bericht abgeschwächt. Er hatte dafür vollstes Verständnis, zumal er die Sache auch nicht weiter vertiefen wollte, da auch er Garona für eine Freundin gehalten hatte und immer noch bestürzt war ob ihres Verrats.

„... und ebenso die meisten unserer Adligen", fuhr Lothar fort. „Ich bekam den Auftrag, Llanes Sohn und so viele Menschen wie möglich in Sicherheit zu bringen und den Rest der Welt davon in Kenntnis zu setzen, was geschehen war. Die Horde stammt nicht aus unserem Land, nicht einmal aus dieser Welt. Sie wird sich nicht damit zufriedengeben, einen einzigen Kontinent zu beherrschen. Vielmehr will sie auch alle anderen Gebiete vereinnahmen – ja die ganze Welt!"

„Ihr wollt damit sagen, dass diese Orcs auch hierherkommen", sagte Prachtmeer, als Lothar eine Pause einlegte, und es war mehr eine Feststellung als eine Frage.

„Ja." Lothars einfache Antwort versetzte die anderen in Erstaunen, und vielleicht bestürzte sie sie auch.

Prachtmeer nickte. „Haben sie Schiffe?", fragte er.

„Das weiß ich nicht", antwortete Lothar wahrheitsgemäß. „Wir haben keine Boote bei ihnen gesehen. Andererseits haben wir die Horde zum ersten Mal im letzten Jahr entdeckt." Er furchte die Stirn. „Doch selbst wenn die Orcs bislang keine Schiffe hatten, so besitzen sie auf jeden Fall *jetzt* welche. Sie haben überall längs der Küste Überfälle begangen. Auch wenn einige Schiffe sicherlich gesunken sind, so sind die anderen seither verschwunden."

„Dann können wir davon ausgehen, dass sie die Absicht haben, den Ozean zu überqueren." Prachtmeer wirkte nicht sonderlich überrascht, fand Khadgar. Wahrscheinlich hatte er bereits das Schlimmste angenommen. „Sie könnten gerade jetzt unterwegs zu uns sein."

„Sie können auch auf dem Landweg kommen", knurrte Trollbann. „Vergesst das nicht!"

„Aye, das ist wahr", stimmte Lothar zu. „Wir sind ihnen das erste Mal im Osten begegnet, in der Nähe der Sümpfe des Elends. Sie hatten ganz Azeroth durchquert, um Sturmwind zu erreichen. Wenn sie sich nach Norden wenden, können sie die Brennenden Steppen und die Berge überqueren und sich Lordaeron von Süden her nähern."

„Von Süden?", fragte Genn Graumarn. „An uns kommen sie nicht vorbei! Ich werde jeden, der versucht, meine Südküste einzunehmen, vernichten!"

„Ihr versteht nicht." Lothar sah müde aus und klang erschöpft. „Ihr seid ihnen noch nicht gegenübergetreten. Ihre Anzahl und ihre Stärke sind deshalb für Euch nur schwer einzuschätzen. Aber ich sage Euch, Ihr könnt nicht gegen sie bestehen." Er schaute die versammelten Monarchen voller Stolz und Kummer an. „Sturmwinds Armee war erstklassig", versicherte er ihnen. „Meine Krieger waren gut ausgebildet und im Kampf geübt. Wir hatten uns den Orcs schon früher gestellt und sie auch manches Mal geschlagen. Doch das war nur ihre Vorhut gewesen. Der Horde gegenüber fühlten wir uns wie verwirrte Kinder, wie alte Männer ... wie welkes Gemüse." Seine Stimme war brüchig, und seine Worte zeugten von seiner schmerzlichen Überzeugung. „Sie werden über die Berge hinwegströmen und dann über Euch und Eure Länder herfallen."

„Was sollen wir dann gegen sie unternehmen?", fragte Erzbischof Faol. Seine souveräne Stimme beruhigte die aufgeheizten Gemüter im Saal. Niemand wurde gern ein Narr geheißen, erst recht kein König im Beisein Gleichgestellter.

„Wir müssen uns *verbünden*", sagte Lothar. „Keiner von Euch kann es allein mit ihnen aufnehmen. Doch wir alle zusammen ... könnten es schaffen."

„Ihr sagt, dass sich diese Bedrohung nähert, und das will ich keineswegs bestreiten", merkte Perenolde an. Seine melodiöse Stimme fiel zwischen den rauen Klängen der anderen Könige auf. „Ferner sagt Ihr, dass wir uns zusammenschließen müssen, um dieser Bedrohung Herr zu werden. Doch ich frage mich: Habt Ihr auch andere Mittel erprobt, um den Konflikt zu lösen? Sicherlich sind diese ... Orcs ... der Vernunft zugängliche Kreaturen. Wahrscheinlich verfolgen auch sie ein Ziel. Vielleicht können wir ja mit ihnen verhandeln?"

Lothar schüttelte den Kopf. Seine gequälten Gesichtszüge demonstrierten allzu deutlich, für wie töricht er diese Diskussion hielt. „Sie wollen die Welt, unsere Welt", antwortete er langsam, als würde er mit einem kleinen Kind sprechen, das ihn nicht verstehen wollte. „Sie werden sich mit nichts Geringerem zufriedengeben. Wir haben Kundschafter ausgeschickt, Boten, Botschafter." Er verzog die Lippen zu einem bitteren Lächeln. „Die meisten kamen als grässlich zugerichtete Leichen zurück – wenn sie denn überhaupt zurückkehrten."

Khadgar beobachtete, wie sich einige der Könige unterhielten. Aus dem Tonfall der Gespräche schloss er, dass sie das Ausmaß der Gefahr, in der sie alle schwebten, noch nicht begriffen hatten. Seufzend trat er vor, wobei er sich fragte, warum die Anwesenden ihm eher Glauben schenken sollten als Lothar. Doch er musste es wenigstens versuchen.

Glücklicherweise trat noch jemand nach vorn. Obwohl dieser

Jemand ein Gewand und keine Rüstung trug, strahlte er deutlich mehr Autorität aus als Khadgar.

„Hört mich an!“, rief Antonidas. Seine Stimme war dünn, vermochte jedoch noch immer in ihren Bann zu ziehen. Er hob seinen geschnitzten Stab, und die Spitze leuchtete, was die anwesenden Männer verwirrte. „Hört mich an!“, verlangte er erneut, und dieses Mal verstummte jegliches Gespräch. „Ich habe schon vor einiger Zeit Berichte über diese Bedrohung erhalten“, erklärte der Erzmagier. „Die Zauberer von Azeroth waren anfänglich fasziniert vom Aussehen der Orcs, doch schließlich wich diese Faszination blankem Entsetzen. Sie sandten uns viele Briefe mit Informationen und der Bitte um Hilfe.“ Er runzelte die Stirn. „Ich befürchte, wir haben sie nicht aufmerksam genug gelesen. Wir erkannten die Gefahr, hielten die Orcs jedoch für nur wenig mehr als eine lokale Plage, die sich auf den Kontinent beschränkte. Offenbar haben wir uns leider getäuscht. Ich kann euch versichern, dass sie hochgefährlich sind. Wir haben die Worte des Helden von Sturmwind missachtet – und ich befürchte, das gereicht uns zum Nachteil.“

„Wenn sie so gefährlich sind, warum haben sich die Zauberer dort nicht um sie gekümmert?“, wollte Graumarn wissen. „Warum haben sie nicht ihre Magie eingesetzt, um ihnen ein Ende zu machen?“

„Weil auch die Orcs über Magie verfügen“, konterte Antonidas, „wirksame Magie. Die meisten ihrer Hexenmeister sind zwar schwächer als unsere Magier – zumindest den Berichten nach, die meine Kameraden übermittelt haben –, doch sie sind uns zahlenmäßig weit überlegen und können zusammenarbeiten. Das ist unseren Leuten leider nie leichtgefallen.“

Khadgar war sicher, Bitterkeit in der Stimme des alten Magiers mitschwingen zu hören, und er verstand ihn nur zu gut. Wenn es etwas gab, was jedes Mitglied der Kirin Tor zu schätzen wusste, dann war es die eigene Unabhängigkeit. Auch nur zwei Zauberer dazu zu bewegen, ein gemeinsames Vorhaben zu verfolgen, war bereits enorm schwierig, und der Gedanke, *mehr* als zwei

Zauberer zusammenarbeiten zu lassen, lag jenseits aller Vorstellungskraft.

„Unsere Zauberer haben zurückgeschlagen", erklärte Lothar. „Sie haben das Ruder in mehreren Schlachten herumgerissen. Doch leider hat der Erzmagier recht. Es waren viel zu wenige, um eine größere Wirkung erzielen zu können. Für jeden Hexenmeister, den wir töteten, kam ein neuer, der seinen Platz einnahm – plus zwei weitere. Sie reisten mit den Trupps der Vorhuten und den kleineren Verbänden, die sie vor Angriffen schützten. Sie setzten ihre Magie ein, um die Kraft der Krieger zu verstärken." Er runzelte die Stirn. „Unser größter Zauberer, Medivh, verfiel der Finsternis der Horde. Die meisten unserer Magier waren ebenso verloren. Ich bezweifle, dass Magie allein sie zur Umkehr bewegen kann."

Khadgar fiel auf, dass Lothar unerwähnt ließ, wie oder warum Medivh gestorben war, und bewunderte das Taktgefühl des Kriegers. Ihm entging auch nicht der scharfe Blick, den Antonidas in seine Richtung warf, und er unterdrückte ein Seufzen. Irgendwann würde der Rat der Kirin Tor eine vollständige Erklärung der Sachlage verlangen. Khadgar wusste, dass er sich dann mit nichts weniger als der Wahrheit zufriedengeben würde.

Er vermutete, dass es für sie alle tödlich enden konnte, wenn sie etwas zurückhielten, da es eng mit der Anwesenheit der Horde und früheren Ereignissen verknüpft war.

„Ich finde es merkwürdig", säuselte Perenolde, „dass ein Fremder sich so sehr um unser Wohlergehen und unser Überleben sorgt." Er grinste selbstgefällig, während er Lothar ansah.

Khadgar musste sich beherrschen, um den Bart des Königs nicht in Brand zu stecken. „Verzeiht, wenn ich den Daumen in offene Wunden lege! Euer Land wurde überrannt, Euer Königreich ist verschwunden, Euer König tot, und Euer Prinz ist noch ein Knabe ... Stimmt das nicht?"

Lothar nickte zähneknirschend. Es bedurfte einiger Selbstbeherrschung, dem arroganten König nicht den Kopf abzureißen.

„Ihr habt uns von dieser Bedrohung berichtet, und dafür sind wir Euch dankbar. Doch Ihr sprecht immer wieder davon, was wir tun müssen und wie wir uns zu vereinigen haben …“ Perenolde blickte sich übertrieben auffällig im Thronsaal um.

Varian war nicht anwesend. Terenas hatte ihn bei sich aufgenommen und behandelte den verstörten Prinzen wie ein Mitglied seiner eigenen Familie. Lothar und Terenas hatten beschlossen, dass der Junge von der weiteren Untersuchung der Vorgänge verschont bleiben sollte.

„Ich sehe hier niemanden aus Eurem Königreich. Ihr selbst habt gesagt, dass der Prinz noch ein Knabe ist und Euer Land besetzt wurde. Wenn wir uns also tatsächlich dazu entschließen würden, unsere Kräfte zu vereinen, was könntet Ihr dazu beitragen? Abgesehen von Eurem eigenen Können selbstverständlich.“

Wütend öffnete Lothar den Mund zu einer Antwort, doch er wurde erneut unterbrochen. Überraschenderweise schaltete sich König Terenas ein.

„Ich dulde es nicht, dass meine Gäste derart beleidigt werden“, verkündete Lordaerons Herrscher mit schneidender Stimme. „Dieser Mann hat uns von einer großen Gefahr berichtet und uns nichts anderes als Ehre und Hingabe bewiesen, und das ohne Rücksicht auf seinen persönlichen Kummer!“

Perenolde nickte und deutete eine halbherzige Geste der Entschuldigung an.

„Außerdem irrt Ihr Euch, wenn Ihr denkt, er sei allein hierhergekommen, oder ihn für ehrlos erachtet“, fuhr Terenas fort. „Prinz Varian Wrynn ist mein Ehrengast und wird das auch bleiben, bis er beschließt, wieder abzureisen. Ich habe mich persönlich verpflichtet, ihn bei der Rückeroberung seines Königreichs zu unterstützen.“

Einige der anderen Monarchen murmelten. Khadgar konnte sich denken, was in ihnen vorging. Terenas hatte gerade offiziell auf alle Ansprüche auf Sturmwind verzichtet und die anderen Könige darüber in Kenntnis gesetzt, dass er Varian beistehen wolle – und das alles in nur wenigen Sätzen.

Das war ein cleverer Schachzug, und sein Respekt vor dem König von Lordaeron nahm deutlich zu.

„Fürst Lothar hat Prinz Varian Wrynn zusammen mit einigen anderen Personen aus seinem Königreich hierher gebracht", fuhr Terenas fort. „Darunter befinden sich auch Soldaten. Obwohl ihre Zahl nicht groß ist, verglichen mit der Gefahr, der wir uns gegenübersehen, ist ihre Erfahrung im Kampf gegen die Orcs unbezahlbar. Einige Teile der Armee Sturmwinds ziehen vielleicht noch umher, verwirrt und führungslos. Sie werden dem Aufruf ihres Helden sicher Folge leisten und unser Aufgebot verstärken. Fürst Lothar ist ein erfahrener Kommandeur und ein überaus kluger Stratege, und ich habe höchsten Respekt vor seinen Fähigkeiten."

Terenas machte eine Pause und blickte Lothar fragend an. Khadgar sah fasziniert zu, wie der Held nickte. Lothar und der König waren mehrfach zusammengekommen, während sie auf die Ankunft der anderen Monarchen gewartet hatten. Khadgar war nicht bei allen Gesprächen zugegen gewesen, und nun fragte er sich, was ihm wohl entgangen sein mochte.

„Schließlich ist da noch die Behauptung, Lothar sei ein Fremder ..." Terenas lächelte. „Obwohl er diesen Kontinent noch nie zuvor mit seiner Gegenwart beehrt hat, ist er alles andere als ein Fremder, denn er hat starke Bindungen zu dem Land und zu unserem Königreich. Lothar stammt von den Arathi ab. Er ist der Letzte ihrer edlen Linie und deshalb befugter als jeder andere Anwesende, in diesem Rat das Wort zu ergreifen!"

Diese Enthüllung sorgte für einige Unruhe unter den anderen Königen, und auch Khadgar betrachtete seinen Begleiter plötzlich mit ganz anderen Augen.

Ein Arathi! Er hatte natürlich von Arathor gehört, wie wohl jeder in Lordaeron. Vor langer Zeit war es das erste Volk auf dem Kontinent gewesen. Seine Angehörigen hatten intensive Kontakte zu den Elfen gepflegt. Gemeinsam hatten die beiden Völker am Fuß des Alterac-Gebirges gegen eine riesige Armee von Trollen gekämpft, und ihren vereinten Kräften war es gelungen, die Attacke abzuwehren und die Trollgemeinschaft für immer zu zerschlagen.

Das arathorianische Reich war erblüht und hatte sich ausgeweitet, bis es Jahre später in die kleineren Nationen zerfallen war, die heute den Kontinent prägten. Die Menschen verließen Strom, die Hauptstadt des arathorianischen Reiches, um in fruchtbarere Gegenden im Norden zu ziehen. Damals war auch der letzte Arathi verschwunden. Einigen Erzählungen zufolge waren sie nach Süden gewandert, noch über Khaz Modan hinaus, in die Wildnis von Azeroth. Und Strom wurde schnell zum Zentrum von Stromgarde, Trollbanns Reich.

„Es stimmt", verkündete Lothar feierlich, und sein Blick schien jeden herauszufordern, der ihn der Lüge bezichtigen wollte. „Ich stamme von König Thoradin ab, dem Gründer von Arathor. Meine Familie zog nach Azeroth, nachdem das Reich zusammenbrach, und gründete dort eine neue Nation, die als Sturmwind bekannt wurde."

„Also seid Ihr gekommen, um Eure Herrschaft über uns zu verkünden?", wollte Graumarn wissen.

„Nein", widersprach Lothar. „Meine Ahnen gaben jeden Anspruch auf Lordaeron schon vor langer Zeit auf, als sie sich entschlossen, das Land zu verlassen. Doch mich verbinden enge Bande mit diesem Land, das mein Volk zu erobern und zu zivilisieren half."

„Und er kann sich noch immer auf den alten Beistandspakt berufen", fügte Terenas hinzu. „Die Elfen schworen, Thoradins Haus zu unterstützen, wann immer es Hilfe benötigt. Sie werden dieser Vereinbarung sicherlich auch heute noch nachkommen."

Dankbare Blicke hefteten sich auf Lothars Gestalt, und Geflüster wurde laut. Khadgar nickte. Plötzlich war Lothar in den Augen der versammelten Herrscher mehr als nur ein Krieger, mehr sogar als ein Anführer. Jetzt war er das Bindeglied zu den Elfen. Wenn dieses alte, Magie wirkende Volk sich tatsächlich mit ihnen verbündete, erschien die Horde plötzlich nicht mehr so unbezwingbar.

„Das ist ein großartiges Angebot", sagte Perenolde trocken. „Vielleicht sollten wir uns ein wenig Zeit gönnen, um all das zu überdenken, was wir gehört haben. Ich bin der Meinung, das ist nötig, um unsere Länder vor dieser neuen Gefahr zu beschützen."

„Einverstanden", sagte Terenas und fragte die anderen Monarchen erst gar nicht nach ihrer Zustimmung. „In der Tafelhalle habe ich ein Büfett vorbereiten lassen, und ich lade Euch alle ein, mich dorthin zu begleiten. Nicht als Könige, sondern als Nachbarn und Freunde. Lasst uns diese Sache nicht beim Essen besprechen. Wir werden leichter eine Entscheidung treffen können, nachdem wir das Essen und die Kunde von der drohenden Gefahr verdaut haben."

Khadgar schüttelte den Kopf, als die Monarchen nickten und sich auf die Tür zubewegten. Perenolde war gerissen, das war klar. Er hatte bemerkt, dass die anderen Könige Lothar ihre Unterstützung gewähren würden, und einen Weg gefunden, seine Entscheidung zu revidieren.

Khadgar vermutete, dass der König von Alterac nach dem Essen verkünden würde, dass er es sich überlegt habe und fortan Lothar unterstützen wolle. So vermied er es, das Gesicht zu verlieren oder in eine schwächere Position innerhalb der entstehenden Allianz gedrängt zu werden. Denn für eine solche würden die Könige sich wahrscheinlich in Kürze entscheiden.

Als er den Oberhäuptern der Länder aus dem Raum folgte, bemerkte Khadgar eine Bewegung über sich. Er schaute nach oben und erhaschte einen Blick auf zwei Köpfe, die von einem der oberen Balkone auf die Menge heruntersahen.

Eines der Häupter war dunkelhaarig: Prinz Varian. Natürlich wollte der Erbe von Sturmwind wissen, was in der Besprechung beschlossen wurde. Der zweite Kopf war blond und gehörte zu einem Knaben, der weit genug im Hintergrund blieb, dass Varian seinen Schatten nicht bemerkte.

Der Jüngling erkannte, dass Khadgar zu ihm hinaufsah, und grinste, bevor er hinter dem Vorhang des Balkons verschwand.

Khadgar verstand. Der junge Prinz Arthas wollte ebenfalls wissen, was sein Vater und die anderen planten. Warum auch nicht? Lordaeron würde ihm eines Tages gehören – wenn sie es schafften, die Horde daran zu hindern, das Land zu überrennen.

VIER

Schicksalshammer sprach gerade mit einem seiner Offiziere, Rend Schwarzfaust vom Black-Tooth-Grin-Klan, als ein Kundschafter hereinstürzte. Obwohl der Orc eindeutig eine eilige Nachricht zu überbringen hatte, blieb er einige Schritte von Schicksalshammer und Rend entfernt stehen, wartete und versuchte wieder zu Atem zu kommen. Schließlich schaute Schicksalshammer in seine Richtung und nickte.

„Trolle!", keuchte der Orc-Kundschafter. „Waldtrolle, eine ganze Armee, wie es aussieht!"

„Trolle?" Rend lachte. „Was ist, greifen sie uns an? Ich dachte, sie seien klüger als Oger, nicht dümmer!"

Schicksalshammer musste ihm zustimmen. Das eine Mal, das er auf Waldtrolle gestoßen war, hatten sie ihn beeindruckt und wegen ihrer Gerissenheit sogar ein wenig beunruhigt. Obwohl größer als die Orcs, waren die Trolle schlanker und beweglicher – besonders in den Wäldern, was sie dort zu einer echten Gefahr machte. Das Wasser zu überqueren, um zu dieser Insel zu gelangen, passte jedoch nicht zu ihrem üblichen Verhalten.

Der Kundschafter schüttelte den Kopf. „Sie greifen nicht an. Sie sind auf dem Festland und wurden gefangen genommen." Er grinste. „Von Menschen."

Schicksalshammers Interesse war geweckt. „Wo?", wollte er wissen.

„Unweit der Küste, fast noch im Wald", antwortete der Kundschafter prompt. „Sie wollten nach Westen, obwohl sie sehr langsam waren."

„Wie viele sind es?"

„An die vierzig Menschen", antwortete der Kundschafter, „und zehn Trolle."

Schicksalshammer nickte und wandte sich an Rend: „Nimm deine stärksten Krieger! Ihr macht euch sofort auf den Weg. Macht schnell!" Er schaute den Anführer des Black-Tooth-Grin-Klans finster an. „Lasst euch in keine Gefechte verwickeln", befahl er. „Das ist nur ein Überfallkommando. Ihr sollt die Trolle retten und hierher bringen. Vermeide, dass man dich sieht, und töte jeden, der dich bei der Aktion beobachtet! Ich will nicht, dass unsere Kriegspläne hinfällig werden, nur weil du achtlos warst."

Der Häuptling nickte und verschwand ohne ein Wort. Er lief zu einem Untergebenen, der träge in der Nähe döste.

Rend brüllte seine Befehle schon, bevor er den anderen Orc erreicht hatte. Der Krieger richtete sich schnell auf, nickte und rannte los, um seine Kameraden zusammenzutrommeln.

Schicksalshammer wartete ungeduldig und signalisierte dem Kundschafter, ebenfalls zu warten. Nervös faltete er seine Hände in Erwartung der Rückkehr des Trupps. In seinen Gedanken war er währenddessen weit weg. Er erinnerte sich an sein erstes Zusammentreffen mit den Trollen vor vielen Monaten ...

Schwarzfaust hatte die anderen Orc-Klans auf der Heimatwelt geschockt, als er ihnen mitteilte, dass er sich mit den Ogern verbünden wollte. Doch diese Verbindung hatte sich als nützliche Partnerschaft erwiesen. Die monströsen Kreaturen verschafften der Horde eine enorme zusätzliche Stärke. Dennoch waren noch immer nicht alle Orcs mit diesem Bündnis einverstanden. So waren viele Orcs äußerst skeptisch gewesen, als sie in verschiedenen Berichten von ähnlichen Kreaturen auf dieser neuen, fruchtbaren Welt erfahren hatten – und Schwarzfaust ihnen verkündete, dass er auch diese Monster unter seinem Kriegsbanner vereinen wollte.

Er hatte Schicksalshammer mit einer Handvoll Schwarzfels-Kriegern ausgeschickt, um den Kontakt herzustellen. Das war ein Zeichen des großen Vertrauens gewesen, das er in seinen jungen Stellvertreter setzte.

Noch immer fühlte Schicksalshammer sich schuldig, weil er das Vertrauen seines Kriegshäuptlings missbraucht und sich gegen ihn gewandt – ihn getötet! – und seinen Platz als Anführer eingenommen hatte.

Aber so war es nun einmal bei den Klans, und Schwarzfaust hätte sein Volk in Tod und Vernichtung geführt. Schicksalshammer war *gezwungen* gewesen, so zu handeln, um sie alle zu retten.

Er griff hinter sich und ließ seine Finger über den glatten Hammerkopf aus Stein gleiten. Der Griff ragte weit über seiner Schulter auf, und der tödliche Teil hing etwa auf der Höhe seines Oberschenkels.

Vor langer Zeit hatte ein Schamane prophezeit, dass diese mächtige Waffe sein Volk eines Tages erlösen würde. Zugleich sollte derjenige, der den Hammer führte, es jedoch auch verdammen und würde der *Letzte* der Schicksalshammer-Linie sein ...

Schicksalshammer hatte sich viele Male gefragt, ob alles tatsächlich genau so kommen würde. Ganz besonders, da er nun der Kriegshäuptling und Anführer der Horde war.

War seine Machtübernahme die prophezeite Erlösung gewesen? Er selbst glaubte daran. Doch bedeutete das auch, dass er dazu auserwählt war, sein Volk zu verdammen, und dass seine Ahnenreihe mit ihm ihr Ende fand?

Er hoffte es nicht.

Vor ein paar Monaten noch hatte Schicksalshammer sich nicht so intensiv mit diesen Dingen auseinandergesetzt. Damals vertraute er Schwarzfaust noch völlig, was dessen Loyalität zu seinem Volk anging, und wollte ihn als Herrn dieser Welt sehen. Gleichzeitig tat er sein Bestes, um Schwarzfaust von unnötigen Gewaltakten abzuhalten.

Nicht, dass Schicksalshammer den Kampf gescheut hätte. Wie

die meisten Orc-Krieger schätzte er die Herausforderung und den besonderen Nervenkitzel eines Kampfes. Doch es gab auch Situationen, in denen *zu große* Gewalt den Wert eines Sieges schmälern konnte.

Bei diesem Vorstoß, davon war er felsenfest überzeugt, ging es weniger um Krieg als vielmehr um Kommunikation.

Schicksalshammer war fasziniert und geehrt gewesen. Und vielleicht, tief in seinem Innern, auch ein wenig verängstigt. Bislang hatten sie nur Menschen und ein paar kleine, aber mächtige Kreaturen, die Zwerge genannt wurden, auf dieser neuen Welt angetroffen. Wenn es hier jedoch auch Oger gab, konnte es geschehen, dass die Horde auf mächtigere Gegner traf, als sie es bislang erlebt hatte.

Es dauerte zwei volle Wochen, bis Schicksalshammer endlich einem Troll begegnete. Er durchstreifte gerade mit seinen Kriegern den Wald, wo ein Kundschafter sie ausgemacht haben wollte. Als immer mehr Zeit ereignislos verstrich, waren sie schon davon überzeugt, dass der Kundschafter entweder gelogen oder sich schlicht vor einigen Schatten gefürchtet und sich später eine Geschichte zusammengereimt hatte, um von seiner Feigheit abzulenken.

Eines Abends jedoch, als sich die Dämmerung gerade über das Land legte und die Bäume lange Schatten warfen, schwang sich eine Gestalt aus den Ästen herab. Sie landete lautlos auf dem Boden außerhalb des Lichtscheins ihrer Lagerfeuer. Eine weitere Gestalt erschien eine Sekunde später, dann noch eine ... bis Schicksalshammer und seine Leute schließlich von sechs lautlosen, schattenhaften Erscheinungen umzingelt waren.

Anfänglich hatte Schicksalshammer angenommen, der Kundschafter habe doch recht gehabt und ihnen stünden Oger gegenüber, auch wenn diese hier etwas kleiner waren und sich lautlos und mit einer Anmut bewegten, die einem Oger eigentlich fremd war.

Doch dann traf der Schein eines Feuers eine der Gestalten, die sich vorwärtsbewegte, und Schicksalshammer erkannte, dass ihre Haut grün war – so grün wie seine eigene, so grün wie die Blätter an den Bäumen.

Das erklärte, warum sie die Kreaturen nicht schon früher bemerkt hatten. Ihre Farbe erlaubte ihnen, mit dem Blattwerk zu verschmelzen, wenn sie sich durch die Bäume bewegten, wie es diese hier offenbar getan hatten. Er bemerkte auch, dass diese Kreaturen größer als er, jedoch schlanker als ein Oger waren. Ihre Proportionen schienen harmonischer, denn sie hatten keine überlangen Arme, keine übergroßen Hände und keine allzu massigen Köpfe.

Der Blick, den die sich nähernde Gestalt ihm zuwarf, als sie mit einem Speer nach Schicksalshammer stach – der Schein des Feuers spiegelte sich in ihren dunklen Augen –, verriet eine gewisse Intelligenz.

„Wir sind keine Feinde!“, rief Schicksalshammer, und seine Stimme zerriss die Stille der Nacht. Er schlug den Speer mit der Hand beiseite. Dabei stellte er fest, dass die Spitze der Waffe aus behauenem, extrem scharf geschliffenem Stein bestand. „Ich suche euren Anführer!“

Ein Grummeln klang von den Kreaturen herüber. Nach einer Weile erkannte Schicksalshammer, dass es Gelächter war.

„Was du von unserem Anführer wollen, Appetithappen, kleiner?“, antwortete die ihm am nächsten stehende Kreatur. Ihr Mund verzog sich zu einem ebenso hämischen wie monströsen Grinsen.

Diese Geschöpfe hatten ebenfalls Hauer, wie Schicksalshammer jetzt sah, doch ihre waren deutlich länger und dicker als seine, wenn auch, so hatte es zumindest den Anschein, um einiges stumpfer. Er bemerkte auch das Haar der Kreatur, das in einer dunklen Krone über ihrem Kopf auslief.

Das war gewiss kein natürliches Aussehen und bedeutete, dass diese Kreaturen sich pflegten.

Ganz offenkundig waren es keine wilden Bestien.

„Ich würde gern mit ihm im Auftrag meines Anführers sprechen“, antwortete Schicksalshammer. Er behielt seine Hände offen am Körper, um zu demonstrieren, dass er keinen Angriff beabsichtigte. Trotzdem blieb er wachsam, schließlich war er kein Narr.

Genau das war sein Glück. Die Kreatur lachte erneut. „Wir nicht reden mit Beute", antwortete sie. „Wir sie essen!" Und schon stieß sie mit ihrem Speer zu. Der wuchtige Stoß erfolgte aus einer geschickten Bewegung heraus, und die Speerklinge hätte Schicksalshammer wie einen Fisch aufgeschlitzt, hätte er weiter reglos dagestanden.

Stattdessen drehte er sich zur Seite, zog seinen Hammer und brüllte einen Schlachtruf. Das Gebrüll schien die Kreatur zu erschrecken, und sie zögerte, ihre Waffe zurückzuziehen. Schicksalshammer ließ ihr keine Zeit, sich von dem Schreck zu erholen. Er sprang vor, schwang seinen Hammer und traf das seltsame Wesen an einem seiner Knie. Die Kreatur humpelte einige Schritte zurück, schrie vor Schmerz und umfasste den zerschmetterten Körperteil.

Schicksalshammer schlug erneut zu, ein mächtiger Überhandschlag, der den Schädel der Bestie zerschmetterte.

„Ich sage es noch einmal: Ich will mit eurem Anführer sprechen!", rief er und wandte sein Gesicht den anderen Wesen zu, die sich während des kurzen Kampfes nicht gerührt hatten. „Bringt mich zu ihm, oder ich töte euch ebenso!"

Er hob den Hammer hoch empor, weil er aus Erfahrung wusste, dass der Anblick des schwarzen Steinkopfs, an dem frisches Blut, verklebtes Haar und Knochensplitter hafteten, die meisten Gegner beeindruckte.

Seine Geste zeitigte die beabsichtigte Wirkung. Die anderen Gestalten traten einen Schritt zurück und hoben ihre Waffen, um anzudeuten, dass sie ihn nicht angreifen wollten. Eines der Wesen kam auf Schicksalshammer zu. Sein Haar bestand aus Zöpfen und war nicht zu einer steifen Krone geformt. Es trug eine Knochenkette um seinen Hals.

„Du mit Zul'jin reden wollen?", fragte die Kreatur. Schicksalshammer nickte und nahm an, dass der Anführer entweder so hieß oder es sich um seinen Titel handelte. „Ich bringen ihn her“, bot die Kreatur an. Sie drehte sich um, verschwand, ohne ein Geräusch zu machen, in den Schatten und ließ ihre vier Gefährten zurück. Sie tauschten rasche Blicke aus und starrten dann auf die Orcs. Offensichtlich wussten sie nicht, wie sie sich verhalten sollten.

„Wir warten“, verkündete Schicksalshammer sowohl den Trollen als auch seinen eigenen Kriegern mit ruhiger Stimme. Er stellte den Kopf seines Hammers auf den Boden und stützte sich auf den langen Schaft. Sich einen unbekümmerten Anschein gebend, blieb er auf der Hut.

Als die Kreaturen erkannten, dass er sie nicht angreifen würde, entspannten sie sich ein wenig und senkten ihre Waffen ebenfalls. Eine der Gestalten setzte sich sogar auf den Boden, ließ jedoch die Orcs nicht aus den Augen.

„Wie heißt du?“, fragte Schicksalshammer ihn nach ein paar Minuten.

„Ich bin Krul’tan“, antwortete die Kreatur.

„Orgrim Schicksalshammer“, stellte Schicksalshammer sich vor, wobei er mit dem Daumen auf sich wies. „Wir sind die Orcs vom Schwarzfelsklan. Wer seid ihr?“

„Wir Waldtrolle“, kam es überrascht, als könnte Krul’tan nicht glauben, dass Schicksalshammer das nicht wusste. „Vom Amani-Stamm.“

Schicksalshammer nickte. Waldtrolle also. Sie waren in Stämme aufgeteilt, was bedeutete, dass sie zivilisiert waren. Sehr viel mehr jedenfalls als die Oger.

Zum ersten Mal zog er ernsthaft in Erwägung, dass Schwarzfausts Idee weise sein könnte. Diese Kreaturen ähnelten eher den Orcs als den Ogern, abgesehen von ihrer Größe und Stärke natürlich.

Was für prächtige Verbündete sie abgegeben hätten! Und sie stammten von dieser Welt, was bedeutete, dass sie ihnen vertraut war und sie die hiesigen Lebensformen und Gefahren bestens kennen mussten.

Eine Stunde verging. Plötzlich lösten sich Schatten von den Bäumen und bewegten sich auf großen, lautlosen Füßen.

Es waren Trolle: derjenige, der seinen Anführer hatte holen wollen, und drei weitere.

„Du wollen Zul'jin treffen?", fragte eines der Wesen und trat so nah an Schicksalshammer heran, dass dieser deutlich die Perlen und die Metallteile sehen konnte, die an den langen Zöpfen des Trolls baumelten. „Hier ich bin!"

Zul'jin war etwas größer als die anderen Trolle und etwas schlanker. Er trug grobe Stoffe, die um seine Hüfte gewickelt waren, und eine offene Weste aus schwerem Leder. Ein dicker Schal war um seinen Hals geschlungen und bedeckte das Gesicht bis zur Nase, was ihm ein düsteres Aussehen verlieh.

Aus der Nähe konnte Schicksalshammer erkennen, dass die Haut des Trolls mit Pelz überzogen war. Erst nach einer Weile fiel ihm auf, dass es wie Moos aussah ...

Die Trolle wirkten so grün, weil sie sich mit Moos bedeckten! Was für merkwürdige Kreaturen sie doch waren!

„Ich bin Schicksalshammer, und ja, ich würde gern mit dir sprechen." Schicksalshammer schaute zu dem Waldtroll auf und zeigte keinerlei Furcht. „Mein Anführer Schwarzfaust herrscht über die Horde. Zweifellos habt ihr unsere Leute schon durch den Wald ziehen sehen."

Zul'jin nickte. „Wir euch gesehen, wie ihr durch Wald gekracht. Ihr unbeholfener sein als Menschen", sagte er. „Aber stärker, ja. Und für Krieg bereit. Was ihr wollt von uns?"

Trotz des Schals konnte Schicksalshammer das Grinsen des Trolls erahnen. Kein sehr angenehmer Gesichtsausdruck.

„Ihr wollt unsern Wald, ja? Ihr mit uns kämpfen müsst darum." Zul'jins Hände glitten zu den beiden Äxten, die an seinem Gürtel baumelten. „Und ihr verlieren."

Schicksalshammer befürchtete, dass der Trollhäuptling mit seinen Worten recht haben könnte. Die Horde war zwar deutlich zahlreicher, doch wenn alle Waldtrolle so stark und leise waren wie diese hier, konnten sie aus dem Nichts heraus zuschlagen ...

und auch wieder dorthin verschwinden. Sie konnten jeden Orc töten, der dieses Gebiet aufsuchte, während die Horde keine große Streitmacht durch den Wald führen konnte, um den Angriffen erfolgreich zu begegnen.

Zum Glück hatte sie das auch gar nicht vor.

„Wir wollen euren Wald nicht", versicherte Schicksalshammer dem Anführer der Trolle. „Wir wollen eure *Stärke*. Wir wollen die Welt erobern und euch dafür als Verbündete gewinnen."

Zul'jin runzelte die Stirn. „Verbündete? Warum? Was wir hätten davon?"

„Was *wollt* ihr denn haben?"

Einer der anderen Trolle sagte etwas in einer merkwürdigen, zischenden Sprache. Doch Zul'jin schnitt ihm mit einer herrischen Geste das Wort ab. „Wir nichts brauchen", antwortete er schließlich. „Wir Wald haben. Niemand hinein sich wagt, nur verdammte Elfen. Doch um die wir uns selbst kümmern."

„Seid ihr sicher?", fragte Schicksalshammer, der einen möglichen Ansatzpunkt witterte. „Diese Elfen ... Sind sie ein eigenes Volk? Ein mächtiges Volk?"

„Mächtig, ja", stimmte der Troll ihm knurrend zu. „Aber wir sie töten seit alten Tagen, als sie kamen in unser Land. Wir Hilfe nicht brauchen."

„Warum knöpft ihr sie euch nur einzeln vor?", fragte Schicksalshammer. „Warum geht ihr nicht in ihre Städte und vernichtet sie ein für alle Mal? Wir könnten euch dabei helfen! Mit der Horde auf eurer Seite könntet ihr die Elfen für immer vernichten, und der Wald würde künftig ganz allein euch gehören."

Zul'jin schien darüber nachzudenken. Einen Moment lang wagte Schicksalshammer zu hoffen, dass der schlanke Waldtroll ihm zustimmen würde, doch schließlich schüttelte Zul'jin den Kopf. „Wir selber bekämpfen Elfen", erklärte er. „Wir Hilfe nicht brauchen. Und wir nicht brauchen Rest der Welt, nicht mehr. Deshalb wir nichts davon haben, wenn ziehen aus, um bekämpfen andere."

Schicksalshammer seufzte. Er erkannte, dass er den Waldtroll nicht umstimmen konnte, und vermutete, dass zu starkes Drängen ihn nur verärgern würde. „Ich verstehe", sagte er schließlich. „Mein Häuptling wird ebenso enttäuscht sein, wie ich es bin. Aber ich respektiere eure Entscheidung."

Zul'jin nickte. „Geh in Frieden, Orc", flüsterte er und trat bereits zurück in die Schatten. „Kein Troll euch belästigen." Damit war er verschwunden und die anderen Trolle ebenso.

Schwarzfaust war tatsächlich enttäuscht gewesen. Der Kriegshäuptling hatte Schicksalshammer angebrüllt und ihm und den anderen Orcs vorgeworfen, versagt zu haben. Doch nachdem er sich wieder beruhigt hatte, stimmte er Schicksalshammers Einschätzung zu, dass ein zu hartnäckiges Bedrängen die Trolle möglicherweise zu Feinden statt zu einer neutralen Partei hätte machen können. Das durften die Orcs auf keinen Fall riskieren.

Schicksalshammer bereute die Entscheidung des Trollhäuptlings noch immer. Aus diesem Grund hatte er seinen Kundschaftern aufgetragen, nach Trollen Ausschau zu halten, wann immer sie sich dem Wald näherten oder ihn durchquerten.

Vielleicht sollte sich das jetzt auszahlen.

Schicksalshammer beobachtete, wie die beiden Boote an der nördlichen Küste der Insel anlegten. Rend sprang an Land, gefolgt von einem langsameren Troll, dessen Haar zu Zöpfen geflochten war. Ein langer Schal war um seinen Hals und die untere Gesichtshälfte geschlungen.

Schicksalshammer freute sich. Es war Zul'jin höchstpersönlich!

„Sie waren zusammengepfercht und angekettet", berichtete Rend. Er blieb wenige Schritte vor Schicksalshammer stehen. „Die Menschen waren achtlos, weil sie annahmen, dass die einzige Bedrohung im Wald die sei, die sie eingefangen hatten." Der Häuptling des Black-Tooth-Grin-Klans lachte. „Keiner, der uns zu Gesicht bekommen hat, lebt noch."

„Gut!"

Sie warteten schweigend, während der Häuptling der Trolle sich näherte. Er sah noch genauso aus wie bei ihrer letzten Begegnung. Von seinem Gesicht konnte Schicksalshammer ablesen, dass er sich ebenfalls noch sehr gut an diese Begegnung erinnerte.

„Deine Krieger uns gerettet haben“, sagte der Waldtroll, trat zu Schicksalshammer und nickte ihm anerkennend zu – eine Begrüßung unter Gleichrangigen. „Zu viele es waren und hatten Fackeln, um zurückzuhalten uns.“

Schicksalshammer nickte. „Ich freue mich, dass ich einem Krieger helfen konnte“, sagte er. „Als ich hörte, dass du gefangen genommen wurdest, schickte ich meine Leute sofort los.“

Zul'jin grinste. „Dein Häuptling dich geschickt?“

„Ich bin jetzt der Häuptling“, antwortete Schicksalshammer und grinste nun seinerseits über das ganze Gesicht.

Der Troll blickte nachdenklich drein. „Deine Horde immer noch die Welt erobern will?“, fragte er schließlich.

Schicksalshammer nickte stumm und voller Anspannung ob Zul'jins Reaktion.

„Wir euch dann helfen“, verkündete dieser nach einem nicht enden wollenden Augenblick. „So wie ihr uns geholfen … Verbündete!“ Er streckte seine Hand aus.

„Verbündete!“ Schicksalshammer ergriff die dargebotene Hand des Trolls. In seinem Kopf schwirrten bereits Gedanken umher, wie es nun weitergehen würde.

Mit den Trollen, der Horde und den neuen Streitkräften, die Zuluhed dem Oberbefehl der Horde unterwarf, würde niemand mehr den Mut aufbringen können, sich ihnen in den Weg zu stellen.

FÜNF

Zwei Tage nach ihrem ersten Zusammentreffen befand sich Lothar gemeinsam mit den Herrschern des Kontinents im Thronsaal von Lordaeron. Khadgar begleitete ihn erneut, und Lothar war dankbar für die Anwesenheit seines Freundes. Terenas war ein freundlicher Gastgeber und ein guter Mann, ebenso wie einige der anderen Monarchen, doch der junge Zauberer war der Einzige, den Lothar noch von Azeroth her kannte. Obwohl Khadgar nicht in Sturmwind zur Welt gekommen war, erinnerte seine Gegenwart Lothar doch an sein Zuhause, an seine Heimat.

Heimat ... Das war ein Ort, den es nicht mehr gab. Lothar wusste, dass er sich damit abfinden musste. Dennoch erschien es ihm immer noch unwirklich. Er erwartete jederzeit, Llanes Lachen zu vernehmen, einige Greife über seinen Kopf hinwegfliegen zu sehen oder seine Männer im Hof exerzieren zu hören.

Doch all das war nun vorbei. Ihre Freunde waren tot, und ihre Heimat an den Gegner verloren. Lothar schwor sich, dass er dieses Land davor bewahren würde, in die Dunkelheit zu stürzen, selbst wenn er dafür sein Leben hergeben musste.

In der letzten Zeit fühlte er sich, als würde seine geistige Gesundheit nachlassen. Nie hatte er die in der Politik erforderliche Geduld aufbringen können. Immer hatte er fasziniert beobachtet, wie Llane erst diesen Adligen beruhigte und dann jenen, Streitigkeiten schlichtete und darauf achtete, niemanden zu bevorzugen. Seine persönlichen Interessen hatten die Staatsgeschäfte nie beeinflusst.

Es war ein großes Spiel, hatte ihm Llane immer wieder erklärt. Ein Spiel, bei dem es um Positionen, Einfluss und subtile Manöver ging. Niemand gewann dieses Spiel, zumindest nicht für längere Zeit. Das Ziel bestand darin, die stärkste Position so lange wie möglich zu halten.

Soweit Lothar es beurteilen konnte, waren die Herrscher dieses Kontinents Meister in diesem Spiel. Die Tatsache, dass er nun gezwungen war, sich mit ihnen auf gleicher Augenhöhe zu messen, trieb ihn an den Rand des Wahnsinns.

Nach dem feierlichen Mahl des ersten Tages waren sie in den Thronsaal zurückgekehrt, um die Diskussion wieder aufzunehmen. Mittlerweile schien jeder der Anwesenden davon auszugehen, dass die Horde angreifen würde. Selbst der aalglatte Perenolde war nun offensichtlich dieser Ansicht.

Jetzt stellte sich die Frage, was dagegen unternommen werden sollte.

Es hatte einige Stunden des vergangenen Tages gedauert, alle Monarchen davon zu überzeugen, dass nur eine vereinigte Armee eine Chance gegen die Horde haben würde. Terenas hatte glücklicherweise sofort zugestimmt, ebenso Trollbann, während Prachtmeer erst ein wenig bearbeitet werden musste.

Bei Perenolde und Graumarn war das um einiges schwieriger gewesen. Lothar war nicht überrascht gewesen, dass Perenolde Widerstand leistete. Er hatte ähnliche Männer bereits in Sturmwind erlebt: glatt und geschmeidig und immer auf ihren Vorteil bedacht. Nicht selten hatten sie sich als Feiglinge erwiesen.

Perenolde hatte möglicherweise Angst, selbst in den Krieg ziehen zu müssen, und bezog in diese Furcht auch seine Untergebenen mit ein, die jedoch ohne Zweifel tapferer waren als er.

Graumarns Zaudern hingegen war eine Überraschung, denn der Mann schien der personifizierte Krieger zu sein: kräftig gebaut und stets in eine schwere Rüstung gewandet. Er hatte sich nicht direkt gegen den Kampf mit der Horde ausgesprochen, doch hatte er stets auf andere Möglichkeiten verwiesen, sobald sich das Gespräch dem Thema Krieg näherte.

Perenolde hatte natürlich darauf bestanden, jeden der vorgebrachten Alternativvorschläge im Detail zu prüfen. Erst nachdem Prachtmeer und Trollbann kurz davor gewesen waren, Graumarn Feigheit vorzuwerfen, gab sich der stämmige Mann endlich geschlagen und stimmte mit ihnen darin überein, dass die Armee ihr einziger Rückhalt war.

Am zweiten Tag war es ähnlich weitergegangen. Die Monarchen hatten sich auf den Krieg verständigt, und nun mussten sie ihre Zusammenarbeit koordinieren und die Details klären. Welche Armee würde welche Verbände bereitstellen? Wo wurden sie stationiert, und wie sollten sie versorgt werden?

All das waren Fragen, mit denen Lothar sich seit Jahren auseinandersetzte, wenn auch nur in Bezug auf eine einzelne Armee. Doch jetzt musste er *fünf* Armeen unter einen Hut bekommen. Die Überlebenden von Sturmwind waren dabei noch gar nicht berücksichtigt.

Jeder König hatte Vorschläge vorzubringen und bevorzugte bestimmte Vorgehensweisen, und die wichtigste Frage war die, wer das Kommando über die vereinigten Armeen übernehmen sollte.

Jeder Einzelne der Monarchen schien sich selbst für den besten Anführer dieser Armee zu halten. Terenas führte an, Lordaeron sei das größte Königreich mit den meisten Soldaten. Außerdem sei er es gewesen, der sie alle zusammengerufen habe.

Trollbann war der Meinung, dass er über die größte Kampferfahrung verfügte. Als Lothar den rauen Bergkönig betrachtete, glaubte er ihm das sogar.

Prachtmeer erwähnte die Macht seiner Marine und die Bedeutung ihrer Schiffe als Truppentransporter und Versorgungsfahrzeuge.

Graumarn war der Herrscher des am weitesten südlich gelegenen Königreichs. Er war der Ansicht, dass er das Kommando führen sollte, da sein Land das erste sein würde, das die Orcs angriffen, wenn sie über Land kamen – auch wenn das nicht ganz den Tatsachen entsprach, denn Stromgarde lag eher auf dem

Weg der Horde, falls diese von Khaz Modan nach Dun Modr vorrückte.

Perenolde führte aus, dass reine Gewalt allein nicht ausreichen würde, um der Horde Herr zu werden. Vielmehr müsse der Oberkommandierende auch über Klugheit, Weisheit und Weitsicht verfügen – Eigenschaften, die er seiner Ansicht nach im Überfluss besaß.

Und dann gab es da noch die beiden Männer, die keine wirklichen Könige waren, doch echte Anführer: Erzbischof Faol, zu dessen Glaubensanhängern die meisten Menschen in sämtlichen Königreichen zählten, und der Erzmagier Antonidas, der zwar nur über eine Stadt herrschte, deren Bewohnern jedoch Kräfte innewohnten, die es mit jeder Armee aufnehmen konnten.

Glücklicherweise waren diese beiden Männer – der eine klein und freundlich, der andere groß und ernst – nicht daran interessiert, das Oberkommando über die vereinigte Armee zu führen. Beide nutzten sie ihren Einfluss, um mäßigend auf die anderen Parteien einzuwirken, und machten deutlich, dass die Horde kommen würde, gleichgültig, ob sich ihr nun eine Armee entgegenstellen würde oder nicht. Ferner erinnerten sie die Monarchen daran, dass eine Armee, unabhängig von ihrer Größe, ohne Anführer völlig nutzlos war.

Lothar hatte die Diskussion mit einer Mischung aus Belustigung und Betroffenheit verfolgt. Je häufiger er in die Gespräche einbezogen wurde, desto größer wurde seine Bestürzung. Nicht selten diente er als Experte, was die Orcs betraf. Dann wieder war man an seiner Meinung als Außenstehender interessiert. Einige wenige Male wurde ihm die entscheidende Stimme zugestanden, wobei die Könige geschickt darauf hinwiesen, dass seine Familie lange Zeit den rechtmäßigen Herrscher dieses Landes gestellt hatte und er aus diesem Grund einige angestammte Rechte besaß.

Zeitweise konnte Lothar nicht sagen, ob sie ihn verspotteten oder anhimmelten. Er wusste, dass einige der Könige etwas von ihm erwarteten, doch schien sich diese Erwartung ständig zu ändern.

Er würde auf jeden Fall erleichtert sein, wenn die Diskussionen endlich vorbei waren und er zu den Flüchtlingen aus Sturmwind zurückkehren konnte. Mit ihnen würde er eine kleine Streitmacht zu formen versuchen.

Als sie darauf warteten, dass König Terenas das Morgentreffen eröffnete, bemerkte Lothar, dass die anderen Monarchen ihn beobachteten. Einige, wie Trollbann, taten das ganz offen. Andere, Perenolde und Graumarn, verhielten sich etwas eleganter und warfen ihm nur ab und zu einen raschen Blick zu. Lothar war zwar nicht klar, was hier vor sich ging, doch er wusste, dass es ihm ganz und gar nicht gefiel.

„Sind alle anwesend?", fragte Terenas, obwohl er unschwer erkennen konnte, dass dem so war. Dem König von Lordaeron entging für gewöhnlich nicht viel. „Gut. Wir wissen, dass Eile geboten ist, wenn wir unsere Streitkräfte bündeln wollen, um die Horde aufzuhalten. Wie ihr wisst, haben wir uns auf eine bestimmte Vorgehensweise geeinigt."

Die anderen Monarchen nickten, was Lothar überraschte und zusätzlich verunsicherte. Sie hatten noch immer miteinander gestritten, als er sich in der Nacht zurückgezogen hatte. Wann waren sie zu einer Übereinkunft gekommen, und worum genau ging es hier eigentlich?

Die nächsten Worte des Königs verschafften ihm Klarheit, und Lothar lief es eiskalt über den Rücken, denn die Bedeutung dieses historischen Augenblicks war ihm nur allzu bewusst.

„Dann erkläre ich hiermit die Gründung der Allianz von Lordaeron für beschlossen! Wir stehen ebenso vereint zusammen, wie das unsere Vorfahren vor langer Zeit im Reich der Arathi getan haben." Die anderen Monarchen nickten, und Terenas fuhr fort. „Der Tradition gemäß soll der Oberkommandierende ebendiesem Herrscherhaus entstammen. Wir, die Könige der Allianz, ernennen hiermit Fürst Anduin Lothar, Held von Sturmwind, zu unserem Oberkommandierenden!"

Lothar sah Terenas an, der ihn herbeiwinkte. „Das war wirklich die einzige Möglichkeit", erklärte ihm der König von Lordaeron so leise, dass nur Lothar seine Worte verstehen konnte. „Jeder Einzelne der anwesenden Herrscher hat das Kommando für sich beansprucht und hätte keinen anderen *König* auf dem Posten akzeptiert. Ihr seid kein König, und so muss niemand befürchten, dass Ihr bevorzugt worden seid. Zugleich seid Ihr durch Eure Herkunft von so hohem Adel, dass sie sich nicht übergangen fühlen." Der König beugte sich vor. „Ich weiß, es ist viel von Euch verlangt, und ich entschuldige mich aufrichtig dafür. Ich würde Euch das nicht fragen, wenn es nicht um unser aller Überleben ginge, wie Ihr selbst uns eindringlich klargemacht habt. Werdet Ihr dieses Amt annehmen?"

Bei den letzten Worten hatte er seine Stimme erhoben und klang jetzt wieder formeller. Völlige Stille herrschte im Raum, da jedermann gespannt auf Lothars Antwort wartete.

Es dauerte nicht lange. Lothar hatte keine andere Wahl, und Terenas wusste das. Aus dieser Geschichte gab es kein Entrinnen mehr ... Nicht jetzt und nicht nach all dem, was bereits geschehen war.

„Ich nehme das Amt an", antwortete Lothar förmlich, und seine Stimme hallte durch den Raum. „Ich werde die Armee der Allianz gegen die Horde anführen."

„Sehr gut!" Terenas klatschte in die Hände. „Wir sollten jetzt unsere Truppen zusammenrufen und die Vorräte und die Ausrüstung ergänzen. Ich schlage vor, wir treffen uns in einer Woche wieder, um Fürst Lothar unsere Soldaten zu präsentieren. So kann er sich ein Bild davon machen, welche Streitkräfte ihm zur Verfügung stehen, und mit seiner Planung des Feldzugs beginnen."

Die anderen Könige murmelten oder nickten zustimmend. Jeder Einzelne trat vor, um Lothar zu gratulieren und ihn seiner uneingeschränkten Unterstützung zu versichern. Lediglich die Zusicherungen Perenoldes und Graumarns klangen etwas weniger aufrichtig.

Als die Könige den Raum verlassen hatten, blieben nur vier Männer zurück. Lothar blickte Khadgar an, der ihn anlächelte.

„Wie die Jungfrau zum Kinde …", sagte der junge Magier und schüttelte den Kopf. „Du hast dich da reinziehen lassen. Diese cleveren Hurensöhne! Sie würden ihre eigenen Kinder verkaufen, wenn es ihnen einen einzigen Morgen Land mehr einbrächte. Wie überzeugt sie davon waren, dass du ihre Entscheidung akzeptieren würdest! So etwas geschieht, wenn du Macht über andere ausübst. Es trübt deinen Blick für die Dinge, die wirklich zählen."

„Ähm!" Das Hüsteln schnitt dem jungen Zauberer das Wort ab. Er sah zu einem der anderen noch anwesenden Männer auf, dem die Empörung im Gesicht geschrieben stand. „Nicht alle Autoritäten sind korrupt und eigennützig, junger Mann", erklärte Erzbischof Faol. „Es gibt auch solche, die dienen, indem sie führen – so wie Euer Freund."

„Natürlich, ehrwürdiger Vater. Bitte vergebt mir! Ich wollte Euch beileibe nichts unterstellen. Ich meinte nur die Menschen, die *zeitweise* Macht ausüben … Ihr hingegen …"

Es war das erste Mal, dass Lothar miterlebte, wie seinem normalerweise ausgesprochen glattzüngigen Freund die Worte ausgingen. Er schmunzelte über die Zwickmühle, in die sich Khadgar manövriert hatte. Faol grinste nun belustigt und so gutmütig, dass Khadgar schließlich erleichtert aufatmete.

„Genug, Freund", sagte Faol schließlich und hob eine Hand. „Ich trage Euch Euren Ausbruch nicht nach. Fürst Lothar wurde tatsächlich in diese Verantwortung hineinmanövriert. Ich muss sogar zugeben, dass ich daran nicht ganz unschuldig bin. Ihr seid ein guter Mann, und ich glaube, Ihr seid die beste Wahl als Oberkommandierender der Allianz. Jedenfalls bin ich mehr als beruhigt, dass *Ihr* die Schlachtpläne ausarbeitet und unsere Truppen anführt."

„Danke, Vater!" Lothar war nie sonderlich religiös gewesen, doch er hatte großen Respekt vor der Kirche des Lichts. Alles, was er bislang von Faol gehört hatte, erfüllte ihn mit großer Hochachtung. Dass der Erzbischof ihn derart lobte, machte ihn durchaus stolz.

„Ihr beide werdet Euch im Verlauf des Krieges beweisen müssen“, warnte sie Faol. Seine Stimme klang jetzt tiefer und voller als zuvor, als trüge er eine Verkündigung aus sehr großer Höhe vor. „Ihr werdet an die Grenzen Eurer Fähigkeiten stoßen, ebenso wie an die Grenzen Eures Mutes und Eurer Entschlossenheit. Doch ich bin mir sicher, dass Ihr diese Herausforderungen meistert und siegreich sein werdet. Ich bete darum, dass das Heilige Licht Euch mit Stärke und Reinheit erfüllt und Ihr die Leidenschaft und innere Balance findet, die Ihr für Euer Überleben und Euren Sieg braucht.“ Seine Hand hob sich zum Segen. Lothar glaubte, einen schwachen Schein um die Hand herum zu sehen, ein Leuchten, das sich auf ihn und Khadgar ausdehnte. Kurz darauf fühlte er sich viel gelassener und von einem tiefen Frieden und einer unerklärlichen Fröhlichkeit erfüllt.

„Da ist noch etwas.“ Plötzlich war Faol wieder ein normaler Mensch, wenn auch alt und weise. „Was könnt Ihr mir über Nordhain sagen? Besonders über die Abtei dort. Hat sie die Schlacht überstanden?“

„Leider nicht, ehrwürdiger Vater“, antwortete Lothar. „Die Abtei ist nur noch eine Ruine. Einige wenige Kleriker haben überlebt und befinden sich nun mit dem Rest unserer Leute in Süderstade. Die anderen ...“ Betroffen schüttelte er den Kopf.

„Ich verstehe.“ Faol war bleich geworden, bewahrte jedoch seine würdige Haltung. „Ich werde für sie beten.“ Er schwieg, tief in Gedanken versunken, und Lothar und Khadgar warteten respektvoll ab, bis er sich wieder gesammelt hatte. Nach einer Weile schaute der Erzbischof wieder auf, und in seinen Augen lag eine neue Entschlossenheit.

„Ihr werdet Offiziere für Eure Armee brauchen“, sagte er. „Ich denke, es ist das Beste, wenn einige nicht aus den Königreichen kommen, sondern von der Kirche abgestellt werden. Ich habe da schon eine Idee. Ein neuer Orden könnte sich nützlich für die Allianz erweisen. Ich brauche ein paar Tage, um die Details auszuarbeiten und die geeigneten Kandidaten auszuwählen. Treffen wir uns in vier Tagen nach dem Mittagsmahl auf dem Burghof?

Ich bin mir sicher, Ihr werdet nicht enttäuscht sein." Er nickte freundlich und entfernte sich ohne Eile, doch festen Schrittes.

Antonidas hatte die drei Männer schweigend beobachtet. Jetzt näherte sich der alte Zauberer. „Macht und Weisheit der Kirin Tor stehen Euch zur Verfügung", sagte er an Lothar gewandt. „Ich weiß, dass Ihr mit dem Tun unserer Brüder in Sturmwind vertraut seid. Deshalb wisst Ihr, wozu wir in der Lage sind. Ich werde einen der Unseren benennen, der Euch assistieren und als Kontaktmann dienen wird." Der mächtige Zauberer legte eine Pause ein. Sein Blick huschte so kurz zur Seite, dass Lothar es beinahe nicht mitbekommen hätte. Er musste lächeln.

„Ich würde Khadgar für diese Position vorschlagen", sagte er und freute sich über das Lächeln, das über das Gesicht des Erzmagiers huschte. „Er ist mir bereits ein vertrauter Begleiter und hat den Orcs mehr als einmal gegenübergestanden."

„Selbstverständlich." Antonidas wandte sich an den jungen Mann, griff plötzlich nach vorne, fasste Khadgar mit einer Hand am Kinn und hob seinen Kopf an, um sein Gesicht zu studieren. „Du hast viel erlitten", sagte der Erzmagier leise. Lothar erkannte die Sorge und die Sympathie in den Augen des älteren Mannes. „Deine Erfahrung hat dich gezeichnet, und das nicht nur äußerlich."

Khadgar zog sanft seinen Kopf zurück. „Ich tat, was getan werden musste", antwortete er und rieb sich abwesend das Kinn, wo Antonidas die weißen Barthaare berührt hatte, die dort zu sprießen begannen.

Antonidas furchte die Stirn. „Wie wir alle es müssen." Er seufzte und schien dann die schwermütigen Gedanken abzuschütteln. „Du sollst uns über die Vorgänge in der Schlacht auf dem Laufenden halten, junger Khadgar, und uns Fürst Lothars Bedürfnisse und Wünsche überbringen, und das so schnell wie möglich. Außerdem wirst du die Aktionen der anderen Magier koordinieren. Ich vermute, du bist dazu in der Lage?"

Khadgar nickte.

„Gut. Ich erwarte dich dann in Dalaran, wo wir einige andere wichtige Dinge besprechen und entscheiden werden, wie wir der Allianz am besten dienen können.“ Der Edelstein auf seinem Stab glühte auf, und wie als Antwort geisterte ein Leuchten von dem Edelstein an der Spitze seines Knochenhelms abwärts, genau zwischen den Augen. Antonidas schien zu verblassen, und schließlich war er tatsächlich verschwunden.

„Er will wissen, was mit Medivh geschehen ist“, sagte Khadgar.

„Natürlich.“ Lothar drehte sich und führte den jüngeren Mann aus dem Thronsaal zurück in den Palast und in Richtung Speisesaal.

„Was soll ich ihnen sagen?“ Khadgar ging neben Lothar her.

„Sagt ihnen die Wahrheit“, antwortete Lothar, zuckte mit den Achseln und hoffte, dass seine Geste beiläufig genug wirkte. In seinem Magen rumorte es. „Sie müssen wissen, was geschehen ist.“

Khadgar nickte, obwohl er nicht gerade zufrieden schien. „Ich werde es ihnen erzählen“, sagte er schließlich. „Aber das kann bis nach dem Mittagsmahl warten.“ Er grinste, was sein tatsächliches Alter verriet. „Nicht einmal die Horde selbst könnte mich jetzt vom Essen abhalten …“

Einige Tage später kehrten Lothar und Khadgar in den Hof zurück und warteten auf Erzbischof Faol. Er erschien wenige Minuten nach ihnen und trat ruhig auf sie zu.

„Danke für Eure Nachsicht“, sagte der Erzbischof, als er sie erreichte. „Ich wollte Euch nicht länger als nötig warten lassen und ganz gewiss nicht Eure Zeit stehlen. Doch ich glaube, es hat sich gelohnt, und dies hier wird sich für Euch und die Allianz als große Hilfe erweisen. Doch zuerst sollt Ihr wissen, dass sich die Kirche verpflichtet hat, Sturmwind zu helfen. Wir werden Geld sammeln, damit Euer Königreich wieder aufgebaut werden kann, sobald diese Krise überwunden ist.“

Lothar lächelte so offen und herzlich, wie Khadgar es bislang nur selten bei ihm gesehen hatte, seit Sturmwind gefallen war. „Danke, Vater“, sagte er mit bewegter Stimme. „Das bedeutet mir sehr viel – und natürlich auch Prinz Varian.“

Faol nickte. „Das Heilige Licht wird Euer Heim neu erfüllen“, versprach er freundlich. Dann machte er eine Pause und betrachtete die beiden Männer. „Als wir uns das letzte Mal unterhielten“, begann Faol und schritt vor ihnen auf und ab, „habt Ihr mir von der Zerstörung der Abtei von Nordhain erzählt. Ich war bestürzt und fragte mich, wie der Rest meiner Kleriker den Krieg überleben könnte, der sich so schnell nähert. Diese Orcs sind selbst für gestandene Krieger wie Euch eine Herausforderung. Wie kann da ein einfacher Priester sich und seine Gemeinde verteidigen?“ Er lächelte. „Als ich diese Gedanken hatte, kam mir zugleich eine Idee, als wäre sie mir vom Heiligen Licht selbst eingeflüstert worden: Es musste einen Weg geben, dass Krieger *für* das Licht und *mit* ihm kämpfen. Sie sollten die Gabe und ihr kriegerisches Können nutzen und sich trotzdem so verhalten, wie es die Kirche erwartet und gutheißen kann.“

„Und Ihr habt diesen Weg gefunden?“, fragte Lothar.

„Ja, davon bin ich fest überzeugt“, stimmte Faol zu. „Ich werde einen neuen Zweig der Kirche gründen, die Paladine. Die ersten Kandidaten für diesen Orden habe ich bereits ausgewählt. Einige waren zuvor Ritter, andere Priester. Ich erwählte diese Männer ihrer Frömmigkeit und ihrer kämpferischen Fähigkeiten wegen. Sie werden nicht nur in der Kriegskunst ausgebildet, sondern auch im Gebet und der Heilkunst. Jeder dieser tapferen Kämpfer wird die militärischen und spirituellen Voraussetzungen aufweisen, um sich selbst und andere mit der Kraft des Heiligen Lichts zu segnen.“

Er wandte sich um und winkte. Vier Männer erschienen aus einem nahe liegenden Gang und schritten schnell auf Faol zu. Sie trugen glänzende Rüstungen mit dem Zeichen der Kirche auf Brust, Schild und Helm. Jeder besaß ein Schwert. An der Art, wie sie sich bewegten, konnte Lothar sofort erkennen, dass diese Männer auch mit ihren Waffen umzugehen verstanden, obwohl ihre Ausrüstung noch neu und makellos war. Zwar verfügten sie über die notwendige Ausbildung, doch Lothar fragte sich, ob einer dieser Männer sich je in einem echten Kampf hatte beweisen müssen.

Diejenigen, die zuvor Krieger gewesen waren, mussten das eigentlich, obwohl sie vielleicht nicht gegen menschliche Feinde hatten bestehen müssen.

Die ehemaligen Priester hatten wahrscheinlich nur Übungskämpfe gegen ihre Kameraden bestritten. Nun würden sie praktisch übergangslos gegen Orcs antreten müssen.

„Darf ich Euch Uther, Saidan Dathroban, Tirion Fordring und Turalyon vorstellen?“ Faol strahlte wie ein stolzer Vater. „Das werden die Ritter der Silbernen Hand sein.“ Auch Lothar und Khadgar stellte er vor. „Das ist Fürst Anduin Lothar, Held von Sturmwind und Oberkommandierender der Allianz. Sein Begleiter ist der Zauberer Khadgar aus Dalaran.“ Faol lächelte. „Ich überlasse euch sechs jetzt euch selbst.“

Und so geschah es.

Er ließ Lothar und Khadgar, umringt von den vier Paladin-Anwärtern, zurück. Zwei von ihnen, Saidan und Turalyon, schienen regelrecht überwältigt zu sein. Die anderen, Uther und Tirion, sahen das Ganze etwas entspannter.

Uther ergriff das Wort, während Lothar noch darüber nachdachte, was er ihnen sagen sollte. „Mein Fürst, der Erzbischof hat uns von der bevorstehenden Schlacht erzählt. Wir stehen zu Euren Diensten und denen des Volkes. Setzt uns dort ein, wo Ihr es für richtig erachtet! Wir schlagen unsere Feinde und vertreiben sie. Wir beschützen dieses Land mit dem Heiligen Licht.“ Uther war ein großer, kräftig gebauter Mann mit markanten, vage vertrauten Gesichtszügen und ernsten Augen, die die Farbe des Ozeans hatten. Lothar konnte die Frömmigkeit des Mannes spüren, als wäre sie greifbar. Sie glich der des Erzbischofs, ließ es jedoch an Wärme mangeln.

„Wart Ihr zuvor Ritter?“

„Ja, mein Fürst“, antwortete der Paladin-Anwärter. „Aber ich bin ein Anhänger der Kirche und glaube seit meiner Jugend an das Heilige Licht. Ich traf den Erzbischof das erste Mal, als er gerade Bischof geworden war. Er war so freundlich, mein geistiger Ratgeber und Mentor zu werden. Ich war geehrt, als er mir von seinen Plänen berichtete, einen neuen Orden zu gründen, und mir zugleich einen Platz darin anbot." Uther presste kurz die Zähne aufeinander. „Seit diese bösartigen Kreaturen hier eingedrungen sind, weiß ich, dass wir den Segen des Lichts brauchen, um sie zu schlagen und um unser Land, unsere Heimat und unser Volk zu beschützen."

Lothar nickte. Er konnte verstehen, warum der Mann sich den Glauben als Antwort – oder zumindest als Teil einer Antwort – gewählt hatte, und bezweifelte nicht, dass Uther auf dem Schlachtfeld ein mutiger Kämpfer sein würde.

Doch etwas an dem Eifer des Mannes störte ihn. Er vermutete, dass Uther zu sehr auf die Ehre und den Glauben eingeschworen war, als dass er notfalls auch weniger faire Methoden einzusetzen gewillt wäre.

Das war gar nicht gut. Lothar hatte aus bitterer Erfahrung gelernt, dass ein ehrenhaftes Verhalten nicht ausreichte, wenn man mit Orcs zu tun hatte. Um gegen die Horde bestehen zu können, musste einem *jedes* Mittel recht sein.

Er und Khadgar verbrachten die nächste Stunde damit, sich mit den vier potenziellen Paladinen zu unterhalten. Lothar war erfreut, dass sein junger Freund sie ebenfalls befragte.

Nachdem die heiligen Krieger sich zur Nachmittagsandacht aufgemacht hatten, schaute Lothar den alt wirkenden Zauberer an. „Nun", fragte er, „was hältst du von ihnen?"

Khadgar furchte die Stirn. „Ich bezweifle, dass sie uns viel nützen werden", sagte er nach kurzem Überlegen.

„Ach? Und warum?"

„Sie hatten keine Zeit, sich vorzubereiten", erklärte der Zauberer. „Wir gehen davon aus, dass die Horde Lordaeron binnen weniger Wochen erreichen wird, wenn nicht gar noch eher. Keiner dieser Männer war je in einem richtigen Gefecht – zumindest nicht als Paladin. Ich behaupte nicht, dass sie nicht kämpfen können. Aber Krieger haben wir schon genug. Wenn der Erzbischof Wunder von ihnen erwartet, wird er wahrscheinlich arg enttäuscht werden."

Lothar nickte. „Ich stimme dir zu", sagte er. „Doch Faol vertraut ihnen, und vielleicht müssen wir das ebenso." Er lächelte schwach. „Nehmen wir mal an, sie wären doch bereit für den Kampf. Was würdest du dann von ihnen halten?"

„Uther wird der Horde gefährlich werden, das ist keine Frage", antwortete Khadgar. „Aber ich glaube, er kann keine anderen Männer als Paladine befehligen. Seine Frömmigkeit ist zu groß, zu vordergründig, als dass die meisten Soldaten sie ertragen könnten." Lothar ermunterte seinen Begleiter fortzufahren. „Saidan und Tirion sind beinahe genauso. Saidan war ein Ritter und Tirion Krieger, doch mittlerweile haben sie zum Glauben gefunden. Deshalb könnten sie Hemmungen haben, zu gewissen Methoden zu greifen, die sie als einfache Kämpfer, ohne mit der Wimper zu zucken, eingesetzt hätten."

Lothar nickte. „Und Turalyon?"

„Scheint mir derjenige mit dem schwächsten Glauben zu sein, und deshalb schätze ich ihn am meisten", sagte Khadgar grinsend. „Er wurde auf die Priesterschaft vorbereitet und ist ein loyaler Gläubiger. Doch er hat nicht den blinden Eifer der anderen. Er blickt auch weiter als sie und ist cleverer."

„Das sehe ich auch so." Der junge Mann hatte Lothar ebenfalls beeindruckt. Turalyon hatte zunächst nur zögerlich gesprochen, doch nach einer Weile war klar geworden, warum. Er hatte von Lothar und seinen Taten in Sturmwind gehört und war allzu beeindruckt gewesen. Das wiederum war Lothar unangenehm, obwohl es ihm nicht zum ersten Mal passierte.

Viele in seiner Heimat hatten ihn verehrt und darum gebettelt, von ihm ausgebildet und in seinen Trupp aufgenommen zu werden.

Nach dieser leicht verschüchterten Phase war Turalyon zusehends aufgetaut und hatte sich als kluger junger Mann entpuppt, der über eine wesentlich schnellere Auffassungsgabe verfügte als seine Kameraden.

Lothar mochte ihn von Anfang an, und dass Khadgar ähnlich dachte, bestärkte ihn in seiner Ansicht.

„Ich werde mit Faol sprechen“, sagte Lothar schließlich. „Die Paladine sind ohne Zweifel eine wertvolle Unterstützung. Ich werde Uther zu unserem Verbindungsmann zu ihnen und allen anderen Truppen machen, die die Kirche ausrüsten kann.“ Plötzlich fiel ihm noch etwas ein. „Außerdem werde ich einen weiteren Kandidaten erwählen“, sagte er. „Gavinrad. Er war einer meiner Ritter in Azeroth und ist ein wirklich guter Mann. Ich denke, er würde einen geeigneten Paladin abgeben.“ Lothar grinste. „Turalyon will ich als einen meiner Offiziere einsetzen.“

Khadgar nickte. „Eine gute Wahl, finde ich.“ Er schüttelte den Kopf. „Dann lass uns darauf hoffen, dass uns die Horde genug Zeit lässt, sie und den Rest unserer Armee ausreichend vorzubereiten ...“

„Wir tun, was wir können“, antwortete Lothar. Er dachte bereits darüber nach, wie er die Truppen aufstellen würde. „Wir werden der Horde entgegentreten, wenn die Zeit dazu gekommen ist. Sehr viel mehr können wir momentan nicht tun.“

SECHS

Gul'dan war wütend. „Warum seid ihr noch nicht fertig?", wollte er wissen. Die anderen Orcs zuckten zurück. Sie hatten den Oberhexenmeister schon früher aufgebracht erlebt und wussten, dass er seine furchtbaren Kräfte auch gegen sie einzusetzen bereit war, wenn er unzufrieden war.

„Wir tun ja bereits, was wir können, Gul'dan", antwortete Rakmar beschwichtigend.

Der älteste der überlebenden Orctotenbeschwörer, Rakmar Sharp-fang, war der inoffizielle Anführer der Nekromanten. Meist war es an ihm, dem Hexenmeister ihre Fortschritte oder Rückschläge zu melden. „Wir haben die Toten reanimiert, doch wir konnten ihnen kein Bewusstsein einhauchen. Sie sind nicht mehr als leere Hüllen. Wir können sie wie Puppen herumlaufen lassen, aber ihre Bewegungen sind plump und langsam. Sie stellen für niemanden eine Bedrohung dar."

Gul'dan starrte auf die Körper hinter Rakmar. Es waren menschliche Leichen, Krieger, die hier in Sturmwind getötet worden waren. Sie würden die Horde nachhaltig verstärken, so wie er es Schicksalshammer versprochen hatte. Dies gelang jedoch nur, wenn seine nichtsnutzigen Assistenten sie in etwas anderes als tapsige Kreaturen verwandelten!

„Finde einen Weg!", brüllte Gul'dan. Speichel flog aus seinem Mund. Er ballte die Fäuste und war versucht, die Nekromanten auf der Stelle niederzustrecken. Doch welchen Nutzen hätte ihm das gebracht? Tot konnten sie ihm nur schwerlich helfen.

Unvermittelt kam ihm ein Einfall, und Gul'dan wippte vor Begeisterung auf seinen Fersen. Seine Brillanz verblüffte ihn immer wieder. Natürlich! Das war die Lösung!

„Du hast recht, Rakmar", sagte er leise, öffnete seine Hände und strich über seine Robe. „Ich weiß, du tust dein Möglichstes. Wir wollen etwas völlig Neues schaffen. Das wäre für jeden eine große Herausforderung. Ich hätte nicht wütend werden dürfen, weil du noch keinen Erfolg hattest. Bitte geh zurück an die Arbeit! Ich verschwinde jetzt, damit du in Ruhe weitermachen kannst."

„Oh ... danke", stammelte Rakmar. Seine Augen waren weit aufgerissen. Gul'dan bemerkte, dass sein Untergebener ebenso wie die anderen Hexenmeister von seinem Sinneswandel mehr als überrascht war. Er unterdrückte ein höhnisches Lächeln, nickte ihnen zu und entfernte sich. Sollten sie doch denken, er hätte es sich anders überlegt oder dass er sich anderen Dingen zuwenden wollte.

Sollten sie doch glauben, was sie wollten. Schon bald würde es völlig unerheblich sein.

Auf seinem Spaziergang sah Gul'dan sich um. Cho'gall befand sich wie immer in seiner Nähe. Der Ogermagier lebte in einem zerstörten Gebäude ganz in der Nähe, damit er rasch erreichbar war, wenn Gul'dan ihn brauchte. Doch das Haus lag zugleich auch etwas abseits, was den Nekromanten sehr entgegenkam, die Cho'galls Nähe für gewöhnlich mieden.

Gul'dan winkte, und der zweiköpfige Oger erhob sich und kam auf ihn zu. Mit langen Schritten überwand er rasch die Distanz zwischen ihnen.

„Die Nekromanten haben ihren Zweck erfüllt", stellte Gul'dan fest. „Jetzt sollen sie einem höheren Ziel dienen, einem sehr viel höheren." Er grinste und fuhr sich durch den Bart. „Bereite unsere Instrumente vor. Wir vollziehen eine Opferung."

„Wir beschwören unsere gefallenen Brüder?", fragte Rakmar leise. Er stand mit den restlichen Nekromanten wie befohlen um den Altar, den Gul'dan und Cho'gall aufgebaut hatten.

Gul'dan entging nicht, dass sie vehement herauszufinden versuchten, welchem Zweck er dienen sollte. Es beunruhigte ihn nicht. Wenn sie es endlich erfuhren, würde es längst zu spät für sie sein, noch etwas daran zu ändern.

„Ja", antwortete Gul'dan. Er konzentrierte sich auf die Beschwörung. „Schicksalshammer hat die anderen Hexenmeister getötet, doch ihre Seelen leben noch. Wir werden sie rufen und in die menschlichen Körper fahren lassen." Er grinste. „Sie werden auf jeden Fall in diese Welt zurückkehren wollen, um der Horde erneut zu dienen."

Rakmar nickte. „Das wird sie beleben", stimmte er zu. „Aber wie erlangen sie die benötigte Kraft? Andernfalls sind sie ja nicht mehr als wandelnde Leichname."

Gul'dan runzelte die Stirn. Er war überrascht und verärgert, dass der Nekromant so schnell den wesentlichen Punkt erkannt hatte. „Ruhe!", befahl er, um weiteren Fragen zuvorzukommen. „Wir fangen an!"

Er begann das Ritual, beschwor seine Magie und spürte, wie sie ihn langsam mit Macht erfüllte. Noch reichte sie nicht aus, doch das würde sich bald ändern. In der Zwischenzeit konzentrierte er sich auf seine Aufgabe, kanalisierte seine Energien in den Altar und bereitete die Ströme auf die Transformation vor, die er gerade beschwor.

Rakmar und die anderen Nekromanten fielen mit ein, spendeten ihre nekromantische Energie für seine Beschwörung. So waren sie abgelenkt und bekamen nicht mit, wie Gul'dan sich bewegte – bis es zu spät war.

„Rrargh!" Gul'dan schaffte es nicht, das Knurren zu unterdrücken, das aus ihm hervorbrach. Doch es spielte keine Rolle mehr. Er stand bereits direkt hinter Rakmar, den Krummdolch bereithaltend, und als der größere Orc sich umdrehte, zog Gul'dan dem Nekromanten die scharfe Klinge quer über die Kehle.

Blut spritzte hervor und besudelte sowohl Rakmar als auch Gul'dan. Rakmar stolperte, umfasste die Wunde und schnappte nach Luft. Er stürzte auf den Altar und keuchte von Panik erfüllt, während er versuchte, sich von dem Altar zu entfernen. Doch Gul'dan war bereits über ihm, kniete sich auf den sterbenden Nekromanten und schlug dessen Hand weg. Nun trieb er den Dolch tief in Rakmars Brust und vergrößerte die Wunde. Schließlich griff er in den offenen Leib und riss mit einer schnellen Bewegung Rakmars noch schlagendes Herz heraus.

Vor den Augen seines ehemaligen Assistenten sprach Gul'dan den vorbereiteten Zauber. Seine Magie umhüllte das blutige Organ und sperrte Rakmars Geist darin ein. Die Magie des Altars stieg auf, veränderte das Herz, verkleinerte und festigte es und verlieh ihm einen widernatürlichen Glanz.

Als der Nekromant, dessen Körper jetzt nur noch eine leere Hülle war, zusammenbrach, grinste Gul'dan ihn an und hielt den leuchtenden Edelstein hoch.

„Fürchte dich nicht, Rakmar!", versicherte er dem toten Orc. „Dies ist nicht dein Ende. Ganz im Gegenteil. Du wirst mit meiner Hilfe erfolgreich sein und wieder für die Horde kämpfen. Schicksalshammer wird seine untoten Krieger bekommen." Er lachte. „Das ist das Gute an uns Totenbeschwörern: Wir lassen nichts verkommen."

Er schaute auf. Cho'gall hatte bereits mehrere andere Nekromanten getötet und ihre Herzen und Seelen auf dieselbe Weise verwandelt. Der Rest kauerte in der Nähe. Ihre Magie war noch immer im Altar gefangen. Sie konnten nicht entfliehen und waren zu verschreckt, um sich zur Wehr zu setzen.

Gul'dan schnaubte. Wertloses Pack! *Er* hätte gekämpft. Doch ihre Lethargie machte es ihm leichter. Er lachte, während er sich erhob und zu den verbliebenen Hexenmeistern hinüberging. Genüsslich leckte er das Blut von seinen Hauern.

Schon bald würden sie für den nach Blut dürstenden Kriegshäuptling einsatzbereit sein.

„Nun?", fragte Schicksalshammer, während er sich Gul'dan näherte. „Hattest du Erfolg?"

Es entging Gul'dans Aufmerksamkeit nicht, dass die Worte des

Kriegshäuptlings exakt denen entsprachen, die er selbst den Nekromanten vor wenigen Tagen entgegengerufen hatte.

Doch diesmal war die Antwort eine völlig andere.

„Ja, das hatte ich, verehrter Schicksalshammer“, antwortete er und wies auf die Körper hinter ihm.

Schicksalshammer schaute hinüber zu den auf dem Boden ausgestreckten Leichen.

„Das sind gefallene Krieger aus Sturmwind“, knurrte Schicksalshammer. „Was ist mit ihnen? Oder hast du mich nur hierher bestellt, um mir zu zeigen, dass du Leichen schön arrangieren kannst?“, feixte er. „Ist das die Erweiterung deiner Fähigkeiten, Gul’dan, dass du Leichen für ihre Bestattung vorzubereiten vermagst?“

Gul’dan hätte dem Kriegshäuptling mit Freude das Lachen aus dem Gesicht gerissen, um dem arroganten Krieger das wahre Ausmaß seiner Fähigkeiten zu demonstrieren, doch war dies nicht der richtige Zeitpunkt dafür.

„Natürlich nicht“, antwortete er in einem so aggressiven Tonfall, dass sich Schicksalshammers Blick verengte. „Schau!“ Er nickte Cho’gall zu, der neben der ersten Leiche kniete und einen edelsteinbesetzten Stab in ihre kalten, starren Hände legte.

Diese verzauberten Waffen waren der schwierigste Teil des Prozesses gewesen, doch Gul’dan wusste, dass seine neuen Kämpfer ohne sie weitaus schwächer gewesen wären. Rakmar hatte das richtig erkannt. Glücklicherweise hatten er und Cho’gall bereits mit solchen Dingen experimentiert, sodass es ausgereicht hatte, den Zauber zu modifizieren und die Waffen den neuen Erfordernissen anzupassen.

Während er und Schicksalshammer zusahen, begann der Leichnam sich zu bewegen. Seine Finger schlossen sich fest um den Stab, der sofort aufglühte. Das Licht floss zu den Händen der Leiche, dann ihre Arme entlang und umgab nach und nach den gesamten Körper mit einer grünlichen Aura.

Plötzlich öffnete die Leiche die Augen.

Schicksalshammer erschrak sichtlich, wenn er auch keinen Ton von sich gab. Gul'dan grinste höhnisch. Jedoch konnte er dem Kriegshäuptling diese Reaktion nicht verübeln. Er selbst fand den Anblick ebenfalls schrecklich, obwohl er diese Kreatur erschaffen hatte.

Die Leiche erhob sich langsam mit steifen Bewegungen, die jedoch mit jeder Sekunde geschmeidiger wurden. Sie wandte ihre leuchtend roten Augen Gul'dan zu. Offensichtlich erkannte sie ihn.

„Du hattest also Erfolg, Gul'dan", sagte die Kreatur. Ihre Worte klangen undeutlich, weil sie ein unbekanntes Gebiss und merkwürdige, zu klein scheinende Zähne hatte. Sie schaute an sich selbst hinunter und musterte ihre Glieder und ihren Körper. Anschließend hob sie eine Hand und berührte ihr Gesicht. „Du hast meinen Geist auf diese Welt zurückgerufen!" Sie lachte heiser, was deutlich mehr an einen Orc als an einen Menschen erinnerte. „Ausgezeichnet!"

„Willkommen unter den Lebenden, Teron Blutschatten", antwortete Gul'dan und bemühte sich, nicht in lautes Lachen auszubrechen. „Ja, ich habe dich ins Leben zurückgeholt, damit du weiter der Horde dienen kannst."

Schicksalshammer trat vor und betrachtete aufmerksam die merkwürdige Kreatur vor sich. „Blutschatten? Einer der Hexenmeister aus dem Schattenrat? Ich selbst habe dich getötet."

„Wir alle tun unser Bestes für die Horde", antwortete Gul'dan spöttisch. Dabei verneigte er sich so tief, dass Schicksalshammer seinen Gesichtsausdruck nicht erkennen konnte. „Blutschattens Seele war noch nicht von dieser Ebene verschwunden. Ich habe sie zurückgerufen und ihr ein neues Zuhause gesucht. Sein neuer Körper ist jetzt von Magie durchdrungen. Er ist mächtiger denn je, und die anderen Hexenmeister sind es ebenso." Cho'gall hatte seine Arbeit fortgesetzt, und die anderen Leichen erhoben sich nun ebenfalls.

„Das also ist dein großartiges Geschenk?", fragte Schicksalshammer. „Leichen von Kriegern, die von deinen toten Acolyten beseelt sind?" Sein Gesicht verzog sich vor Abscheu.

„Du wolltest Krieger haben“, erinnerte ihn Gul’dan, „und ich habe sie dir geliefert. Sie sind bestens geeignet für alles, was die Menschen ihnen entgegenstellen können, und noch viel mehr. Wenn ihre Körper auch aus verwesendem Fleisch bestehen, so sind sie doch von ihrem Geist und ihrer Gesinnung her noch immer Orcs. Überleg nur, wie sie sich im Kampf machen werden!“

Schicksalshammer nickte langsam, da er die Vorteile der toten Krieger erkannte. „Wirst du mir dienen?“, fragte er Blutschatten und offenbarte dabei etwas, was Gul’dan als verhängnisvolle Schwäche wertete.

Kriegshäuptlinge fragten nicht, sie befahlen. Obwohl man Kreaturen wie diese hier besser nicht verärgerte.

Blutschatten überlegte einen Moment lang, und seine glühenden Augen musterten den Kriegshäuptling. Schließlich nickte er. „Gul’dan hat recht“, sagte er mit kratziger Stimme. „Trotz dieser Hülle bin ich noch immer ein Orc. Ich werde dir und unserem Volk dienen.“ Er versuchte sich an einem Grinsen, das jedoch zu einer schrecklichen Grimasse geriet. „Du hast mich getötet, aber das nehme ich dir nicht übel, weil es mir diesen neuen, mächtigen Körper beschert hat. Ich bin mit dem Tausch zufrieden.“ Die anderen Leichen hinter ihm nickten zustimmend.

„Gut!“ Schicksalshammer trat vor und schlug dem überraschten Blutschatten auf die Schulter – eine Geste, die sich unter Gleichrangigen geziemte, nicht für Höherstehende gegenüber Untergebenen. „Ihr sollt meine Todesritter sein, die Spitze unserer großartigen Horde“, erklärte er den wiederbelebten Kreaturen. „Gemeinsam werden wir die Menschen vernichten, ihr Land erobern und diese Welt für unser Volk sichern!“ Damit wandte er sich Gul’dan zu. „Du hast dein Versprechen gehalten, Gul’dan, und mir eine mächtige Streitmacht gegen unsere Feinde verschafft. Ich danke dir dafür.“

„Alles für unser Volk, geschätzter Schicksalshammer“, antwortete Gul’dan und hoffte, dass er aufrichtiger klang, als er es meinte.

Dummkopf, dachte er im Stillen, während er Schicksalshammer nachschaute, der sich entfernte. Die neu erweckten Ritter schritten neben ihm her. *Nimm sie und geh, ja, geh zurück in deinen Krieg! Ich muss mich anderen Aufgaben widmen. Nachdem ich dich nun zufriedengestellt habe, verfüge ich endlich über die Freiheit, mich auf wichtigere Dinge zu konzentrieren. Ich werde noch ein Weilchen den loyalen Hexenmeister geben, jedoch nicht für immer. Schon bald besitze ich, wonach ich gesucht habe, und dann kannst du mitsamt deiner Horde meinetwegen zu Staub zerfallen. Ich werde eine neue Rasse erschaffen, um euch alle zu ersetzen. Diese Rasse wird nur mir allein treu ergeben sein, und mit ihr werde ich die Welt aus den Angeln heben!*

Eine Woche später sprach Schicksalshammer zu der versammelten Horde. Sie hatte sich vor einer Festung eingefunden, die, wie Zul'jin ihm verraten hatte, *Schwarzfelsspitze* genannt wurde. Es war ein mächtiges Bauwerk, das aus dem glatten schwarzen Stein errichtet worden war, der die gesamte Landschaft dominierte.

Sie standen auf dem Schwarzfels, dem höchsten Berg der Brennenden Steppe, deren Ausläufer sich über den ganzen Kontinent erstreckten.

Zuluhed hatte sie hierher geführt. Er hatte die Macht, die diesen Bergen innewohnte, gespürt.

Nachdem er einige Zwerge besiegt hatte, nahm Schicksalshammer die Festung ein. Er hielt es für ein gutes Omen, dass der Ort, den er als Lager für die Horde gewählt hatte, denselben Namen trug wie sein Klan.

Vertreter aller Klans hatten sich hier versammelt und warteten ungeduldig auf das, was er ihnen zu sagen hatte. Sie hatten das Land für sich erobert. Doch obwohl es ihnen bessere Jagdgründe bot und fruchtbarer war als ihre Heimat, reichte seine Fläche für die gesamte Horde nicht aus.

Zudem waren Racheakte vonseiten der Menschen zu erwarten: Die Horde hatte sie zwar von diesem Kontinent vertrieben, doch gab es keinerlei Garantie, dass sie nicht mit Verstärkung oder gar verbündeten Armeen zurückkehren würden.

Schicksalshammer grinste. Jetzt hatte auch er starke Verbündete.

„Mein Volk!“, brüllte er und riss seinen Hammer in die Höhe. „Hört mich an!“

Die Menge verstummte, und die Blicke aller richteten sich auf den Kriegshäuptling.

„Wir haben dieses Land erobert, und darauf können wir stolz sein!“

Jubel brandete auf, und Schicksalshammer wartete ab, bis er wieder abebbte, bevor er fortfuhr.

„Diese Welt steckt voller Leben, und wir können hier mächtige Familien gründen!“ Erneut erhob sich tosender Jubel. „Doch noch gibt es Menschen, die ihre ehemalige Heimat zurückerobern wollen! Diese Menschen sind stark und wehrhaft, und sie kämpfen verbissen um ihr Eigentum.“

Ein zustimmendes Raunen wurde laut. Es war keine Schande, einen mächtigen Feind anzuerkennen, und ein solcher waren die Menschen ganz gewiss. Unzählige Orcs hatten inzwischen gegen sie gekämpft und konnten das bestätigen.

„Wir müssen unseren Feldzug fortsetzen!“, teilte Schicksalshammer seinen Leuten mit und wies mit dem Hammer in Richtung Norden. „Ein weiteres Land, Lordaeron, liegt jenseits dieses Landstrichs. Wenn wir das erst einmal kontrollieren, verfügen unsere Klans endlich über ausreichend große Gebiete, um sich niederzulassen, Häuser zu bauen und neue Familien zu gründen. Aber erst müssen wir dieses neue Land von den Menschen erobern! Sie werden es jedoch nicht einfach hergeben.“

Die Menge brummte wie ein einziger titanenhafter Orc und bekundete so ihren unbedingten Willen weiterzukämpfen. Schicksalshammer brachte sie mit seiner erhobenen Hand zum Schweigen.

„Ich weiß, dass ihr stark seid“, versicherte er ihnen, „und keinem Kampf ausweicht. Doch die Menschen sind zahlreich, und dieses Mal werden sie sich auf unseren Angriff vorbereiten." Er stützte sich auf seinen Hammer. „Aber auf unsere *Verbündeten* sind sie nicht vorbereitet!"

Er wies hinter sich, und Zul'jin trat vor. Der Waldtroll hatte hundert seiner Leute zu dem Treffen mitgebracht. Nun standen sie geordnet hinter ihm und Schicksalshammer, ihre Äxte, Kurzschwerter und Speere in Händen haltend.

„Das sind die Waldtrolle", sagte Schicksalshammer. „Sie gehören ab sofort zur Horde und werden gemeinsam mit uns kämpfen! Sie sind so stark wie ein Oger, aber zugleich behände wie ein Orc. In Sachen Waidmannskunst sind sie unübertrefflich! Sie werden unsere Führer sein, unsere Kundschafter und unsere Waldkrieger!"

Zul'jin trat vor. Sein langer Schal flatterte im Wind. „Wir der Horde verpflichtet", erklärte er, und seine Worte waren weithin zu verstehen, obwohl ein Teil des Schals seinen Mund verhüllte. „Wir mit ihr kämpfen, und gemeinsam wir schlagen Menschen, Elfen und alle anderen, die uns in Weg stehen!"

Die Orcs jubelten nun ebenso lautstark wie die Waldtrolle. Zul'jin nickte zufrieden, bevor er wieder zurücktrat.

„Doch sie sind nicht unsere einzigen Verbündeten", verkündete Schicksalshammer. Er drehte sich ein wenig zur Seite, und Blutschatten trat vor. Die anderen Todesritter standen neben ihm. Sie hatten sich maskiert, um ihre abscheulichen Fratzen zu verbergen. Schwere Stoffe waren um ihre Köpfe und Gesichter gewickelt, und nur ihre glühenden Augen waren noch zu sehen. Blutschatten hielt seinen Stab hoch. Die Edelsteine in der Waffe leuchteten heller als die Sonne.

„Wir sind die Todesritter", sprach er. Seine merkwürdige Stimme überzog die Menge wie Frost das Land. „Wir haben uns der Horde und Schicksalshammer verschrieben. Wie ihr werden wir kämpfen und die Feinde der Orcs von dieser Welt tilgen!"

Er hatte Schicksalshammer gebeten, ihre wahre Natur nicht preiszugeben, und der Kriegshäuptling hatte dieser Bitte zugestimmt. Vielen Mitgliedern der Horde hätte nicht gefallen, dass diese neuen Krieger eigentlich Orcs waren, ehemalige Hexenmeister, die er getötet hatte und Gul'dan nun für ihn in verwesende menschliche Körper gebannt hatte.

„Die Todesritter werden unsere Kavallerie und unsere Vorhut sein", verkündete Schicksalshammer. „Sie sind geborene Streiter und gebieten überdies über dunkle Magie, mit deren Hilfe sie die Verteidigung unserer Feinde umgehen können." Er machte eine Pause. „Vielleicht haben wir noch weitere Verbündete", sagte er dann. Er hatte gehofft, dass auch sie schon bereit wären, doch Zuluhed hatte um mehr Zeit gebeten, um die Vorbereitungen abzuschließen. „Doch dazu später mehr. Zunächst einmal wenden wir uns nach Norden, gehen über Land nach Khaz Modan, in die Heimat der Zwerge. Die dortigen Gebiete sind reich an Erz und Öl. Wir nehmen uns, was wir brauchen, um eine mächtige Flotte zu bauen. Mit diesen Schiffen werden unsere Streitkräfte nach Lordaeron übersetzen, denn die Menschen werden nicht damit rechnen, dass wir über das Wasser kommen. Nachdem wir im Westen gelandet sind, werden wir zurückmarschieren und sie aus dem Hinterhalt heraus angreifen. Wir werden sie vernichten. Dann beherrschen wir das Land, und die ganze Welt gehört uns!"

Die Horde jubelte wieder. Das wilde Geschrei schwoll immer mehr an, bis es von den Felsen zurückhallte.

Schicksalshammer spürte unter seinen Füßen, wie das Echo die Bergspitze vibrieren ließ. Er blickte zu Zuluhed hinüber, der hinter ihm stand. Das Gebrüll und die Kriegsrufe seiner Leute konnten doch wohl kaum den Berg selbst geweckt haben?

Doch der alte Schamane nickte. „Der Vulkan spricht", sagte er leise und trat vor, damit Schicksalshammer ihn besser verstehen konnte. „Die Geister in diesem Berg sind zufrieden." Zuluhed lächelte. „Sie gewähren uns ihren Segen!"

Schicksalshammer nickte. Die Steine vibrierten immer noch, als er den Hammer hochriss und kreisförmig über seinem Kopf herumschwang. Die Menge begann, seinen Namen zu rufen.

„Schicksalshammer! Schicksalshammer!" Immer wieder riefen die versammelten Mitglieder der Horde seinen Namen, und schließlich ertönte ein lauter Knall. Der Himmel wurde schwarz.

„Schicksalshammer!", jubelten sie weiter, und die Luft schien zäher zu werden und war plötzlich voller Rauch.

„Schicksalshammer!"

Mit einem lauten Krachen explodierte der Berg hinter ihnen, spie Lava, Steine und Asche aus. Die Rufe der Horde wurden noch lauter, jedoch keineswegs aus Furcht. Wie Zuluhed betrachtete die Horde das Geschehen als Segen der Erde selbst, die ihr Vorhaben guthieß.

Schicksalshammer ließ sie eine Zeit lang weiter gewähren. Er betrachtete die Begeisterungsstürme als Zeichen des Respekts und der Loyalität ihm gegenüber, die seinem Volk zu neuen Höhen verhelfen würden.

Dann jedoch wies er mit seiner Waffe in Richtung Norden. „Wir ziehen los!" Beinahe mühelos übertönte er den Lärm der Horde. „Lasst die Menschen bei unserer Ankunft erzittern!"

SIEBEN

„Erzählt uns alles!“

Khadgar nickte und schaute sich nicht um, da es ohnehin zwecklos gewesen wäre. Er war vor den Rat der Kirin Tor zitiert worden, und dessen Mitglieder waren nur dann sichtbar, wenn sie es wollten.

Er hatte schon früher einmal im Ratssaal gestanden, damals, als ihm mitgeteilt worden war, dass er der Schüler Medivhs werden sollte. Seinerzeit war er von diesem Raum, der den Anschein erweckte, in der Luft zu schweben, zutiefst beeindruckt gewesen.

Nur der Boden war schemenhaft sichtbar, während die Welt ringsum abwechselnd dunkel und wieder heller wurde und sich viel schneller bewegte, als es in der Wirklichkeit der Fall war.

Die Ratsmitglieder hatten ihn ebenso fasziniert wie der Saal, in dem sie zusammenkamen. Das Aussehen und das Geschlecht der Gestalten waren verborgen hinter ihrer Bekleidung und ihrer Magie. Das war sowohl effektvoll als auch von praktischem Nutzen, denn die Anführer der Zauberergemeinschaft wurden in einer geheimen Abstimmung gewählt, um sie vor Bestechung, Entführung und anderen Versuchen der Einflussnahme zu schützen. Die Ratsmitglieder kannten sich untereinander, doch niemand sonst wusste um ihre Identität.

Viele Mitglieder des Rates amüsierten sich insgeheim darüber, dass jeder, der eintrat oder den Raum verließ, von dem Gesehenen in Verwirrung gestürzt wurde. Oftmals wusste der Betreffende nicht mehr, was er gehört und erlebt hatte.

So war es damals auch Khadgar ergangen. Er hatte den Saal mit aufgewühltem Herzen verlassen, beeindruckt von der Macht, über die diese Meister ihres Fachs verfügten. Auch er hatte sich nicht mehr genau daran erinnern können, was während seiner Anwesenheit genau geschehen war.

Vieles war seitdem anders geworden. Obwohl nur ein paar Jahre verstrichen waren, hatte Khadgar an Wissen und Macht erheblich hinzugewonnen. Sein Aussehen hatte sich ebenfalls verändert. Er lächelte, als er sich vorstellte, dass dieses Mal einige Ratsmitglieder von ihrem Besucher verwirrt sein würden. Schließlich hatte er sie als junger Mann verlassen ... und war nun deutlich gealtert zurückgekehrt. Er war jetzt älter als viele von ihnen, obwohl er weniger lange *gelebt* hatte.

Khadgar hatte keine Lust mehr, irgendwelche Spielchen zu spielen. Er war müde, denn er war nach Dalaran teleportiert worden. Wenn seine Magie es ihm auch ermöglichte, die Strecke im Nu zu überwinden, so blieb es doch eine gewaltige Entfernung. Außerdem hatte er am Abend zuvor bis spät in die Nacht mit Lothar zusammengesessen, um ihre offizielle Strategiebesprechung in der nächsten Woche vorzubereiten.

Khadgar schätzte das Interesse seiner ehemaligen Lehrer an den Ereignissen, und ihm war klar, dass sie erfahren mussten, was in Azeroth geschehen war. Doch das konnte er ihnen besser ohne das ganze Brimborium erklären, das hier herrschte.

Deshalb hob er schließlich den Kopf und schaute zu der vermummten Gestalt zu seiner Linken. „Ich werde mich gern der Dinge erinnern, Prinz Kael'thas", sagte er freundlich, „aber ich fände es weitaus leichter, wenn ich mein Publikum wirklich sehen könnte."

Er hörte, wie jemand nach Luft schnappte, doch die vermummte Gestalt, die er ansprach, lachte. „Du hast recht, junger Khadgar", antwortete der Magier. „Ich fände es auch anstrengend, zu solchen Schattengestalten zu sprechen." Mit einer schnellen Geste ließ der Elfenprinz seine Tarnung sinken. Jetzt konnte Khadgar ihn in seinen violetten und goldenen Gewändern deutlich erkennen. Sein langes goldenes Haar reichte ihm bis über die Schultern. „Ist es so besser?"

„Erheblich", sagte Khadgar. Er sah sich nach den anderen Ratsmitgliedern um. „Und was ist mit Euch? Darf ich Eure Gesichter nicht sehen? Lord Krasus? Lord Kel'Thuzad? Lord Antonidas hat keine Verkleidung nötig, und Prinz Kael'thas hat sich entschlossen, sie abzulegen. Wird der Rest von Euch dasselbe tun?"

Antonidas saß vor Khadgar auf einem unsichtbaren Stuhl und lachte. „In der Tat, junger Mann, in der Tat", pflichtete er ihm bei. „Diese Angelegenheit ist viel zu ernst für solchen Schabernack, und Ihr seid kein Welpe mehr, der sich von solchen Tricks beeindrucken lässt. Legt eure Verkleidungen ab, meine Freunde, und lasst uns endlich zum Thema kommen!"

Die anderen Magier gehorchten, obwohl einige von ihnen laut fluchten. Sekunden später sah sich Khadgar von sechs Gestalten umringt. Er erkannte Krasus an seinem Körperbau, den feinen Gesichtszügen und dem silbernen Haar, das noch immer von einem leuchtenden Rot durchzogen war. Kel'Thuzad war ihm ebenfalls vertraut; ein charismatischer Mann mit dunklem Haar, einem vollen Bart und merkwürdig glasigen Augen, als würde er nicht wirklich in die Welt blicken, die ihn umgab. Die beiden anderen, ein dicklicher Mann und eine große Frau, kannte Khadgar nicht, obwohl ihm ihre Züge vage vertraut vorkamen. Wahrscheinlich hatte er sie schon einmal in der Violetten Zitadelle gesehen, als er dort studiert hatte. Er war damals nicht wichtig genug gewesen, als dass man ihn direkt angesprochen hätte.

Heute war das jedoch anders. Sie alle musterten ihn aufmerksam.

„Wir haben getan, was Ihr verlangtet", sagte Kel'Thuzad. „Jetzt berichtet, was geschehen ist!"

„Was wollt Ihr wissen?", fragte Khadgar den älteren Magier.

„Alles!"

In Kel'Thuzads Augen konnte Khadgar deutlich sehen, dass seine Worte durchaus ernst gemeint waren. Der Magier hatte stets als Träumer und Forscher gegolten, jemand, der immer auf der Suche nach Informationen war, vor allem, was die Magie betraf, ihre Quellen und ihre Möglichkeiten. Von allen Kirin Tor war er am stärksten daran interessiert gewesen, Zugang zu Medivhs geheimnisvoller Bibliothek zu erhalten. Und, so vermutete Khadgar, er war einer derjenigen, die ihre Zerstörung am meisten bedauerten.

Er hatte niemandem gesagt, dass er die wertvollsten Bände an sich genommen hatte, bevor er den Turm verließ.

„Nun gut ...“ Also erzählte Khadgar es ihnen. Dankbar setzte er sich auf den Stuhl, den der beleibte Mann ihm anbot. Khadgar schilderte haarklein, was geschehen war, seit er Dalaran vor zwei Jahren verlassen hatte. Er berichtete von seiner merkwürdigen Lehrlingszeit bei Medivh, über den Zauberer und dessen häufiges und merkwürdiges Verschwinden sowie über Medivhs launenhafte Stimmungen. Er erzählte vom ersten Gefecht mit den Orcs, von den Morden des Zauberers, von Medivhs Verrat und wie er und Lothar dem Leben des Magiers ein Ende gesetzt hatten.

Dann beschrieb er die Horde und die Schlachten gegen sie, die Belagerung Sturmwinds, Llanes Tod, den Fall der Stadt sowie seine und Lothars Flucht.

Die Meistermagier hörten ihm aufmerksam zu. Nur gelegentlich stellte einer von ihnen eine Frage. Dabei legten sie eine überraschende Zurückhaltung jemandem gegenüber an den Tag, der so viel jünger war als sie. Ihre wenigen Fragen waren kurz und präzise. Als Khadgar mit der Gründung der Allianz und den Paladinen geendet hatte, holte er Atem und wartete ab, was die Magier als Nächstes von ihm wissen wollten.

„Ihr habt den Orden von Tirisfal nicht erwähnt“, meinte Kel'Thuzad, was Antonidas ein scharfes Husten entlockte. „Er ist von einiger Bedeutung, wenn wir über Medivh sprechen!“

„So ist es“, antwortete Khadgar. „Ich entschuldige mich für diesen Fehler. Aber ...“ Er schaute sich um, versuchte, das Wissen der Magier anhand ihrer Gesichter abzuschätzen ..., und entschied sich dafür, sich zurückzuhalten. „Ich weiß nur wenig von den wahren Taten des Ordens. Medivh gehörte ihm an, und ein- oder zweimal sprach er davon. Doch er nannte keine Namen und gab mir keinen Einblick in ihre Aktivitäten."

„Natürlich nicht", stimmte ihm die Frau zu, und Khadgar bemerkte die Enttäuschung in ihrem Blick, als sie Kel'Thuzad ansah.

Er hatte sich richtig entschieden, erkannte er. Sie wussten nichts über den Orden und hatten versucht, ihm dessen Geheimnisse zu entlocken. Nun, sie hatten es nicht geschafft und würden die Angelegenheit nicht weiterverfolgen.

„Ich mache mir größere Sorgen wegen Medivh und dem, was ihm zugestoßen ist", fuhr die Frau fort. „Seid Ihr Euch sicher, dass Ihr Sargeras in ihm gesehen habt?"

„Absolut." Khadgar beugte sich vor. „Ich hatte den Titanen bereits in einer Vision erlebt und erkannte ihn sofort wieder."

„Also war es Medivh, beziehungsweise Sargeras durch ihn, der den Weltenspalt für die Orcs geöffnet hat", vermutete der dickliche Mann. „Und wie, sagtet Ihr, nannten sie ihre Welt?"

„Draenor", antwortete Khadgar und erschauderte, denn er dachte an die andere Vision in Medivhs Turm, mit ihm selbst als altem Mann – oder zumindest alt *aussehendem* Mann –, der eine kleine Kriegerschar gegen eine Übermacht der Orcs anführte. Auf einer Welt mit einem blutroten Himmel ... Garona hatte ihm gesagt, dass sich das nach Draenor anhörte, was bedeutete, dass es seine Bestimmung war, dorthin zu gehen. Wahrscheinlich würde er es nicht überleben.

Er schüttelte diese unguten Gedanken ab.

„Was wissen wir über diese Welt?", fragte Krasus. „Ihr habt uns den Himmel beschrieben, aber wisst Ihr noch mehr darüber?"

„Ich war noch nie dort", antwortete Khadgar und dachte: *Zumindest noch nicht*. „Aber eine Begleiterin, eine Halborc, verriet mir viel über diese Welt und über die Orcs." Er sah Garona beinahe vor sich und verdrängte rasch diese schmerzhafte Erinnerung. „Die Orcs waren auf ihrer Welt friedvoller. Zwar stritten sie sich untereinander, doch bekämpften sie sich nicht. Ihre einzigen echten Feinde waren die Oger. Jedoch sind die Orcs diesen zahlenmäßig weit überlegen."

„Was ist geschehen?", fragte Kel'Thuzad.

„Sie wurden korrumpiert", erklärte Khadgar. „Die Halborc kannte nicht alle Details und wusste nichts über das Warum und das Wie, doch die Hautfarbe der Orcs veränderte sich allmählich von Braun nach Grün, und sie begannen eine Magie zu praktizieren, die sich von ihrer alten Schamanenkunst deutlich unterschied. Sie wurden wilder und brutaler. Es gab eine große Zeremonie und irgendeinen Kelch. Die Häuptlinge und die Krieger tranken daraus, zumindest die meisten. Ihre Haut wurde daraufhin hellgrün, und die Farbe ihrer Augen veränderte sich zu Rot. Sie wurden stärker, machtvoller und barbarischer und ergaben sich völlig dem Blutrausch. Jeden Feind, auf den sie trafen, töteten sie und wandten sich plötzlich auch gegeneinander. Derweil hatte ihre Magie das Land unfruchtbar gemacht, das Getreide wuchs nicht mehr. Sie waren dabei, sich selbst auszurotten oder hungers zu sterben. Doch dann wandte Medivh sich an Gul'dan, den obersten Hexenmeister der Horde. Er bot ihm Zugang zu dieser Welt an, unserer Welt. Gul'dan akzeptierte den Vorschlag, und gemeinsam schufen sie ein Portal. Sie schickten einige Klans auf einen Schlag hindurch und wurden allmählich immer mehr. Nun mussten sie nur noch abwarten, ihre Armee aufbauen, unsere Verteidigung auskundschaften und schließlich angreifen."

„Und jetzt kommen sie in voller Stärke?", fragte Kael'thas mit sorgenvollem Blick.

„Ja."

Khadgar wartete ab, doch keiner der Hexenmeister ergriff das Wort, und schließlich blickte er zu dem unsichtbaren Stuhl. „Wenn es nichts weiter gibt, ehrenwerte Meister, werde ich mich jetzt zurückziehen", sagte er. „Es war ein langer Tag, und ich bin sehr müde."

„Welche Pläne habt Ihr nun?", fragte die Frau, als Khadgar sich von seinem Stuhl erhob.

Khadgar furchte die Stirn. Er hatte sich dasselbe gefragt, seit er in Lordaeron angekommen war. Einerseits wollte er die Kirin Tor um Schutz bitten – vielleicht konnte er ja in seinen alten Beruf als Bibliothekar zurückkehren? Er würde keinen Ärger machen und befände sich hinter den stärksten magischen Schutzeinrichtungen dieser Welt in Sicherheit. Andererseits widerstrebte es ihm, dem bevorstehenden Konflikt aus dem Wege zu gehen.

Er war immerhin einem Dämon gegenübergetreten und hatte diese Begegnung überlebt. Wenn ihm das gelungen war, brauchte er sich vor einer Armee der Orcs gewiss nicht zu verstecken.

Nicht zuletzt galten ihm Freundschaft und Respekt einiges.

„Ich werde bei Fürst Lothar bleiben", sagte Khadgar schließlich betont gelassen. „Ich habe ihm meine Unterstützung zugesagt, und er verdient sie wirklich – nach dem Krieg. Vorausgesetzt natürlich, ich überlebe ihn ..." Er zuckte die Achseln.

„Ihr seid noch immer mit Dalaran verbunden", merkte die Frau an. „Wenn wir Euch zurückberiefen und Euch eine wichtige Aufgabe zuwiesen, würdet Ihr diesem Ruf folgen?"

Khadgar dachte kurz nach. „Nein", antwortete er langsam. „Ich könnte nicht zurückkehren. Wenn wir den Krieg überleben, werde ich mich wieder meinen Studien widmen. Ob ich ihnen hier oder in Medivhs Turm nachgehe oder woanders, steht noch nicht fest."

Die Ratsmitglieder musterten ihn und er sie. Krasus brach schließlich das Schweigen. „Als Ihr uns verlassen habt, wart Ihr noch ein Jüngling, ein rechter Grünschnabel. Aber nun seid Ihr als Meister und Mann zurückgekehrt."

Khadgar nickte, um das Kompliment anzunehmen, erwiderte jedoch nichts darauf.

„Euch wird nichts befohlen", versicherte ihm Antonidas. „Wir respektieren Eure Wünsche und Eure Unabhängigkeit. Nur würden wir gern auf dem Laufenden gehalten werden, vor allem über das, was Medivh, die Totenbeschwörer, den Orden und das Portal betrifft."

Khadgar nickte. „Darf ich Euch nun verlassen?"

Antonidas lächelte angespannt. „Ja, Ihr dürft gehen", sagte der Erzmagier. „Möge das Licht Euch beschützen und Euch Stärke verleihen!"

„Haltet uns auf dem Laufenden!", bekräftigte der dicke Mann noch einmal. „Je eher wir die Pläne der Orcs kennen, desto schneller können wir Soldaten dorthin entsenden, wo sie gebraucht werden – und natürlich auch magische Hilfe gewähren."

Khadgar nickte. „Selbstverständlich." Rasch verließ er den Raum, doch kaum hatte er die Türen hinter sich geschlossen, zauberte er eine Wahrsagekugel herbei. Die Kirin Tor trafen sich in einem stillen Raum, der, wie er annahm, mithilfe ihrer Magie nicht nur gegen physische Gewalt, sondern auch gegen Lauschangriffe gesichert war. Doch Khadgar hatte viel von Medivh gelernt und noch mehr aus den Büchern, die er nach dem Tod seines Meisters studiert hatte. Zudem befand er sich noch nah an der Quelle.

Er konzentrierte sich, und die Farben wirbelten in der Kugel umher. Sie änderten sich von Grün zu Schwarz und wieder zu Grün. Gesichter erschienen, und ein schwaches Murmeln erklang. Nun sah er die Mitglieder des Rates in ihren violetten Roben. Selbst das sich bewegende Bild im Raum war zum Stillstand gekommen, sodass nur ein Saal mit sechs Leuten übrig blieb.

„... wir nicht, wie weit wir ihm vertrauen können", sagte der dicke Mann gerade. „Er schien nicht sehr geneigt zu sein, unseren Wünschen zu entsprechen."

„Natürlich nicht", meinte Kael'thas. „Ich bezweifle, dass du zugänglicher gewesen wärst, wenn du das alles durchgemacht hättest. Es ist auch gar nicht erforderlich, dass wir ihm vertrauen können. Wir brauchen ihn, damit er uns mit Lothar bekannt macht und zwischen uns und den anderen vermittelt. Ich bin mir sicher, dass er unsere Anliegen nicht hintertreiben oder sich gegen uns wenden wird. Ebenso wenig wird er uns Informationen vorenthalten, die wir benötigen. Ich wüsste nicht, was wir sonst noch von ihm erwarten könnten."

„Diese andere Welt, Draenor, beunruhigt mich", murmelte

Krasus. „Wenn die Orcs durch jenes Portal kommen konnten, könnten das auch andere, und zwar von beiden Seiten aus. Wir wissen, dass sie Oger mit sich brachten, aber wir haben keine Ahnung, was sonst noch von dort kommen könnte. Sie könnten also noch viel üblere Kreaturen besitzen, die nur darauf warten, unsere Welt zu verwüsten. Nicht zuletzt haben wir keinerlei Möglichkeit, die Orcs daran zu hindern, auf ihre Heimatwelt zurückzukehren, wann immer ihnen der Sinn danach steht. Einen Feind zu bekämpfen, der eine uneinnehmbare Heimatbasis besitzt, ist erheblich schwieriger, weil er angreifen und sich anschließend sofort wieder zurückziehen kann. Wir sollten die Suche nach diesem Portal zu unserem vorrangigen Ziel erklären."

„Das sehe ich ebenso", sagte Kael'thas. „Zerstören wir das Portal."

Die anderen nickten.

„Gut, das ist also beschlossen. Was gibt es sonst noch zu besprechen?"

Nun unterhielten die Hexenmeister sich über alltägliche Dinge wie die Reinigungspläne für die Laboratorien der Violetten Zitadelle.

Khadgar ließ die Kugel verschwinden. Es war besser gelaufen, als er erwartet hatte. Kael'thas hatte recht. Er hatte in den letzten drei Jahren viel erreicht und eigentlich erwartet, dass die Kirin Tor sich über seinen mangelnden Respekt ihnen gegenüber beschweren würden. Doch sie hatten nichts dergleichen geäußert und ihm seine Geschichte ohne Weiteres abgenommen.

Nun musste er sich in die Hauptstadt zurückteleportieren und schlafen, um am nächsten Tag ausgeruht zu sein.

Eine Woche später stand Lothar im Kommandozelt im Süden Lordaerons unweit von Süderstade, wo er mit Khadgar an Land gegangen war. Sie hatten diesen Ort gewählt, da er zentral genug lag, um jeden Teil des Kontinents – vor allem mithilfe von Schiffen – schnell erreichen zu können.

Vor dem Zelt wurden die Truppen gedrillt. Im Innern des Zeltes standen er, die Könige Lordaerons und die vier Männer, die er zu seinen Offizieren ernannt hatte, um einen Tisch herum und studierten die Karte, die darauf ausgebreitet war.

Lothar hatte Uther zu seinem Verbindungsmann zur Silbernen Hand und zur Kirche bestimmt. Die Paladine hatten überraschende Fortschritte in der Kampfeskunst und in der Beherrschung des Lichts gemacht. Khadgar stand im Kontakt mit den Magiern und seinem objektivsten Berater. Prachtmeer befehligte natürlich die Marine; das hatte von vornherein außer Frage gestanden.

Den guten Turalyon hatte Lothar zu seinem Stellvertreter erwählt. Der junge Mann hatte ihn und Khadgar beeindruckt, indem er sich als schlau, lernbegierig, loyal und äußerst fleißig erwies, auch wenn er Lothar noch immer wie eine Sagengestalt behandelte.

Lothar war sicher, dass der Jüngling dieses Verhalten schon bald ablegen würde, und konnte sich niemanden vorstellen, der besser geeignet gewesen wäre, den Posten seines Stellvertreters zu übernehmen.

Turalyon war natürlich noch immer aufgeregt und ein wenig unsicher wegen der großen Verantwortung, die ihm übertragen worden war.

Die Anwesenden besprachen dieselben Dinge, über die sie sich schon seit einer Woche berieten: welchen Weg die Horde wohl wählen würde, wo sie angreifen würde und wie man die Truppen der Allianz am schnellsten dorthin verlegen konnte, ohne dabei jene Felder und die Ernte zu zertrampeln, die sie beschützen sollten.

Graumarn warf gerade zum zehnten Mal ein, dass die Streitkräfte der Allianz entlang der Grenzen von Gilneas eingesetzt werden sollten, für den Fall, dass die Orcs dort zuerst erschienen, als ein Kundschafter in das Zelt stürmte.

„Sire, das müsst Ihr Euch ansehen!“, rief er, während er zum Stehen kam, sich verneigte und respektvoll grüßte. „Sie sind hier!“

„Wer ist hier, Soldat?“, fragte Lothar mit gerunzelter Stirn. Er versuchte, aus dem Gesichtsausdruck des Kundschafters etwas herauszulesen, was angesichts der Nervosität des Mannes jedoch nahezu unmöglich war. Er schien nicht gerade von Panik ergriffen zu sein, sodass Lothar erst einmal durchatmen und seine eigene Nervosität wieder unter Kontrolle bringen konnte. Offenbar handelte es sich nicht um die Horde, auch wenn im Blick des Kundschafters Angst, Respekt, ja selbst Ehrfurcht auszumachen waren.

„Die Elfen, Sire“, rief der Kundschafter. „Die Elfen sind hier!“

„Die Elfen?“ Lothar musterte den Kundschafter überrascht und sah dann zu den versammelten Königen hinüber. Wie er vermutet hatte, hüstelte einer von ihnen und schaute demonstrativ schuldbewusst drein.

„Wir brauchen Verbündete“, erklärte König Terenas. „Die Elfen sind ein mächtiges Volk. Ich hielt es für das Beste, so schnell wie möglich Verbindung zu ihnen aufzunehmen.“

„Ohne mit mir vorher darüber zu sprechen?“ Lothar war wütend. „Und was geschieht, wenn sie eine ganze Armee geschickt haben und plötzlich verlauten lassen, dass sie die Führung übernehmen? Was passiert, wenn die Horde angreift, während wir noch versuchen, sie in unsere eigene Armee zu integrieren? Man verbirgt solche elementaren Details nicht vor seinem militärischen Führer! Es könnte unseren Tod bedeuten oder zumindest den vieler Mitglieder Eures Volkes!“

Terenas nickte betroffen. „Ihr habt natürlich recht“, antwortete er, und Lothar erinnerte sich daran, warum er diesen König so sehr mochte: Die meisten Männer konnten keine Fehler eingestehen und am wenigsten diejenigen, die über große Macht verfügten. Doch Terenas übernahm die volle Verantwortung für seine Taten, für die guten ebenso wie für die schlechten. „Ich hätte erst mit Euch darüber sprechen sollen. Die Zeit drängte, doch das ist keine Entschuldigung. Etwas Derartiges wird nicht noch einmal geschehen.“

Lothar nickte knapp. „Gut. Nun lasst uns herausfinden, wie

diese Elfen aussehen." Er verließ das Zelt, und die Monarchen und Offiziere folgten ihm.

Das Erste, was Lothar sah, waren seine eigenen Soldaten. Die Armee füllte das ganze Tal und die Gegend darüber hinaus. Für einen Moment fühlte Lothar Stolz und Zuversicht in sich aufsteigen. Wie sollte irgendjemand oder irgendetwas sich gegen eine derart mächtige Streitmacht behaupten können? Doch dann sah er im Geiste noch einmal, wie die Horde über Sturmwind gekommen war – eine unaufhaltsame grüne Flut. Sein Optimismus erhielt einen empfindlichen Dämpfer. Dennoch war die Armee der Allianz um einiges größer, als es die Armee von Sturmwind gewesen war. Sie würde die Horde auf jeden Fall aufhalten.

Während er seine Truppen musterte, wanderte Lothars Blick auch zur Küste und zum Meer. Prachtmeers Schiffe lagen überall vor Anker. Es waren alle Größen und Schiffstypen vertreten, von kleinen, schnellen Aufklärern bis hin zu wuchtigen Zerstörern. Ein wahrer Wald aus Masten und Segeln erhob sich über den Wellen. Doch viele Schiffe waren in die Docks gezogen worden, wodurch eine Schneise entstanden war. Sie durchfuhr nun ein Schiffsverband, wie Lothar ihn noch nie zuvor gesehen hatte.

„Elfische Zerstörer", flüsterte Prachtmeer. „Schneller als unsere und leichter. Sie tragen weniger Waffen, doch machen sie das durch ihre höhere Geschwindigkeit mehr als wett. Diese Schiffe sind eine wahrhaft exzellente Ergänzung für unsere Marine." Der Admiral runzelte die Stirn. „Aber warum sind es nur so wenige? Ich zähle nur vier große und acht kleinere Boote. Das ist nicht mehr als ein Geschwader ..."

„Vielleicht kommt der Rest später", vermutete Turalyon.

Prachtmeer schüttelte den Kopf. „Das ist nicht ihre Art. Sie würden alle Schiffe zugleich aussenden."

„Ein Dutzend Schiffe ist immer noch ein Dutzend mehr, als wir vorher hatten", merkte Khadgar an. „Außerdem befinden sich auch Krieger an Bord."

Lothar nickte. „Wir sollten ihnen entgegengehen und sie begrüßen", sagte er, und die Könige stimmten ihm einhellig zu.

Gemeinsam schritten sie durch das Tal. Perenolde und Graumarn waren solche Anstrengungen nicht gewohnt und rangen bereits nach wenigen Minuten um Luft. Doch die anderen hatten eine gute Kondition, sodass sie rasch vorankamen. Sie erreichten die Docks, als das erste Schiff der Elfen gerade anlegte.

Eine große, geschmeidige Gestalt ging von Bord und landete leichtfüßig auf dem hölzernen Pier. Das lange goldene Haar fing das Sonnenlicht ein, und Lothar hörte, wie jemand hinter ihm nach Luft schnappte. Als die Gestalt näher kam, erkannte er, dass es sich um eine Frau handelte, eine auffallend schöne Frau. Ihre sanften Gesichtszüge waren fein geschnitten und ebenso ausdrucksstark wie ihr gertenschlanker Körper. Sie trug eine waldgrüne und eichenbraune Kleidung, einen leichten Brustpanzer, ein Überhemd und Stiefelhosen sowie einen langen Umhang mit zurückgeschlagener Kapuze. Lederhandschuhe bedeckten ihre Arme bis zu den Ellbogen, und ihre Stiefel schützten ihre Beine bis zu den Knien. Ein elegant gearbeitetes Schwert hing an einer Seite, ein Beutel und ein Horn an der anderen Seite von ihrem Gürtel herab. Auf ihrem Rücken trug sie einen Langbogen und einen Köcher für die Pfeile.

Lothar hatte im Laufe seines Lebens viele Frauen kennengelernt, von denen einige so schön gewesen waren wie die Elfe, die nun auf ihn zukam. Doch er hatte nie eine Frau erlebt, die Stärke und Anmut so in sich vereinte wie diese Elfe. Er konnte verstehen, warum einigen seiner Begleiter das Herz schneller schlug.

„Mylady“, rief Lothar, als sie nur noch ein paar Schritte weit entfernt war. „Willkommen! Ich bin Anduin Lothar, Kommandeur der Streitkräfte von Lordaeron.“

Sie nickte und blieb nur eine Handbreit vor ihm stehen. Er konnte ihre spitzen Ohren erkennen, die durch ihre Haare stachen, und die großen grünen Augen, die an Edelsteine erinnerten und nach oben hin leicht schräg waren. „Ich bin Alleria Windläufer, und ich überbringe Euch die Grüße von Anasterian Sonnenläufer und dem Rat von Silbermond.“ Ihre Stimme war angenehm und volltönend. Lothar vermutete, dass die Elfe selbst dann noch diesen betörenden Klang hatte, wenn sie wütend war.

„Danke!“ Er wandte sich um und bedeutete den Männern, sich um ihn zu versammeln. „Erlaubt mir, Euch mit den Königen der Allianz und meinen Offizieren bekannt zu machen.“ Nachdem er jeden Einzelnen vorgestellt hatte, wandte er sich ernsteren Dingen zu. „Vergebt meine Direktheit, Lady Alleria“, sagte er und wurde mit einem hinreißenden Lächeln belohnt für den Titel, mit dem er sie angesprochen hatte, „aber ich muss Euch das fragen: Ist das die *ganze* Hilfe, die Euer Volk aufbieten kann?“

Die Elfe furchte die Stirn. „Ich will Euch offen antworten, Fürst Lothar“, sagte sie. Dabei achtete sie darauf, dass niemand ihnen zuhörte.

Einige andere Elfen, sowohl Männer als auch Frauen, hatten die Schiffe nun verlassen und versammelten sich am entfernten Ende des Piers. Sie warteten offensichtlich auf Allerias Erlaubnis, sich zu nähern.

„Anasterian und die anderen waren nicht sonderlich besorgt ob des Berichts, den Ihr uns sandtet. Diese Horde ist für uns sehr weit weg und scheint nur das Land der Menschen erobern zu wollen, nicht unsere Wälder. Die Ratsmitglieder hielten es für besser, diesen Kampf den jüngeren Völkern zu überlassen. Wir verstärken nun unsere eigenen Grenzen, um einen feindlichen Einfall zu verhindern.“ Ihre Augenbrauen zogen sich zusammen, wodurch deutlich wurde, was sie persönlich von dieser Entscheidung hielt.

„Immerhin seid Ihr hier“, sagte Khadgar. „Das hat doch sicherlich einen Grund?“

„Ja, der Bote von König Terenas …“ – sie nickte in Richtung des Königs – „… informierte uns darüber, dass Ihr, Fürst Lothar, der Letzte der Blutlinie der Arathi seid. Unsere Vorfahren schworen König Thoradin und all seinen Nachfahren ewigen Beistand. Anasterian konnte sich dem nicht verweigern. Er schickt deshalb diese Kampfgruppe, um unserer Verpflichtung nachzukommen.“

„Und Ihr?“, fragte Lothar, der bemerkt hatte, dass sie lediglich die Schiffe erwähnt hatte.

„Ich bin auf meinen eigenen Wunsch hier“, verkündete sie stolz und warf ihren Kopf zurück wie ein temperamentvolles Wildpferd, das herausgefordert wurde. „Ich bin eine Waldläuferin und entschloss mich, meine eigene Abteilung mitzubringen und Euch unsere Unterstützung anzubieten.“

Die Elfe schaute an Lothar vorbei. Ihre Augen suchten die Gegend ab. Er wusste, dass sie die Armee betrachtete, die sich hinter ihm aufhielt.

„Ich spürte, dass dieser Konflikt weit ernster ist, als meine Herrscher erkennen wollen. Ein solcher Krieg könnte sich leicht auf uns alle ausweiten, und wenn die Horde so bösartig ist, wie Ihr behauptet, werden unsere Wälder nicht lange von ihr verschont bleiben.“ Sie sah Lothar an. Er erkannte, dass sie nicht nur eine schöne, sondern auch eine starke Frau war, die offensichtlich auch im Kampf geübt war. „Wir müssen sie aufhalten.“

Lothar nickte. „Dem stimme ich zu.“ Er verbeugte sich. „Seid willkommen, Mylady. Ich bedanke mich bei Euren Regenten für ihre Unterstützung. Doch ich bin noch weitaus dankbarer für Eure Gegenwart und die Eurer Waldläufer.“ Er lächelte. „Wir besprachen gerade unsere nächsten Schritte. Ich wäre erfreut, Eure Meinung dazu zu hören. Wenn Eure Leute sich ausgeruht haben, möchte ich Euch bitten, sie auszuschicken, damit wir sicher sein können, dass der Feind nicht schon in der Nähe ist.“

„Wir brauchen keine Pause“, versicherte Alleria ihm. „Ich werde sie sofort aussenden.“ Auf ihr Zeichen näherten sich die Elfen ihr und Lothar. Jedes dieser Geschöpfe war wie sie gekleidet und bewegte sich ebenso lautlos – wenn Lothar auch der Meinung war, dass sie nicht über die einzigartige Anmut Allerias verfügten.

Alleria sprach mit ihren Waldläufern, und ihre Worte klangen melodisch, wohltönend, aber auch völlig fremd in Lothars Ohren. Die anderen Elfen nickten und machten sich nach einem kurzen Gruß auf den Weg, um ihrem Auftrag nachzukommen.

„Sie werden kundschaften und berichten“, erklärte Alleria. „Wenn die Horde sich bis auf zwei Tage genähert hat, werden wir es erfahren.“

„Ausgezeichnet.“ Lothar fuhr sich abwesend mit der Hand über die Stirn. „Wenn Ihr uns dann zum Kommandozelt begleiten wollt, Mylady? Ich zeige Euch, was wir bislang wissen, und wir würden uns gerne Eure Meinung dazu anhören.“

Sie lachte. „Natürlich. Aber Ihr müsst aufhören, mich ‚Mylady‘ zu nennen. Sagt einfach Alleria!“

Lothar nickte, wandte sich um und führte sie von den Docks weg. Dabei fiel ihm Turalyons Gesichtsausdruck auf.

Lothar unterdrückte ein Schmunzeln. Jetzt wusste er, wer bei Allerias Anblick nach Luft geschnappt hatte.

Zwei Tage später hatte Lothar nichts mehr zu lachen. Allerias Kundschafter waren zurückgekehrt, ebenso wie die Schiffe, die Prachtmeer ausgeschickt hatte. Die Elfen berichteten dasselbe wie die Schiffsbesatzungen.

Die Horde hatte Khaz Modan eingenommen und das Erz der Zwergenminen dazu verwandt, Schiffe zu bauen, massige, plumpe Eisenschiffe, die sich nur ungelenk vorwärtsbewegten. Doch sie waren imstande, Tausende Orcs in ihren tiefen Bäuchen zu befördern.

Diese Schiffe hatten die Horde schnell über das Wasser gebracht und waren nun auf dem Weg zur südlichen Küste Lordaerons und nicht zu Graumarns Herrschaftsbereich. Es sah so aus, als wollte die Horde bei den Hügellanden von Bord gehen, auf halber Strecke zwischen dem Lager der Allianzstreitkräfte und Gilneas. Wenn die Allianz nicht zögerte, konnte sie die Horde dort in Empfang nehmen.

„Sammelt die Truppen!“, brüllte Lothar. „Lasst alles zurück, was ihr nicht braucht! Wir kümmern uns später darum – sofern wir den Kampf überleben! Jetzt ist unsere Schnelligkeit unser größter Verbündeter. Los! Los!“ Er wandte sich an Khadgar, während seine anderen Offiziere das Kommandozelt verließen und gemeinsam mit den Königen zu ihren jeweiligen Truppen liefen. „Es geht los“, sagte er zu dem jungen, jedoch alt aussehenden Zauberer.

Khadgar nickte. „Ich hatte gedacht, uns bliebe etwas mehr Zeit“, sagte er.

„Das dachte ich auch“, stimmte Lothar zu. „Leider sind diese Orcs ungeduldig und brennen darauf, alles zu erobern. Das wird möglicherweise ihr Untergang sein.“ Er seufzte. „Zumindest hoffe ich das.“

Er blickte auf die Karte des Hügellandes und versuchte sich die bevorstehende Schlacht vorzustellen. Dann schüttelte er den Kopf, denn es gab vieles zu erledigen. Das Gemetzel würde noch früh genug beginnen.

ACHT

„Sind wir so weit?"

Turalyon schluckte und nickte. „Fertig, *Sire.*"

Lothar nickte ebenfalls und wandte sich ab. Er runzelte die Stirn, und eine Sekunde lang glaubte Turalyon, dass dieser Ausdruck des Unwillens ihm galt. Hatte er die falsche Antwort gegeben? Wollte Fürst Lothar weitere Details hören? Hätte er etwas anderes sagen sollen?

Hör auf!, rief er sich zur Räson. *Du wirst schon wieder nervös. Beruhige dich! Du machst das wirklich gut. Er runzelt die Stirn, weil wir in die Schlacht ziehen, nicht, weil du ihn enttäuscht hast.*

Turalyon zwang sich, nicht mehr darüber nachzudenken, und inspizierte erneut seine Ausrüstung. Die Gurte waren in Ordnung und saßen fest. Sein Schild hing sicher an seinem Arm, sein Kriegshammer war am Sattelhorn befestigt.

Er war bereit, so bereit, wie man nur sein konnte.

Turalyon sah sich um und beobachtete die anderen. Lothar sprach mit Uther. Er beneidete die beiden Männer um ihre Haltung. Sie schienen etwas ungeduldig, doch ansonsten völlig gelassen zu sein. War diese Gelassenheit etwas, was man mit der Erfahrung erlangte?

Khadgar schaute über die Ebene und musste Turalyons Blick gespürt haben, da er sich nun umdrehte und ihn anlächelte. „Nervös?", fragte der Zauberer.

Turalyon lachte über sich selbst. „Sehr", gab er offen zu.

Er war mit dem üblichen Respekt vor Magiern aufgewachsen – und mit der Vorsicht ihnen gegenüber. Doch Khadgar war anders. Vielleicht lag es daran, dass sie ungefähr gleich alt waren, auch wenn der Magier um Jahrzehnte älter zu sein schien. Oder es lag daran, dass Khadgar nicht so arrogant war wie manch anderer Zauberer.

Turalyon hatte sich an dem Tag, an dem Erzbischof Faol sie alle einander vorgestellt hatte, ein wenig mit Khadgar unterhalten. Dabei hatte er festgestellt, dass er ihn mochte. Lothar mochte er natürlich auch, doch bewunderte er eher die Erfahrung und das Können des Helden von Sturmwind.

Khadgar war wahrscheinlich mächtiger, doch zugleich auch zugänglicher, und er und Turalyon waren schnell Freunde geworden. Er war der Einzige, dem Turalyon von seinen Ängsten erzählte.

„Mach dir nichts draus", empfahl ihm Khadgar. „Jeder empfindet vor dem Kampf Furcht. Der Trick besteht darin, sie zu überwinden."

„Bist du denn auch ... nervös?"

Der Magier grinste. „Zu Tode erschreckt würde es besser treffen", eröffnete er ihm. „So geht es mir jedes Mal, wenn wir in den Kampf ziehen. Lothar hat mir einst nach einer Schlacht gesagt, dass man Angst haben *soll*, denn derjenige, der keine Furcht verspürt, wird sorglos. Und genau dann wird es gefährlich."

Turalyon nickte. „Meine Ausbilder haben etwas Ähnliches gesagt." Er schüttelte den Kopf. „Aber es ist eine Sache, so etwas zu sagen, und eine ganz andere, es auch zu glauben."

Sein Freund schlug ihm wohlwollend auf die Schulter. „Du machst das schon", versicherte er ihm. „Wenn es losgeht, bist du viel zu beschäftigt, um weiter darüber nachzudenken."

Sie wandten sich um und schauten nach vorn. Die Hügellande waren nach ihren sanften Erhebungen benannt. Die Armee der Allianz war über die gesamte Breite der Hügelketten aufgestellt. Ihre Soldaten blickten in Richtung Süderstade und der Großen See.

Die Schiffe der Horde trafen in diesem Moment ein: schwerfällig wirkende Gefährte aus dunklem Metall und geschwärztem Holz. Segel gab es nicht, jedoch mehrere Ruderreihen.

Lothar wollte die Horde überraschen, sobald sie an Land kam und noch bevor die Orcs die Chance hatten, Stellungen zu beziehen. Prachtmeers Marine hatte die Schiffe bereits bei der Fahrt durch die Passage angegriffen und einige von ihnen – und sicherlich Tausende Orcs – auf den Grund des Ozeans geschickt. Doch die Horde war noch immer sehr zahlreich, und es würde einen erbitterten Kampf geben, sobald sie festen Boden erreicht hatte.

„Sie sind fast an der Küste", berichtete Alleria. Ihre scharfen Elfenaugen sahen weiter als die der Menschen. Sie wandte sich an Turalyon. „Bereitet Eure Männer auf den Einsatz vor!"

Turalyon nickte. Er wagte nicht zu sprechen. Natürlich hatte er die Frau schon in den letzten Tagen zu Gesicht bekommen. Sein Orden verbot seinen Mitgliedern keineswegs, eine Beziehung mit einer Frau einzugehen oder gar zu heiraten. Diese elfische Waldläuferin aber ließ jede andere Frau, die er jemals kennengelernt hatte, schwach und plump erscheinen. Sie war so zuversichtlich, so anmutig ... und so unglaublich schön, dass sein Mund völlig austrocknete, wenn er sie nur ansah.

Er merkte, dass er zitterte und schwitzte wie ein Pferd, das gerade ein Rennen absolviert hat. Wenn er das Glitzern in Allerias Augen bedachte und ihr leichtes Grinsen, sobald sie sich an ihn wandte, wusste sie, was in ihm vorging. Offenbar amüsierte sie sich über sein Unbehagen.

Immerhin hatte er jetzt etwas, was ihn ablenkte. Turalyon signalisierte seinen Truppführern anzugreifen. Diese gaben den Befehl an ihre Herolde weiter, die die Angriffshörner erhoben und kräftig hineinbliesen. Binnen weniger Minuten befand sich die gesamte Streitmacht der Allianz in Bewegung. Marschierend und langsam vorwärtsreitend bewegte sie sich die Hügel hinab auf den Strand zu.

Als sie sich dem Meer näherten, konnte nun auch Turalyon immer mehr erkennen. Er beobachtete, wie das erste Schiff an der

Küste anlegte. Dunkle Gestalten sprangen von Bord und liefen über den steinigen Strand auf die Hügel zu. Selbst von hier aus konnte er sehen, wie breit sie gebaut waren. Große Brustkörbe, lange, kräftige Arme, krumme Beine. Kraftvoll schwangen sie ihre Äxte, Hämmer, Schwerter und Speere.

„Sie sind an Land gegangen", brüllte Lothar, zückte sein großes Schwert mit einer geschmeidigen Bewegung und hielt es in die Höhe. Die goldenen Runen auf der Klinge reflektierten das Licht.

„Angriff! Für Lordaeron!" Er trieb sein Pferd an, und das Tier galoppierte vorwärts, an den Reihen der Allianzsoldaten vorbei, und der goldene Löwe auf Lothars Schild fing das Sonnenlicht ein.

„Verdammt!" Turalyon gab seinem Pferd die Sporen und jagte hinter seinem Kommandeur her. Er hob seinen Hammer und senkte das Visier seines Helms. Einige Soldaten sprangen aus dem Weg, andere beeilten sich, mit ihm mitzuhalten.

Schon war er an ihnen vorbei und befand sich in dem schmalen Korridor zwischen den beiden Armeen. Rasch hatte er ihn durchquert und kam voller wilder Entschlossenheit über die Orcs ... gerade als Lothars erster Schlag mehrere Gegner fällte. Doch sofort eilten andere zu Lothar und versuchten, den Helden von seinem Pferd herunterziehen, um ihn in Stücke zu reißen.

„Nein!" Turalyon schwang seinen Hammer, sobald er in Reichweite war, und traf einen Orc am Kopf. Die Kreatur fiel um, ohne auch nur einen Laut von sich zu geben. Turalyon schleuderte einen zweiten Angreifer mit seinem Schild beiseite. Dadurch hatte er genug Zeit, den Hammer wieder zu heben und auch den dritten Gegner zu Boden zu schicken.

Beim Licht, waren diese Kreaturen hässlich!

Lothar und Khadgar hatten sie ihnen zwar eingehend beschrieben, doch es war etwas völlig anderes, sie in natura zu sehen. Ihre hellgrüne Haut und die glühenden roten Augen ... Und dann diese Hauer!

Er hatte solche Zähne vorher nur bei Ebern gesehen, doch nie bei einem Lebewesen, das sich auf zwei Beinen vorwärtsbewegte und eine Waffe trug.

Sie waren stark, sehr stark. Er merkte es daran, dass der Kriegshammer eines Orcs mit seinem eigenen zusammenprallte und die gegnerische Waffe dabei beinahe in seinen Helm eindrang.

Glücklicherweise schienen die Orcs sich eher auf ihre Stärke und Aggressivität als auf ihr Können zu verlassen. Turalyon bekam seine Waffe rechtzeitig wieder frei und hob sie erneut. Mit dem Stiel verpasste er dem Orc einen Schlag mitten ins Gesicht und konnte ihn dadurch lange genug außer Gefecht setzen, um ihn mit einem wuchtigen Hieb seines Hammers tödlich zu verwunden.

Lothar hatte währenddessen die ihn bedrängenden Orcs mit tödlichen Schwertstreichen erledigt.

Turalyon brachte sein Pferd neben das seines Kommandeurs, sodass sie nun Seite an Seite einherritten. Turalyons Hammer und Lothars Schwert waren unablässig in Aktion.

Uther befand sich direkt hinter ihnen, und sein mächtiger Hammer zerschmetterte einen Orc nach dem anderen. Uther und seine Waffe umgab ein Glanz, der so gleißend hell war, dass die Orcs den Blick von ihm abwenden und ihre Augen bedecken mussten.

Jubel brandete bei den Streitkräften der Allianz auf, als die Krieger des Könnens des Paladins ansichtig wurden. Turalyon war nicht überrascht. Er hatte gemeinsam mit Uther geübt und wusste, dass der Glaube des älteren Paladins stark war – stark genug, um ihn *sichtbar* werden zu lassen.

Er wünschte, sein eigener Glaube wäre ebenso fest. Doch jetzt war nicht die Zeit, darüber nachzudenken.

Weitere Kriegsschiffe der Horde landeten an, und die Orcs strömten zu Tausenden aus ihnen hervor.

Turalyon erkannte sofort, dass sie überrannt würden, wenn sie hierblieben. „Sire!“, rief er Lothar zu. „Wir müssen zurück zum Rest der Armee!“

Lothar spießte einen weiteren Orc auf und nickte. „Uther!", rief er, und der Paladin wandte sich ihm zu. „Zurück zu den anderen!"

Uther hob seinen Hammer zur Bestätigung, dass er den Befehl verstanden hatte, riss sein Pferd herum und drosch eine Schneise in die Masse der Orcs. Lothar war direkt hinter ihm, und Turalyon bildete die Nachhut. Er kämpfte verbissen mit Hammer und Schild, um die Orcs von Lothar, Uther und sich selbst fernzuhalten.

Ein Orc griff nach ihm, in seiner anderen Hand führte er eine riesige Axt. Doch unvermittelt sank er mit einem Pfeil in seiner Kehle zu Boden. Turalyon riskierte einen hastigen Blick zur Seite und sah eine schlanke Gestalt auf dem Hügel, die ihren Langbogen zum Gruß erhoben hielt. Er konnte gerade noch das Leuchten ihrer Haare erkennen.

Mehrere Male glaubte er schon, sie würden niedergemacht, doch Uther, Lothar und er schafften es sicher zurück zu ihren Kameraden.

Die Horde war ihnen dicht auf den Fersen.

„Bildet eine Formation!", rief Uther. „Hebt die Speere. Verbindet die Schilde! Werft sie zurück!"

Die Soldaten gehorchten umgehend. Als Einzelkämpfer hatten sie keine Chance gegen die Horde, sondern nur als wirklich vereinte Streitmacht. Nur das eröffnete ihnen gegen die Überzahl der Horde eine Chance, den Sieg davonzutragen.

Nun bildeten sie eine solide Schildmauer, die vor Speeren nur so strotzte. Die Horde krachte mitten hinein.

An einigen Stellen öffnete sich die Mauer, wenn ein Verteidiger durch den Angriff eines Orcs ausgeschaltet wurde. Doch der größte Teil trotzte der Wucht, mit der die Orcs vordrangen. Einige Allianzsoldaten fielen, aber die ihnen Nachfolgenden sprangen schnell über sie hinweg und schlossen die Lücke in der Mauer.

Eine zweite Welle traf auf den Schildwall, und mehrere Sektionen brachen ein. Erneut erlitten die Orcs herbe Verluste.

Turalyon gab dem nächststehenden Truppführer ein Zeichen

und registrierte zufrieden, dass der Mann sofort reagierte. Ein zweiter Schildwall entstand bereits hinter dem ersten. Die Allianzsoldaten konnten Wall um Wall bilden, und jeder Einzelne kostete die Orcs einen enormen Blutzoll. So konnten sie die Horde nach und nach ausdünnen, bis der Gegner so starke Verluste erlitten hatte, dass die Allianz sich ihm unmittelbar entgegenwerfen konnte.

Unglücklicherweise waren die Orcs keine Narren. Nach dem dritten Zusammenstoß hielten sie sich spürbar zurück, als warteten sie auf etwas. Turalyon erfuhr bald, worum es sich dabei handelte: Eine Handvoll vermummter Gestalten erschien, Kapuzen über die Köpfe gezogen, sodass nur die Augen darunter zu erkennen waren. Jede dieser Gestalten trug einen merkwürdigen glühenden Stab.

Sie ritten auf Pferden mit glühenden Augen und bewegten sich geradewegs auf den Schildwall zu. Kurz bevor sie auf die Allianztruppen stießen, erhoben sie ihre Stäbe.

Turalyon vernahm ein merkwürdiges Brummen, und die Soldaten, die sich unmittelbar vor den Vermummten befanden, sanken zu Boden. Sie hielten ihre Häupter umfasst, und Blut quoll aus ihren Mündern, Nasen und Ohren.

„Beim Licht!“ Uther stand dicht bei Turalyon und schauderte bei dem entsetzlichen Anblick. „Diese Teufel! Sie bringen finstere Magie gegen uns zum Einsatz!“ Er hob seinen Hammer, dessen Kopf silbern wie der Mond leuchtete. „Gebt nicht auf, Soldaten!“, rief er. „Das Heilige Licht wird euch beschützen!“

Das Leuchten verteilte sich von Uthers Hammer ausgehend, breitete sich über die Krieger aus und tauchte sie in einen hellen Schein.

Als die vermummten Gestalten erneut ihre Stäbe erhoben, zuckten die Allianzsoldaten zwar zusammen, gingen jedoch nicht zu Boden.

Nun kam Uther über die Magier. Der Schildwall öffnete sich für ihn und die anderen Paladine, einschließlich Gavinrad, den Faol nur zu gern in den Orden aufgenommen hatte. Wieder jubelten die Soldaten der Allianz, ermutigt von der Macht der Paladine.

Turalyon fühlte sich hin- und hergerissen. Als Paladin war sein Platz an ihrer Seite, doch als Lothars Leutnant gehörte er hierher, um die Männer zu befehligen.

Die Paladine und die vermummten Gestalten kämpften gegeneinander, doch keine der Parteien schien die Oberhand gewinnen zu können. Turalyon sah, wie einer der merkwürdigen Vermummten seine gewaltige Hand um Gavinrads Arm schloss und Dunkelheit von der Pranke ausströmte.

Doch Gavinrads heilige Aura leuchtete jäh hell auf und trieb die Finsternis zurück. Der Angreifer musste Gavinrad freigeben und einem Hammerschlag des Paladins ausweichen.

Währenddessen droschen die Orcs weiter auf den Schildwall ein. Sie hieben Löcher hinein, die jedoch sofort wieder durch nachrückende Soldaten geschlossen wurden.

Bewegung kam auf in den Reihen der Orcs. Mehrere neue Gestalten trafen ein, die deutlich größer waren als die Orcs.

Oger!

Die tumben Kreaturen schlugen mit großen Knüppeln zu, die nichts anderes als entwurzelte und ihres Geästs beraubte Bäume waren.

Ganze Sektionen des Schildwalls fielen in sich zusammen. Die Soldaten wurden von den mörderischen Hieben beiseitegewirbelt, und die Horde drängte durch die Lücken und warf sich den Soldaten der Allianz mit aller Macht entgegen.

„Taktikwechsel!“, brüllte Turalyon dem nächststehenden Herold zu. Er wusste, dass der Mann die Befehle mit seinem Horn weitergeben würde. „Kleine Schildtrupps! Zieht euch auf die Hügel zurück und formiert euch neu!“

Der Soldat nickte und hob sein Horn. Er blies einmal kurz hinein und dann noch einmal. Beim Klang des Horns begannen die Truppführer ihrerseits Befehle zu brüllen, sammelten ihre Soldaten und zogen sich zurück, wobei sie die Orcs unvermindert auf Distanz hielten.

Die Horde versuchte weiterhin, sie zu überrennen, doch die Soldaten der Allianz waren zu dicht gruppiert, hielten ihre Waffen bereit und verstanden es, mit ihnen umzugehen. Sie stachen und hieben nach jedem Orc, der ihnen zu nahe kam. Jede einzelne Einheit hatte ihre Schilde miteinander verbunden, die einen Wall um sie herum bildeten.

Die Orcs überwältigten mehrere Einheiten durch ihre bloße zahlenmäßige Überlegenheit, indem sie wieder und wieder gegen die Krieger anrannten, bis deren Schildwall nachgab. Doch die meisten Allianzsoldaten wehrten den Gegner erfolgreich ab.

Turalyon ritt die eigenen Reihen am Fuße des Hügels ab, organisierte sie neu und stellte auch hier einen Schildwall auf. Als alle anderen Trupps sich zurückzogen, öffnete dieser sich, um sie durchzulassen. Die Ankömmlinge verstärkten nun ihrerseits den Schildwall.

Turalyon befahl den Bogenschützen, die Orcs so weit wie möglich fernzuhalten und jede Kreatur anzugreifen, die sich dem Wall näherte.

Die Orcs entrichteten einen hohen Blutzoll, doch noch immer landeten neue Schiffe der Horde an, sodass ständig weitere Krieger in das Schlachtgetümmel eingriffen.

„Wir können sie nicht mehr lange aufhalten!“, brüllte Turalyon Khadgar zu, der gerade einen merkwürdig aussehenden Orc in der Nähe der Boote ausgeschaltet hatte. Der Orc trug eine Robe statt einer Rüstung und einen Stab anstelle eines Schwertes. Turalyon nahm an, dass es sich um einen Hexenmeister handeln musste, vergleichbar den Magiern der Allianz. „Wir müssen sie daran hindern, die Hügel zu erreichen! Wenn sie uns umgehen, können sie ungehindert nach Norden auf die Hauptstadt zumarschieren!“

Khadgar nickte. „Ich tue, was ich kann“, versprach er. Der junge, aber alt wirkende Zauberer konzentrierte sich, und schon kurz darauf verfinsterte sich der Himmel. Binnen Minuten zogen dunkle Wolken auf. Im Zentrum des plötzlichen Sturms stand Khadgar, sein weißes Haar umtanzte ihn. Blitze zuckten über den Himmel, und Funken sprangen aus Khadgars gespreizten Fingern.

Begleitet von einem ohrenbetäubenden Knall bahnte sich ein Blitz seinen Weg, der nicht vom Himmel, sondern aus Khadgars Händen kam. Sein Licht durchbrach die Finsternis, schlug aus dem Schildwall in eine Gruppe Orcs, die zurückgeschleudert und verbrannt wurden. Ein zweiter Energiepfeil bohrte sich in die Reihen der Feinde, dann ein dritter.

Turalyon nutzte die magische Attacke zu seinem Vorteil. Er formierte seine Männer neu, verstärkte den Schildwall und schickte gleichzeitig Soldaten aus, die mit Reisig und Zunder ausgerüstet waren. Sie verstellten den Orcs mit Bränden den Weg und entfachten eine Feuersbrunst, die verhinderte, dass die Horde nach Westen ausbrach. Das reduzierte das Risiko, dass sie die Streitkräfte der Allianz einfach umging.

Doch die Orcs begriffen schnell. Einige dieser abstoßenden Kreaturen traten vor, um die Feuer auszutreten. Doch die elfischen Bogenschützen mähten sie nieder, bevor sie die Flammen erreicht hatten. Einer der Orcs fiel in das Feuer und brüllte entsetzlich, als er davon verzehrt wurde. Das ließ die noch lebenden zurückschrecken und ihr Vorhaben rasch aufgeben.

Die Oger stellten noch immer ein Problem dar. Einer trampelte durch die Flammen und verbrannte sich seine Beine, wurde jedoch trotzdem nicht langsamer. Turalyon schickte ihm eine komplette Einheit entgegen. Gleichzeitig zielten mehrere Katapulte auf die Kreatur. Der Oger erschlug etliche Allianzkrieger, bevor er schließlich selbst fiel. Die nächsten Oger rückten schon hinter ihm nach.

„Visiert sie an!“, wandte sich Turalyon an Khadgar. „Schießt die Oger ab!“

Khadgar sah ihn an. Turalyon bemerkte, dass sein Freund erschöpft aussah. „Ich versuche es“, antwortete der Magier. „Doch das Licht zu benutzen ist ... ermüdend.“

Eine Sekunde später zischte ein Blitz aus seinen Fingern und traf den ersten Oger. Er war auf der Stelle tot.

Als sein massiger, geschwärzter Leichnam zu Boden gefallen war, schüttelte Khadgar den Kopf. „Mehr kann ich nicht tun“, erklärte er.

Turalyon hoffte, dass es reichen würde. Die anderen Oger zögerten. Selbst ihre verkümmerten Gehirne erkannten die Gefahr. So bekamen seine Männer ausreichend Zeit, ihre Ziele mit Pfeilen und Katapulten anzuvisieren.

Der Schildwall hielt den Angriffen noch immer stand, doch die Horde rottete sich schon wieder zusammen. Über kurz oder lang würde sie die Allianzkrieger einfach überrennen. Die erlittenen Verluste reduzierten die Gesamtzahl der Hordekrieger nur unerheblich.

Uther und die anderen Paladine waren bisher nicht zurückgekehrt. Turalyon nahm an, dass sie noch immer die vermummten Gestalten bekämpften.

Er fragte sich, was er unternehmen sollte, als Lothar an seiner Seite erschien. „Haltet die Kavallerie bereit!“, rief der Held. „Und blast zum Angriff!“

Angriff? In die Masse der Horde hinein? Turalyon sah seinen Kommandeur überrascht an, dann zuckte er die Achseln. Warum nicht? Ihre Verteidigung würde nicht ewig halten.

Er gab dem Herold einen Wink, der kräftig in sein Horn blies. Augenblicklich formierten sich die berittenen Soldaten, denen sich Turalyon anschloss. Er befand sich unmittelbar hinter Lothar, der die Spitze übernommen hatte.

Der Schildwall teilte sich für sie, und sie preschten in die Menge der Orcs hinein, wodurch hinter ihnen eine keilförmige Öffnung in den Reihen der Hordekrieger entstand.

Nach einer Minute gab Lothar das vereinbarte Zeichen. Sie rissen ihre Tiere herum. Die Bogenschützen gaben ihnen Deckung, während sich die Reiter von ihren Gegnern zurückzogen.

Kurz darauf schlugen sie erneut zu.

Sie bereiteten sich gerade auf den dritten Angriff vor, als ein Trommelschlag aus der Richtung der Horde erklang und die Orcs plötzlich den Rückzug antraten!

„Wir haben es geschafft!“, rief Turalyon. „Sie ziehen sich zurück!“

Lothar nickte, wandte sich jedoch nicht ab, sondern beobachtete, wie die Orcs ein kurzes Stück zurückliefen, um sich dann neu zu gruppieren. Kurz darauf machten die Kreaturen kehrt und bewegten sich schnellen Schrittes auf die rechte Flanke der Allianz zu.

„Sie wollen nach Osten“, sagte Lothar ruhig. Er unternahm keinen Versuch, ihnen nachzusetzen. „Ins Hinterland, ins Königreich der Zwerge.“

„Sollen wir sie verfolgen?“, fragte Turalyon. Sein Blut war noch aufgewühlt vom Kampf. Er wollte den Orcs auf den Fersen bleiben und sie alle töten. „Sie sind auf der Flucht!“

Doch der Held schüttelte den Kopf. „Nein“, antwortete er. „Wir haben sie aufgehalten, aber sie flüchten nicht vor uns. Sie *umgehen* uns.“ Nun wandte er sich an Turalyon und lächelte, ein grimmiges, müdes Lächeln. „Immerhin“, sagte er, „ist das auch schon etwas.“

„Wenn wir sie nicht verfolgen, können sie sich anderswo sammeln und neu formieren“, drängte Turalyon. „Oder etwa nicht?“

„Doch, natürlich“, stimmte Lothar zu. „Aber schaut Euch nur um ...“

Turalyon tat, wie ihm geheißen, und verstand, was der alte Krieger meinte. Die Soldaten der Allianz waren nun, da der Kampf vorüber war, völlig erschöpft. Er sah, wie einzelne Männer auf der Stelle zusammenbrachen. Entweder waren sie verwundet worden, oder sie konnten sich vor Erschöpfung nicht mehr auf den Beinen halten.

Die Schlacht hatte zwei Stunden gedauert, obwohl Turalyon nicht den Eindruck hatte, dass bereits so viel Zeit seit dem Beginn des Kampfes verstrichen war. Überrascht stellte er fest, dass auch er sich einige schmerzhafte Blessuren eingehandelt hatte. Außerdem waren viele der Waffen zerstört, die Katapulte leer geschossen und der Großteil des Brennholzes und des Zunders aufgebraucht.

„Wir müssen uns neu ausrüsten", erkannte Turalyon. „Wir sind nicht in der Verfassung, ihnen nachzujagen."

„Richtig." Lothar wendete sein Pferd. „Aber wir haben ihre Stärke getestet, und unsere Männer haben gesehen, dass sie gegen die Horde bestehen können. Das ist gut. Und wir haben sie von der Hauptstadt ferngehalten. Das ist nicht weniger gut." Er blickte Turalyon an und nickte ihm freundlich zu. „Ihr habt Euch tapfer geschlagen", sagte er leise, bevor er sein Pferd in Richtung des Kommandozeltes in Bewegung setzte.

Turalyon sah zu, wie Lothar sich entfernte. Das schlichte Lob erfüllte ihn mit Stolz. Als er sich anschickte, seinem Kommandeur zu folgen, wurde ihm bewusst, dass Khadgar recht behalten hatte. Er hatte keine Zeit gehabt, sich zu fürchten.

NEUN

„Nekros!“ Zuluhed, Häuptling und Schamane des Drachenmalklans, schritt durch den langen Korridor. Er musterte jeden Orc, der ihm über den Weg lief. „Nekros!“, brüllte er erneut.

„Hier bin ich!“ Nekros Schädelspalter humpelte aus der nahe liegenden Höhle. Sein Holzbein klackte auf dem Steinboden. Er duckte sich, um mit seinem Kopf nicht gegen den niedrigen Türsturz zu stoßen. „Was ist?“

Zuluhed blieb neben seinem Stellvertreter stehen und blickte ihn an. „Wie geht es der Waffe?“, wollte er wissen und beugte sich vor. „Ist sie bereit?“

Nekros grinste ihn an, wobei seine gelben Hauer sichtbar wurden. „Komm und sieh selbst!“ Er drehte sich um und humpelte den Weg zurück, den er soeben gekommen war.

Zuluhed folgte ihm, während er irgendetwas in seinen Bart murmelte. Er hasste diesen Ort: Grim Batol ... oder zumindest hatten die Zwerge ihn so genannt. Er war eine ihrer Festungen gewesen.

Jetzt gehörte die Bastion dem Drachenmalklan. Obwohl die Kammern darin eine beträchtliche Größe aufwiesen, verfluchte Zuluhed die niedrigen Durchgänge, die für Zwerge ausreichen mochten, für die meisten Orcs jedoch nicht hoch genug waren. Sie hätten die Eingänge erweitern müssen, doch Stein war nur unter großen Mühen zu bearbeiten, und im Grunde hatten sie keine Zeit für solche Spielereien.

Doch die Festung war ausgesprochen solide. Sie war aus dem

Fels des Berges gehauen worden und ließ sich deshalb leicht verteidigen.

Das war das Wichtigste.

Nekros führte ihn tiefer in die Festung hinein. Schließlich erreichten sie eine unterirdische Kammer. Dort lag, mit schwarzem Eisen an die Wand gekettet, das, was Zuluhed noch immer den Atem raubte. Das Wesen füllte den ganzen Raum aus und wand sich, um in eine etwas bequemere Position zu gelangen. Die Flügelspitzen reichten bis zur Decke, und der Schwanz war am anderen Ende der Mauer befestigt. Fackeln flackerten entlang der Wände. Ihr Licht wurde von den Schuppen reflektiert, die rot wie Blut leuchteten, rot wie Feuer.

Ein Drache.

Doch es war nicht irgendein Drache, es war Alexstrasza, der größte der roten Drachen, die Mutter ihres eigenen Schwarms, die Königin ihres Volkes. Sie war das vielleicht mächtigste Wesen auf dieser Welt, stark genug, um ganze Klans mit einem einzigen Schlag ihrer majestätischen Krallen zu vernichten und einen Oger mit einem Zuschnappen ihrer mächtigen Kiefer zu verschlingen.

Dennoch war es ihnen gelungen, sie einzufangen.

Nun, eigentlich war es Nekros gewesen, der sie gefangen hatte. Der ganze Klan hatte wochenlang nach Drachen gesucht, jeder Art von Drachen, und dann ein einsames rotes Männchen aufgetrieben, das mit einem verwundeten Flügel in geringer Höhe über den Wald hinwegflog.

Zuluhed wollte sich nicht vorstellen, welches Wesen es vermochte, solch eine majestätische Kreatur zu verletzen. Doch es hatte ihm seine Aufgabe wesentlich erleichtert. Sie waren dem Drachen in die Höhle seiner Familie gefolgt, zu einer hohen Bergspitze, um die die Drachen wie Vögel kreisten.

Sie hatten diesen Gipfel tagelang beobachtet, unsicher, was sie als Nächstes tun sollten. Schließlich hatte Nekros verkündet, dass er die Dämonenseele gezähmt habe. Vorsichtig waren sie bis zur Spitze gekrochen und hatten Alexstrasza und ihre drei Männchen entdeckt. Die Drachenkönigin hatte sie sofort bemerkt und vier Orcs innerhalb eines Herzschlags getötet, indem sie das Maul weit aufriss und die Kämpfer mit einer gewaltigen Flamme röstete.

Doch dann war Nekros vorgetreten und hatte sie gebändigt, und das ganz allein. Er hatte Alexstrasza und den Ihren befohlen, ihm zu folgen, und die Drachen hatten ihm tatsächlich gehorcht.

Die Angehörigen des Drachenmalklans hatten Nekros an diesem Tag gehuldigt als dem Orc, der allein eine ganze Drachenschar besiegt hatte.

Doch hatte der verkrüppelte Krieger-Hexenmeister das alles nicht ohne Zuluhed erreichen können – oder das Artefakt, das dieser gefunden hatte. Zuluhed wünschte sich, den Gegenstand selbst benutzen zu können, doch die Dämonenseele antwortete ihm oder seiner Schamanenmagie nicht. Sie antwortete nur Nekros, sodass der Orc mit dem Holzbein der Einzige war, der damit umgehen konnte.

Doch das war akzeptabel, weil es bedeutete, dass Nekros hier in diesen Höhlen festsaß. Zuluhed konnte derweil mit dem Rest der Horde kämpfen, wozu Nekros kaum imstande gewesen wäre. In jenem Moment, da ihm ein Mensch das linke Bein unterhalb des Knies abgeschlagen hatte, war er für den Kampf nutzlos geworden.

Die meisten Orcs hätten sich umgebracht oder auf den nächstbesten Feind gestürzt und im Kampf den Tod gesucht.

Nekros aber hatte überlebt – ob durch Feigheit oder Pech, wusste niemand so genau zu sagen.

Zuluhed war froh, dass er Nekros hatte, da er die Dämonenseele gefunden hatte und sie nicht benutzen konnte. Er hatte die Macht innerhalb der Scheibe spüren können, als er sie in einer kleinen Höhle tief unter den Bergen fand. Doch diese Macht war in dem glänzenden goldenen Artefakt eingeschlossen gewesen. Ganz sicher wurde dafür etwas anderes als Schamanenmagie benötigt.

Er hatte das Objekt *Dämonenseele* getauft, hatte er doch die dämonenverseuchte Energie in der Scheibe deutlich empfunden.

Sie schlummerte dort zusammen mit einer anderen Kraft, die er nicht zuordnen konnte.

Er hatte lange überlegt, ob er das Artefakt Schicksalshammer übergeben sollte, sich dann jedoch dagegen entschieden. Der Kriegshäuptling war ein mächtiger Krieger und ein ehrenhafter Orc, doch er besaß keinerlei Erfahrung im Umgang mit Magie. Gul'dan wäre ein weiterer Kandidat gewesen, aber Zuluhed traute dem verschlagenen Hexenmeister nicht über den Weg.

Er erinnerte sich an die Zeit, als Gul'dan jung und Ner'zhuls Schüler gewesen war, der Schüler eines Schamanen, der weise und ehrenhaft war und von allen verehrt wurde. Ner'zhul hatte zum Wohle aller, nicht nur seines eigenen Klans gewirkt. Er war es auch gewesen, der das merkwürdige Geschenk des Wissens und der Macht von den Geistern der Ahnen mitgebracht hatte. Und er hatte die engen Bindungen zwischen den Klans angeregt und gefestigt.

Eine Zeit lang war alles gut gegangen. Doch dann hatten die Geister sich als falsch erwiesen, und ihre eigenen Ahnen weigerten sich wütend, mit ihnen zu sprechen. Die Schamanen hatten ihre Kräfte verloren, sodass ihre Klans die Verteidigung gegen magische Angriffe nicht mehr aufrechterhalten konnten.

Und dann war Gul'dan auf den Plan getreten. Der ehemalige Schüler hatte seinen Meister verdrängt und behauptet, einen neuen Weg gefunden zu haben, eine neue Quelle der Magie. Er hatte angeboten, die anderen Schamanen zu unterrichten. Viele hatten dieses Angebot angenommen und waren zu Hexenmeistern geworden.

Zuluhed hatte das jedoch nicht getan. Er hatte Gul'dan, der ihm immer selbstsüchtig erschienen war, misstraut. Und diese merkwürdigen Kräfte hatten nach Dämonen gerochen.

Es war schon schrecklich genug, dass die Ahnen nicht mehr zu ihm sprachen und die Elemente nicht länger auf seinen Ruf zu antworten vermochten. Er würde sich nicht auch noch damit besudeln, mit solch unnatürlichen Kräften zu arbeiten, wie Gul'dan sie angeboten hatte.

Zuluhed war nicht der einzige Schamane, der Gul'dans Ansinnen abgelehnt hatte. Doch die meisten waren darauf eingegangen und hatten sich verändert, waren größer geworden und düsterer, als reflektierten ihre Körper die Verderbnis.

Ihre Welt war verwüstet worden, das Land Stück für Stück gestorben. Der Himmel hatte sich rot gefärbt. Die Horde war gezwungen gewesen, auf diese merkwürdige Welt zu wechseln, und sie musste sie erobern, wollten ihre Klans jemals wieder in Frieden leben.

Nekros hatte als Schamanenschüler Potenzial bewiesen. Und Zuluhed hatte seine Hoffnungen auf ihn gesetzt. Doch als Gul'dan ihm diese andere Magie angetragen hatte, war Nekros nicht abgeneigt gewesen.

Der junge Orc hatte die Künste der Hexenmeister leicht erlernt, doch aus einem unerfindlichen Grund war er wieder davon abgekommen. Er hatte alles hinter sich gelassen und war ein Krieger geworden.

Dadurch war das Vertrauen in den jüngeren Orc zurückgekehrt. Zuluhed hatte ihn nie gefragt, was diesen Wandel bedingt hatte, aber er wusste, dass es etwas mit Loyalität zu tun hatte: mit Gul'dan und dem Schattenrat oder dem Drachenmalklan.

Nekros hatte sich für den Klan entschieden. Zuluhed hatte begonnen, wieder an ihn zu glauben. Er hatte ihn auch um Rat gebeten, wann immer er mit dem Hexenmeister zu tun hatte. Deshalb hatte er die Scheibe zu Nekros gebracht, und bislang hatte ihn der verkrüppelte Krieger-Hexenmeister nicht enttäuscht. Nekros war es zu verdanken, dass sie heute so weit waren: bereit, ihre Pläne in die Tat umzusetzen.

„Nun", sagte Zuluhed und näherte sich der Bestie. „Haben wir ..." Er verstummte, als Nekros seinen muskulösen Arm ausstreckte und ihm den Weg verstellte.

„Warte", warnte ihn der grauhaarige Orc. Er holte die Dämonenseele aus einem Beutel an seinem Gürtel, hielt die große, glatte Goldscheibe hoch und rief: „Erscheine!"

Zuluhed beobachtete, wie winzige Flammen sichtbar wurden, durch die Kammer flogen und sich zu einer Gestalt vereinigten. Sie nahm zunehmend Form an, gewann an Größe und Tiefe, enthüllte verschiedene Details und wurde zu einem großen, kräftig gebauten Humanoiden mit einem merkwürdigen Knochenpanzer. Sein Kopf sah aus wie ein von Flammen umrahmter Schädel, die Augen Kugeln aus schwarzem Feuer. Das Wesen überragte sie und war so groß wie ein Oger, wenn auch weniger plump. Es strahlte Stärke und Wachsamkeit aus.

„Wir treten ein“, sagte Nekros und hielt die Dämonenseele vor sich.

Die merkwürdige Kreatur spie wieder einen Funkenschauer aus, der durch den Raum stob. Der verkrüppelte Orc bedeutete seinem Häuptling mit einem Nicken, dass er weitermachen konnte.

Zuluhed schritt vorsichtig weiter, für den Fall, dass das Monster doch nicht verschwunden war. Doch es war weg. Nekros' Schutz schien glücklicherweise zu funktionieren, hatten die beiden doch schon einmal erlebt, was sonst geschehen konnte.

Eines ihrer Klanmitglieder war mit einer Botschaft von Schicksalshammer in die Halle gestürmt und hatte nicht auf Nekros gewartet, bis dieser den Wächter vertrieben hatte. Die Kreatur war wie aus dem Nichts erschienen, und ihre langen, feurigen, skelettierten Klauen hatten den Kopf des unachtsamen Orcs gepackt. Flammen hatten aufgelodert und den unglückseligen Boten verzehrt. Innerhalb weniger Sekunden waren seine Schreie erstorben, sein Körper war erschlafft und der Kopf in sich zusammengefallen. Nicht mehr als ein Häufchen Asche war von ihm übrig geblieben.

Jetzt dagegen konnte der Häuptling unbehelligt in die Höhle treten, und er näherte sich der Drachenkönigin. Außerhalb der Reichweite ihrer Ketten blieb er stehen. Ihr schwerer dreieckiger Kopf wandte sich ihm zu. Ihre großen gelben Augen schauten ihn aufmerksam an, während er sie beobachtete.

„Bist du gekommen, um deine Häme über mich auszuschütten, kleiner Orc? Hast du mich noch nicht genug gefoltert und meinen Nachkommen Schmerzen zugefügt?", fragte Alexstrasza. Ihre Kiefer schnappten wütend, doch die Kette hielt sie in Schach. Ihre Stabilität wurde durch das Artefakt noch erhöht.

„Nein, ich will dich keineswegs demütigen", sagte Zuluhed, der von der schieren Größe und Kraft des Drachen noch immer tief beeindruckt war. „Ich wollte nur sichergehen, dass alles vorbereitet ist. Du weißt, was geschehen wird, wenn du dich unserem Wunsch verweigerst?"

„Das wurde mir unmissverständlich klargemacht", antwortete sie. Ihre Worte klangen gereizt ob ihrer Wut und ihres Kummers. Sie blickte in die Ecke der Höhle.

Einige bleiche Trümmer lagen dort verstreut. Obwohl er sie von hier aus nicht erkennen konnte, wusste Zuluhed, dass sie dünn wie Papier waren. Es waren die Überreste eines riesigen Eis, das so groß wie der Kopf eines Orcs gewesen sein musste.

Ein Drachenei.

Als sie Alexstrasza gefangen genommen hatten, hatte sie es strikt abgelehnt, mit ihnen zu kooperieren. Nekros hatte das Problem gelöst, indem er eines ihrer noch nicht ausgebrüteten Eier nahm, es der gefangenen Königin vor das Gesicht hielt ... und es mit seiner Faust zerstörte. Dabei war Eidotter auf ihn und Alexstrasza gespritzt.

Ihre Schreie hatten ihn beinahe das Gehör gekostet, und ihr Wüten hatte einige Orcs zu Boden geworfen. Zwei von ihnen hatte sie mehrere Knochen gebrochen. Doch die Ketten hatten gehalten, und nach diesem Akt der Barbarei hatte sie sich, wenn auch nur widerstrebend, zur Zusammenarbeit bereit erklärt. Sie tat alles, damit nicht noch weitere ihrer ungeborenen Kinder getötet wurden.

„Du wirst damit nicht durchkommen", prophezeite ihm Alexstrasza. „Du kannst mich anketten, aber meine Kinder werden dich vernichten und sich ihre Freiheit erkämpfen."

„Nicht, solange wir dies hier haben", antwortete Nekros und zeigte ihr die Scheibe. Er legte die Stirn in Falten, konzentrierte sich offensichtlich, und die Drachenkönigin wand sich vor Schmerzen. Ein schwaches Fauchen drang durch ihre zusammengepressten Zähne.

„Ich ... werde ... dich ... eines ... Tages ... töten", warnte sie ihn. Sie wand sich noch immer, und ihre Augen verengten sich vor Schmerz und Hass.

Nekros lachte. „Vielleicht", sagte er leichthin, „aber bis dahin wirst du ebenso wie die Deinen der Horde dienen."

Zuluhed machte ein Zeichen, worauf Nekros nickte und ihm in die Höhle folgte. Die Zähne der Königin schnappten in die Luft. Ihr Ausdruck der Verachtung war unbedeutend, solange sie nur ihre Macht demonstrierte, und zwar in Zuluheds Sinne.

Er führte sie einen Gang entlang in einen anderen Korridor und in eine zweite, größere Kammer. Diese war zu einer Seite des Berges hin offen. Draußen flogen leuchtende Gestalten an dem sich zunehmend verdunkelnden Himmel umher wie bunte Funken.

„Lasst sie frei!", verlangte eines dieser Wesen und rauschte mit ausgestreckten Krallen, das Maul weit aufgerissen, heran. „Lasst unsere Mutter frei!"

„Niemals!" Nekros hielt die Dämonenseele hoch, und der sich nähernde Drache schrie vor Qual auf und geriet ins Trudeln, weil sein Körper zitterte und zuckte. Die anderen Drachen zogen sich augenblicklich zurück, kreisten jedoch weiterhin über ihren Köpfen.

„Eure Mutter ist unsere Gefangene, so wie ihre Gefährten", rief Zuluhed. Er wusste, dass die Drachen ihn selbst in großer Höhe verstehen konnten. „Das wird auch so bleiben. Du und all ihre Kinder, ihr werdet uns dienen, ihr werdet *der Horde* dienen, oder eure Mutter wird an demselben Schmerz zugrunde gehen, den du soeben verspürt hast. Damit würde ihre Linie aussterben, weil es ohne Alexstrasza keine weiteren roten Drachen geben wird. Ihr wärt dann die Letzten eurer Art."

Die Drachen schrien vor Wut, doch Zuluhed wusste, dass sie gehorchen würden. Er hatte das Band zwischen der Mutter und ihren Abkömmlingen gesehen: Es war stark, stark genug, um sie alle zum Gehorsam zu zwingen. Solange Alexstrasza glaubte, dass es noch Hoffnung für ihre Brut gab, würde sie weiter neue Dracheneier produzieren. Und solange sie und ihre drei Gefährten Zuluheds und Nekros' Gefangene waren, würden die Kinder ihnen dienen – in der Hoffnung, ihre Mutter eines Tages befreien zu können.

Zuluhed grinste, als er die jungen Leviathane über sich emporschnellen sah. Seine Orcs schufteten hart daran, ein passendes Sattelzeug anzufertigen.

Schon bald würden sie den ersten roten Drachen in die Höhle bringen und ihn mit Zaumzeug und Sattel ausstatten. Er würde es natürlich hassen. Drachen waren unglaublich freiheitsliebend, und niemand hatte es jemals gewagt, auf ihnen zu reiten.

Doch sein Klan würde es wagen. Das hatte er Schicksalshammer versprochen.

Der Kriegshäuptling war begeistert gewesen von dieser Idee. Die Drachen würden ihre Geheimwaffe sein. Die Menschen hatten Soldaten, Kavallerie und Schiffe, aber nichts Schlagkräftiges, um aus der Luft in den Kampf einzugreifen.

Mit den Leviathanen unter ihrer Kontrolle und loyalen Orcs, die sie ritten, konnte Zuluhed die Menschen aus der Luft angreifen und sich ebenso rasch wieder aus ihrer Reichweite entfernen.

Die Drachen waren mit ihren Krallen, Zähnen und Schwänzen schon rein physisch imposante Kreaturen. Doch ihr feuriger Atem würde den eigentlichen Unterschied ausmachen und den größten Schaden anrichten. Sengendes Feuer würde auf die Menschen herabregnen und sie und ihre Ausrüstung zerstören.

Es gab nichts, was sie dagegen tun konnten. Mit den Drachen auf ihrer Seite war die Horde unbesiegbar, und er, Zuluhed vom Drachenmalklan, hatte all dies vollbracht. Ohne seine Visionen hätte er niemals die Dämonenseele gefunden, und ohne deren und Nekros' Kräfte, der sie entdeckt hatte, hätten sie Alexstrasza nicht versklaven können. Aber es war gelungen, und schon bald würden die ersten Drachenreiter die Lüfte durcheilen, sich mit dem Rest der Horde vereinen und auf Schicksalshammers Befehle warten.

Zuluhed grinste. Alles verlief genau nach Plan.

ZEHN

„Dort, Thane! Schau, dort!"

Kurdran Wildhammer riss Sky'ree herum und blickte nach unten, in die Richtung, in die Farand wies.

Ja, dort! Seine scharfen Augen machten eine Bewegung aus, und er trat Sky'ree leicht mit den Füßen. Sein Greif krächzte leise, bevor er die Flügel anlegte und in den Sturzflug überging. Der scharfe Wind zerrte an ihnen beiden.

Ja, jetzt konnte er die Gestalten besser erkennen, die durch den Wald liefen. Waren es Trolle? Sie waren jedenfalls genauso grün wie die verhassten Waldtrolle. Aber sie gingen auf dem Boden, statt sich durch die Äste zu bewegen. Ihre Schritte waren viel zu schwer, zu sorglos, als dass es Trolle hätten sein können, die ja den Wald beinahe so gut kannten wie die Elfen.

Nein, diese Gestalten waren etwas anderes. Kurdran konnte eines der Wesen genau ausmachen, als er über eine kleine Lichtung hinwegflog.

Er runzelte die Stirn. Sie waren von massiger Statur und beinahe so groß wie Menschen, mit starken Muskeln und langen Beinen. Und mit schweren Waffen: Äxten, Hämmern und Stäben. Was auch immer sie sein mochten, sie waren für den Kampf gerüstet.

Er zog an den Zügeln, und Sky'ree fächerte ihren Schwanz auf, breitete die Flügel aus und stieg wieder in den Himmel hinauf.

Farand und die anderen kreisten weiter weg. Die wettergegerbte Haut der Zwerge vermischte sich auf diese Entfernung mit dem gelbbraunen Pelz ihrer Reittiere. Kurdran flog ebenfalls hoch. Sein geflochtener Bart und das Haar flatterten hinter ihm her. Er genoss den Flug selbst unter diesen unfreundlichen Bedingungen.

In der Ferne sah er das riesige steinerne Abbild eines Adlers, der wachsam und zuversichtlich in die Welt hinausblickte. Dort lag seine Heimat und das Herz seines Reiches: der Nistgipfel.

Doch nun erfüllte ihn dieser Anblick nicht mit Stolz und Freude, denn der Gipfel schien viel zu weit entfernt, um Trost zu spenden, vor allem, wenn man die Geschehnisse unter ihnen bedachte.

„Hast du sie gesehen, Thane?“, fragte Farand. „Ich hab’s ja gesagt: Hässliche Strolche sind in unserem Wald unterwegs!“

„Ja, du hattest recht“, sagte Kurdran dem Kundschafter. „Sie sind hässlich, und sie dringen einfach hier ein. Es sind viele, und es wird schwer sein, sie zu erwischen, solange sie sich unter den Bäumen befinden.“

„Dann lassen wir sie also ungehindert durch unser Gebiet ziehen?“, wollte einer der anderen Kundschafter wissen.

„Oh nein“, antwortete Kurdran. Er grinste den anderen Wildhammerzwergen zu. „Wir müssen sie nur erst aufschrecken und ins Freie scheuchen. Los, Leute, ab nach Hause! Ich habe ein paar Ideen. Aber keine Angst, wir räumen schon bald mit den Grünhäuten auf und machen ihnen klar, dass sie auf unserem Territorium nicht willkommen sind!“

„He, Ihr da, Paladin!“

Turalyon schaute auf, als der Elf neben ihm stehen blieb. Er hatte nicht bemerkt, dass der Waldläufer eingetroffen war, doch das überraschte ihn auch nicht. In den letzten Wochen hatte er mehrfach erfahren, wie schnell und lautlos Elfen kamen und gingen. Ganz besonders Alleria bereitete es Spaß, ihn zu erschrecken, indem sie ihm überraschend etwas ins Ohr flüsterte, obwohl er nicht einmal mitbekommen hatte, dass sie wieder im Lager war.

„Ja?“ Er säuberte seine Ausrüstung, wartete jedoch respektvoll.

„Die Orcs sind im zwergischen Hinterland“, berichtete der Elf, „und sie treffen sich dort mit den Trollen.“ Er sprach den Satz voller Abscheu aus.

Turalyon hatte erfahren, dass die Elfen die Trolle hassten und dass dieses Gefühl auf Gegenseitigkeit beruhte. Beide waren Waldbewohner, doch die Wälder hier waren nicht groß genug für *zwei* Völker. Sie waren schon seit Jahrtausenden verfeindet, seit die Elfen die Trolle aus einem Teil des Waldes vertrieben und ihr Königreich auf dem eroberten Land errichtet hatten.

„Wisst Ihr sicher, dass sie wirklich Verbündete sind und sich ihre Pfade nicht durch Zufall kreuzen?“, fragte Turalyon und legte seine Rüstung beiseite. Er rieb sich über das Kinn. Wenn Orcs und Trolle sich wirklich zusammentaten, bedeutete das zusätzlichen Ärger.

Der Waldläufer schnaubte. „Natürlich bin ich mir sicher! Ich habe sie belauscht. Sie haben eine Art Pakt geschlossen.“ Der Elf sah zum ersten Mal besorgt aus. „Sie planen einen Angriff auf den Nistgipfel, und dann wollen sie gegen Quel'Thalas marschieren.“

Das erklärte seine Erregung. Quel'Thalas war die Heimat der Elfen, und die Trolle hassten sie. Wenn sie sich tatsächlich mit der Horde verbündet hatten, war es durchaus sinnvoll, sie genau dorthin zu führen.

„Ich sage Lothar Bescheid“, versicherte ihm Turalyon und erhob sich. „Wir halten sie auf, bevor sie sich Eurer Heimat nähern können.“

Der Elf nickte, obwohl er nicht überzeugt schien, wandte sich um und lief zurück zu den Bäumen, zwischen denen er im Nu verschwand. Turalyon sah ihm nicht nach, denn er war bereits auf dem Weg zum Kommandozelt.

Dort traf er auf Lothar und Khadgar, Terenas und einige andere Männer.

„Die Orcs greifen den Nistgipfel an“, erklärte er ohne Umschweife. Alle Anwesenden wandten sich ihm zu, und Turalyon entging nicht, dass sich einige Augenbrauen überrascht hochzogen. „Das hat mir gerade einer der Waldläufer berichtet", erklärte er. „Die Orcs haben sich mit den Waldtrollen verbündet, und jetzt wollen sie den Nistgipfel angreifen."

Terenas nickte und wandte sich der obligatorischen Karte auf dem Tisch zu. „Das klingt logisch", gab er zu und tippte auf das Zeichen für den Nistgipfel. „Die Wildhammerzwerge sind stark genug, um sich dem Kampf zu stellen, aber sie wollen einen Angriff aus dem Hinterhalt vermeiden. Wenn die Orcs mit den Trollen zusammenarbeiten, wollen sie gemeinsam die Zwerge aus dem Hinterland vertreiben."

Lothar betrachtete ebenfalls die Karte. „Es wird schwer werden, sie im Wald zu bekämpfen", merkte er an. „Wir können uns dort nicht richtig aufstellen, und wir wären gezwungen, unsere Katapulte zurückzulassen." Er strich sich nachdenklich mit der Hand über die Stirn. „Andererseits können sie ihre Truppen auch nicht optimal einsetzen. Wir könnten vereinzelte kleinere Gruppen von Orcs angreifen, ohne uns darum sorgen zu müssen, dass ihre ganze Armee gegen uns antritt."

„Außerdem wären die Zwerge starke Verbündete", meinte Khadgar. „Wenn wir ihnen helfen, werden sie uns vielleicht auch unterstützen. Sie sind exzellente Kundschafter."

„Wir könnten die Zwerge und ihre Greife wirklich gut brauchen", stimmte Lothar zu. Er schaute auf, blickte Turalyon an und nickte. „Blast zum Aufbruch!", befahl er. „Wir ziehen in den Wald, um die Zwerge zu retten."

„Bei den Ahnen, sind das viele! Wie die Fliegen – nur größer und besser bewaffnet!" Kurdran fluchte, als er die Gegend unter sich betrachtete. Er und eine Jagdgruppe waren auf Patrouille und flogen hoch über den Orcs, um eine bessere Übersicht über die Grünhäute zu bekommen. Was er sah, war gar nicht gut.

Die Kreaturen marschierten schnell und waren nur noch einen Tagesmarsch vom Nistgipfel entfernt. Zuerst hatte er lediglich ein paar von ihnen gesehen, doch dann war ihm eine weitere Gruppe nicht weit entfernt aufgefallen ... und dann noch eine dritte. Die anderen hatten Ähnliches berichtet. Obwohl die Grünhäute in Gruppen von jeweils zwanzig Kriegern aufgeteilt waren, gab es mehr dieser Einheiten, als man zählen konnte.

Die Wildhammerzwerge hatten vor nichts Angst, doch wenn diese Kreaturen auch nur halb so stark waren, wie sie aussahen, würden sie den Gipfel allein schon aufgrund ihrer zahlenmäßigen Überlegenheit überrennen.

Die Zwerge waren jedoch alles andere als gewillt, das zuzulassen.

Kurdran sah sich um, und jeder der anwesenden Zwerge nickte ihm zu. „Gut", sagte er und hob sein Horn an die Lippen. „Wildhammerzwerge, zum Angriff!" Er blies in das Horn und hängte es sich dann wieder um. Währenddessen brachte er Sky'ree bereits mit den Knien in Position. Sie reagierte mit einem wilden Schrei, breitete die Schwingen aus und stieg auf, bevor sie die Flügel anlegte und sich auf den Sturzflug vorbereitete. Während sie nach unten rasten, löste Kurdran seinen Sturmhammer und hob die Waffe.

Doch vorerst waren die Grünhäute nicht sein unmittelbares Ziel. Stattdessen schlug er dem ihm am nächsten befindlichen Baum hart gegen den Stamm. Es regnete Blätter, totes Geäst und Früchte, was die verwirrten Grünhäute nicht wenig ärgerte.

Kurdran schlug gegen zwei weitere Bäume, aus denen Tannenzapfen und Nüsse auf die Kreaturen hagelten. Die Grünhäute duckten sich und hoben abwehrend die Hände, um ihre Augen zu schützen. Doch die Aktion wurde fortgesetzt, indem die Wildhammerzwerge weiter gegen die Bäume schlugen.

Die Grünhäute wussten nicht, wie ihnen geschah, aber es gefiel ihnen ganz und gar nicht. Schließlich reagierten sie auf eine naheliegende Weise: Wenn der Baumbereich nicht sicher war, ließ man ihn besser hinter sich zurück, entfloh dem bedrohlichen Blätterdach und eilte zur nächsten Lichtung.

Das war genau der Moment, auf den die Wildhammerzwerge gewartet hatten.

Mit einem lauten Kriegsschrei führte Kurdran den Angriff an, seinen Hammer hielt er bereit. Die erste Grünhaut hatte noch Zeit, aufzuschauen und ihre große Kriegsaxt halb zu ziehen, bevor ihr Kurdran seinen blitzgestählten Sturmhammer entgegenschleuderte.

Er erwischte den Gegner am Kiefer, zerschmetterte ihn mit einem Donnerschlag und drosch die Kreatur durch die Luft. „Du bist zu hässlich für meinen Wald, du Bastard!“, brüllte er ihr hinterher.

Der Hammer landete wieder in seiner Hand, und er warf ihn erneut. Der Schlag zermalmte eine zweite Grünhaut. Nun spreizte Sky'ree ihre Flügel, um sie außer Reichweite der Gegner zu bringen, bevor sie einen Bogen flog und sich ihnen erneut näherte.

Kurdrans Gefährten schlugen sich ebenfalls wacker, und der Wald war erfüllt von Schreien, Flüchen und Beleidigungen, als die Greife abdrehten.

Was auch immer das für Kreaturen waren, sie ließen sich nicht leicht ängstigen. Als er zu einem neuen Anflug ansetzte, bemerkte Kurdran, dass die übrig gebliebenen Grünhäute ihre Waffen gezogen hatten. Sie formierten sich zu dicht stehenden Gruppen, weshalb die Zwerge sie nicht mehr so leicht treffen konnten.

Doch sie hatten sich nicht nur auf ihre Überlegenheit in der Luft verlassen. Kurdran schwang seinen Hammer über dem Kopf und ließ ihn davonsausen. Der schwere Stein traf eine Grünhaut direkt an der Schläfe. Sie kippte mit einem Geräusch um, das wie eine kleine Explosion klang. Als die Kreatur fiel, prallte sie gegen zwei andere Grünhäute, die vorwärtstaumelten, um nicht mitgerissen zu werden.

„Ha! Das hat euch umgehauen, was?“, rief Kurdran den gefallenen Kreaturen zu. Er war über ihnen, noch bevor sie ihren Fehler erkannten. Obwohl er seinen Sturmhammer längst wieder in Händen hielt, ließ er die daliegenden Kreaturen von Sky'ree erledigen. Mit ihren machtvollen Klauen packte sie den einen, erwischte den zweiten mit ihrem scharfen Schnabel und schlug einen dritten mit dem Flügel bewusstlos.

Der Kampf war rasch vorbei. Woher auch immer diese Grünhäute kamen, sie waren langsam und nicht an Angreifer aus der Luft gewöhnt. Kurdran und seine Leute hingegen waren Meister der Luftangriffe.

Den abstoßenden grünen Kreaturen waren einige Treffer gelungen, und mehrere seiner Leute hatten Wunden davongetragen. Doch sie hatten niemanden verloren und auch niemanden zurücklassen müssen. Nur einige wenige Grünhäute dieser Gruppe hatten überlebt, und das auch nur, weil sie sich unter die Bäume geflüchtet hatten.

„Das sollte sie gelehrt haben, nach oben zu schauen", lästerte Kurdran, und die Zwerge lachten. „Zurück zum Gipfel, Kameraden. Wir schicken eine weitere Mannschaft aus, die eine andere ihrer Gruppen ausschaltet. Vielleicht machen sie dann ja einen Bogen um den Nistgipfel ..."

„Macht euch bereit", flüsterte Lothar. Er hatte sein Pferd auf Schritttempo gezügelt, da ein höheres Tempo das Risiko erhöht hätte, dass sie gegen Bäume ritten oder jemand an den Ästen und Zweigen hängen blieb. Er zog sein Schwert und hielt es vor sich. Sein Schild hing an seinem Arm. „Sie müssten ganz in der Nähe sein."

Turalyon nickte und befestigte seinen Kriegshammer. Er ritt wie stets unmittelbar hinter seinem Kommandeur. Khadgar befand sich neben ihm, und die drei bildeten das klassische Kavalleriedreieck. Selbst wenn die Hände des Magiers unbewaffnet waren, so hatte Turalyon doch die Magie zu schätzen gelernt, die sein Freund in der Schlacht bewirken konnte. Mit gespanntem Blick versuchte Turalyon, das Dickicht der Bäume zu durchdringen und ihre Beute zu erspähen. Irgendwo hier in der Nähe ...

„Dort!" Er zeigte nach rechts, hinter Khadgar. Seine beiden Begleiter schauten in die angegebene Richtung. Einen Moment später nickte Lothar. Der Zauberer brauchte eine Minute länger, bevor auch er die Bewegungen ausmachte, Bewegungen, die für einen Vogel in zu niedriger Höhe erfolgten und zu gleichmäßig für eine Schlange oder ein Insekt waren. Nein, die Bewegung konnte nur von etwas stammen, was so groß wie ein Mensch war und auf zwei Beinen durch den Wald lief. Dass sie sich stetig wiederholte, bedeutete, dass sich dieselbe Gestalt vor- und zurückbewegte oder es sich um eine größere Gruppe handelte.

Da die Bewegung kaum zu erkennen war, mussten die Gestalten dieselbe Farbe wie ihre Umgebung haben.

Das alles konnte nur zu einem einzigen Schluss führen: Es waren Orcs.

„Wir haben sie", stimmte Lothar leise zu. Er schaute sich zu Khadgar um. „Informiert die anderen!", befahl er.

Der junge, aber alt aussehende Magier nickte.

„In der Zwischenzeit passen wir auf", sagte Lothar zu Turalyon, der ihm mit einer Geste seine Zustimmung signalisierte. „Wenn es so aussieht, als würden sie davonkommen, stellen wir beide sicher, dass das nicht geschieht."

„Ja, Sire!", grinste Turalyon und ergriff den Stiel seines Kriegshammers. Er war bereit, wenn auch immer noch nervös. Zumindest sorgte er sich nicht mehr, dass er starr vor Angst werden oder gar weglaufen könnte. Er war den Orcs schon einmal gegenübergetreten, und er wusste, dass er es wieder schaffen würde.

„Wir haben Tearlach verloren", berichtete Iomhar. Kurdran sah ihn überrascht an. „Oengus auch", fuhr der Kämpfer der Wildhammerzwerge fort. „Und zwei weitere sind zu erschöpft, um weiterzukämpfen."

„Was ist geschehen?", wollte Kurdran wissen. Der andere Zwerg wirkte zunächst verlegen, dann schien seine Streitlust jedoch die Oberhand zu gewinnen.

„Die Grünhäute, das ist passiert!", antwortete er schnippisch. „Sie waren auf uns vorbereitet! Als wir auf sie hinabstießen, warfen sie mit Speeren nach uns! Dann verteilten sie sich unter den Bäumen, sodass wir sie nicht mehr so gut anvisieren konnten." Er schüttelte den Kopf. „Euer Angriff stand unter einem glücklichen Stern und hat sie überrascht. Doch jetzt haben sie dazugelernt, diese hässlichen Bastarde, und zwar verdammt schnell."

Kurdran nickte. „Nicht dumm, diese Grünhäute", stimmte er zu. „Und es waren mehr, als wir dachten."

Er blickte auf die vor ihm aufgeschlagene Karte des Zwergenkönigreichs. Markierungen zeigten an, wo die Grünhäute sich befanden. Die Karte war nahezu vollständig mit diesen Markierungen übersät.

„Nun gut, wir müssen sie treffen, bevor sie reagieren können. Sagt euren Kriegern, dass sie schnell und hart angreifen und sich außerhalb der Wurfweite der Grünhäute halten müssen! Sie arbeiten gegen die Schwerkraft – und wir mit ihr. Also haben wir einen entscheidenden Vorteil."

Iomhar nickte, doch bevor er etwas sagen konnte, stürmte Beathan herein. „Trolle!", rief er und sank auf einem Hocker zusammen. Sein linker Arm hing nutzlos an seiner Seite herab, und Blut sickerte aus einem tiefen Schnitt an seiner Schulter. „Wir stießen auf eine Kampfgruppe dieser Grünhäute hinab, als eine Gruppe Waldtrolle uns angriff! Sie haben Moray und Seaghdh mit den ersten Schlägen erwischt und Alpin und Lachtin von ihren Greifen geschlagen." Er zeigte seine Wunden. „Das kam von einem hinterhältigen Schlag mit einer Axt. Zum Glück konnte ich den zweiten Schlag abwehren, sonst wäre mein Kopf futsch gewesen."

„Verdammt!", knurrte Kurdran. „Sie haben sich also mit den Trollen verbündet. Grünhaut und Grünhaut! Und die Trolle hindern uns daran, die Bäume zu nutzen!" Er zupfte frustriert an seinem Schnurrbart. „Wir brauchen etwas, was die Chancen ausgleicht, und zwar schnell, Kameraden. Andernfalls überrennen sie uns wie Ameisen einen Käfer."

Wie aufs Stichwort erschien ein dritter Zwerg und berichtete. Der Kundschafter, der den Namen Dermid trug, war nicht verwundet worden, und er schien auch eher zufrieden als besorgt auszusehen.

„Menschen!", verkündete er glücklich. „Sehr viele! Sie sagen, dass sie uns gegen die Orcs helfen wollen. So nennen sie die Grünhäute."

„Den Ahnen sei Dank“, knurrte Kurdran. „Wenn sie diese Orcs beschäftigen, sodass deren neue Taktik nicht zum Tragen kommt, können wir sie wieder von oben angreifen.“ Er grinste und schulterte seinen Sturmhammer. „Gut, und wir werden uns auch um die Trolle kümmern, die uns zu nahe kommen. Sie mögen die Bäume kontrollieren, aber wir kontrollieren die Lüfte, und unsere Greife werden sie zerreißen, sobald die Trolle in ihre Reichweite gelangen.“ Er ging durch die Tür und pfiff bereits nach Sky'ree. „Wildhammerzwerge, lasst uns starten!“, rief er.

Hinter ihm jubelten die anderen Zwerge und kamen eilends seinem Befehl nach.

„Jetzt!“ Lothar trieb sein Pferd an und attackierte eine Gruppe Orcs. Die Grünhäutigen wirbelten sichtlich überrascht herum. Sie waren damit beschäftigt gewesen, den Himmel zu beobachten. Viele von ihnen hielten Speere statt der sonst üblichen Äxte und Hämmer in Händen.

Einer der Orcs wollte seinen Speer gegen Lothar schleudern, doch der war schon zu nah herangekommen. Er schlug mit seinem Schwert zu, durchtrennte den Speer samt Arm, holte dann erneut aus und enthauptete den Orc, noch bevor der fallende Arm den Boden berührte.

Turalyon war unmittelbar neben ihm. Sein Hammer erwischte einen Orc und zerschmetterte seinen Brustkasten. Sein zweiter Schlag trennte einen Orcarm ab, und die grünhäutige Kreatur ließ ihre Axt fallen. Daraufhin schlug er ihr einfach auf den Kopf.

Turalyon hörte ein merkwürdiges Geräusch – etwas zwischen Husten und Lachen – und schaute auf. Eine große Gestalt, größer als ein Orc und schmaler gebaut, sprang aus einem Baum direkt vor ihm. In ihren großen, langfingrigen Händen hielt sie einen Speer. Ihre Augen standen eng zusammen, und die Kreatur grinste ihn an. Dann stach sie mit dem Speer zu und bleckte ihre spitzen Zähne.

Ein Troll!

Turalyon hob seinen Schild und blockte den Speerstoß ab. Mit einem wütenden Hieb mit seinem Hammer parierte er die Attacke. Der Troll taumelte, wollte jedoch nicht zu Boden gehen. Die Kreatur schritt weiter vorwärts, den Speer für die nächste Attacke bereithaltend.

Turalyon trieb sein Pferd an und schmetterte dem Geschöpf seinen Schild ins Gesicht. Damit hatte es nicht gerechnet und bekam deshalb den Schlag mit voller Wucht zu spüren. Es stürzte rückwärts und schüttelte den Kopf, um wieder klarzusehen.

Turalyon ließ dem Wesen jedoch keine Zeit, sich wieder zu erholen. Sein Hammer traf es mitten in der Brust und schleuderte es davon.

Gerade noch rechtzeitig schaute Turalyon auf, um einen zweiten Troll zu bemerken, der sich von einem nahen Ast herabschwang. Seine Augen waren vor Hass zu schmalen Schlitzen zusammengekniffen, und er hielt seinen Speer wurfbereit.

Turalyon wusste, dass die Waffe auf ihn zielte und er nicht stark oder schnell genug war, um sie abzuwehren. Er bereitete sich auf das Schlimmste vor, schloss seine Augen und wartete auf das Geräusch des heransausenden Speers.

Stattdessen hörte er einen merkwürdig schrillen Schrei, unterbrochen von einem tiefen Bellen, kurz darauf einen massiven Donnerschlag und schließlich einen Schmerzensschrei.

Er öffnete seine Augen und sah etwas Erstaunliches. Der Troll fiel von seinem Ast, seine Hände umfassten noch die Gesichtshälfte, die offensichtlich völlig zerfetzt war. Darüber schwebte eine mächtige Kreatur, wie Turalyon sie noch nie gesehen hatte. Sie hatte die Gestalt eines Löwen und dasselbe braune Fell, jedoch den Kopf eines Raubvogels. Der Schnabel war gebogen und auffallend breit, und aus ihm drang nun ein Kreischen, das er schon früher einmal gehört hatte. Die Vorderfüße endeten in tödlichen Krallen, die Hinterbeine in dicken Tatzen. Die großen Flügel waren ausgebreitet, und das dichte Gefieder bedeckte den Kopf bis hinab zu den Schultern. Ein Mann saß auf dem Tier und schien es wie ein Pferd zu reiten.

Nein, es war kein Mann, wie Turalyon nun feststellte. Er hatte von den Wildhammerzwergen bereits gehört, wenn er auch noch nie einen von ihnen leibhaftig zu Gesicht bekommen hatte. Sie waren größer und schlanker als ihre Bronzebart-Vettern. Auch die Wildhammerzwerge waren kleiner und stämmiger als Menschen, hatten jedoch einen mächtigen Brustkorb und dicke, muskulöse Arme. Sie benutzten Sturmhämmer, die der riesigen Waffe glichen, die der Zwerg gerade wieder in die Hand nahm.

Er war eindeutig für den Tod des Trolls verantwortlich.

Der Zwerg merkte, dass Turalyon ihn ansah, und grinste. Er hob seinen Hammer zum Gruß. Turalyon grüßte mit seiner Waffe zurück. Dankbar trieb er sein Pferd weiter und hielt Ausschau nach dem nächsten Orc.

Dank der Zwerge, die über ihnen kreisten, musste er sich nicht länger um eventuelle Angriffe von oben kümmern. Er konnte sich jetzt voll und ganz auf die Horde konzentrieren. Im Gegensatz dazu mussten die Orcs sich jetzt Angriffen von allen Seiten erwehren. Das verwirrte sie zusehends und machte sie ausgesprochen nervös. Wie Lothar gehofft hatte, zwangen die Bäume die Orcs dazu, sich in kleineren Gruppen zu bewegen und nicht in einer einzigen wild tobenden Masse. So mussten sich die Soldaten der Allianz sich jeweils nur um einen Teil der Orcs zur selben Zeit kümmern. Es hätte nicht besser kommen können!

Stunden später begrüßte Kurdran die Anführer der Menschen in seinem Heim. Der Kommandeur war ein großer Mann, größer als die meisten anderen. Er trug einen Bart nach Zwergenmanier und einen langen Zopf, obwohl sein Kopf nahezu kahl war. Er bewegte sich wie der geborene Krieger, und Kurdran erkannte sofort, dass dieser Mann schon viele Kämpfe erlebt hatte. Seine blauen Augen blieben stets wachsam, und der goldene Löwenkopf auf seinem Schild und dem Brustpanzer glänzte noch immer.

Der Jüngere war beklagenswerterweise bartlos und schien sich seiner selbst weniger sicher zu sein. Doch Zoradan hatte berichtet, dass auch dieser Mann seinen großen Hammer beinahe so gekonnt wie ein Zwerg zu führen verstand. Es war noch etwas anderes Beachtliches an diesem Kerl, etwas Ruhiges, was Kurdran an einen Schamanen erinnerte. Vielleicht war er ja tatsächlich ein Schamane oder stand sonst wie mit den Elementen oder den Geistern in Verbindung.

Auf den dritten Menschen traf das mit Sicherheit zu. Der in eine violette Robe gekleidete Mann mit dem kurzen, ungepflegten weißen Bart und dem Gang eines viel Jüngeren war ein Zauberer, das war offensichtlich.

Und dann war da noch dieses Elfenmädchen: schön, stark und geschmeidig, wie sie alle waren, mit einem Bogen und freundlich blitzenden Augen.

Kurdran hatte selten so interessante Leute getroffen, und unter anderen Umständen wäre er darüber glücklich gewesen. Doch auch jetzt war er froh, ihre Bekanntschaft zu machen.

„Seid gegrüßt, Kameraden und Kameradinnen!", sagte er. Er wies auf die Stühle, Hocker und Kissen, die überall im Raum verteilt waren. „Ihr seid herzlich willkommen! Wir fürchteten, dass diese Grünhäute – die ihr Orcs nennt – unser Heim überrennen würden, denn es waren so viele! Doch eure Ankunft hat ihnen glücklicherweise einen Strich durch die Rechnung gemacht, und gemeinsam werden wir sie aus dem Hinterland vertreiben! Wir stehen tief in eurer Schuld."

Der große Krieger saß auf einem Hocker nahe Kurdrans Stuhl. Sein Schwert hatte er auf den Rücken gebunden. „Führt Ihr die Wildhammerzwerge an?", fragte er.

„Ich bin Kurdran Wildhammer", antwortete Kurdran, „der Chef-Thane und somit ihr Anführer."

„Gut." Der Krieger nickte. „Ich bin Anduin Lothar, ehemaliger Ritter von Sturmwind und jetziger Oberkommandierender der Streitkräfte der Allianz." Er erzählte ausführlich von der Horde und über Sturmwinds Schicksal. „Wollt ihr Euch uns anschließen?", fragte er schließlich.

Kurdran runzelte die Stirn und zupfte an seinem Bart. „Ihr sagt, die Orcs wollen das ganze Land erobern?"

Lothar nickte.

„Und sie sind in großen schwarzen Eisenbooten gekommen?"

Abermals ein Nicken.

„Dann müssen sie durch Khaz Modan gekommen sein“, sagte er und schüttelte den Kopf. „Wir haben von unseren Verwandten in Eisenschmiede schon seit vielen Wochen nichts mehr gehört. Ich habe mich schon des Öfteren gefragt, warum das so ist. Jetzt habe ich eine Antwort auf diese Frage erhalten.“

„Sie eroberten die Minen und verwendeten das erbeutete Eisenerz, um Schiffe zu bauen“, sagte der Zauberer.

„Ja.“ Kurdran fletschte die Zähne. „Wir Wildhammerzwerge hatten gewisse Schwierigkeiten und auch einige Auseinandersetzungen mit dem Bronzebartklan. Deshalb verließen meine Leute schließlich Khaz Modan. Aber sie sind noch immer unsere Vettern, unsere Verwandten. Und diese verdammenswerten Kreaturen – diese Orcs – haben sie angegriffen ... und attackieren jetzt uns. Nur Eure Hilfe hat uns davor bewahrt, das Schicksal unserer Verwandten zu teilen.“ Kurdran schlug mit der Faust auf die Lehne seines Stuhls. „Ja, wir werden uns Euch anschließen! Wir müssen diese Orcs zurückdrängen, bis die Bedrohung durch die Horde abgewendet ist!“ Er erhob sich und streckte die Hand aus. „Ihr habt Wildhammers Hilfe.“

Lothar war ebenfalls aufgestanden und ergriff voller Freude Kurdrans Hand. „Danke“, sagte er schlicht, doch das reichte vollkommen.

„Zumindest haben wir sie aus dem Hinterland vertrieben“, sagte der junge, bartlose Krieger. „Euer Heim ist sicher.“

„Das ist es“, stimmte Kurdran zu. „Zumindest fürs Erste. Doch wohin werden diese Orcs nun ziehen? Werden sie sich wieder gegen das Hügelland wenden oder gegen die Hauptstadt von Lordaeron? Oder marschieren sie nach Norden, um sich dem Rest ihrer widerlichen Brut anzuschließen?“

Vielleicht war es falsch gewesen, das zu erwähnen, doch unvermittelt erhoben sich die neuen Verbündeten der Wildhammerzwerge.

„Was habt Ihr gesagt?“, wollte die Elfe wissen.

„Dass sie sich mit dem Rest ihrer Leute vereinigen könnten“, sagte Kurdran verwirrt. Die Elfe nickte rasch, und er zuckte die Achseln. „Meine Kundschafter sagen, dass wir hier nur einen Teil der Horde erlebt haben. Der Rest sei nach Norden gezogen, habe unsere Wälder nur am Rande gestreift und sei weiter in die Berge marschiert." Er sah in die bestürzten Gesichter der Menschen und der Elfe. „Wusstet ihr das nicht?"

Der junge Kämpfer ohne Bart und der Magier schüttelten die Köpfe, der ältere Krieger fluchte bereits. „Das war eine Finte!", sagte er und spie die Worte förmlich aus. „Und wir sind darauf hereingefallen!"

„Eine Finte?" Kurdran legte die Stirn in Falten. „Mein Heim war in Gefahr! Das war doch nicht nur eine Finte!"

Lothar schüttelte den Kopf. „Nein, die Bedrohung war echt", stimmte er zu, „aber wer auch immer die Horde anführt, ist schlau. Er wusste, dass wir Euch helfen würden. Er hat den Großteil seiner Streitkräfte nach Norden geführt und einen kleinen Teil hier zurückgelassen, um uns auf die falsche Fährte zu locken."

„Nun marschiert er auf Quel'Thalas zu!", rief die Elfe. „Wir müssen sie warnen!"

Lothar nickte. „Wir sammeln sofort die Truppen und marschieren los. Wenn wir schnell genug sind ..."

Die Elfe unterbrach ihn. „Wir haben keine Zeit!", widersprach sie. „Ihr habt selbst gesagt, dass die Horde einen Vorsprung hat. Wir haben bereits mehrere Tage verloren! Die Truppen erst zu sammeln wird uns weitere wertvolle Zeit kosten." Sie schüttelte den Kopf. „Ich gehe allein."

„Nein!" Lothars Stimme klang ruhig, doch sein Tonfall machte klar, dass er keinen Widerspruch duldete. „Ihr geht nicht allein", sagte er und ignorierte den zornigen Blick der Elfe. „Turalyon, Ihr nehmt den Rest der Kavallerie und die Hälfte der Soldaten. Ihr habt die Befehlsgewalt. Khadgar, Ihr begleitet ihn. Ich will, dass die Allianz mitwirkt an der Verteidigung von Quel'Thalas."

Er wandte sich wieder an Kurdran, der sichtlich beeindruckt war. Dieser Mann wusste, wie man führte! „Es sind bestimmt noch Orcs in den Wäldern", warnte er ihn, „und wir können es uns nicht leisten, sie in unserem Rücken zu haben. Wir bleiben hier und sorgen dafür, dass der Wald völlig von ihnen befreit wird. Erst dann marschieren wir los und vereinigen uns wieder mit den anderen."

Kurdran nickte. „Ich danke Euch für Eure Hilfe", antwortete er förmlich. „Sobald das Hinterland wieder sicher ist, werden meine Krieger und ich Euch nach Norden begleiten und es mit dem Rest der Horde dort aufnehmen."

„So sei es." Lothar verneigte sich. Dann wandte er sich an die Elfe, den jungen Mann ohne Bart und den Zauberer. „Seid ihr immer noch hier? Ab mit euch! Jeder Augenblick, den ihr vergeudet, bringt die Horde näher an Quel'Thalas heran."

Die drei verneigten sich und verließen eilig den Raum. Kurdran beneidete sie nicht um ihre Aufgabe, eine Armee zu jagen, verzweifelt zu versuchen, sie zu überholen, und schließlich die Elfen zu warnen.

Er hoffte jedoch inständig, dass sie all das rechtzeitig zuwege brachten.

ELF

„Los, weiter! Bewegung!“, brüllte Schicksalshammer und sah zu, wie die Horde hinter ihm hermarschierte. „Wir müssen diese Gipfel so schnell wie möglich hinter uns bringen!“

„Warum?“ Die Frage kam von Rend Schwarzfaust. Er und sein Bruder Maim hassten Schicksalshammer, weil er ihren Vater getötet und dessen Platz als Kriegshäuptling eingenommen hatte. Sie gehörten zu den wenigen, die es wagten, Schicksalshammers Befehle zu hinterfragen.

Schicksalshammer ließ sie gewähren, weil er wusste, dass jede seiner Erklärungen ihren Weg zur Horde finden würde und der Black-Tooth-Grin-Klan sehr mächtig und deshalb ausgesprochen nützlich war. Mochten sich die Brüder auch kritisch mit seinen Befehlen und Entscheidungen auseinandersetzen, verweigerten sie doch nie einen direkten Befehl, selbst wenn sie ihn nicht guthießen. Schicksalshammer schätzte das und war deshalb bereit, ihre Widerborstigkeit bis zu einem gewissen Punkt zu dulden.

„Wie, *warum?*“, fragte Schicksalshammer. Unermüdlich arbeitete er sich den steilen Pfad hinauf. Der größte Teil seiner Aufmerksamkeit galt den Steinen zwischen seinen Händen und unter seinen Füßen. Die Waldtrolle waren bereits hier vorbeigekommen, denn sie verstanden es, die Berge so rasch zu überwinden, wie sie auf Bäume kletterten.

Sie hatten für die Orcs Seile heruntergelassen, die ihnen beim Aufstieg helfen sollten. Doch Schicksalshammer versagte es sich, sie zu benutzen. Seine Truppen sollten sehen, dass er noch immer der Stärkste von allen war. Die Berge ohne Hilfe zu überwinden war eine Möglichkeit, ihnen das zu demonstrieren.

Rend hatte solche Bedenken nicht und überholte Schicksalshammer, eines der Seile fest um seinen linken Arm geschlungen.

„Warum sollen wir klettern?“, fragte Rend. „Wir hätten diese Berge auch umgehen können. Warum nehmen wir also ausgerechnet diesen Weg? Er ist sicherlich kürzer, aber auch um vieles anstrengender. Diese Gipfel zu überwinden kostet uns wertvolle Zeit.“

Schicksalshammer erreichte die Spitze des Berges und grunzte zufrieden. Er wischte sich den Staub von seinen Händen, indem er sie mehrfach an seinen Oberarmen rieb. Dann wandte er sich Rend zu. Dessen Bruder und die anderen Anführer der Horde waren unmittelbar hinter ihnen. Sie waren klug genug, den Gipfel nicht vor Schicksalshammer zu erreichen.

„Die Menschen denken, wir wären dumm“, begann Schicksalshammer, sorgsam darauf achtend, dass alle ihn verstehen konnten. Er verabscheute es, sich wiederholen zu müssen. „Sie halten uns für Dummköpfe, so wie wir die Oger für Dummköpfe halten.“

Einige Orcs schauten nach unten. Die Oger waren ein gutes Stück hinter die Orcs zurückgefallen. Sie waren zwar stark, jedoch zu plump, als dass es ihnen wirklich leichtgefallen wäre, hierherauf zu steigen. „Ich habe die Menschen in ihrem Glauben noch bestärkt.“ Schicksalshammer grinste und zeigte seine Hauer. „Sollen sie uns für hirnlos halten! Unser Feldzug wird umso leichter, je mehr sie uns unterschätzen.“

Er bückte sich, hob einen kleinen Stein auf und jonglierte damit herum. „Wir haben sie bereits einmal an der Nase herumgeführt, indem wir im Hinterland ein paar Klans abstellten. Die Menschen waren damit beschäftigt, diesen Teil der Horde zu bekämpfen, während wir den Weg in die Berge nahmen. Und sie sind noch immer damit beschäftigt, während wir die Berge hier überqueren.“

„Aber wir gehen nach Quel’Thalas, oder nicht?“, fragte Maim. Der fremde Name bereitete ihm einige Schwierigkeiten.

„Warum segeln wir nicht einfach so weit wie möglich mit den Schiffen und sind schon lange da, bevor die Menschen aus dem Zwergenkönigreich anrücken?"

„Weil die Elfen unsere Schiffe niemals durchlassen würden, ohne uns anzugreifen", führte Schicksalshammer aus. „Zul'jin sagt, dass sie exzellente Bogenschützen sind, und wir wären auf den Schiffen gefangen, während ihre Pfeile auf uns herabregnen. Wir würden Tausende Orcs verlieren, ganze Klans, bevor wir auch nur in die Nähe der Küste kämen, um sie zu bekämpfen."

Einige der Häuptlinge murmelten zustimmende Worte. So hatten sie das noch nicht gesehen. Abgesehen von einigen Ausnahmen wie den Sturmrächern, war es die Horde nicht gewohnt, Schiffe zu benutzen.

„Wir hätten die Berge auch umgehen können", merkte Rend an. „Ein längerer Weg zwar, aber auch einfacher."

Schicksalshammer lachte auf. „Hast du Angst vor einer Herausforderung?" Mehrere der Häuptlinge stimmten in das Lachen ein, und Rend ärgerte sich sichtlich.

„Natürlich nicht!", zischte er und ballte seine Hände zu Fäusten. Er war bereit, jeden, der etwas anderes behauptete, auf der Stelle niederzuschlagen. „Das schaffe ich schon. Ich war die ganze Zeit direkt hinter dir!"

Niemand wagte es, ihn darauf hinzuweisen, dass er ein Seil benutzt hatte, während Schicksalshammer ohne ein solches ausgekommen war. Die Angehörigen des Schwarzfelsklans waren grausame Kämpfer und wurden dafür geachtet – ein weiterer Grund, warum Schicksalshammer ihnen so viele Fragen gestattete.

„Dann willst du dich mit mir messen?", fragte er ruhig. Seine Stimme senkte sich hörbar.

Rend wurde blass, als ihm klar wurde, was er beinahe gesagt hatte. Die Schwarzfäuste wollten die Horde anführen, doch dazu mussten sie Schicksalshammer herausfordern und in einem ehrlichen Kampf besiegen.

Sie alle wussten, dass er sie umbringen würde, selbst wenn Rend und sein Bruder ihn gemeinsam angreifen würden.

Ein Teil von ihm hoffte, dass sie es dennoch wagen würden. Dann konnte er sie durch einen vernünftigeren Black-Tooth-Grin-Häuptling ersetzen. Doch bislang hatten sie stets einen Rückzieher gemacht.

„Um die Berge herumzulaufen wäre vielleicht schneller gewesen", sagte Schicksalshammer schließlich, als er sah, dass Rend den Köder nicht schluckte, „aber man hätte uns auch leichter entdecken können. So allerdings haben die Elfen keine Ahnung, dass wir uns ihnen nähern." Er grinste wieder. „Wenn die Menschen den Kampf im Hinterland überleben und um die Berge herummarschieren, erreichen sie Quel'Thalas vielleicht sogar noch vor uns. Und wenn die Elfen ihnen den Zutritt erlauben, sind sie alle miteinander versammelt, wenn wir angreifen." Er lachte und zerdrückte den Stein in seiner Hand. Staub stieg zwischen seinen Fingern auf. „Sie können nirgendwo sonst hingehen. Wir werden sie vernichten und uns das Land aneignen. Wenn sie sich doch hinter uns befinden sollten, werden sie feststellen, dass wir bei ihrer Ankunft Quel'Thalas bereits eingenommen haben. Wir werden sie zurückschlagen und am Fuß der Hügel zerschmettern." Er machte eine übertriebene Geste, die klarmachen sollte, wie er sich danach die Hände reinigen würde. „Wir gewinnen auf jeden Fall."

Die anderen murmelten, einige von ihnen grinsten und lachten.

Rend konnte sich dem nicht entziehen. „Du bist schlau", gab er zu. „Das ist ein guter Plan."

Schicksalshammer nickte, das Kompliment dankend annehmend. „Jetzt müssen wir weitermachen", sagte er an alle gewandt. „Es sind noch einige Gipfel zu überwinden." Er drehte sich nach Zuluhed um. „Wo sind sie?", fragte er.

„Unterwegs", antwortete der Häuptling des Drachenmalklans. Er lachte über das Gemurmel, das hinter ihm aufkam. Keiner der anderen Orcs wusste etwas Genaueres über das, worüber sie gerade sprachen. Ihnen war nur bekannt, dass der Drachenmalklan etwas mit Schicksalshammers voller Unterstützung plante. „Sie müssen einen langen Weg zurücklegen, doch sie sind schnell. Sie werden bald hier sein, und die Welt wird bei ihrer Ankunft erzittern."

„Gut." Schicksalshammer blickte zu der großen Gestalt hinüber, die ein kleines Stück entfernt stand. Ihr langer Schal wehte im Wind. „Wie weit sind wir noch von Quel'Thalas entfernt?"

„Vier Tagesreisen, wenn wir dieses Tempo beibehalten", antwortete Zul'jin. „Aber wir könnten eher da sein." Die Augen des Waldtrolls strahlten bei dieser Vorstellung, und seine Hand wanderte zu der Axt, die an seinem Gürtel hing.

„Nein", befahl Schicksalshammer und ignorierte die offensichtliche Enttäuschung des Trolls. „Du bleibst bei uns und bringst weiter Seile für die Truppen an." Er lachte dem Anführer der Trolle zu. „Keine Angst, du bekommst deine Gelegenheit, die Heimat der Elfen anzugreifen. Aber nicht, bevor die Horde vollständig hinter dir steht, bereit, sich in die Schlacht zu stürzen."

Zul'jin dachte einen Moment lang darüber nach. Dann nickte er. „Sie werden wütend sein", bemerkte er, „und wie Wespen ausschwärmen, bereit zum Stich. Ihr werdet wie Ameisen, die alles verschlingen, in den Kampf ziehen."

„Ja." Schicksalshammer gefiel dieser Vergleich. Ameisen waren emsige Arbeiter und unglaublich zäh. Doch sie konnten auch hinterhältig sein und sich zusammenrotten, um weit größere Kreaturen als sie selbst zu überwältigen.

Ja, Ameisen würden sich gut behaupten.

Er gab das Signal zum Aufbruch. Die Horde, die den Berg hinter ihm heraufkletterte, sah aus wie eine Insektenarmee auf einem Eroberungsfeldzug.

Vier Tage später spähten Schicksalshammer und seine Häuptlinge von einem Hügel hinab, der zwischen dem letzten Gipfel und dem Beginn des großen Waldes lag. Der Rest der Horde rottete sich dahinter zusammen. Sie waren des Kletterns und Marschierens müde, doch das Ziel vor Augen, fiel die Erschöpfung von ihnen ab.

Niemand war aufgeregter als die Waldtrolle.

„Geht es jetzt los?" Zul'jin schaute eifrig zu Schicksalshammer hinüber, der nickte.

„Ja, jetzt geht es los", stimmte der Kriegshäuptling zu. „Wir bringen den Elfen den Krieg. Verschont nichts und niemanden!"

Der Anführer der Waldtrolle grinste und warf den Kopf in den Nacken, um einen trällernden Kriegsschrei auszustoßen.

Ein weiterer Troll erschien neben den beiden Anführern. Er bewegte sich so leise und verstohlen wie ein Geist. Ein dritter fiel von den Steinen über ihnen herab, dann noch einer. Es wurden immer mehr, bis das kleine Tal hinter dem Hügel voller großer, schlaksiger Waldkreaturen war.

Es waren viel mehr, als Schicksalshammer erwartet hatte. Seine Überraschung musste ihm anzusehen sein, denn der Waldtroll lachte unter seinem stets präsenten Schal hervor.

„Ich habe noch ein paar aufgetrieben", erklärte er glucksend, „vom Bleichborkenstamm. Sie sind mit uns verbündet."

Schicksalshammer nickte. Er empfand keinerlei Furcht vor ihnen, obwohl ihn die Trolle überragten. Er war schon größeren und stärkeren Feinden ohne Scheu gegenübergetreten, und stets hatte er überlebt. Zudem hatte ihn Zul'jin in den Monaten seit der Bildung des Bündnisses nachhaltig beeindruckt. Der Waldtroll war nicht nur schlau, sondern auch absolut ehrenhaft. Er hatte der Horde die Unterstützung seines Volks versprochen und würde dazu stehen. Schicksalshammer wäre bereit gewesen, sein Leben darauf zu verwetten.

Natürlich kam es ihm zupass, dass die Waldtrolle die Hochelfen hassten. Die Trolle waren darauf erpicht gewesen, nach Norden, Richtung Quel'Thalas, zu ziehen, und nun waren sie ebenso versessen darauf, in den Wald einzudringen und die Elfen anzugreifen.

Schicksalshammer hatte jedoch darauf bestanden, dass sie

warteten. Er wollte, dass der Rest der Horde seine Position bezogen hatte, bevor die Trolle zuschlugen.

Zul'jin hatte es geschafft, seine Artgenossen im Zaum zu halten, und das, obwohl er selbst es kaum erwarten konnte, sich auf die Elfen zu stürzen.

Doch jetzt hatte alles Warten ein Ende. Mit lautem Gebrüll sprang Zul'jin los und rannte den Hügel hinunter. Er wurde nicht langsamer, als er in den Wald eindrang, und sprang in einen Baum hinein und dann weiter von Ast zu Ast. Der Rest seiner Leute folgte ihm und verschwand aus der Sicht. Nur das Rascheln des Laubs und ein gelegentliches Knurren zeugten noch von ihrer Gegenwart.

Schicksalshammer wusste, dass sie sich tief in den Wald hineinarbeiten und Elfen suchen würden, um sie zu töten. Bald schon würden die Verteidiger des Waldes Bescheid wissen, dass die Trolle angriffen, und sich ihnen entgegenstellen. Und genau das würde die Elfen beschäftigt halten – zu beschäftigt, um ihre Grenzen auf weitere Bedrohungen zu überprüfen.

Auf ein Zeichen von Schicksalshammer strömte der Rest der Horde über den Hügel. Sie marschierten über den schmalen Streifen Grasland und erreichten bald die ersten Baumreihen.

„Nun, Kriegshäuptling?", fragte ein in der Nähe stehender Orc-Krieger, der seine Axt bereithielt.

Schicksalshammer nickte, und der Krieger wandte sich dem Baum zu, der neben ihm aufragte. Sein Stamm war dick und glatt wie Seide, die Blätter grün und saftig. Sie rochen nach Natur, Leben, Schönheit und Beute … Mit einem kräftigen Hieb schlug der Orc große Teile der Baumrinde und Holz aus dem Stamm. Dann schwang er die Axt erneut und vergrößerte die Kerbe.

„Nein! Halt, nein!" Schicksalshammer riss dem verblüfften Krieger die Axt aus der Hand und stieß ihn zurück. „Du sollst nicht in einem solchen Winkel zuschlagen, sondern *gerade*", wies er ihn an. Er schwang die Axt über seinen Kopf, spannte seine Muskeln an, schlug mit aller Kraft zu und trieb die Klinge ein gutes Stück in den Stamm hinein. Mit einem kräftigen Ruck riss er sie sodann zurück und hieb wieder auf dieselbe Stelle ein. So vertiefte er die bereits bestehende Wunde. Ein dritter Schlag brachte die Klinge beinahe bis auf die andere Seite des Stammes. Nur eine hauchdünne Schicht aus Holz und Rinde blieb noch übrig.

Schicksalshammer zog die Axt zurück, und als sie den Stamm abermals traf, kippte der Baum um. Der Boden bebte, als er aufschlug. Blätter und kleinere Äste wirbelten durch die Luft.

„So geht das!" Er gab dem Krieger die Axt zurück. Der Orc nickte und marschierte zum nächsten Baum. Ein zweiter Krieger wandte sich derweil dem gefällten Baum zu und begann, ihn mit seiner Axt in kleinere Stücke zu hacken.

Hinter ihm machten sich mehrere Krieger an dieselbe Aufgabe. Vorräte für eine Armee von der Größe der Horde mitführen zu wollen war ein hoffnungsloses Unterfangen. Stattdessen holten sich die Orcs, was sie brauchten, aus dem eroberten Land. Das Holz dieser Bäume würde die Feuer der Horde wochenlang brennen lassen. Vielleicht sogar über Monate.

Dass jeder fallende Baum auch den Lebensraum der Elfen dezimierte, motivierte die Orcs umso mehr.

Schicksalshammer stützte sich auf seinen Hammer und schaute den Arbeiten zu, als er aus dem Augenwinkel eine Bewegung wahrnahm. Ein kleiner, schwer gebauter Orc mit einem dichten Bart kam auf ihn zu. Sein erhitztes Gesicht zeigte einen Ausdruck, der Schicksalshammer gar nicht gefiel. Gul'dan schien einfach *zu* gut gelaunt.

„Was ist los?", wollte der Kriegshäuptling wissen, als der Hexenmeister neben ihm stehen blieb.

„Da ist etwas, was du dir ansehen solltest, mächtiger Schicksalshammer", antwortete Gul'dan und verneigte sich. Cho'gall lachte und äffte die Geste hinter Gul'dans Rücken nach. „Etwas, was der Horde sehr nützen könnte."

Schicksalshammer nickte und schwang sich seinen Hammer über die Schulter. Er bedeutete Gul'dan, ihm vorauszugehen. Der Hexenmeister wandte sich um und führte Schicksalshammer und

Cho'gall etwas abseits. Vor einem Felsen hielt er schließlich inne. Die raue Oberfläche des Steins war mit Runen überzogen, und selbst Schicksalshammer, der kein sonderlich ausgeprägtes Gespür für spirituelle Dinge hatte, konnte die Kraft fühlen, die von dem Monolithen ausging.

„Was ist das?", fragte er.

„Ich weiß es nicht genau", antwortete Gul'dan und strich sich über den Bart, „aber es ist sehr mächtig. Ich glaube, es gibt hier noch einige weitere Runensteine. Sie dienen als magische Barriere."

„Uns haben sie nicht aufgehalten", gab Schicksalshammer zu bedenken.

„Nein, weil wir nichts anderes als unsere Hände, Füße und Klingen benutzt haben", antwortete Gul'dan. „Diese Runensteine verhindern wahrscheinlich den Einsatz von Magie. Vermutlich erlauben sie nur den Elfen, Zauberei zu wirken. Ich habe versucht, meine Magie hier einzusetzen, konnte es jedoch nicht. Doch wenn ich mich zehn Schritte weit von dem Stein entferne, klappt es wieder."

Schicksalshammer betrachtete den Felsklotz mit größerem Respekt als zuvor. „Wenn wir diese Steine also nähmen und um unsere Feinde herum auslegten, könnten sie keine Magie mehr wirken", vermutete er. Gleichzeitig überlegte er, wie viele Orcs wohl nötig wären, um diese Monolithen zu bewegen.

„Das wäre vielleicht möglich, ja", stimmte ihm Gul'dan zu. Sein Tonfall verriet jedoch, was er von dem Vorschlag hielt. „Aber ich habe eine andere Idee. Wenn du mich für einen Moment entschuldigst."

Schicksalshammer nickte. Er traute Gul'dan nicht, doch der Hexenmeister hatte sich als nützlich erwiesen, indem er die Todesritter erschuf. Er war neugierig, was der untersetzte Orc vorhatte.

„Diese Steine enthalten eine immense Magie", erklärte Gul'dan. „Ich glaube, dass ich diese Kraft für uns nutzbar machen kann."

„Was meinst du?“, fragte Schicksalshammer. Er war nicht so naiv, Gul’dan freie Hand zu lassen. Nein, er wollte stets im Bilde sein und über alle Details eines Vorhabens unterrichtet werden.

„Ich kann sie benutzen, um einen Altar zu errichten“, antwortete Gul’dan. „Einen *Altar der Stürme*. Indem ich die Energie aus diesen Steinen kanalisiere, vermag ich Kreaturen zu verändern. Ich kann sie mächtiger und gefährlicher machen, jedoch kann es dabei auch zu einigen ... nun ja ... Entstellungen kommen.“

„Ich bezweifle, dass sich dir auch nur ein einziger Orc noch einmal freiwillig als Versuchskaninchen zur Verfügung stellt“, merkte Schicksalshammer scharf an. Er erinnerte sich noch gut an den sogenannten Kelch der Wiedergeburt, aus dem jeder Häuptling der Horde und jeder für würdig erachtete Krieger getrunken hatte. Schicksalshammer hatte dem Hexenmeister schon damals misstraut, und als Schwarzfaust ihn aufforderte, aus dem Kelch zu trinken, hatte er abgelehnt. Er hatte behauptet, dem Häuptling nicht ebenbürtig werden zu wollen, indem er dessen Macht teile. Aber er hatte gesehen, was die Flüssigkeit seinen Freunden und Klanbrüdern angetan hatte.

Sie hatte sie größer und stärker gemacht. Das stimmte. Doch sie hatte auch ihre Augen rot erglühen lassen und ihre bereits grünliche Haut in ein *helles, wässriges* Grün verwandelt – das Zeichen dämonischer Verseuchung. Und sie hatte sie alle verrückt vor Blutdurst gemacht, vor Wut, vor Hunger. Die Flüssigkeit hatte die einst ehrenhaften Orcs in Tiere verwandelt, in wahnsinnige Mörder. Einige hatten ihre Verwandlung später bitter bereut, doch da war es bereits zu spät gewesen.

Gul’dan lächelte, als ahnte er, was der Kriegshäuptling dachte. Und vielleicht tat er das ja auch. Wer wusste schon, über welch merkwürdige Kräfte der Hexenmeister verfügte. Doch er antwortete nur auf Schicksalshammers Worte, nicht auf seine Gedanken.

„Ich werde keine Orcs verwenden, um diese Altäre zu testen“, versicherte ihm Gul’dan. „Vielmehr werde ich eine Kreatur auswählen, die am meisten von einer größeren Stärke profitiert und keinen beachtenswerten Intelligenzverlust befürchten muss." Er grinste. „Ich werde es mit einem Oger versuchen."

Schicksalshammer dachte darüber nach. Sie hatten nicht viele Oger, und die wenigen, die sie auf ihrem Feldzug begleiteten, wogen das Zehnfache normaler Krieger auf. Sie noch stärker zu machen wäre sicherlich ein Risiko wert.

„Gut", sagte er schließlich. „Du darfst einen dieser Altäre bauen. Lass uns dann sehen, was geschieht! Wenn es funktioniert, werde ich dir weitere Oger zur Verfügung stellen oder Angehörige jedes anderen Volkes." Gul'dan verneigte sich tief, und Schicksalshammer nickte. Im Geiste beschäftigte er sich bereits mit logistischen Problemen.

ZWÖLF

„Schneller, verdammt! Bewegt euch schneller!" Alleria schlug sich mit der Faust auf den Oberschenkel, als könnte sie so die Truppen zu einem erhöhten Tempo antreiben.

Sie lief etwas langsamer, wurde dann jedoch wieder schneller, unfähig, sich über einen längeren Zeitraum derart gemächlich zu bewegen. Binnen Minuten war sie an der langen Reihe von Männern vorbei und hatte wieder zur Kavallerie aufgeschlossen. Reflexartig schaute sie sich um und suchte nach dem kurzgeschorenen blonden Haar ganz vorne.

Da!

„Ihr müsst mehr Tempo machen", zischte sie Turalyon zu, als sie zwischen die anderen Pferde glitt. Der junge Paladin war verwirrt und errötete, doch empfand Alleria keinerlei Freude darüber, ihn überrascht zu haben. Jetzt war keine Zeit für solche Narreteien!

„Wir bewegen uns so schnell, wie wir können", erklärte er ihr. Dann aber fiel Alleria auf, dass er nach hinten blickte ... und das Tempo etwas anzog. „Ihr wisst, dass unsere Männer nicht so schnell sind wie Ihr. Außerdem bewegen sich Armeen immer langsamer als ein Einzelner."

„Dann gehe ich eben allein, wie ich es von Anfang an hätte tun sollen", erwiderte sie. Alleria machte sich bereit, hinter dem Pferd hervorzupreschen und im Wald zu verschwinden.

„Nein!" Etwas in seiner Stimme bremste sie, und sie fluchte. Warum verweigerte sie ihm nicht einfach den Gehorsam? Er hatte nicht dieselbe Ausstrahlung wie Lothar, und sie arbeitete freiwillig mit der Armee zusammen, nicht auf jemandes Befehl hin.

Doch wenn er ihr Anweisungen erteilte, konnte sie sich ihnen nicht widersetzen.

„Lasst mich gehen!“, verlangte sie. „Ich muss meine Leute warnen!“ Ihr Herz schmerzte, wenn sie an ihre Schwestern dachte, ihre Freunde, ihr Volk, an all diejenigen, die ohne jede Vorwarnung auf die Horde treffen würden.

„Wir werden die Elfen benachrichtigen“, versicherte ihr Turalyon mit fester Stimme, „und wir werden ihnen gegen die Horde beistehen. Aber wenn Ihr allein geht, werdet Ihr gefangen genommen und getötet. Das ... das würde niemandem nützen.“

Er klang, als hätte er etwas anderes sagen wollen. Sie spürte das plötzliche Aufwallen von ... sie wusste nicht, was es war ... Freude? ... in ihrer Brust. Doch sie hatte keine Zeit, sich darüber zu wundern.

„Ich bin Elfe und eine Waldläuferin“, erwiderte sie hitzig, „und kann inmitten dieser Bäume verschwinden! Niemand kann mich dann noch finden.“

„Auch kein Waldtroll?“

Sie sah den Zauberer an, der an Turalyons Seite einherritt.

„Die Kerle arbeiten nachweislich mit der Horde zusammen“, fuhr er fort. „Wir wissen, dass sie Euch im Wald ebenbürtig sind.“

„Fast ... vielleicht ...“, gestand sie ein. „Aber ich bin trotzdem besser.“

„Niemand bestreitet das“, stimmte Khadgar ihr diplomatisch zu. Alleria sah, wie ein kurzes Schmunzeln seine Lippen umspielte. „Doch wir wissen nicht, wie viele Trolle da draußen sind. Zehn von ihnen würden Eure überlegenen Fähigkeiten sicherlich auszugleichen imstande sein.“

Alleria fluchte erneut. Er hatte recht, und sie wusste es. Doch das änderte nichts daran, dass sie schleunigst nach Hause wollte, ganz egal, welche Hindernisse ihr im Weg lagen. Sie hatte die Horde erlebt, hatte gesehen, was sie anrichten konnte, und kannte die Gefahren, die von den Orcs ausgingen. Jetzt waren die abscheulichen Wesen und Trolle unterwegs in ihre Heimat, und niemand dort hatte eine Ahnung, welche Gefahr drohte!

„Seht einfach zu, dass Eure Leute sich *angemessen* bewegen!“, zischte sie Turalyon zu, sprintete voraus und erkundete den Weg.

Sie hoffte beinahe, auf einige Trolle oder Orcs zu stoßen, doch sie wusste, dass sie dafür noch zu weit entfernt waren. Die Horde hatte einen deutlichen Vorsprung, und wenn diese menschlichen Soldaten nicht schneller als im Schneckentempo vorankamen, würde der Abstand noch sehr viel größer werden!

„Sie ist besorgt“, sagte Khadgar leise, während er und Turalyon beobachteten, wie sie in der Ferne verschwand.

„Ich weiß“, antwortete Turalyon. „Ich kann es ihr nicht verdenken. Auch ich würde mir Sorgen machen, wenn sich die Horde meiner Heimat nähern würde. Ich war es jedenfalls, als wir annahmen, sie würde auf die Hauptstadt zumarschieren. Diese Stadt ist mir mehr Heimat als jeder andere Ort, an dem ich in den letzten zehn Jahren gelebt habe.“ Er seufzte. „Außerdem hat sie nur die halbe Armee der Allianz als Schutz und nur mich als Kommandeur.“

„Stell dein Licht nicht unter den Scheffel!“, warnte ihn sein Freund. „Du bist ein guter Kommandeur und ein ehrenhafter Paladin. Du gehörst zur Silbernen Hand, den Besten. Sie hat Glück, dass sie dich hat.“

Turalyon lächelte, dankbar für den Rückhalt. Er wünschte sich nur, dass er diesen Worten hätte Glauben schenken können. Er wusste, dass er in der Schlacht gut war – er hatte ausreichend trainiert, und der erste Zusammenstoß mit der Horde hatte bewiesen, dass er sich auch in einem echten Gefecht behaupten konnte.

Aber war er auch ein Anführer? Vor diesem Krieg hatte er niemals irgendjemanden angeführt. Er war nicht einmal Vorbeter gewesen. Was wusste er also schon darüber?

Ja, als Junge war er immer ganz vorne mit dabei gewesen. Oftmals hatte er die Spiele erfunden, die er mit seinen Freunden spielte, oder er hatte eine ihrer Fantasiearmeen kommandiert. Doch seit er in die Priesterschaft eingetreten war, hatte sich alles geändert. Er hatte Befehle von älteren Priestern entgegengenommen. In Faols Diensten hatte er die Anweisungen des Bischofs ausführen müssen. Und nachdem er den Paladinen beigetreten war, hatte Uther sich um ihn gekümmert.

Uther war eine starke Persönlichkeit, die keinerlei Diskussion duldete. Zudem war er der Älteste und derjenige, der dem Erzbischof am nächsten stand.

Turalyon war überrascht gewesen, dass Lothar nicht Uther zu seinem Leutnant ernannt hatte. Vielleicht glaubte er, dass der Glaube des Paladins es ihm schwer gemacht hätte, mit weniger gläubigen Männern umzugehen.

Turalyon hatte sich durchaus geehrt gefühlt, auch wenn er sich fragte, was er denn Großartiges geleistet hatte, um sich diese Ehre zu verdienen.

Wenn er sie denn überhaupt verdiente.

Lothar schien davon überzeugt zu sein. Der Held von Sturmwind hatte genügend Erfahrung, um so etwas beurteilen zu können. Er war ein unglaublicher Krieger und ein beeindruckender Anführer – jemand, dem die Männer aus freien Stücken folgten, die Sorte Mann, die jedem Respekt und Gehorsam abnötigte. Die Soldaten der Allianz nannten ihn „den Löwen von Azeroth“, was von dem Symbol auf seinem Schild herrührte.

Turalyon fragte sich, ob er jemals auch nur einen Hauch dieser Persönlichkeit besitzen würde und ob er ebenso fromm wie Uther werden könnte und aus seinem Glauben auch derartige Kräfte erwachsen würden.

Natürlich glaubte er an das Heilige Licht. Das tat er bereits seit seiner Kindheit. Der Dienst in der Priesterschaft hatte ihn dem herrlichen Licht näher gebracht, aber er hatte es noch nie direkt gespürt, nicht mit voller Stärke, sondern nur einen Schimmer seiner Gegenwart oder wie es auf jemand anders wirkte. Nachdem er die Horde gesehen und sie im Kampf erlebt hatte, war sein Glaube schwächer denn je.

Das Heilige Licht befand sich in jedem lebenden Geschöpf, in jedem Herzen und jeder Seele. Es war überall, eine Energie, die alle fühlenden Wesen zu einem Ganzen verband.

Doch die Horde war fürchterlich, geradezu monströs. Sie tat Dinge, die kein rationales Wesen tun würde, lasterhafte, schreckliche Dinge jenseits aller Vergebung. Wie konnten solche Kreaturen Teil des Heiligen Lichts sein? Wie konnte sein heller Schein in solch völliger Dunkelheit bestehen?

Was sagte das über die Stärke des Heiligen Lichts aus, wenn seine Reinheit und Liebe derart korrumpiert werden konnte? Wenn die Horde *nicht* Teil des Heiligen Lichts war, dann war das Licht auch nicht überall, wie Turalyon es gelehrt worden war.

Er war verwirrt, und genau das war das Problem. Sein Glaube war nachhaltig erschüttert worden. Mehrmals hatte er zu beten versucht, seit sie auf die Horde getroffen waren, doch es waren nur leere Worte gewesen. Er war nicht mit dem Herzen bei der Sache. Ohne diese Hingabe bedeuteten seine Worte jedoch nichts und bewirkten auch nichts. Turalyon wusste, dass die anderen Paladine ein Segen für die Soldaten der Allianz sein konnten. Sie spürten das Böse und waren imstande, selbst schlimme Wunden durch eine einzige Berührung zu heilen.

Doch er konnte das nicht. Turalyon war sich nicht sicher, ob er diese Gabe je besessen hatte. Auf jeden Fall besaß er sie zurzeit nicht, dessen war er sich sicher. Er fragte sich, ob er überhaupt jemals dazu fähig sein würde.

„Du bist still geworden." Khadgar beugte sich zu ihm hinüber und stupste ihn mit einer Hand an. „Denk nicht zu viel nach, sonst fällst du noch aus dem Sattel."

Sein Tonfall war freundlich und klang nur leicht besorgt. Turalyon gab sein Bestes, um über den wenig geistreichen Witz zu lachen.

„Mir geht es gut", versicherte er dem alt wirkenden Magier. „Ich fragte mich nur, was wir als Nächstes tun sollen."

„Was meinst du?" Khadgar sah sich um und schaute zu den Soldaten zurück, die ihnen folgten. „Du machst das alles wirklich sehr gut. Halte die Männer in Bewegung und hoffe, dass wir die Horde erwischen, bevor sie zu viel Unheil anrichten kann."

„Ich weiß", antwortete Turalyon. „Ich wünschte nur, es gäbe einen Weg, wie wir die Horde *überholen* könnten, um Quel'Thalas vor ihr zu erreichen. Möglicherweise hat Alleria recht, vielleicht sollte ich sie ziehen lassen. Aber wenn sie gefangen genommen wird oder ihr auch nur das Geringste zustoßen würde …" Er brach ab und schaute Khadgar an, der jetzt über das ganze Gesicht grinste. „Was feixt du so?"

„Oh, nichts", sagte sein Freund lachend. „Wenn du dich um jeden deiner Soldaten derart sorgen würdest, könnten wir gleich aufgeben, weil du sie nicht in die Schlacht schicken würdest aus Angst, sie könnten sich verletzen."

Turalyon schlug freundschaftlich nach dem Magier, der sich unter dem Schlag wegduckte und immer noch schmunzelte. So ritten sie weiter, gefolgt von ihrer Armee.

„Wir sind fast da", versicherte Turalyon der Elfe, die ungeduldig um sein Pferd herumlief, als würde es still stehen.

„Das weiß ich!", fuhr Alleria ihn an, ohne aufzusehen. „Wir sind in meiner Heimat. Ich kenne mich hier besser aus als Ihr!"

Turalyon seufzte. Die zwei Wochen hatten sich lange hingezogen. Eine Armee zu führen, war anstrengend, auch wenn er auf anderen Märschen schon etwas Erfahrung hatte sammeln können. Früher war Lothar für das Wohlergehen der Truppe verantwortlich gewesen, doch nun hing alles von Turalyons Entscheidungen ab, was ihn mehrfach um seinen Schlaf gebracht hatte.

Und dann war da noch Alleria gewesen. Alle Elfen waren gereizt und hatten sich um Quel'Thalas gesorgt. Aber dennoch hatten sie Ruhe bewahrt, um Turalyon nicht noch mehr zu belasten.

Nicht so Alleria. Sie hatte jede seiner Entscheidungen in Zweifel gezogen: Warum sie durch das eine Tal zogen und nicht durch das andere; warum sie Lagerfeuer entzündeten, statt im Dunkeln zu schlafen und eine kalte Mahlzeit zu sich zu nehmen; warum sie bereits in der Dämmerung ihr Lager aufschlugen, statt bis tief in die Nacht hinein zu marschieren.

Turalyon war nervös genug, und Allerias andauernde Nörgeleien hatten die Belastung für ihn deutlich erhöht. Er fühlte sich unter ihrer ständigen Beobachtung, und jede seiner Entscheidungen schien ihr zu missfallen.

„Wir erreichen bald den Fuß der Hügel", sagte er. „Dann sollten wir die Grenze nach Quel'Thalas sehen und erkennen können, wie weit uns die Horde voraus ist. Vielleicht ist sie aufgehalten worden, weil sie über die Berge kam ..." Lothar hatte die Wildhammerzwerge überredet, einen Kundschafter nach Alterac zu entsenden. Der Zwerg hatte einige Befehle an Admiral Prachtmeer überbracht, der mehrere Schiffe nahe dem Darromersee stationiert hatte.

Prachtmeer hatte die Schiffe den Fluss hinuntergeschickt. Bei Stromgarde waren Turalyon und seine Armee an Bord gegangen, um den Fluss hinauf- und an den Bergen vorbeizusegeln. So hatten sie es sich erspart, wie die Horde die Berge zu Fuß überqueren zu müssen, und deutlich an Zeit gewonnen.

Turalyon hoffte, dass dieser Zeitgewinn ausreichen würde. Er wäre lieber bis nach Quel'Thalas gesegelt, doch Alleria hatte ihm versichert, dass das unmöglich sei. Ihr Volk würde einem Menschenschiff niemals erlauben, seinen Teil des Flusses zu befahren. So waren die Menschen gezwungen gewesen, nahe Stratholme die Schiffe zu verlassen und ihren Weg zu Fuß fortzusetzen.

„Sobald ich den Wald sehe, gehe ich schnurstracks weiter", warnte ihn Alleria. „Versucht nicht, mich aufzuhalten."

„Ich will Euch keineswegs aufhalten", antwortete Turalyon, der froh war, ein kleines Lächeln über ihr Gesicht huschen zu sehen, dem nun ein verblüffter Ausdruck folgte.

„Es wäre gut, wenn Ihr und Eure Waldläufer Eure Leute findet und sie warnt. Ich wollte nur verhindern, dass Ihr auf dem Weg nach Quel'Thalas der Horde in die Hände fallt. Doch jetzt sind wir Quel'Thalas so nahe, dass wir die Horde lange genug ablenken können. Das verschafft Euch ausreichend Zeit, an ihr vorbeizuschleichen und Euer Volk von der Bedrohung durch die

Horde in Kenntnis zu setzen. Danach könnt Ihr die Horde aus dem Hinterhalt angreifen, und wir attackieren sie von vorne. So nehmen wir sie in die Zange."

Alleria nickte. Sie blickte schweigend zu ihm auf und legte dann ihre rechte Hand auf sein Bein. Einen Augenblick lang glaubte Turalyon, die Hitze einer kleinen Sonne würde sein Blut zum Kochen bringen. Seine Glieder prickelten angenehm.

„Danke!", sagte sie sanft.

Er nickte, unfähig, auch nur ein Wort zu sagen.

Einer ihrer Waldläufer meldete sich nun zu Wort und bereitete diesem kurzen Moment der Intimität ein abruptes Ende. „Die Grenze nach Quel'Thalas liegt direkt vor uns", sagte er aufgeregt. „Ich kann die Bäume dahinter erkennen!"

Alleria sah Turalyon an. Er nickte, erfreut, dass sie ihn nun doch um Erlaubnis fragte. Sie wandte sich um und rannte los. Der andere Waldläufer folgte ihr dichtauf. Doch sie kamen nicht weit. Die beiden Elfen waren noch in Sichtweite, als sie wie vom Blitz getroffen stehen blieben. Alleria schrie auf und begann zu weinen. Ihr Schrei war so sehr von Kummer erfüllt, wie Turalyon es noch nie gehört hatte.

„Beim Licht!" Er jagte sein Pferd in gestrecktem Galopp vorwärts, bis er Alleria und den Waldläufer erreichte. Nun sah auch er, warum sie so aufgelöst war.

Die Hügel liefen hier aus, und der majestätische Wald von Quel'Thalas erstreckte sich vor ihnen. Seine hohen Bäume schwankten leicht, als tanzten sie zu einer unhörbaren Musik, und ihre mächtigen Kronen warfen große Schatten über das Land, Schatten, die friedvoll und keineswegs bedrohlich wirkten.

Es war ein wunderbarer Anblick, voller erhabener Anmut, der jedoch durch den grauen Rauch zunichtegemacht wurde, der an mehreren Stellen in den Himmel aufstieg.

Wütend beobachtete Turalyon mehrere dunkle Gestalten, die zwischen den Bäumen herumliefen. Nun entdeckte er auch große Lücken in der grünen Decke und hohe Feuerzungen, die über die Bäume strichen.

Als ihm der Geruch von brennendem grünem Holz in die Nase stieg, musste er fast husten.

Die Horde war vor ihnen angekommen und brannte Quel'Thalas nieder!

„Wir müssen sie daran hindern!“, schrie Alleria. Sie drehte sich zu Turalyon um. „Wir müssen sie aufhalten!“

„Das werden wir“, versprach er und blickte ein zweites Mal auf den Wald, um sich zu vergewissern, dass er sich nicht getäuscht hatte. Nun erst wandte er sich an den Herold, der hinter ihm wartete. „Informiere die Truppführer“, befahl er. „Wir werden nördlich über die Hügel reiten, bis wir uns mit den Orcs auf einer Höhe befinden. Dann greifen wir an und erwischen sie hoffentlich unvorbereitet. Ein Teil der Truppen soll so viel Wasser wie irgend möglich beschaffen. Andere Einheiten müssen sofort damit beginnen, die Feuer zu löschen. Wir müssen verhindern, dass der Wald um uns herum abbrennt.“

Der Herold nickte, riss sein Pferd herum und ritt zurück zur Armee, um Turalyons Befehle zu überbringen.

Turalyon wandte sich bereits an Khadgar. „Kannst du etwas gegen die Feuer unternehmen?“, fragte er.

Sein Freund grinste. „Würde ein Gewitter ausreichen?“

„Solange die Blitze nicht weitere Bäume entzünden, ja.“ Turalyon wandte sich um. „Alleria!“

Sie antwortete nicht, sondern starrte stumm auf die aufsteigenden Rauchsäulen. Ihr Gesicht war kreidebleich.

„Alleria!“

Endlich reagierte sie und sah ihn an.

„Nehmt Eure Waldläufer und geht! *Geht!* Eure Leute bekämpfen zweifelsohne bereits die Horde irgendwo im Wald. Findet sie und lasst sie wissen, dass wir hier sind. Wir müssen unsere Angriffe koordinieren, sonst wird die Horde Euer Volk vernichten und uns überrennen.“

Sie sah ihn an, nickte, stand aber weiterhin reglos da.

„*Sofort!*“, brüllte er. Er hasste es, derart schroff mit ihr umgehen zu müssen, doch er wusste, dass es der einzige Weg war, sie aus ihrer Schockstarre zu befreien. „Oder seid Ihr zu langsam, um es ohne Gefahr in den Wald zu schaffen?“

Diese Frage handelte ihm einen zornigen Blick ein – ganz wie er es erhofft hatte. Sie knurrte ihn unwillig an und wandte sich ab. Nach einigen raschen Worten an die anderen Elfen und nachdem sie mit einem hastigen Ruck ihren Bogen, den sie über dem Rücken trug, zurechtgerückt hatte, lief sie los. Sie rannte schnell wie ein Pfeil den Hügel hinunter in den Schutz des Waldes und verschwand in den dunklen Schatten.

„Möge das Heilige Licht Euch beschützen!“, flüsterte Turalyon.

„Möge es uns alle beschützen!“, sagte Khadgar rau. „Wir können es brauchen.“

DREIZEHN

„Ruhe jetzt! Kein Laut!“, befahl Zul’jin seinen Leuten. Sie waren gut im Wald vorangekommen und tief in das Herz von Quel’Thalas vorgestoßen. Doch jetzt sagte ihm sein Instinkt, dass sich irgendwo in der Nähe Elfen befanden.

Er verlangsamte das Tempo, setzte einen Fuß vorsichtig vor den anderen und balancierte auf dem Ast vorwärts. Die Äxte hielt er fest in seinen Händen, um zu verhindern, dass sie gegeneinanderschlugen und ein Geräusch verursachten. Er wollte nicht, dass die Elfen sie bemerkten. *Noch* nicht!

Die anderen Amani-Trolle bewegten sich ebenso vorsichtig und leise wie er, ihre Waffen ebenfalls bereithaltend. Die meisten grinsten über das ganze Gesicht und entblößten dabei ihre dreieckigen Zähne. Zul’jin konnte sie gut verstehen. Sie befanden sich in der Heimat der Elfen und bereiteten einen Angriff an dem Ort vor, an dem diese sich in Sicherheit wähnten. Die Vorfreude auf das Bevorstehende ließ ihn innerlich jubilieren.

Die Elfen hatten sie schon viel zu lange drangsaliert. Seit die bleichhäutigen, spitzohrigen Eindringlinge vor Jahrtausenden zum ersten Mal erschienen waren und den Trollen große Gebiete des Amanireichs abgenommen hatten, beanspruchten sie die Herrschaft über die Wälder.

Als ob sie es mit einem Troll in Sachen Geschwindigkeit, Tarnung und Geschicklichkeit hätten aufnehmen können!

Doch die Elfen besaßen durchaus einige Fähigkeiten, deren größte ihre verdammte Magie war. Die Trolle hatten nie zuvor mit solchen Zaubern zu tun gehabt und wussten deshalb nicht, was sie dieser Kunst entgegensetzen sollten.

Glücklicherweise waren die Trolle den Elfen jedoch zahlenmäßig überlegen und hatten die verhassten Wesen zunächst einfach überrennen können.

Doch dann waren die Elfen ein Bündnis mit den Menschen eingegangen, und gemeinsam hatten die bleichen Völker das Amanireich zerstört. Sie hatten die Trollfestungen geschleift und Tausende seiner Vorfahren getötet.

Ein zorniges Knurren entrang sich Zul'jins Kehle, das von seinem dicken Schal gedämpft wurde.

Vor dem Krieg waren seine Leute zahlreich und mächtig gewesen und hatten große Teile des Landes beherrscht. Durch den Sieg der Elfen und der Menschen über das Amanireich waren die Trolle über das ganze Land verstreut worden und ihre ehemals starke Gemeinschaft nur noch ein Schatten ihrer selbst. Nie wieder hatten sie die Stärke erlangt, die es ihnen ermöglicht hätte, ihr gestohlenes Erbe zurückzuerobern.

Bis heute!

Die Horde hatte den Trollen versprochen, dass sie ihren Rachedurst an den Elfen würden stillen können, und Zul'jin glaubte den Orcs. Schicksalshammer, ihr Kriegshäuptling, besaß das Ehrgefühl eines großen Anführers, der sich seiner Macht bewusst war. Er würde kein falsches Spiel mit ihnen treiben und ihnen helfen, das versunkene Amanireich wiederauferstehen zu lassen.

Zul'jin hatte mit dieser Aufgabe bereits begonnen. Er war der erste Troll seit den Tagen jener fürchterlichen Kriege, der die Stämme wieder vereinigen konnte. Einen nach dem anderen hatte er die anderen Stammesführer herausgefordert und besiegt. Sie alle hatten sich vor ihm verneigt und sich und ihre Stämme seiner Herrschaft unterworfen.

Die Waldtrolle waren wieder ein vereintes Volk. Mit der Hilfe der Horde würden sie die Welt von den Menschen und den Elfen befreien und die Herrschaft über die Wälder zurückerlangen.

Die Orcs hatten keinerlei Interesse an Bäumen. Zul'jin vermutete, dass sie die Täler und die Ebenen der Welt besetzen würden. Sollten sie doch! Alles, was *er* wollte, waren die Wälder. Sie den Elfen wegzunehmen würde ihm ein Vergnügen sein.

Seine Nase juckte. Offensichtlich waren sie ihrem Ziel nahe. Zul'jin hielt inne und hob eine Hand, damit auch die anderen stehen blieben.

Er spürte seine Brüder eher, als dass er sie hörte. Zul'jin spähte zwischen den Blättern hindurch nach unten, und seine scharfen Augen durchdrangen die Dunkelheit mit Leichtigkeit.

Er wartete.

Da! Eine leichte, kaum wahrnehmbare Bewegung unter ihm. Auf dem Waldboden kam etwas in Sichtweite. Was auch immer es war, es war in Braun und Grün gekleidet und bewegte sich vollkommen lautlos, als es über die Blätter hinwegschritt, als bestünden sie fester Erde.

Ein Elf!

Kurz darauf erschien ein weiterer Elf, dann ein dritter und vierter. Bald machte Zul'jin eine ganze Jagdgruppe aus, alles in allem zehn Elfen. Sie sahen nicht zu ihm herauf und schienen sich in ihrem Wald völlig sicher zu fühlen. Es kam den Elfen gar nicht in den Sinn, auf der Hut zu sein.

Zul'jin grinste. Es würde leichter werden, als er gedacht hatte.

Er gab seinen Leuten ein Zeichen und steckte die Äxte wieder in ihre Schlaufen. Lautlos sprang er auf einen tiefer liegenden Ast und schwang sich von dort aus weiter nach unten.

Jetzt war er weniger als drei, vier Elfenlängen über ihnen und konnte sie in ihren weiten Umhängen gut erkennen. Ihre verfluchten Bögen und Pfeile hatten sie geschultert, und ihre Hände waren leer. Sie hatten keine Ahnung, welche Gefahr ihnen drohte.

Zul'jin sprang vom Baum hinab und zückte noch im Sprung seine Äxte. Er landete unmittelbar zwischen zwei Elfen und schlug zu, bevor sie auch nur ansatzweise reagieren konnten.

Sein erster Schlag erwischte den Elfen, der ihn entsetzt ansah, an der Kehle, während der zweite Schlag tief in den Schädel eines zweiten Elfen eindrang. Blut spritzte über die Blätter.

Die anderen Elfen wandten sich überrascht um und griffen nach ihren Waffen. Doch schon fielen Zul'jins Brüder über sie her, Äxte, Dolche und Knüppel in den Händen.

Die Elfen versuchten verzweifelt, Raum zu gewinnen, um ihre Schwerter zu ziehen oder ihre Bögen in Position zu bringen.

Die Trolle ließen ihnen keine Chance. Mochten die Elfen auch schnell und gewandt sein, die Trolle waren größer und stärker und kamen wie das personifizierte Unheil über die Waldläufer, bevor diese ihr Heil in der Flucht suchen konnten.

Ein einziger Elf schaffte es, sich loszureißen. Er taumelte zwei Schritte zurück, drehte sich um und nutzte einen Baum als Deckung. Zul'jin erwartete, dass der Elf seinen Bogen in Anschlag bringen würde, doch stattdessen griff er nach einem Horn, das von seinem Gürtel herabhing. Der Waldläufer hob das Horn an seine Lippen und blies kräftig hinein.

Das Geräusch erstarb, als einer der anderen Trolle dem Elfen seine Axt mit aller Macht in den Bauch hieb. Nur noch ein ersterbendes Keuchen war zu vernehmen, während der Waldläufer zusammenbrach. Blut quoll aus seinem Mund, und seine Eingeweide hingen aus seinem Bauch heraus.

Der Kampf war vorbei. Zul'jin griff nach dem Ohr des ersten Elfen, den er erschlagen hatte, schnitt es mit einer raschen Bewegung ab und steckte es in einen Beutel, der an seinem Gürtel baumelte. Später würde er das Ohr trocknen und ebenso wie die anderen Trophäen an einer Kette aufreihen – ein sichtbares Zeichen seines Mutes.

Nun warteten jedoch andere Aufgaben auf ihn.

„Kommt!", rief er seinen Brüdern zu, die zufrieden lachten und sich damit vergnügten, Ohren, Haare und andere Körperteile von den toten Elfen abzuschneiden. Einige hatten die langen Schwerter der besiegten Gegner als Trophäen an sich genommen. Diese Waffen waren hübsch anzusehen, aber beileibe nicht stabil genug für die kräftigen Schläge der Trolle.

„Wir werden noch mehr Elfen töten", versprach Zul'jin. „Aber jetzt erst einmal zurück in die Bäume. Dann locken wir sie auf unsere Fährte. Wir müssen sie beschäftigt halten." Er grinste, und seine Leute antworteten mit einem zustimmenden wilden Grunzen. „Und dann töten wir sie alle!"

Schnell sprangen die Waldtrolle hoch, packten niedrig hängende Äste mit ihren langfingrigen Händen und zogen sich in den Schutz der Blätter hinauf. Sie schwangen sich immer höher und ließen die Leichen der Elfen unter sich zurück. Ihre Augen waren wachsam, und ihre Nasen versuchten jeden Hinweis auf herannahende Elfen zu erschnuppern.

Zul'jin war unbesorgt. Er wusste, dass bald weitere Elfen kommen würden. Seine Brüder und er waren bereit!

Es war lange her, dass er Elfenblut vergossen hatte, und der kurze Kampf hatte seinen Blutdurst erheblich gesteigert.

Seine Brüder fühlten wie er. Viele schnappten mit den Zähnen und harrten voller Erwartung eines weiteren Kampfs gegen die fahlhäutigen Elfen.

Zul'jin ließ keinen Zweifel daran aufkommen, dass sie bald ihre Chance bekommen würden, so viele Elfen zu töten, wie sie nur wollten. Der Wald würde sich rot färben von ihrem Blut, und die Elfen würden wissen, dass das Ende ihres Reiches gekommen war – so wie die Trolle es vor Jahrtausenden hatten erleben müssen.

Er, Zul'jin, würde dafür verantwortlich sein und den Kopf des Elfenkönigs triumphierend in die Höhe halten, bevor er ihn in einem Stück verschlingen würde.

Er konnte es kaum noch erwarten.

„Ist alles bereit?", fragte Gul'dan ungeduldig. Neben ihm schüttelte Cho'gall seine beiden Köpfe. Der schwere Oger grunzte. Mit seinen massigen Schultern schob er das letzte Stück des Runensteins über die grasbewachsene Lichtung.

„Jetzt ist es fertig", rief er, richtete sich auf und rieb sich seine Schulter.

Gul'dan nickte. Es hatte mehrere Stunden gedauert, einen einzigen Runenstein auszugraben, den Monolithen in mehrere, immer noch gewaltige Stücke zu zerschlagen und fünf von ihnen auf diese Lichtung zu schaffen. Es hatte sie weitere Stunden gekostet, die Steine so anzuordnen, dass sie einen Kreis formten und sich zugleich ein Pentagramm zwischen ihnen bildete.

Glücklicherweise hatte Schicksalshammer ihnen die Hilfe mehrerer Oger zugestanden, und Cho'gall konnte mit seinen tumben Artgenossen leichter kommunizieren, als jeder Orc es vermocht hätte.

Die Teile der Runensteine waren groß, doch zwei Oger schafften mit vereinten Kräften, sie anzuheben. Dafür wäre mindestens ein Dutzend Orcs nötig gewesen. Gul'dan fragte sich, wie die Elfen die riesigen Steine an den ihnen zugedachten Ort gebracht hatten. Wahrscheinlich war ihnen das nur mithilfe von Magie möglich gewesen. Oder auch sie hatten Sklaven dazu eingesetzt. Die Waldtrolle waren beinahe so stark wie die Oger und überdies um einiges schlauer. Sie hätten selbst detailliertere Anweisungen verstanden.

Endlich lagen die Steine an Ort und Stelle. Auf Gul'dans Zeichen nahmen drei weitere Hexenmeister ihre Plätze neben jeweils einem Bruchstück ein. Es war gut, dass Schicksalshammer sie nicht getötet hatte, denn ohne sie hätte das Ritual niemals seine Wirkung entfalten können.

Gul'dan vermutete, dass es wie geplant ablaufen würde, sicher war er sich jedoch nicht. Doch selbst wenn es misslingen sollte, würde zumindest er es unversehrt überstehen.

Er nickte Cho'gall zu, der die Oger herbeirief, die etwas abseits stehend auf weitere Befehle gewartet hatten. Nach einem Moment des Drängelns, Schiebens und Knurrens trat einer von ihnen vor. Cho'gall brüllte einen Befehl, und der Oger zuckte mit den Achseln und trottete in den Kreis, der von den Steinen gebildet wurde. Er stand im Zentrum des Pentagramms und wartete bewegungslos. Eine der guten Eigenschaften der Oger war, dass sie, wenn nötig, völlig ruhig auf der Stelle verharren konnten. Wenn sie keinen anderslautenden Befehl erhielten oder hungrig wurden, konnten sie stundenlang bewegungslos wie eine Statue dastehen.

Gul'dan hatte sich schon oft gefragt, ob sie wohl von den Steinen abstammten. Das hätte zumindest ihr stoisches Verhalten und ihre unglaubliche Dummheit erklärt.

Er konzentrierte sich wieder auf seine unmittelbare Aufgabe, hob die Arme und rief die dunklen Kräfte herbei, die sein dämonischer Meister ihm noch auf Draenor verliehen hatte. Die Energieentladungen knisterten um ihn herum, und er leitete sie in das Bruchstück des Runensteins, das unmittelbar vor ihm lag. Cho'gall hatte den letzten freien Platz eingenommen, und er und die Hexenmeister steuerten ihre Kräfte bei, sie jeweils auf einen eigenen Stein richtend. Als alle fünf Steine vor Energie summten, beinahe schon vibrierten, sprach Gul'dan eine kurze Formel und konzentrierte sich.

Noch mehr Strom floss von seinen Fingerspitzen in den Runenstein, doch diesmal sprang die Energie auf den Stein zur Linken über, floss durch den nächsten Stein und von diesem weiter, bis alle fünf Steine in einem Feld aus zuckender Magie eingehüllt waren.

Die Luft schien sich über dem Altar verdunkelt zu haben. Sie war angereichert mit Magie, ähnlich dem Himmel kurz vor einem Gewitter. Der Oger bewegte sich noch immer nicht, obwohl Gul'dan aufkeimende Angst in seinen Augen zu bemerken glaubte.

Sehr gut, Cho'gall hatte ein einigermaßen schlaues Exemplar ausgesucht.

Jetzt, nachdem die Steine unter Strom standen, lenkte Gul'dan die Energie in das Zentrum auf die hoch aufragende Gestalt. Blitze dunkler Energie zuckten vom Stein heran und schlugen dem Oger in die Brust, wodurch er von einer gespenstischen Aura umgeben wurde.

Die anderen Runensteinfragmente verliehen ihm Stärke, und der Oger verschwand beinahe in dem düsteren Glühen, das den Raum zwischen den Steinen erfüllte. Mehr und mehr Energie tanzte innerhalb dieser Sphäre, die sich auf eine unerklärliche Weise selbst nährte.

Die Gestalt der Kreatur war kaum noch zu erkennen. Gul'dan spürte seine übermüdeten Arme, und die Erregung ließ ihn zittern.

Nach einigen Minuten wurde das düstere Leuchten schwächer. Langsam verging es, und die Gestalt darin war wieder besser zu erkennen.

Der Oger überragte sie noch immer, lediglich Cho'gall war weiterhin größer als er. Doch etwas an ihm hatte sich verändert. Gul'dan wartete ungeduldig darauf, dass das Glühen verschwand, um hineinsehen zu können. Als es schließlich abgeklungen war, erhaschte Gul'dan den ersten Blick auf die Kreatur, die seinem Altar der Stürme entsprungen war.

Es war noch immer eindeutig ein Oger, wenn auch größer als zuvor, und irgendwie hatten sich die Proportionen verschoben. Seine Arme waren nicht mehr so lang, seine Beine nicht mehr so krumm, und er schien aufmerksamer zu sein.

Und natürlich waren da die zwei Köpfe.

Auf Draenor waren zweiköpfige Oger sehr selten gewesen und verehrt worden. Sie waren größer und stärker als die gewöhnlichen Oger und verstanden es besser, ihre Bewegungen zu koordinieren.

Cho'gall war der erste seit Generationen gewesen. Er war intelligent genug gewesen, um Magier zu werden. Gul'dan hatte den Oger getroffen, als er noch jung war, und ihn sorgfältig ausgebildet. Cho'gall hatte sich als wertvoller Assistent und mächtiger Hexenmeister erwiesen und war bei Gul'dan geblieben. Jetzt, so schien es, war er nicht mehr allein.

Der neue zweiköpfige Oger schaute Gul'dan an. Er erkannte offenbar, dass der Hexenmeister derjenige war, der für seine Erschaffung die Verantwortung trug.

„Was bin ich?“, wollte er wissen. Ein Kopf sprach, während der andere sich aufmerksam umsah. Sein Sprachvermögen war weitaus besser als das eines normalen Ogers.

„Du bist ein Oger“, antwortete Gul’dan. „Vielleicht sogar ein Ogermagier.“

„Ein Ogermagier“, wiederholte der andere Kopf des neuen Ogers verständnislos. „Was ist das?“

Gul’dan erklärte ihm, was Magier, Hexenmeister, Schamanen und andere Kundige der Magie waren.

„Und? Gehöre ich dazu?“, fragte der neue Oger.

„Schon möglich.“ Gul’dans Augenbrauen zogen sich zusammen. „Es gibt einen einfachen Test, um das festzustellen.“ Er bückte sich, hob ein einzelnes Blatt vom Boden auf und reichte es dem Oger. „Nimm das!“

Der Oger ergriff das Blatt überraschend sicher und bewies, dass sich seine Fingerfertigkeit dramatisch verbessert hatte.

„Nun konzentriere dich auf den Gedanken an Feuer oder Hitze oder eine Flamme“, sagte Gul’dan.

Der Oger runzelte die Stirn und beobachtete das Blatt. Dann nickte er leicht, zuerst mit dem einen Kopf, dann mit dem anderen.

„Gut.“ Gul’dan sprach leise, denn er wollte die Kreatur nicht in ihrer Konzentration stören. „Jetzt erwecke die Flamme zum Leben. Lass sie das Blatt beanspruchen, das Feuer darüberfließen, die Hitze deine Haut erwärmen, dir fast die Finger verbrennen.“

Er beobachtete, wie ein Funke in der Mitte des Blattes erschien und schnell zu einer Flamme heranwuchs, die sich hungrig ausdehnte. Das Blatt zog sich zusammen, wurde dunkel und binnen weniger Augenblicke vom Feuer verschlungen. Der Wind trug die Asche fort, und der Oger schaute auf. Der Blick seiner vier Augen begegnete dem Blick Gul’dans.

„Dann bin ich ein Ogermagier, ja?“ Es klang befriedigt. Ein Kopf grinste, und der andere lachte verhalten, obwohl er verwirrt schien.

„Ja“, stimmte Gul’dan zu, der mit dem erzielten Ergebnis mehr als zufrieden war. „Du bist einer von uns.“

„Was bedeutet ’einer von uns’?“, fragte die Kreatur. Ihr kleinerer Kopf furchte die Stirn. „Was fange ich mit diesem Geschenk an?“

Gul’dan erzählte dem Oger von der Horde, von der Notwendigkeit, diese Welt zu erobern, und alles über die anderen Völker, die ihnen bereits begegnet waren. Der Ogermagier hörte ruhig zu und nahm jedes Detail auf.

„Du hast mich erschaffen“, sagte er schließlich. Es war keine Frage, sondern eine Feststellung. Gul’dan nickte. „Dann bin ich deine Kreatur. Ich werde dir dienen. Dein Weg ist der meine. Was soll ich tun?“

Gul’dan war hocherfreut. Es war genau so, wie er gehofft hatte. Er hatte ein Band zwischen ihnen gewoben, indem er mithilfe seiner Magie einen zweiköpfigen Oger geschaffen hatte.

Diese Kreatur war vollkommen loyal! Zumindest nach außen hin … Gul’dan bemühte sich, sich nicht zu optimistisch zu zeigen. Stattdessen winkte er Cho’gall zu sich heran.

„Das ist Cho’gall“, erklärte er an den Oger gewandt. „Er ist mein erfahrener Assistent und ein Ogermagier. Cho’gall wird dir alles erklären und dir einen Namen geben.“

Der neue Oger senkte beide Köpfe. „Habt Dank, Meister!“, sagte der düstere Kopf, bevor sich die Kreatur gemeinsam mit Cho’gall entfernte.

Gul’dan wusste, dass sein Assistent den neuen Ogermagier dazu benutzen würde, den Altar wieder aufzuladen. Dabei würde jedes Mal ein neuer zweiköpfiger Oger entstehen. Er wusste jedoch auch, dass er nicht erwarten durfte, dass sie alle zauberkundig waren. Wenn ein Oger von zehn die notwendige Intelligenz besaß, würde er einen zweiten Altar bauen und ebenso mit Energie versorgen.

Gul’dan lachte. Er würde jeden Oger der Horde verwandeln, wenn Schicksalshammer ihn nicht daran hinderte. Doch aus welchem Grund hätte der Kriegshäuptling das tun sollen? Schicksalshammer wusste nur, dass er größere und stärkere Krieger bekam. Er würde niemals vermuten, dass diese neuen Kreaturen nur Gul’dan ergeben waren, und der Hexenmeister würde dafür Sorge tragen, dass das nicht zu früh herauskam. Das würde er erst dann zulassen, wenn es an der Zeit war, und Schicksalshammer würde erkennen müssen, dass es eine neue Fraktion innerhalb der Horde gab – eine Fraktion, die er nicht so leicht zerschlagen oder unbeachtet lassen konnte.

Gul'dan lachte erneut. Cho'gall würde für den Rest des Prozesses Sorge tragen. Er selbst musste sich um andere Dinge kümmern. Sie würden später sicherstellen, dass er in nicht allzu ferner Zukunft die Macht beanspruchen konnte, die bereits auf ihn wartete.

VIERZEHN

„Beim Silbermond – wo sind sie?" Alleria rannte durch den Wald, das Schwert in der Hand. Die anderen Waldläufer hatten sich verteilt, um einen größeren Bereich abzudecken. Die Elfe hoffte, dass sie nicht auf Trolle oder Orcs gestoßen waren, denn diese bösartigen grünhäutigen Eindringlinge wollte sie selbst stellen.

Sie sah die Feuer und wünschte sich nicht zum ersten Mal, ihre Heimat nie verlassen zu haben. Wie hatte sie nur annehmen können, die Allianz brauche ihre Hilfe? Waren Anasterian Sonnenwanderer und die anderen Ratsmitglieder nicht viel älter und weiser als sie und wussten besser, welche Art von Hilfe die jüngeren Völker brauchten?

Andererseits war Anasterian der Ansicht gewesen, die Horde könne nie und nimmer eine Bedrohung für Quel'Thalas darstellen. Also hatte er entschieden, dass die Allianz die Elfen nichts anging, denn sie waren ja nicht bedroht.

Offensichtlich hatte er damit falschgelegen.

Hätte Alleria jedoch auf ihn gehört und seine Entscheidung akzeptiert, wäre sie im entscheidenden Moment hier gewesen und nicht den Fluss hinuntergefahren und über die Hügel marschiert. Als die Orcs und Trolle kamen und die Horde die Grenze überschritt, hätte sie ihrer Familie und ihrem Volk beistehen können.

Doch hätte ihre Anwesenheit überhaupt einen Unterschied gemacht? Sie wusste es nicht. Was konnte ein einzelner Waldläufer schon ausrichten, und wie konnte er einen Feind aufhalten, von dessen Nahen er nichts ahnte?

Zumindest hätte sie nicht das Gefühl gehabt, ihr Volk in der Stunde der Not im Stich gelassen zu haben.

Dieser Gedanke spornte sie an und ließ sie ihr Tempo steigern. Auf einer kleinen Lichtung sprang sie über einen niedrigen Busch, landete zwischen zwei Bäumen …

… und sah sich plötzlich der Spitze eines Pfeils gegenüber, der auf ihre Kehle gerichtet war.

Die Gestalt, die den Bogen hielt, war annähernd so groß wie sie und trug eine ähnliche Kleidung, die jedoch um einiges sauberer war als die Allerias. Langes Haar fiel unter der Kapuze hervor und glänzte wie Elfenbein in der Sonne. Dieses Haar kannte Alleria nur zu gut.

„Vereesa?“

Die Gestalt senkte den Bogen. Ihre blauen Augen weiteten sich vor Überraschung und Erleichterung. „Alleria?“ Ihre jüngere Schwester umarmte die Elfe herzlich. „Du bist wieder zu Hause!“

„Natürlich.“ Alleria drückte Vereesa und strich ihr über den Kopf, wie sie es immer zu tun pflegte. „Wo ist Sylvanas? Sind Vater und Mutter in Sicherheit?“

„Sie sind wohlauf“, antwortete Vereesa, die Alleria nun losließ und ihre Waffen aufnahm. „Sylvanas ist mit einer Jagdgruppe am Flussufer. Vater und Mutter sollten in Silbermond sein. Sie wollten sich mit den Ältesten treffen.“ Sie machte eine Pause und schob die Pfeile in den Köcher. „Alleria, wo warst du? Hier gibt es zahlreiche Brände. Überall in Quel'Thalas steigt Rauch auf, und einige Waldläufer melden sich nicht mehr.“

Alleria spürte, wie ihr Magen sich angesichts dieser Nachricht verkrampfte. Wenn Waldläufer verschwunden waren, musste die Horde bereits tief in den Wald vorgestoßen sein. „Wir werden angegriffen, kleine Schwester“, antwortete sie, hob unvermittelt ihr Schwert und wirbelte herum, ihrer Schwester den Rücken zukehrend. Ihre Ohren zuckten. „Sei still!“

„Aber …“ Vereesa verstummte, als eine große Gestalt aus den Baumwipfeln herunterkrachte. Sie hielt eine kurzstielige Axt in der Hand.

Alleria ging zum Angriff über, noch bevor die Kreatur den Boden erreicht hatte. Sie hob ihr Schwert, parierte den Schlag ihres Gegners, drehte sich seitwärts … und entging so geschickt dem zweiten, mit einem langen Krummdolch geführten Hieb.

Alleria schwang ihr Schwert herum und schlug der Bestie mit einem gewaltigen Streich den Kopf ab. Der leblose Körper des Trolls stürzte zu Boden, und die Waffen fielen aus seinen Händen.

„Schnell!“, rief Alleria. „Wir müssen hier weg! Sofort!“

Vereesa hatte die Augen vor Schreck weit aufgerissen. Sie nickte, gehorchte dem Befehl ihrer Schwester und rannte los, um eventuellen weiteren Angreifern zu entkommen. Sie war noch jung, die jüngste von drei Schwestern, und noch nie in einen echten Kampf verwickelt worden. Alleria hatte gehofft, dass das noch für einige Zeit so bleiben würde, doch jetzt war es zu spät, sich deshalb Sorgen zu machen.

Sie hetzten durch den Wald. Alleria war sicher, dass sie Gelächter hörte.

Vermutlich folgten Trolle den beiden Elfen und hielten hoch oben im Geäst mühelos mit ihnen Schritt. Zweifellos wollten die Bestien sich von dort auf sie herabstürzen und sie töten, bevor sie Alarm schlagen konnten.

Doch die Trolle kannten diesen Wald nicht – im Gegensatz zu Alleria.

Vereesa und ihre unsichtbaren Verfolger im Schlepp, lief Alleria Haken schlagend durch das Unterholz, wechselte mehrmals die Richtung und überquerte mehrere kleine Bäche und einige Lichtungen, warf sich durch Büsche oder duckte sich unter Ästen und Schlingpflanzen hindurch.

Vereesa hielt Schritt mit ihrer Schwester. Ihren Bogen hatte sie fest in der Hand. Aus den Bäumen über ihnen erklang noch immer das Gelächter der Trolle.

Plötzlich sah Alleria ein silbernes Band vor sich: der Fluss! Sie steigerte noch einmal ihr Tempo.

Vereesa blieb dicht hinter ihr, und gemeinsam brachen sie zwischen den Bäumen hervor und rannten auf eine Lichtung in der Nähe des Flusses hinaus.

Alleria hörte, wie hinter ihr erst einer und dann weitere Trolle aus den Bäumen herabsprangen. Die Kerle wussten, dass sie die Elfen erwischen mussten, bevor sie sich durch das tiefe Wasser in Sicherheit bringen konnten.

Trolle verabscheuten Wasser.

„Nette Jagd, Bleichgesicht", knurrte eine der Kreaturen hinter ihnen. „Aber jetzt ist deine Zeit gekommen!"

Hände griffen nach Alleria, lange Klauen kratzten über ihre Haut, fassten in ihr Haar, doch sie riss sich los und entwand sich dem Griff. Sie wirbelte herum und erhob ihr Schwert, bereit, so lange zu kämpfen, wie sie konnte ...

Jäh versteifte sich der Troll und brach zusammen. Ein langer Schaft ragte aus seinem Hals.

Weitere Pfeile töteten die anderen Trolle, bevor sie sich wieder auf den Bäumen in Sicherheit bringen konnten.

Als sie sich zum Fluss umwandte, entdeckte Alleria mehrere Waldläufer am anderen Ufer. Einer von ihnen, eine junge Frau, trug einen langen grünen Umhang und eine reich verzierte Tunika. Sie hatte langes blondes Haar, das etwas dunkler war als Allerias, doch ansonsten glichen sie einander wie ein Ei dem anderen.

Die Augen ihres Gegenübers waren eher grau als grün oder blau, hatten jedoch dieselbe Form wie die Augen Allerias und Vereesas. Die Waldläufer bauten sich um die Elfe herum auf, während sie lachte und ihren Bogen zum Gruß erhob.

„Willkommen daheim, Alleria!", rief Sylvanas. „Was für ein Ärger, den du da mitbringst!"

Selbst über den Fluss hinweg war ihre unglaubliche Ausstrahlung deutlich zu spüren.

Alleria lachte bei der Begrüßung durch ihre Schwester. Sylvanas, Waldläuferin und Oberkommandierende aller Streitkräfte von Quel'Thalas, trat so selbstbewusst auf wie immer.

Alleria schüttelte den Kopf. „Ich hatte gehofft, den Biestern zu entkommen", antwortete sie ehrlich, „aber zumindest komme ich nicht mit leeren Händen." Sie schaute sich die toten Trolle an und blickte schließlich zu Vereesa hinüber, die leicht wankte. Ihr Gesicht war bleich, und sie vermied den Anblick der Leichen. „Ich muss mit dem Rat sprechen. *Dringend!*"

„Ich weiß nicht, ob man dir zuhören wird", warnte Sylvanas sie. „Die Ratsmitglieder sind ebenso beschäftigt mit den Feuern wie ich. Die Brände entstehen überall im Wald, ohne dass wir ein bestimmtes Muster erkennen können." Sie sah zu den toten Trollen hinüber. „Und jetzt muss ich mich auch noch darum kümmern."

Alleria schnitt eine Grimasse und schaute zu Boden. „Sie *werden* mir zuhören", versprach sie. „Ich werde ihnen keine andere Wahl lassen."

„Was soll das heißen?", fragte Anasterian Sonnenreiter. Er und der Rat von Silbermond diskutierten die aktuellen Ereignisse in einem ernsten, besonnenen Ton, als Alleria unangekündigt eintrat. Mehrere Herrscher der Hochelfen erhoben sich von ihren Sitzen, überrascht von ihrem Erscheinen, doch Alleria ignorierte sie. Sie konzentrierte sich auf Anasterian.

Der König der Hochelfen war selbst für einen Elfen außerordentlich alt. Sein Haar war schon vor langer Zeit weiß geworden, und seine Haut war dünn wie Pergament und faltig wie die Rinde eines Baumes. Er war nicht nur auffallend schlank, sondern wirkte geradezu gebrechlich, doch seine blauen Augen blitzten noch immer durchdringend, und seine Stimme, obwohl dünn geworden, unterstrich seine Autorität. Alleria schreckte angesichts seiner Wut instinktiv zurück, dann jedoch erinnerte sie sich daran, warum sie hier war, und straffte sich.

„Ich bin Alleria Windläufer", verkündete sie, obwohl sie wusste, dass die meisten Ratsmitglieder sie bereits kannten. „Ich war außerhalb der Grenzen unseres Reiches und habe gemeinsam mit den Menschen in ihrem Krieg gekämpft. Nun bin ich zurückgekehrt, um Euch schlimme Nachrichten zu überbringen – schlimm nicht nur für die Menschen, sondern auch für uns Elfen." Sie furchte die Stirn und musterte die Männer und Frauen des Rates. „Die Horde, vor der uns die Menschen gewarnt haben, existiert tatsächlich, und sie ist gewaltig. Der Hauptteil ihrer Streitkräfte besteht aus Orcs, aber es haben sich auch andere Kreaturen darunter gemischt, Waldtrolle zum Beispiel."

Diese Aussage löste ein aufgebrachtes Gemurmel aus. Keiner der anwesenden Hochelfen hatte eine Ahnung davon, was ein Orc war. Alleria hatte sie ebenso wenig gekannt, bis sie diese Monster in den Hügellanden bekämpft hatte. Doch alle kannten sie die Trolle. Einige, Anasterian eingeschlossen, hatten vor langer Zeit in den Trollkriegen gegen sie gekämpft – viertausend Jahre bevor Quel'Thalas gegründet wurde.

„Du behauptest, der Horde gehören auch Trolle an", sagte einer der Fürsten. „Nun gut, aber was geht uns das an? Lass doch die Trolle diesen merkwürdigen Kreaturen folgen, von denen du sprichst. Hoffentlich ziehen sie dann wieder mit ihnen von hier fort. Oder vielleicht tun uns die Menschen einen Gefallen und töten sie für uns!"

Mehrere Elfen lachten scheu und nickten zustimmend.

„Ihr versteht nicht", antwortete Alleria wütend. „Die Horde ist nicht irgendein weit entferntes Problem, das wir ignorieren können! Sie will ganz Lordaeron erobern – von einer Küste bis zur anderen –, und das schließt uns hier in Quel'Thalas mit ein!"

„Lasst sie doch kommen!", meinte ein Elfenmagier namens Dar'kahn. „Unser Land ist gut gesichert! An den Runensteinen kommt niemand lebend vorbei."

„Ach, bist du dir da sicher?", zischte Alleria. „Bist du dir wirklich sicher? Denn die Trolle *sind* bereits in unseren Wald eingedrungen. Sie durchstreifen in diesem Moment unser Gebiet und töten unsere Leute. Die Orcs sind nicht weit hinter ihnen. Sie sind etwas schwächer als die Trolle, aber sie sind so zahlreich wie Heuschrecken und werden unser Land überrollen. Und sie sind bereits hier."

„Wie?“, rief Anasterian. „Das ist unmöglich!“

Statt einer Antwort schleuderte Alleria ihm ein Objekt entgegen, das sie bei sich trug, seit sie und Vereesa vor den Trollen geflohen waren. Der Kopf des Trolls flog durch die Luft, ein Windhauch strich durch sein kurzes, dunkles Haar, die Sonne schien auf die Hauer … und landete genau vor Anasterians Füßen.

„Der hier hat Vereesa und mich angegriffen“, erklärte Alleria, „und zwar an einer Stelle, die keine Stunde von der Flussmündung entfernt ist. Mehrere andere verfolgten uns dort. Ihre Leichen liegen noch immer am anderen Ufer, wenn Sylvanas und ihre Gruppe sie nicht schon weggeräumt haben.“ Alleria bemerkte, dass keinem der Fürsten mehr zum Lachen zumute war. „Sie sind hier“, wiederholte sie. „Die Trolle sind in unserem Wald und töten unsere Leute, und die Orcs brennen die Grenzen zum Immersangwald nieder!“

„Unglaublich!“ Nun war Anasterians Zorn nicht gegen sie gerichtet. Der König der Elfen versetzte dem Kopf des Trolls einen Tritt, sodass er unter den Stuhl eines der versammelten Fürsten rollte. Anasterians Augen blitzten zornig, und er zog eine Augenbraue hoch. Als er sich wieder Alleria zuwandte, konnte sie die Kraft und Zielstrebigkeit erkennen, die ihn schon seit vielen Jahren zu einem großartigen König machten. Alle Hinweise auf seine altersbedingte Schwäche waren verschwunden.

„Diese Kreaturen wagen es, in unsere Heimat einzudringen?“, knurrte Anasterian. „Oh ja, sie wagen es offenbar tatsächlich!“ Er schaute auf, und auf seinem Gesicht schien sich ein Unwetter zusammenzubrauen. „Wir werden sie lehren, sich hierher zu trauen! Versammelt unsere Krieger! Ruft unsere Waldläufer! Wir greifen die Trolle an und vertreiben sie aus unserem Wald, auf dass sie niemals wiederkehren mögen!“

Alleria freute sich, ihren König derart resolut und tatenfreudig zu erleben. Sie stimmte ihm voll und ganz zu, schüttelte aber trotzdem den Kopf. „Die Trolle sind nur ein Teil der Gefahr“, erinnerte sie Anasterian. „Die Horde ist jenseits aller Vorstellungskraft reich an Zahl, und die Orcs sind stark, hartgesotten und überaus zielstrebig in ihrem Vorgehen ..." Plötzlich umspielte ein Lächeln ihre Lippen. „Glücklicherweise bin ich nicht allein gekommen."

Turalyon kämpfte erbittert gegen zwei Orcs und hatte gerade einen der beiden mit seinem Hammer zu Boden geschmettert, als er einen heftigen Schlag mit seinem Schild parieren musste.

Ein dritter Orc sprang ihn an und warf ihn fast von seinem Pferd. Weil die Kreatur zu nah war, um sie mit seinem Hammer abwehren zu können, verpasste er ihr einen harten Kopfstoß. Sein schwerer Helm erwischte den Orc an der linken Augenbraue und der Nasenwurzel.

Benommen starrte der Orc ihn an. Turalyon schüttelte ihn ab, schleuderte ihn gegen seinen zweiten Feind und nutzte die Gelegenheit, den beiden gut gezielte Hiebe mit seinem Hammer zu verpassen.

Sie würden sich nie wieder erheben.

Er wischte das Regenwasser von der Vorderseite seines Helms und nahm sich einen Moment Zeit, um die dicken grauen Wolken am Himmel zu betrachten.

Der Regen schien glücklicherweise nicht nachlassen zu wollen. Die Wassermassen, die vom Himmel herabfielen, ließen die Brände verlöschen, die von der Horde gelegt worden waren.

Turalyon wollte das schlechte Wetter gern ertragen, wenn es dazu beitrug, dass die Heimat der Elfen nicht völlig in Schutt und Asche gelegt wurde.

Zu seiner Linken kämpfte Khadgar mit seinem Schwert und seinem Stab. Der Zauberer hatte sich bei seiner magischen Beschwörung des Regens, der sich über die gesamte Front ergoss, verausgabt. Im Umgang mit gewöhnlichen Waffen war er jedoch so versiert, dass Turalyon sich wohl keine ernsthaften Sorgen um ihn machen musste – zumal gerade so viele Widersacher auf ihn selbst eindrangen, dass er vollauf damit beschäftigt war, sich ihrer zu erwehren.

Turalyon kämpfte gegen zwei Orcs, die ihn von links bedrängten, als einer der beiden plötzlich mitten in der Bewegung innehielt, zusammenzuckte und, ohne einen Laut von sich zu geben, umkippte. Eine Pfeilspitze ragte ein gutes Stück weit aus seinem Hals.

Turalyon erkannte die Befiederung des Pfeils und lächelte. Eine geschmeidige junge Frau jagte einen Moment später auf ihn zu. Ihr Reiseumhang wehte trotz des Regens hinter ihr her, und die Spitzen ihrer langen Ohren stießen durch die goldene Haarmähne, die ein wunderschönes Gesicht umrahmte.

Der Regen schien Alleria zu ignorieren und fiel um sie herum, statt auch sie zu durchnässen. Turalyon wusste nicht, ob Elfenmagie dahintersteckte oder die Kraft ihrer natürlichen Schönheit dazu ausreichte ...

„Ich sehe, ich bin gerade rechtzeitig gekommen", meinte die Elfe, als sie ihn erreichte und einem weiteren Orc einen Pfeil in den Hals jagte. „Was würdet Ihr nur machen, wenn ich Euch nicht immer wieder zu Hilfe käme?"

„Ich komme schon zurecht", antwortete Turalyon, der so auf den Kampf konzentriert war, dass ihre Gegenwart ihn ausnahmsweise einmal nicht nervös machte. Er blockte einen Angriff ab, schlug den Orc nieder und wandte sich bereits dem nächsten Feind zu. „Habt Ihr Euren König gefunden?"

„Ja! Er wird uns helfen. Unsere Krieger und die Waldläufer sind mobilisiert. Sie können binnen Minuten hier sein, wenn Ihr das wünscht."

Turalyon nickte, benutzte den langen Schaft seines Hammers, um eine Axt abzuwehren, und verkürzte dann den Griff, sodass der Kopf des Hammers den angreifenden Orc mit dem Rückschwung erwischte.

„Natürlich will ich! Dieser Ort ist so gut wie jeder andere", antwortete er. „Solange wir sie hier bekämpfen, geht die Horde nicht woandershin."

Alleria pflichtete ihm bei und sagte dann: „Ich werde zurücklaufen und meine Leute informieren. Ihr müsst lediglich aushalten, bis wir eintreffen." Ihre Stimme hatte einen merkwürdigen Klang.

Turalyon warf ihr einen raschen Blick zu. Beim Licht! Weinte sie? Sie sah traurig aus, aber das war auch kein Wunder, hatte die Invasion ihrer Heimat sie doch hart getroffen.

„Wir werden standhaft sein", versicherte er ihr. „Wir müssen!"

Schon war Alleria wieder verschwunden. Turalyon hoffte, dass sie mit der versprochenen Unterstützung zurückkehrte, bevor es der Horde gelang, seine schwachen Verteidigungslinien zu durchbrechen. Schon jetzt strömten die Orcs in Wellen von allen Seiten heran. Turalyon wusste, dass seine Truppen der Orcarmee auf Dauer nicht gewachsen waren, erst recht nicht hier auf offenem Feld, wo die Orcs sie leicht umzingeln und überrennen konnten.

Sie brauchten dringend Hilfe, und zwar schnell. Er betete, dass die Elfen so fähig waren, wie Alleria sie ihm beschrieben hatte.

Ter'lij, einer der Untergebenen Zul'jins, grinste voller Vorfreude. Er und seine Gruppe hatten etwas Unangenehmes in der Nähe gerochen und sich von ihren Nasen zu einem herrlichen Geräusch führen lassen: Schritte, verursacht von jemandem, der über den Waldboden lief. Es handelte sich um einen einzelnen Elfen.

Ter'lijs Auftrag lautete, den Weg zu bewachen, der zur Stadt der Elfen führte. Er sollte die Spitzohren daran hindern, ihn zu benutzen. Nun, dieser Elf würde nicht weit kommen.

Er kletterte leise durch das Blattwerk nach unten. Dann sah Ter'lij seine Beute. Der Elf bewegte sich sehr schnell. Den meisten anderen Kreaturen wären seine Schritte leise vorgekommen, doch in Ter'lijs Ohren klangen sie laut wie Donnerhall. Der Elf trug einen langen braunen Umhang, die Kapuze hatte er über den Kopf gezogen, und er stützte sich auf einen langen Stab. Einer der Älteren also. Noch besser!

Ter'lij leckte sich die Lippen und bedeutete seiner Gruppe, ihm nach unten zu folgen. Schließlich ließ er sich aus dem Baum fallen, den Krummdolch in der Hand, und grinste sein Opfer an.

Er war überrascht, als der Elf seinen Umhang zurückwarf und sich lachend aufrichtete. Der Stab schnellte hoch und enthüllte eine lange Klinge an seinem Ende. Die Rüstung des Elfen leuchtete im Schatten der Bäume.

„Hast du wirklich geglaubt, wir könnten dein Rascheln über uns nicht hören?“, zischte der Elf. Seine Gesichtszüge verhärteten sich. „Hältst du uns für so taub, dass wir nicht mitbekommen, wie ihr unseren Wald verschandelt? Ihr seid hier nicht willkommen, Kreatur, und jetzt ist für dich die Zeit gekommen zu sterben.“

Ter'lij erholte sich schnell von der Überraschung und lachte. „Sehr schlau, kleines Bleichgesicht. Ein netter Trick! Aber du bist allein mit deinem Stab, und wir sind viele.“

Der Rest seiner Gruppe landete hinter ihm, bereit, sich über den arroganten Elfen herzumachen.

Doch der Elf grinste noch breiter, sein Gesichtsausdruck war jetzt regelrecht gehässig. „Glaubst du das, du Dummkopf?“, spottete er. „Ihr bildet euch etwas auf eure Fähigkeiten als Waldläufer ein, aber ihr seid *blind* im Wald im Vergleich zu uns. Blind und *taub*.“

Plötzlich erschien ein zweiter Elf hinter einem Baum. Und dann ein dritter. Und ein vierter. Ter'lij runzelte die Stirn. Es wurden immer mehr, bis er und seine Gruppe umzingelt und den Elfen zahlenmäßig deutlich unterlegen waren. Alle Elfen trugen die gleichen langen Speere und hohe, längliche Schilde.

Damit hatte Ter'lij nicht gerechnet. Nichtsdestotrotz war er ein erfahrener Jäger und Krieger und ließ sich nicht so leicht einschüchtern.

„Das ist ja noch besser!“, rief er schließlich und richtete sich zu seiner vollen Größe auf. „Was für eine Herausforderung, nicht nur einen unbewaffneten Elfen abzustechen ... Das gefällt mir!“

Mit diesen Worten sprang er dem führenden Elfen entgegen. Sein Schwert hielt er hoch erhoben, und er ...

… starb mitten im Sprung, als sich der Speer des Elfenanführers in seine Brust bohrte und das Herz durchdrang, bevor die Speerspitze aus seinem Rücken austrat.

Der Elf trat zur Seite, ließ Ter'lijs Körper von seinem Speer gleiten und wirbelte herum, die Hand eines angreifenden Trolls mit seiner Waffe abtrennend.

Der Kampf war schnell entschieden. Der Elfenanführer trat vor einen der toten Trolle und nickte. Er hatte schon früher gegen Waldtrolle gekämpft, wenn auch noch nie hier in Quel'Thalas. Obwohl diese Wesen an sich gute Jäger waren, konnten sie sich mit einem Elfen nicht messen.

Sylvanas hatte die Patrouille als eine von vielen mit dem Befehl ausgeschickt, jeden einzelnen Troll aufzuspüren und zu töten. Dies war die zweite Gruppe Trolle, die sie erwischt hatten. Er fragte sich, wie viele von ihnen wohl noch im Wald herumliefen.

Er öffnete den Mund, um seine Männer zusammenzurufen, als eine schlanke Gestalt auf die Lichtung stürmte. Ihr goldenes Haar flatterte im Wind.

Haldurons Ohren hatten sie erst Sekunden zuvor wahrgenommen, und das auch nur, weil Alleria zugunsten eines höheren Tempos bewusst darauf verzichtet hatte, möglichst wenig Lärm zu machen.

„Halduron!", rief sie, und blieb einige Schritte von ihm entfernt stehen. „Gut, dass ich dich finde! Ich habe mit dem Oberkommandierenden der Allianz gesprochen und auch mit Sylvanas. Sie brauchen uns alle an der südwestlichen Ecke des Waldes. Dort hat sich die Horde versammelt, und die Menschen können sie nicht mehr lange aufhalten."

Halduron Wolkenglanz nickte. „Ich werde Lor'themar informieren. Seine Gruppe befindet sich ganz in der Nähe. Er wird unseren Freunden zu Hilfe eilen. Ihr Kampf ist jetzt auch der unsere. Wir werden nicht zulassen, dass die Menschen diesen üblen Kreaturen zum Opfer fallen." Er machte eine Pause und musterte sie genauer. „Geht es dir gut, Alleria? Du wirkst … verwirrt."

Alleria schüttelte den Kopf, doch ein Schatten huschte über

ihr Gesicht. „Mir geht es gut", versicherte sie. „Jetzt aber los! Bring unsere Krieger zur Front! Ich kehre zu meiner Schwester und zur Allianz zurück und berichte ihnen, dass Hilfe naht." Sie machte auf dem Absatz kehrt und verschwand zwischen den Bäumen.

Halduron sah ihr kurz nach und schüttelte sich schließlich. Er kannte Alleria Windläufer schon lange und war sehr wohl in der Lage zu bemerken, wenn sie etwas störte oder beunruhigte.

In diesen Tagen waren sie alle beunruhigt, da merkwürdige Kreaturen durch die heiligen Wälder strichen. Doch das würde nicht mehr lange so bleiben. Halduron zog den Speer aus dem Troll und säuberte ihn an dem Leichnam, bevor er sich abwandte.

Später würde noch genug Zeit sein, sich um den Kadaver zu kümmern. Erst einmal waren die noch lebenden Feinde an der Reihe.

Für Turalyon schienen nur wenige Minuten vergangen zu sein, seit Alleria ihn verlassen hatte, als sie auch schon wieder neben ihm auftauchte. Sie trug den Bogen jetzt auf dem Rücken und das Schwert in der Hand, das sie soeben benutzte, um einen Orc niederzuschlagen, der versucht hatte, Turalyons Pferd in den Schenkel zu stechen.

„Sie werden bald hier sein", versicherte sie ihm mit glänzenden Augen. Turalyon nickte. Er spürte Erleichterung – ob angesichts der zu erwartenden Unterstützung oder aufgrund der Tatsache, dass sie noch lebte, konnte er nicht genau sagen.

Er furchte die Stirn. Solche Gedanken hatte er früher nicht gekannt, und nun schob er sie fürs Erste beiseite. Zunächst einmal musste er sich um das Wohlergehen seiner Soldaten kümmern.

Der Regen hatte schließlich aufgehört, obwohl die Wolken sich nicht verzogen und das Schlachtfeld weiter verdunkelten. Als Turalyon sah, wie ein finsterer Umriss auftauchte, nahm er an, es handle sich um den verzerrten Schemen eines Orc-Kriegers. Doch der Umriss wurde größer und gewann an Schärfe. Turalyon betrachtete ihn fasziniert und wurde beinahe von einem Orc aufgespießt.

„Konzentriere dich!“, warnte ihn Khadgar, der neben ihm ritt und den Orc mit einem Fußtritt zu Boden schickte, bevor dieser noch einmal angreifen konnte. „Worauf starrst du denn da?“

„Darauf“, antwortete Turalyon und wies Khadgar mit dem Hammer die Richtung, bevor er seine Aufmerksamkeit wieder dem um ihn herum tobenden Kampf widmete.

Auch Khadgar schaute ungläubig drein. Der alt wirkende Zauberer fluchte ein paarmal, als er die schwere Gestalt gewahrte, die jetzt am anderen Ende des Schlachtfelds zwischen den Bäumen hervortrat. Sie war doppelt so groß wie ein Orc, und ihre Haut hatte die Farbe alten Leders. Mit nur einer Hand schwang die Kreatur einen riesigen Hammer, der eigentlich eine Zweihandwaffe war. Das riesige Wesen war in eine merkwürdige Rüstung gewandet.

Turalyons Zähne knirschten, als er einen zweiten Blick riskierte und erkannte, dass die Panzerung ähnlich wie die der Menschen beschaffen war. Die Brustplatte, die Bein- und die Armschienen wurden von dicken Ketten zusammengehalten.

Die beiden Köpfe waren kahl und starrten auf die Soldaten und die Orcs hinunter. Gerade sauste der Hammer nieder, zerschmetterte zwei Männer mit einem einzigen Schlag und glitt dann, noch in derselben Bewegung, zur Seite. Vier weitere Soldaten wurden von den Füßen gerissen und meterweit fortgeschleudert.

„Was zum Teufel ist das für ein *Ding*?“, fragte Turalyon, schlug einem angreifenden Orc wütend ins Gesicht und stieß ihn gegen einen anderen, der durch den Aufprall ins Schwanken geriet.

„Ein Oger“, antwortete Khadgar. „Ein zweiköpfiger Oger.“

Turalyon wollte seinem Freund gerade erzählen, dass er bereits bei anderer Gelegenheit Oger gesehen und durchaus mitbekommen hatte, dass dieser hier zwei Köpfe aufwies, als der merkwürdige Oger seine leere Hand in Richtung einer Gruppe von Allianzsoldaten hob.

Turalyon blinzelte und glaubte seinen Augen nicht zu trauen. Hatte er wirklich gerade gesehen, wie Feuer aus der Hand der Kreatur auf die Soldaten zustob?

Er schaute noch einmal hin. Ja, Flammen umhüllten jetzt seine Krieger. Die Männer ließen ihre Waffen fallen, um das Feuer zu ersticken. Es tanzte über ihre Rüstungen und ihre Kleidung. Einige warfen ihre Umhänge ab, die sich entzündet hatten, während sich andere im Gras wälzten und versuchten, die Flammen zu löschen.

Wie hatte der merkwürdige, neu aufgetauchte Oger das nur gemacht?

„Verdammt!“ Khadgar hatte es ebenso gesehen wie er. „Das ist ein Ogermagier!“

„Ein *was?*“

„Ein Zauberer“, schnappte Khadgar. „Ein verdammter Ogerzauberer!“

„Ah!“ Turalyon erledigte einen weiteren Gegner und starrte erneut auf den riesigen Oger.

Er versuchte es zu verstehen: Die größte Kreatur, die er je gesehen hatte, konnte Magie wirken? Unglaublich! Was brauchte man, um so ein Biest zu töten? Er wollte Khadgar dazu befragen und suchte noch nach den entsprechenden Worten, als der Ogermagier plötzlich schwankte und vornüberfiel. Die Haare an seinem Hinterkopf ragten steil auf.

Zuerst dachte Turalyon, dass der Riese etwas mit den Leichen anstellen wollte, die vor ihm lagen. Wollte er sie vielleicht mit seinen beiden Mäulern verschlingen? Doch zu Turalyons Überraschung stand die Kreatur nicht wieder auf.

Nun erkannte er, dass die Haare am Hinterkopf Schäfte waren, Speerschäfte!

„Ja!“, jubelte Alleria und hob ihren Bogen zum Gruß. „Meine Leute sind eingetroffen!“

Turalyon sah, dass sie sich nicht getäuscht hatte. Aus dem Wald drangen Reihe um Reihe zahlreiche Elfenkrieger hervor. Sie trugen schwerere Rüstungen als Alleria und ihre Waldläufer und nicht nur Schilde und Speere. Es waren eindeutig elfische Waffen, die den Oger getötet hatten.

Turalyon war nie froher gewesen, diese Verbündeten zu sehen.

„Genau zur rechten Zeit!", wandte er sich an Alleria. Er musste brüllen, um sich über den Lärm der Schlacht hinweg verständlich zu machen. „Kannst du ihnen Botschaften übermitteln?"

Sie nickte. „Wir benutzen verschiedene Gesten bei der Jagd, die man auch auf größere Entfernungen gut erkennen kann."

„Ausgezeichnet." Turalyon nickte und rammte einen weiteren Orc nieder, während er überlegte. „Wir müssen die Horde zwischen uns einkeilen. Sag deinen Leuten, sie sollen auf uns zumarschieren, aber auch an den Flanken ausschwärmen. Wir tun dasselbe. Ich will nicht, dass die Orcs dort entkommen, weil sie sich dann wieder gegen uns wenden können."

Alleria nickte und begann, mehrere Gesten in Richtung des Waldes zu vollführen. Turalyon beobachtete, wie eine der Elfen nickte und sich an ihre Gefolgsleute wandte.

Khadgar war dicht genug bei Alleria und Turalyon gewesen, um ihr Gespräch verfolgen zu können. Nun wandte er sich mit mehreren Befehlen an einen in der Nähe stehenden Truppführer und wies ihn an, seine Anweisungen unverzüglich weiterzugeben.

Beide Armeen begannen, ihre Linien auseinanderzuziehen, und die Allianzarmee wich leicht zurück, um sich mehr Bewegungsspielraum zu verschaffen.

Die Horde wertete dies als Zeichen der Niederlage, und die Orcs brachen in lauten Jubel aus. Die meisten Krieger der Horde hatten die Elfen, die sich hinter den Bäumen versteckt hielten, nicht bemerkt.

Das war ein eindeutiger Vorteil für die Allianzarmee. Turalyon wollte das Überraschungsmoment so lange wie möglich hinauszögern, um die Fluchtmöglichkeiten der Orcs zu verringern. Er zog seine Männer zurück und stellte einige Truppenteile ab, die die Hordekrieger auf Abstand halten sollten. Dann sandte er je ein Drittel seiner Soldaten zur rechten und zur linken Flanke und befahl, dass sie von dort aus langsam zurückkehren sollten. Das letzte Drittel seiner Armee behielt er in seiner Nähe.

Er sah die Verwirrung in den Gesichtern der Orcs, als er den Angriff direkt von der Mitte aus anführte.

Auf der anderen Seite waren die Elfen ebenso verfahren wie er. Als die Horde sich anschickte, Turalyons Angriff entgegenzutreten, marschierten die Elfen vorwärts und stachen mit ihren Speeren zu, einen Orc nach dem anderen in den hintersten Reihen aufschlitzend.

Viele Krieger der Horde fielen, ohne ein Geräusch von sich zu geben, doch einige keuchten, seufzten oder stöhnten so laut, dass andere Orcs die Geräusche mitbekamen und sich umwandten, um zu sehen, was mit ihren Kameraden geschah.

Ein vielstimmiger Schrei ertönte, als die Orcs begriffen, dass sie von zwei Seiten in die Zange genommen wurden.

Mehrere Orc-Krieger versuchten zu flüchten, da sie nun erkannten, dass sie zwischen zwei Armeen eingekeilt waren. Doch die Waffen der Menschen und der Elfen verhinderten jede Flucht. Die Orcs waren gezwungen, sich ihren Gegnern zu stellen.

Die meisten taten das mit Freude und befanden sich in einem wahren Blutrausch, doch zwischen den feindlichen Streitkräften eingekeilt, erlitten die Orcs schwere Verluste.

Turalyon spürte Hoffnung in sich aufkeimen. Sie gewannen die Schlacht!

Die Horde war den Menschen und den Elfenkriegern zwar noch immer zahlenmäßig überlegen, doch sie war eingekesselt und kämpfte unkoordiniert. Jeder Orc stritt nur für sich oder gemeinsam mit einer Handvoll anderer Orcs, die wahrscheinlich Mitglieder desselben Klans waren.

Gegen die ausgefeilte Taktik der Elfen und Menschen hatten sie keine Chance, was sich vor allem bemerkbar machte, als Turalyons Männer und die Elfen gemeinsam auf den Feind eindrangen. Die elfischen Bogenschützen feuerten in die Orcs hinein, um ihre Reihen auszudünnen und Verwirrung zu stiften, bevor die Menschen sich ins Schlachtengetümmel begaben. Dabei dienten ihnen die Speerkämpfer der Elfen, die hinter ihnen standen, als Deckung, da sie die Orcs davon abhielten, sich in Gruppen auf die Menschensoldaten zu stürzen.

Turalyon konnte bereits größere Lücken in der Verteidigung

der Horde erkennen, und als die Allianzkrieger und die Elfen in diese vorstießen, blieben nur vereinzelte Orcs zurück.

Plötzlich hörte er ein lautes Brüllen und schaute überrascht nach Osten. Was er dort sah, raubte ihm den Atem.

Ein weiterer riesiger zweiköpfiger Oger warf sich in die Schlacht. Er war mit einem gewaltigen Knüppel bewaffnet, der nichts anderes war als ein ausgerissener Baum, dessen Äste man entfernt hatte. Ein zweites Monstrum erschien hinter dem ersten, einen ebensolchen Knüppel in seinen enormen Pranken haltend. Und nun tauchte auch noch ein drittes und ein viertes dieser gigantischen Wesen auf.

Wo kamen all diese Kreaturen her?

Die zweiköpfigen Oger wateten regelrecht durch die Verbände der Allianz und droschen ganze Einheiten mit einem Schlag hinfort. Turalyon beorderte seine Männer rasch zurück, damit sich die Elfen um die Monster kümmern konnten. Doch der erste Oger war nur dank seiner Achtlosigkeit gefallen. Die neu eingetroffenen zweiköpfigen Oger waren deutlich besser vorbereitet und verwendeten ihre Knüppel nicht zuletzt dazu, die Pfeile und Speere wegzuschlagen, die in ihre Richtung abgeschossen und geschleudert wurden. Und nun hieben sie damit in die Reihen der Elfen und ließen die schlanken Krieger durch die Luft wirbeln.

Ihre Chance erkennend, machten die Hordekrieger sich eiligst daran, sich um die Giganten herum neu zu formieren.

Immer mehr Orcs schlossen sich ihnen an, füllten die gelichteten Reihen und bildeten bald wieder eine zusammenstehende zahlenmäßige Übermacht.

„Wir müssen etwas tun, schnell!“, rief Turalyon seinem Gefährten Khadgar zu, der wieder neben ihm aufgetaucht war. „Sonst drängen sie uns zurück in die Berge oder nach Westen zum Wasser, und wir sind eingeschlossen!“

Khadgar setzte zu einer Antwort an, doch Alleria kam ihm zuvor. „Hör mal genau hin!“, rief sie. Ihre Ohren zitterten.

Turalyon schüttelte den Kopf. „Ich kann nichts hören außer dem Lärm des Kampfes“, sagte er. „Was meinst du?“

Alleria lächelte ihn vielsagend an. „Hilfe“, antwortete sie. „Hilfe von oben.“

„Da! Ich kann sie sehen!“

„Ja, ich auch, Kamerad“, sagte Kurdran Wildhammer, wütend darüber, dass der junge Greifenreiter neben ihm das Schlachtfeld eher erspäht hatte als er. „Kreist herum, und dann greift diese riesigen Missgeburten in der Mitte an! Passt auf ihre Knüppel auf!“

Er trat Sky'ree leicht mit den Hacken und stürzte sich auf seinem Greif sitzend mit einem lauten Schrei dem Schlachtfeld entgegen.

Eines der merkwürdigen zweiköpfigen Monster schaute auf und brüllte wütend, als es sie erblickte. Kurdran und sein Greif waren zu schnell, als dass es noch Zeit gehabt hätte, auszuweichen.

Überall standen Orc-Krieger und behinderten das Vorwärtskommen der Riesen. Während Kurdran nach unten raste, hob er seinen Sturmhammer und spannte seine Muskeln an.

Die Bestie brüllte erneut und schlug mit dem schweren Knüppel nach ihm. Doch Sky'ree wich dem Hieb geschickt aus und flog so nah an die Monster heran, dass die Flügelspitze über das Gesicht einer der Kreaturen wischte. Nun schleuderte Kurdran den Hammer und legte all seine Stärke in den Wurf. Donner dröhnte, und ein Blitz traf das Monstrum. Es taumelte, ein Kopf war eingesunken, der andere geschwärzt und zur Seite geneigt. Der Oger begrub drei Orcs unter sich, als er umkippte, und sein Knüppel, der ja ein Baumstamm war, tötete einige mehr, als er in die Menge der Orcs krachte.

„Ja!“, jubelte Kurdran. Er fing seinen Hammer wieder auf und stieß Sky'ree noch einmal leicht an. „Denen haben wir es gegeben, meine Schöne! Ganz egal, wie groß sie sind, wir Wildhammerzwerge können sie besiegen!“ Er hob seinen Hammer und brüllte einen lauten Schlachtruf.

„Worauf wartet ihr denn noch?“, rief er seinen Kriegern zu,

die von ihren majestätisch am Himmel kreisenden Reittieren herabgrinsten. „Ich habe euch gezeigt, wie es geht! Los jetzt, geht runter und sorgt dafür, dass der Rest dieser Riesen ebenfalls zu Boden geht."

Die Zwerge salutierten spöttisch, wussten sie doch nur zu gut, dass Kurdrans Sticheleien nicht ernst gemeint waren. Sie rissen ihre Greife herum und setzten zum Angriff an.

Kurdran lachte. Er blickte nach unten und bemerkte den Magier, den Elfen und den Kommandeur, die er am Nistgipfel kennengelernt hatte. „Hallo, da unten!", rief er, hielt seinen Hammer in die Höhe und wirbelte ihn herum. Der Elf hob den Bogen zum Gruß, und der Kommandeur und der Magier nickten ihm erleichtert zu.

„Euer Fürst Lothar hat uns geschickt!", rief Kurdran, der sich nicht sicher war, ob man ihn aus dieser Höhe verstehen konnte. „Wir sind offensichtlich gerade rechtzeitig eingetroffen!" Nun umfasste er den Hammer mit beiden Händen und steuerte Sky'ree zur nächsten der mammutgroßen zweiköpfigen Kreaturen. Mehrere der Monster waren bereits gefallen, und die Horde verteilte sich um sie herum. Die Orcs erkannten, dass ihre Beschützer mittlerweile eine Gefahr für sie darstellten. Die Menschen und die Elfen nutzten das entstandene Chaos, um die panischen Orcs linker und rechter Hand anzugreifen und zu töten.

Plötzlich bewegte sich etwas am Himmel. Kurdran schaute auf und erspähte einen dunklen Umriss. Zuerst dachte er, es sei einer seiner Krieger, der neue Befehle überbringen sollte, doch dann erkannte er, dass diese Gestalt nicht wie ein Greif flog. Zudem schien sie eher aus Richtung Osten zu kommen, aus der Richtung jenseits des Zwergenkönigreichs.

Was konnte das nur sein?

Kurdran brach seinen Angriff ab, ließ Sky'ree über die Angriffshöhe hinaus aufsteigen und langsam kreisen. Er beobachtete den sich nähernden Schemen. War es ein Vogel? Wenn dem so war, flog er höher als alle anderen. Seine Umrisse muteten merkwürdig an.

Eine neue Angriffsart? Kurdran lachte. Das Wesen war nicht größer als ein Adler! Schickte die Horde Adler gegen sie aus, vielleicht mit Gnomen auf dem Rücken? *Als ob irgendein Raubvogel es mit meiner Schönen aufnehmen könnte*, dachte er und streichelte liebevoll Sky'rees Nacken. Zum Dank bekam er ein melodisches Krächzen zu hören.

Das Wesen war jetzt näher herangekommen und wurde größer und größer … Und immer noch größer …

„Bei allen Gipfeln!", murmelte Kurdran beeindruckt. Was war das? Wie konnte es sich in der Luft halten, obwohl es derart riesig war? Es war fast so groß wie Sky'ree, und er hatte den Verdacht, dass es seinen Greif an Größe noch übertreffen würde.

Jetzt konnte er die Gestalt besser erkennen: lang und schlank, mit einem ausgeprägten Schwanz, einem Hals und großen Flügeln, die nur gelegentlich schlugen.

Das Ding glitt dahin! Es musste in großer Höhe fliegen, um derart auf dem Wind reiten zu können.

Kurdran spürte einen Schauder, als er erneut die Größe abschätzte. Er kannte nur eine fliegende Kreatur, die so riesig war, und er konnte sich nicht vorstellen, was sie mit diesem Krieg zu tun haben sollte.

Doch dann verschwand die letzte Wolke, und die Sonnenstrahlen trafen ungehindert auf das Wesen. Es leuchtete rot. Kurdran erkannte mit Gewissheit, dass er richtiggelegen hatte.

Es *war* ein Drache.

„Drache!", rief er. Die meisten seiner Krieger kämpften noch gegen die zweiköpfigen Oger, doch der junge Murkhad blickte hoch und bemerkte, worauf Kurdran sie hinwies. Der Dummkopf ließ seinen Greifen in einen schnellen Steigflug gehen. Das Tier hatte seine Flügel ganz ausgebreitet, um an Höhe zu gewinnen.

„Was machst du denn, du Tölpel?", schrie Kurdran. Wenn Murkhad ihn gehört hatte, so gab er keine Antwort. Stattdessen trieb der junge Wildhammerzwerg seinen Greifen gegen den Drachen, der jetzt in den Sinkflug überging, und hob seinen Sturmhammer.

Mit einem wilden Schrei griff Murkhad den herabstürzenden Leviathan an … und verschwand völlig geräuschlos, als der Drache sein Maul öffnete und seine riesigen dreieckigen Zähne zeigte, die größer als ein Zwerg waren. Auch eine lange, gespaltene Zunge von blutroter Farbe wurde sichtbar.

Der unglückliche Zwerg und sein Greif waren von dem Drachen verschlungen worden.

Murkhad sah nicht das Bedauern in den riesigen goldenen Augen des Drachen oder die stämmige grünhäutige Gestalt, die auf seinem Rücken hockte und lange Lederriemen um eine Hand gewickelt hatte.

„Beim Licht!“ Turalyon hatte ebenso wie die anderen lauthals gejubelt, als die Wildhammerzwerge aufgetaucht waren und Kurdran den zweiköpfigen Oger ausgeschaltet hatte.

Er schaute wieder auf, als der Kriegsschrei des Anführers der Wildhammerzwerge erklang. So wurde er Zeuge, wie der wilde Drache sich auf einen der Greifenreiter stürzte und ihn wie eine unbedeutende Zwischenmahlzeit mit Haut und Haaren verschlang.

Und nun stürzte dieser Drache sich auf sie, während weitere hinter ihm erschienen: rote Streifen, die vom Himmel fielen.

Die Drachen hatten beinahe die rote Farbe eines Feuers. Rauch stieg aus ihren Nüstern auf, und Funken stoben aus ihren Mäulern, wenn sie ausatmeten. Sie waren heller als das Sonnenlicht, das sich auf ihren Klauen spiegelte und auf ihren Flügeln und Schwänzen glitzerte. Der Rauch und die Funken wurden intensiver, je länger Turalyon darauf starrte.

Plötzlich wusste er, was geschehen würde.

„Zieht euch zurück!“, schrie er, so laut er konnte, und schlug auf Khadgars Schildarm, um die Aufmerksamkeit des Zauberers auf sich zu lenken. „Lass alle sich zurückziehen!“ Er wirbelte seinen Hammer über dem Kopf herum und hoffte, damit sowohl die Blicke seiner Männer auf sich zu ziehen als auch die der Orcs. „Zieht euch zurück! Weg vom Wald! Sofort!“

„Weg vom Wald?“, fragte Alleria scharf und blickte ihn verwirrt an. Er hatte nicht einmal bemerkt, dass sie sich noch immer neben ihm befand. „Warum? Wir siegen doch!“

Turalyon setzte zu einer Erklärung an, erkannte jedoch, dass dafür keine Zeit mehr blieb. „Tu es einfach!“, brüllte er und sah die Überraschung in ihren Augen. „Sag deinen Leuten, sie sollen sich zu den Hügeln zurückziehen. *Schnell!*“

Etwas in seiner Stimme oder an seinem Gesichtsausdruck sagte ihr, dass jetzt nicht der Augenblick war, weitere Fragen zu stellen. Sie nickte, hob ihren Bogen und versuchte den anderen Elfenkriegern Signale zu geben. Turalyon ließ sie gewähren. Er schnappte sich den ersten Allianzoffizier, dessen er habhaft wurde, und erteilte ihm einige Befehle. Der Mann nickte und machte sich sofort daran, sie an die Truppe weiterzugeben, und forderte seine Kollegen auf, es ihm gleichzutun.

Mehr konnte Turalyon nicht tun. Er riss sein Pferd herum und trieb es in gestrecktem Galopp den Hügel hinunter. Kurz darauf hörte er ein merkwürdiges Geräusch, das wie aufkommender Wind oder das laute Ausatmen eines Menschen klang, und blickte über seine Schulter zurück.

Der erste Drache war herabgeflogen, die Flügel weit gespreizt, und riss nun sein Maul auf, aus dem Flammen schlugen, riesige Feuerzungen, die über den Wald leckten.

Die Hitze war unglaublich und verdampfte augenblicklich jegliche Flüssigkeit, die mit ihr in Berührung kam. Der Wald schien wie eine Fata Morgana im grellen Sonnenlicht zu wabern. Bäume wurden binnen einer Sekunde vollkommen schwarz und zerfielen zu Asche, obwohl sie noch Minuten zuvor mit Wasser vollgesogen waren. Rauch stieg von ihnen auf, ein dichter schwarzer Qualm, der die Sonne zu verfinstern drohte. Die Flammen erstarben nicht, im Gegenteil: An einigen Stellen hatten sie auch weiter zurückstehende Bäume erreicht und entzündet. Diese Feuer breiteten sich jetzt aus. Es war ein beinahe faszinierendes Schauspiel, wie die Flammen von Baum zu Baum weitersprangen.

Turalyon kostete es einige Überwindung, sich von diesem Bild abzuwenden und dorthin zu schauen, wohin sein Pferd sich bewegte. Bald darauf hatte er den Fuß der Hügel erreicht und konnte sich ein Bild von der Katastrophe machen, die da über sie hereingebrochen war.

„Tu doch etwas!“, brüllte Alleria, die neben ihm erschien und wegen des grellen Feuerscheins und der Hitze blinzelte. Sie trommelte mit ihren Fäusten auf sein Bein. „Tu etwas!“

„Ich kann nichts dagegen unternehmen“, erklärte Turalyon, und es brach ihm das Herz angesichts des Kummers in Allerias Stimme. „Ich wünschte, ich könnte es!“

„Dann unternimm wenigstens du etwas“, verlangte die elfische Waldläuferin von Khadgar, der neben ihnen ritt. „Setz deine Magie ein! Lösch die Flammen!“

Doch der alt aussehende Magier schüttelte traurig den Kopf. „Es ist ein zu großes Feuer, als dass ich es ganz ersticken könnte“, erklärte er sanft. „Ich habe mich bereits verausgabt, als ich den Sturm herbeirief.“

Seine Stimme klang bitter, und Turalyon fühlte mit seinem Freund. Es war nicht Khadgars Fehler, dass er die ersten Brände gelöscht hatte ... um nun miterleben zu müssen, dass die Flammen noch weitaus schlimmer wüteten.

„Ich muss unbedingt nach Silbermond“, murmelte Alleria. „Meine Eltern sind dort und unsere Ältesten. Ich muss ihnen helfen!“

„Was willst du tun?“, fragte Turalyon. Seine Worte klangen harscher, als er es beabsichtigt hatte, doch immerhin rissen sie Alleria lange genug aus ihrem Kummer, dass sie ihn ansah. „Weißt du denn, wie wir die Flammen bekämpfen könnten?“

Turalyon wies auf den Wald, auf den die Drachen sich stürzten und über dem sie wie Fledermäuse auf der Jagd kreisten. Bei jedem Überflug entfachten sie weitere Feuer. Quel'Thalas stand in Flammen, so weit das Auge reichte. Der Rauch schien eine dichte graue Decke über der Heimat der Elfen zu bilden. Ihr Schatten ereichte Turalyon und seine Gefährten, die am Fuß der Hügel standen, und verfinsterte die Berge hinter ihnen. Turalyon war sicher, dass man die Folgen des Brandes noch in der Hauptstadt zu spüren bekam.

Alleria schüttelte den Kopf, und er sah, dass Tränen ihre Wangen hinunterliefen. „Aber ich *muss* etwas unternehmen“, weinte sie. Ihre wunderbare Stimme war nun rau vor Wut und Schmerz. „Meine Heimat stirbt!“

„Ich weiß, und ich verstehe dich.“ Turalyon legte eine Hand auf ihre Schulter und drückte sie leicht. „Selbst wenn du es bis zum Fluss schaffst, wirst du ihn nicht überqueren können. Bestimmt kocht das Wasser bereits aufgrund der großen Hitze. Du würdest sterben, und das würde niemandem nützen.“

Sie sah ihn an. „Meine Familie, meine Fürsten ... Wie es ihnen wohl ergehen mag?“ Die Verzweiflung in ihrer Stimme war nicht zu überhören. Sie brauchte etwas, an was sie glauben konnte, einen Hoffnungsschimmer.

„Sie sind mächtige Magier“, warf Khadgar ein. „Ich habe ihn zwar selbst noch nie gesehen, aber ich weiß, dass der Sonnenbrunnen eine Quelle großer Macht ist. Er wird die Stadt abschirmen. Selbst die Drachen werden sie nicht angreifen können.“ Er klang völlig überzeugt von dem, was er sagte, obwohl Turalyon bemerkte, wie er ihm zuzwinkerte, als wollte er sagen: „Zumindest hoffe ich das.“

Alleria nickte zaghaft. „Danke!“, sagte sie leise. „Du hast recht. Mein Tod würde niemandem nützen.“ Sie sah, wie die Drachen an Höhe gewannen. „Aber“, fuhr sie fort, „*ihr* Tod würde es. Der Untergang der Horde würde es. Ja, ganz besonders das Ende der Orcs würde alles ändern.“ Ihre grünen Augen zogen sich zusammen, und Turalyon bemerkte etwas, was er lange nicht mehr gesehen hatte: Hass.

„Sie haben Not, Tod und Zerstörung über uns gebracht“, zischte sie. „Dafür will ich *sie* leiden sehen!“

„Das wollen wir alle.“ Turalyon sah auf, als ein anderer Elf zu ihnen trat. Er trug seine Kriegsrüstung, die zwar schön und anmutig, aber auch zweckmäßig und über und über mit Blut bedeckt war. Er war mit einem Langschwert bewaffnet und trug einen dunkelgrünen Umhang. Den laubbedeckten Helm hatte der Elf abgenommen. Seine dunkelbraunen Augen leuchteten unter dem glänzenden blonden Haar. Er erinnerte Turalyon an Alleria.

„Lor'themar Theron", stellte Alleria ihn vor, „einer unserer besten Waldläufer." Sie lächelte kurz, als ein zweiter Elf sich ihnen näherte: eine große Frau, die ebenfalls einen Umhang trug und Alleria sehr ähnlich sah, obwohl ihr Haar etwas dunkler war. „Das ist meine Schwester Sylvanas Windläufer, Waldläufer-Generalin und Befehlshaberin unserer Streitkräfte. Sylvanas, Fürst Theron ... das ist Sir Turalyon von der Silbernen Hand, stellvertretender Kommandeur der Streitkräfte der Allianz. Und dieser Herr ist Khadgar von Dalaran, ein Magier."

Turalyon nickte, und Theron erwiderte die Geste, die eine wortlose Respektsbezeugung unter Gleichgestellten war.

„Die meisten meiner Krieger sind diesem Inferno entkommen", sagte Theron. „Wir wurden von den Flammen eingeschlossen und können nicht entrinnen. Aber wir wissen jetzt, wie sich die Brände so schnell in so vielen Richtungen ausbreiten konnten." Seine Hand schloss sich um den Griff seines Schwertes. „Doch wir dürfen uns nicht in solch nutzlosen Gedanken verlieren", verkündete er mit fester Stimme, seine Worte an Alleria gerichtet und möglicherweise auch an sich selbst. „Wir sind hier und müssen tun, was wir können, um unserem Volk so schnell wie möglich zu helfen. Das können wir jedoch nur, indem wir die Kräfte vernichten, die uns bedrohen."

„Euer Oberkommandierender, Anduin Lothar, hat uns schon benachrichtigt und angefragt, ob wir uns an der Allianz beteiligen wollen", meldete sich Sylvanas zu Wort und sah Turalyon an. „Meine Kommandeure beschlossen, nicht darauf einzugehen und lediglich eine symbolische Unterstützung zu entsenden." Ihr Blick wanderte zu Alleria hinüber, und so etwas wie ein Lächeln huschte über ihr hübsches Gesicht. „Doch einige unserer Waldläufer haben Euch freiwillig Hilfe geleistet. Meine Vorgesetzten haben ihren Fehler erkannt, als die Trolle und Orcs in unser Land eindrangen. Wenn selbst Quel'Thalas vor ihnen nicht sicher ist, was kann dann noch vor ihnen sicher sein? Ich wurde beauftragt, mich mit all unseren Kriegern eurer Streitmacht anzuschließen, um euch nach Kräften zu unterstützen." Sie verneigte sich. „Wir wären stolz, wenn wir uns der Allianz anschließen dürften, Sir Turalyon. Ich hoffe, unsere Taten werden unsere Verzögerung beim Eintritt in die Allianz aufwiegen."

Turalyon nickte und wünschte sich einmal mehr, Lothar wäre hier. Er hätte gewusst, was zu tun war. Doch leider war dem nicht so, und so musste Turalyon das Beste daraus machen.

„Ich danke Euch und Eurem Volk", sagte er schließlich. „Wir heißen Euch willkommen in der Allianz. Gemeinsam werden wir die Horde von diesem Kontinent vertreiben, aus Eurem Land und aus dem unseren, auf dass wir wieder in Frieden leben – "

Turalyon wurde von einem Schrei über ihnen und dem Flattern von Flügeln unterbrochen. Er duckte sich, ebenso wie Khadgar, und Theron griff nach seinem Schwert.

Die herabschwebende Kreatur war kleiner als ein Drache, mit Federn bedeckt und einem Fell anstelle von Schuppen.

„Tut mir leid, Kamerad", sagte Kurdran Wildhammer, der auf Sky'ree hinter ihnen landete. Die Pferde schnaubten und stampften nervös mit den Hufen. „Wir haben es versucht, aber die Drachen sind zu groß und zu mächtig für uns Zwerge. Gebt uns etwas Zeit, um einen Weg zu finden, wie wir mit ihnen fertig werden können. Zurzeit jedoch haben sie leider die Oberhand."

Turalyon nickte. „Ich danke Euch für Eure Anstrengungen", sagte er dem Zwergenanführer. „Ebenso danke ich Euch für die Hilfe, die Ihr uns bereits geleistet habt. Ihr habt vielen Kriegern der Allianz das Leben gerettet." Er sah sich um und musterte einen nach dem anderen: Khadgar, Alleria, Sylvanas, Lor'themar Theron und Kurdran Wildhammer. Sie alle waren überaus gute Leute.

Plötzlich fühlte er sich nicht mehr so allein. Mit ihnen an seiner Seite würde er es schaffen, die Allianzarmee anzuführen, bis Lothar endlich zurückkam.

„Wir müssen unsere Leute hier rausholen", sagte er nach einem Moment. „Später werden wir zurückkehren und der Horde Quel'Thalas wieder abnehmen. Doch zuerst müssen wir uns neu formieren und abwarten. Ich vermute, die Horde wird hier nicht lange bleiben. Sie hat ein anderes Ziel im Auge."

Nur welches?, fragte er sich. Die Horde hatte den Wald erobert und die Elfen aus ihrer Heimat vertrieben. Ebenso hatte sie den Nistgipfel angegriffen und Khaz Modan zerstört. Wo würde sie als Nächstes zuschlagen?

Er versuchte, wie ein Orc an diese Frage heranzugehen. Wenn er der Anführer der Horde wäre, wo würde er sie von hier aus hinführen? Wie konnte er die Allianz am empfindlichsten treffen?

Plötzlich fiel es ihm wie Schuppen von den Augen: Die größte Bedrohung bestand für das Herz der Allianz, für den Ort, an dem alles begonnen hatte.

Er schaute zu Khadgar hinüber, der nickte und offensichtlich dieselbe Überlegung angestellt hatte.

„Die Hauptstadt!"

Von Silbermond aus, das an der nördlichsten Ecke von Quel' Thalas lag, konnten die Orcs über die Berge nach Lordaeron einmarschieren. Sie mussten nah am Lordameersee vorbeikommen. In der Hauptstadt gab es nur noch wenige Verteidiger, denn König Terenas hatte die meisten seiner Krieger der Allianz zur Verfügung gestellt.

Glücklicherweise bedeutete ein Marsch über die Berge, dass die Orcs erst durch Alterac ziehen mussten. Obwohl Perenolde nicht das loyalste Mitglied der Allianz war, würde er seine Streitkräfte bei einer drohenden Invasion seines Herrschaftsbereichs gewiss zusammenziehen.

Doch die Orcs würden Alterac schon aufgrund ihrer zahlenmäßigen Überlegenheit problemlos überrennen können. Es würde ein Leichtes für sie sein, im Anschluss daran über die Hauptstadt herzufallen.

„Von Lordaeron aus könnten sie sich über den Rest des Kontinents ausbreiten", führte Alleria aus, „und das Land binnen weniger Wochen erobern."

Turalyon nickte. „Jetzt wissen wir, was sie vorhaben", sagte er und war sicher, dass sie recht hatten mit ihrer Annahme. „Das bedeutet, dass wir einen Weg finden müssen, um sie aufzuhalten." Er betrachtete die wild lodernden Brände. „Aber das können wir nicht hier. Zieht Euch mit den Männern in die Berge zurück! Dort treffen wir uns und besprechen die Lage."

Mit diesen Worten riss er sein Pferd herum und ließ, ohne sich noch einmal umzusehen, den Wald hinter sich zurück. Zum einen vertraute er darauf, dass seine Offiziere seine Befehle ausführten, und zum anderen wollte er die majestätischen Berge, die hinter ihm in Flammen standen, nicht mehr anschauen müssen.

FÜNFZEHN

„Los geht's", rief Schicksalshammer. „Schnappt euch eure Sachen, und dann *Bewegung*!" Er beobachtete einen Moment lang die Krieger und wie seine Häuptlinge sie anbrüllten, herumschoben und -schubsten, damit sie sich endlich in Bewegung setzten. Nun wandte er sich wieder an Gul'dan, der geduldig neben ihm wartete. „Was ist?", wollte er wissen.

„Mein Klan und ich bleiben eine Zeit lang hier", antwortete Gul'dan. „Ich habe mit dem Altar der Stürme einige Pläne, die der Horde auf ihrem Feldzug von großem Nutzen sein werden."

Schicksalshammer runzelte die Stirn. Er traute dem kleinen, hässlichen Hexenmeister immer noch nicht, aber er musste sich eingestehen, dass sich die zweiköpfigen Oger als extrem nützlich bei der Einnahme von Quel'Thalas erwiesen hatten. Zwar hatten diese verfluchten Zwerge auf ihren Greifen in das Geschehen eingegriffen, was ihn mehrere der Kreaturen gekostet hatte, doch ohne die Oger hätte die Horde die Linien der Allianz nie durchbrechen und sich neu gruppieren können.

Schließlich nickte er. „Mach, was du willst! Aber halte dich nicht zu lange damit auf. Wir müssen jeden Vorteil ausnutzen, wenn wir Lordaeron rasch erobern wollen."

„Ich werde mich nicht verspäten", versicherte ihm Gul'dan. „Du hast recht: Tempo ist alles."

Sein Tonfall missfiel dem beunruhigten Schicksalshammer. Im gleichen Moment meldete sich jedoch Zuluhed, und der Hexenmeister rückte vorübergehend aus Schicksalshammers Aufmerksamkeit. Interessiert lauschte er den neuesten Berichten über die Verteidiger des Waldes.

„Wir können ihre Verteidigungsanlagen nicht durchbrechen“, meinte der Häuptling des Drachenmalklans. Er schien eher wütend darüber zu sein, als dass er es bedauerte. „Selbst die Drachen können nichts ausrichten“, fuhr er fort und schüttelte den Kopf. „Ihr Feuer fegt über die Stadt, aber es kann sie nicht zerstören, und ihre Klauen scheitern an einer unsichtbaren Mauer.“

„Schuld daran ist dieser Sonnenbrunnen“, sagte Gul’dan. „Das ist die elfische Quelle der Magie, die ihnen immense Macht verleiht.“

Darüber wusste der Hexenmeister natürlich Bescheid.

„Wie kann man den Brunnen zerstören, trockenlegen ... Oder wie können wir ihn für uns selbst nutzen?“, fragte Schicksalshammer.

Gul’dan schüttelte den Kopf. „Ich habe keine Ahnung. Zwar kann ich seine Kraft spüren, doch sie ist mir fremd, und ich kann sie nicht berühren.“ Er fuhr sich durch seinen ungepflegten Bart. „Ich vermute jedoch, dass die Elfen sehr wohl etwas mit seiner Macht anfangen können, da der Sonnenbrunnen an sie und das Land gebunden ist.“

„Kannst du die Altäre dazu benutzen, die Verteidigung der Elfen zu durchbrechen?“, fragte Schicksalshammer.

Gul’dan grinste erneut. „Das überprüfe ich derzeit“, antwortete er. „Ich weiß noch nicht, ob es funktioniert, aber die Altäre wurden aus den Runensteinen der Elfen geschaffen, die ursprünglich vom Sonnenbrunnen mit Energie versorgt wurden. Vielleicht kann ich diese Verbindung in umgekehrter Richtung nutzen, um meine Magie in ihre Energiequelle einfließen zu lassen und sie auf diese Weise zu zerstören ... oder den Elfen zu entreißen.“ Es bedurfte keiner weiteren Worte, um zu wissen, welcher Methode der Hexenmeister den Vorzug gab.

Schicksalshammer missfiel der Gedanke, dass Gul’dan über derart viel Macht verfügen sollte, doch das war immer noch besser, als diese Energie den merkwürdigen Elfen zu überlassen.

„Tu, was du kannst“, sagte er. „Eigentlich ist es zweitrangig, die Stadt einzunehmen. Wir kommen zwar nicht in sie hinein, dafür können die Elfen aber auch nicht aus ihr hinaus.“ Er wandte sich wieder an Zuluhed. „Das gilt auch für die Drachen, aber sie benötigen wir vorrangig, wenn die Allianz noch weitere Krieger in ihrer Hauptstadt hat. Wenn du die Barriere nicht in ein paar Tagen eingerissen hast, dann brich deine Bemühungen ab und entsende deine Drachen zur Horde.“

Er blickte zu Gul'dan hinüber, der sich bereits außer Hörweite befand. „Und stell sicher, dass der Kerl und seine Hexenmeister tatsächlich mitkommen!“

Zuluhed lächelte verschlagen. „Ich werde ihn mitbringen – und wenn ich einem Drachen befehlen müsste, ihn zu fressen und in seinem Bauch zu transportieren!“

Schicksalshammer nickte und verließ den Anführer des Drachenmalklans, damit dieser seine Drachenreiter instruieren konnte. Er selbst musste sich darum kümmern, dass seine Krieger abmarschbereit waren.

Es dauerte zwei Stunden, bis die Horde schließlich loszog. Gul'dan und Cho'gall beobachteten, wie ein Orctrupp nach dem anderen aus Quel'Thalas aufbrach. Sie trampelten über die verkohlten Überreste der Bäume, die den Flammen der Drachen zum Opfer gefallen waren. Ein Drittel des Waldes war niedergebrannt. Überall fanden sich Ruß, Asche und Blätter, die angesengt, jedoch nicht vollständig verbrannt waren.

Die Krieger hatten hier gelagert. Sie fühlten sich hier wohler als unter den übrig gebliebenen Bäumen, auch wenn der Boden mit Rindenstücken, Blättern und Nüssen übersät war. Rußwolken wurden durch die vielen darüberstapfenden Füße aufgewirbelt.

Schicksalshammer marschierte allen voran. Seine Waffe schlug gegen seinen Rücken und seine Beine. Er sah sich nicht um und war froh, dass ihnen keinerlei Gefahr drohte.

Gul'dan wartete, bis der letzte Orc seiner Sicht entschwunden war, bevor er sich an Cho'gall wandte. „Sind wir bereit?“

Die beiden Köpfe des Anführers des Schattenhammerklans zeigten ein breites Grinsen. „Bereit“, antwortete er.

Gul’dan nickte. „Gut. Sag unseren Kriegern, dass wir sofort aufbrechen! Es ist ein langer Weg bis Süderstade. Zuluhed ist mit der Elfenstadt beschäftigt und wird nicht merken, dass wir verschwunden sind, bis es zu spät ist.“

„Was ist, wenn er seine Drachen hinter uns herschickt?“, fragte Cho’gall. Von seiner gewohnten Furchtlosigkeit war bei dem Gedanken daran, dass diese Kreaturen sie jagen könnten, nur noch wenig zu spüren.

„Das wird er nicht“, versicherte Gul’dan dem Oger. „Ohne Schicksalshammers ausdrücklichen Befehl wagt er das nicht. Dazu muss er erst einen Boten hinter dem Rest der Horde herschicken und auf Antwort warten. Bis dahin sind wir schon außerhalb der Reichweite der Drachen. Schicksalshammer kann es sich auch nicht leisten, einen Teil seiner Truppen hinter uns herzuschicken, wenn er die Stadt der Menschen erobern will.“

Seit Wochen hatte er nach einem Weg gesucht, Schicksalshammer loszuwerden und endlich seine eigenen Pläne verfolgen zu können. Und nun hatte ihm der Kriegshäuptling selbst die perfekte Lösung für sein Problem geliefert!

Er hatte erwartet, dass Schicksalshammer darauf bestehen würde, dass Gul’dan die Horde begleitete. Der Widerstand der Elfen hatte ihm jedoch die ideale Ausrede dafür geliefert, hier zurückzubleiben.

„Ich werde nach den Kriegern sehen“, sagte Cho’gall und entfernte sich. Bereits nach wenigen Schritten bellte er die ersten Befehle.

Gul’dan kümmerte sich derweil um seine Ausrüstung. Er freute sich auf den Marsch. Jeder Schritt würde ihn weiter von Schicksalshammer weg- und seiner Bestimmung näherbringen.

Schicksalshammer arbeitete sich den schmalen Pfad entlang, der vor langer Zeit in den Berggipfel geschlagen worden war. Er bewegte sich auf ein kleines Tal zu, das weit unter ihm lag.

Es war dunkle Nacht, und der Rest der Horde lag in tiefem Schlaf.

Er aber musste etwas Dringendes erledigen. Leise kletterte er vorwärts. Seine Stiefel fanden leicht Halt auf dem ausgetretenen Stein. Mit einer Hand hielt er seinen Hammer, damit er nicht gegen seinen Rücken schlug oder gegen die Felswand prallte. Mit der anderen ertastete er den Weg. Der Halbmond spendete ausreichend Licht. Außer dem Summen der Insekten war es vollkommen still in den Bergen.

Er hatte das Tal beinahe erreicht, als er plötzlich ein weiteres Geräusch vernahm. Es hatte den Anschein, als würde sich jemand von der Größe eines Orcs schwerfällig an der gegenüberliegenden Seite des Tales vom dortigen Berghang her nähern.

Schicksalshammer legte sich flach auf den Boden, den Rand des Pfades als Deckung nutzend. Vorsichtig blickte er sich um und wartete, bis das Geräusch lauter wurde. Kurz darauf sah er, wie eine vermummte Gestalt das Tal betrat.

Im Grunde war es weniger ein Tal als eine Nische im Fels, die vielleicht zehn Meter im Durchmesser maß und acht Meter tief war. Steil ragten die Felsen rundherum auf. Sie boten Schutz und gute Möglichkeiten, sich zu verstecken. Wahrscheinlich hatte man die Stelle aus diesem Grund ausgesucht.

Während Schicksalshammer reglos zuschaute, lehnte sich die Gestalt gegen die Felswand, keuchte und streckte sich. „Hallo?“, rief der vermummte Mann leise.

„Ich bin hier“, antwortete Schicksalshammer, erhob sich und trat zwischen den Felsen hervor. Der Fremde keuchte noch immer, als er sich ihm näherte. Schicksalshammer konnte erkennen, dass der Mann ein Langschwert trug, das kunstvoll gearbeitet und absolut makellos war. Er wusste, dass der Fremde es noch nie benutzt hatte. Warum musste er es immer mit Feiglingen, Schwächlingen und Intriganten zu tun haben? Warum nicht mit Kriegern, die direkter und geradeheraus waren, jemand wie der Mann, der die Armee der Allianz bei Quel'Thalas angeführt hatte, oder jener andere, der sie im Hügelland befehligte.

Diese beiden Männer konnte er respektieren. Sie waren Kämpfer, die einem Ehrenkodex folgten, Stärke und Ehre respektierten. Doch solche Männer würden niemals ein Treffen wie dieses vorschlagen.

„S-seid Ihr Fürst Schicksalshammer?“, stammelte der Mann und zuckte leicht vor ihm zurück. „Sprecht Ihr meine Sprache?“

„Ich bin Orgrim Schicksalshammer, Oberhaupt des Schwarzfelsklans und Kriegshäuptling der Horde. Ja, ich spreche deine Sprache“, bestätigte Schicksalshammer. „Und du, Mensch? Hast du mir die Botschaft geschickt?“

„Ja“, antwortete der Mann und zupfte an seiner Kapuze, als wollte er sichergehen, dass sie nur ja sein Gesicht bedeckte. Es war ein feiner Stoff, wie Schicksalshammer sah, und entlang des Saums elegant verziert. „Ich dachte, es sei das Beste, wenn wir uns treffen, bevor etwas ... Unangenehmes passiert.“ Er sprach so langsam, als hätte er ein Kind vor sich.

„Sehr gut.“ Schicksalshammer sah sich um. Er wollte herausfinden, ob der Mensch heimlich einen Verbündeten mitgebracht hatte. Falls dem so war, konnte er ihn weder riechen noch hören. Er musste das Risiko eingehen und annehmen, dass der Mensch tatsächlich allein gekommen war, wie er es in seiner merkwürdigen Botschaft versichert hatte.

„Ich hatte nicht erwartet, dass mich ein Mensch kontaktieren würde“, sagte Schicksalshammer leise und hockte sich hin, um den Mann leichter beobachten zu können. „Vor allem auf diese Art und Weise. Kommuniziert ihr Menschen so? Durch abgerichtete Vögel?“

„Das ist eine unserer Methoden, ja“, antwortete der Mann. „Ich wusste, dass keiner meiner Leute nah genug an Euch herankommen würde, um Euch eine Botschaft zu überbringen, und hatte keine Ahnung, wie ich Euch sonst erreichen sollte. Habt Ihr den Vogel getötet?“

Schicksalshammer nickte und konnte ein Grinsen nicht unterdrücken. Der Mann begann zu schwitzen. „Wir wussten nicht, dass er ein Bote war, bis wir das Pergament fanden, das an sein

Bein gebunden war. Doch da war es schon zu spät. Ich hoffe, du wolltest ihn nicht zurückhaben."

Sein Gegenüber wedelte mit seiner schlanken, behandschuhten Hand, einer Entschuldigung Schicksalshammer zuvorkommend. Die Hand zitterte leicht, doch die Stimme des Mannes klang ruhig und beherrscht. „Es war nur ein Vogel", sagte er. „Ich bin daran interessiert, eine größere Zahl von bedauerlichen Todesfällen zu verhindern."

Schicksalshammer nickte. „Das stand in deiner Botschaft. Was willst du von mir?"

„Eine Zusicherung", antwortete der Mann.

„Welcher Art?"

„Ich möchte Euer Wort als Krieger und Anführer, dass Ihr Eure Soldaten von uns fernhaltet. Kein Töten, Plündern, Schleifen oder etwas Derartiges hier in den Bergen. Lasst unsere Städte und Dörfer unbehelligt und unsere Leute unversehrt."

Schicksalshammer überdachte das Gehörte und strich über den Kopf seines Hammers. „Was bekommen wir dafür?"

Jetzt lächelte der Mann – ein kaltes Lächeln, das Freundlichkeit vortäuschen sollte. „Freien Durchzug", antwortete er langsam und ließ die beiden Worte in der Nachtluft schweben.

„Ach?" Schicksalshammer neigte seinen Kopf und deutete dem Mann an, er solle fortzufahren.

„Ihr und Eure Krieger wollt durch diese Berge, um in Lordaeron einzumarschieren", führte der Mann aus. „Die Berge sind gefährlich, und jemand, der sich hier auskennt, kann leicht eine große Übermacht bekämpfen. Eure Horde würde wahrscheinlich den Sieg davontragen, doch nur unter großen Verlusten. Ihr wärt für Euren Kampf gegen Lordaeron deutlich geschwächt." Er lächelte wieder und lehnte sich gegen den Fels, sichtlich zufrieden mit der Entwicklung des Gesprächs. „Ich kann sicherstellen, dass die Verteidiger dieser Region sich von Euch fernhalten und Euch zeigen, welche Wege Ihr nehmen müsst, um schneller voranzukommen. Eure Horde kann rasch und sicher unsere Heimat durchqueren."

Schicksalshammer überlegte. „Du willst also den Weg für uns ebnen“, sagte er laut, „wenn wir dein Land und deine Leute unangetastet lassen?“

Der Mann nickte. „Richtig.“

Schicksalshammer stand auf und trat vor, bis er nur noch einen Schritt von dem Menschen entfernt war. Aus der Nähe konnte er vage die Gesichtszüge unter der Kapuze erkennen. Sie waren verschlagen und berechnend, trotz der offensichtlichen Gefahr. Der Mann erinnerte ihn ein wenig an Gul'dan: clever und stets auf seinen Vorteil bedacht, doch zu feige, um eine überlegene Macht zu betrügen.

„Sehr gut“, sagte er schließlich. „Ich bin einverstanden. Zeig mir den schnellsten Weg durch diese Berge, und ich werde meinen Kriegern verbieten, euch anzurühren. Wenn wir das besagte Gebiet erobern, stehst du in diesen Bergen unter meinem Schutz. Du und die Deinen, ihr seid dann in Sicherheit.“

„Ausgezeichnet.“ Der vermummte Mann lächelte und klatschte wie ein Kind freudig in die Hände. „Ich wusste, dass man vernünftig mit Euch reden kann.“ Er zog ein zusammengerolltes Pergament aus seinem Gürtel und reichte es Schicksalshammer. „Hier ist eine Karte dieser Region“, erklärte er. „Ich habe dieses Tal markiert, damit Ihr Euch leichter orientieren könnt.“

Schicksalshammer entrollte die Karte und studierte sie. „Ja, das ist leicht verständlich“, sagte er einen Moment später.

„Gut.“ Der Mann musterte ihn. „Ich gehe jetzt zurück zu meinen Leuten ...“, sagte er nach einer kurzen Pause.

Schicksalshammer nickte, schwieg jedoch. Der Mann wartete noch einen Moment, wandte sich dann ab und entfernte sich rasch. Geduckt ging er zwischen den Felsen durch und vorsichtig den Weg hinunter.

Einen Moment lang dachte Schicksalshammer daran, ihm nachzugehen. Ein einziger Schlag würde das Leben des Mannes auslöschen. Die Karte hatte er ja schon. Doch das wäre unehrenhaft gewesen, und er missbilligte das mangelnde Ehrgefühl in seinem Volk. Früher, auf Draenor, waren sie edler Natur gewesen, doch Gul'dans Verrat hatte alles verändert. Die Orcs waren nicht nur blutrünstig geworden, sondern es hatte sich auch manches andere zum Schlechten gewendet.

Schicksalshammer war entschlossen, den Stolz und die Ehre seines Volkes wiederherzustellen. Das bedeutete, dass er einem strikten Kodex folgen musste. Der Mensch hatte in gutem Glauben gehandelt, und Schicksalshammer würde dieses Vertrauen nicht missbrauchen. Er würde dem Pfad folgen, den der Mann markiert hatte. Wenn er sich als Abkürzung erwies und die Menschen sich ihnen tatsächlich nicht in den Weg stellten, würde er seinen Teil des Abkommens einhalten.

Kopfschüttelnd rollte Schicksalshammer die Karte wieder zusammen und schob sie hinter seinen Gürtel. Auf dem Pfad, auf dem er gekommen war, ging er wieder zurück zum Lager der Horde. Dort würde er seine Offiziere zusammenrufen und ihnen erklären, wie sie die Berge am schnellsten überwinden konnten.

„Ihr habt uns gerufen, Euer Majestät?" General Hath, der Oberkommandierende der Streitkräfte Alteracs, stand in der halb geöffneten Tür zum Kartenraum. Perenolde bemerkte, dass die anderen Armeebefehlshaber hinter dem stämmigen General Aufstellung genommen hatten.

„Ja, tretet ein", sagte Perenolde und versuchte, möglichst gelassen zu klingen. „Ich habe gerade neue Nachrichten über die Horde und ihre Truppenbewegungen erhalten."

Er sah, wie Hath und einige andere sich rasche Blicke zuwarfen, doch sie schwiegen, während sie ihm zu der Teppichkarte folgten, die Alterac darstellte. Die Städte und Forts waren aus silbernem Garn gewirkt, und goldene Fäden symbolisierten das Schloss.

„Ich habe erfahren", begann Perenolde, „dass die Horde tatsächlich auf dem Weg hierher ist." Mehrere Offiziere schnappten hörbar nach Luft. „Sie will offensichtlich in Lordaeron einmarschieren und hat sich für den Weg über die Berge entschieden, um die Hauptstadt von Norden her zu erreichen."

„Wie weit ist sie noch entfernt?", fragte Oberst Kavdan. „Aus wie vielen Kriegern besteht die Horde? Welche Waffen führen sie mit sich?"

Mehrere Offiziere murmelten zustimmend.

Perenolde hob eine Hand, und die Männer verstummten augenblicklich. „Ich weiß nicht, wie weit entfernt die Orcs jetzt sind", antwortete er. „Ich vermute, einen Tagesmarsch, vielleicht zwei, auf keinen Fall mehr. Auch kenne ich die Anzahl der Krieger nicht, doch allen bisherigen Berichten zufolge handelt es sich um eine riesige Streitmacht." Er lächelte dünn. „Das ist jedoch nicht länger von Bedeutung für uns."

General Hath richtete sich auf. „Nicht von Bedeutung für uns, Euer Majestät?", fragte er aufgebracht. Sein hastiger Atem ließ seinen dicken grauen Schnurrbart flattern. „Wir sind Teil der Allianz und haben uns verpflichtet, die Horde zu bekämpfen."

„Die Situation hat sich verändert", informierte ihn Perenolde, der bemerkte, dass sein Schweißausbruch den Offizieren nicht entging. „Ich habe unsere Möglichkeiten neu bewertet und entschieden, dass wir uns in diesem Konflikt neu ausrichten. Alterac gehört mit sofortiger Wirkung nicht mehr der Allianz an." Er atmete tief durch. „Glaubt mir, so sind wir weitaus besser dran."

Sämtliche Offiziere blickten ihn überrascht an. „Wie meint Ihr das, Euer Majestät?", fragte Kavdan.

„Ich habe einen Nichtangriffspakt mit der Horde geschlossen", antwortete Perenolde. „Wir hindern die Orcs nicht daran, durch unsere Berge zu ziehen, und dafür lassen sie Alterac in Ruhe."

Seine Offiziere schienen betroffen, einige sogar wütend.

„Ihr lasst uns mit den Orcs konspirieren, Euer Majestät?", fragte Hath empört.

„Ja, das tue ich!", schnappte Perenolde und verlor die Geduld. „Ich will doch nichts anderes, als dass wir überleben!" Zorn und Panik erfassten ihn. „Wisst ihr überhaupt, mit wem wir es da zu tun bekommen? Mit der Horde, und zwar der *ganzen* Horde! Sie wird durch diese Berge ziehen, durch unsere Heimat! Hat jemand eine Ahnung, wie viele das sind? Tausende! Zehntausende!“

Hath nickte widerwillig, ebenso wie einige seiner Kollegen. Sie hatten dieselben Berichte gelesen wie er.

„Kennt jemand diese Orcs? *Ich* habe einen gesehen. Er stand nicht weiter von mir entfernt, als Ihr es jetzt seid. Sie sind riesig, beinahe so groß wie Trolle und doppelt so breit! Starke Muskeln, große Hauer und Reißzähne. Jener Orc trug einen Hammer, den drei Mann nicht heben könnten, und er wirbelte damit herum, als wäre er ein Kinderspielzeug! Niemand kann *dagegen* bestehen. Sie töten uns alle, versteht Ihr denn nicht? Die Orcs haben bereits Sturmwind zerstört, und Alterac wäre als Nächstes dran.“

„Aber die Allianz …“, begann Hath noch einmal, ehe er unterbrochen wurde.

Perenolde lachte bitter. „Was ist mit der Allianz?“, wollte er wissen. „Wo ist sie denn gerade? Nicht hier jedenfalls, so viel kann ich Euch sagen! Wir haben die Allianz gebildet, um unsere Königreiche zu beschützen gegen genau diese Art von Angriffen. Und hier stehen wir nun mit der Horde im Nacken, und wo, bitte schön, ist die famose Allianz? Sie lässt uns im Stich! Seht Ihr das denn nicht?“ Perenolde merkte, dass seine Stimme einen beinahe hysterischen Klang annahm, und gab sich Mühe, sich wieder unter Kontrolle zu bekommen. „Jetzt muss jedes Königreich für sich selbst sorgen“, sagte er, so ruhig er konnte. „Ich muss vor allem an Alterac denken. Die anderen Könige würden dasselbe tun.“

„Ja, aber diese animalischen …“, setzte Trand, ein anderer Offizier, an.

„Diese Kreaturen sind monströs und tödlich, ja“, schnitt ihm Perenolde das Wort ab. „Aber sie sind Argumenten der Vernunft durchaus zugänglich. Ich habe mich mit ihrem Anführer getroffen. Er sprach unsere Sprache. Der Kriegshäuptling der Horde hörte mir zu und versprach, uns in Frieden zu lassen, wenn wir seine Truppen auf ihrem Marsch nicht behindern.“

„Können wir … können wir ihm denn vertrauen?“, wollte ein junger Offizier namens Verand wissen.

Perenolde seufzte, als er sah, dass einige andere Offiziere zustimmend nickten. Wenn seine Offiziere solche Fragen stellten, dann hatten sie insgeheim bereits akzeptiert, dass ein solch ungewöhnliches Abkommen erforderlich war. Jetzt sorgten sie sich nur noch darum, ob dieses angestrebte Bündnis auch halten würde.

„Wir haben keine andere Chance“, erwiderte er langsam. „Sie können uns jederzeit zerquetschen. Wenn die Orcs uns hintergehen, sind wir erledigt. Aber wenn sie ihr Wort halten, und ich denke, das werden sie, wird Alterac überleben. Ganz egal, um welchen Preis.“

„Ich mag diesen Plan immer noch nicht“, antwortete Hath stur. „Wir haben den anderen Nationen unser Wort gegeben.“

Trotz dieses Einwands spürte Perenolde, dass der General die Situation überdachte und sehr wohl erkannte, dass in einem Stillhalteabkommen tatsächlich ihre einzige Hoffnung auf Überleben liegen mochte.

„Ihr müsst es nicht mögen“, antwortete Perenolde scharf. „Ihr müsst lediglich gehorchen. Ich bin der König, und ich treffe die Entscheidungen. Ihr habt mir Treue geschworen, und Ihr werdet diesen Schwur nicht brechen.“

Er wusste, dass innere Überzeugungen nicht auf Befehl zustande kamen, aber er hoffte, dass sie ihm zumindest so lange folgen würden, bis die unmittelbare Gefahr vorüber war.

Hath musterte ihn einen Moment lang. „Wie Ihr wünscht, Euer Majestät“, sagte er schließlich. „Ich werde gehorchen.“

Die anderen Männer nickten.

Perenolde lächelte. „Gut. Was die Allianz angeht, werde ich alle sich daraus ergebenden Konsequenzen persönlich tragen.“ Er wandte sich erneut der Karte zu. „Nun denn, die Horde wird hier, hier und hier entlangziehen.“ Er zeigte auf die südlichen Pässe. Im Stillen ärgerte er sich, dass seine Hand leicht zitterte. „Wir werden diese Pässe ungesichert lassen, und die Horde wird weiterziehen. So werden wir mit keinem einzigen Orc zusammenstoßen."

Hath studierte die Karte. „Offensichtlich wollen die Orcs Lordaeron von Norden her angreifen", sagte er und zog eine imaginäre Linie vom Kartenrand bis zu der Stelle, wo die Stadt gelegen hätte, wäre sie auf der Karte eingezeichnet gewesen. „Ich würde nicht von dort kommen, aber ich verfüge auch nicht über die Übermacht der Orcs ... oder ihre Arroganz." Er wandte sich Perenolde zu und stellte kühl fest: „Es könnte sein, dass die Männer da nicht mitmachen, Euer Majestät. Sie könnten annehmen, sie würden damit ihren Eid brechen oder gar Schlimmeres." Sein Tonfall ließ keinerlei Zweifel daran aufkommen, dass er, was das anging, derselben Meinung war. „Wenn sie revoltieren, können wir sie nicht davon abhalten."

Perenolde überlegte kurz. „Sehr gut", sagte er schließlich. „Dann sagt den Männern, dass die Horde die drei nördlichen Pässe nehmen wird. Wenn sie wissen wollen, woher Ihr diese Information habt, erklärt Ihnen, unsere Kundschafter und Spione hätten sie unter Einsatz ihres Lebens erlangt." Er nickte, stolz auf seine Intelligenz. „Das sollte jedermann im Zaume halten."

Hath nickte brüskiert. „Ich werde unsere Männer sofort dort stationieren, Euer Majestät", versprach er.

„Tut das." Perenolde schenkte dem General das wärmste Lächeln, das er zustande brachte, um ihm zu zeigen, dass alles vergeben und vergessen war. „Nun sollten wir das Erforderliche in die Wege leiten. Wir wollen doch nicht riskieren, dass die Orcs bereits eintreffen, während unsere Truppen noch unterwegs sind."

Die Offiziere salutierten und verließen den Kartenraum – alle außer Hath.

„Ist noch etwas, General?", fragte Perenolde. Die Müdigkeit in seiner Stimme musste er nicht vortäuschen.

„Ein Bote der Allianz ist soeben eingetroffen", antwortete der General. „Er kam, als ihr ... schlieft." Haths Blick fiel kurz auf den Umhang, der auf einem Stuhl in der Ecke lag. Sein Blick sagte deutlich, dass er von Perenoldes nächtlichem Ausflug wusste. „Er wartet draußen."

„Dann lasst ihn sofort ein", antwortete Perenolde, der zu dem Stuhl ging, den Umhang ergriff und sich überwarf. „Habt Ihr schon mit ihm gesprochen?"

„Ich weiß nur, wer ihn hergeschickt hat", versicherte ihm Hath, „und nahm an, dass Ihr seine Nachricht so schnell wie möglich hören wollt." Der General war schon fast an der Tür des Kartenraums, als er das sagte. Einen Atemzug später winkte er den Boten herein, der draußen wartete.

Ein junger Mann in verschmutzter Lederkleidung betrat den Kartenraum und schaute nervös zu Boden.

„Euer Majestät", sagte er und sah kurz auf ... und rasch wieder zu Boden. „Ich überbringe Euch Grüße und eine Nachricht von Fürst Anduin Lothar, dem Anführer der Streitkräfte der Allianz."

Perenolde nickte und durchquerte den Raum, bis er neben dem Boten stand. „Danke, General, das wäre dann alles für den Augenblick", sagte er an Hath gewandt, der augenblicklich den Raum verließ und die Tür lautlos hinter sich schloss. „Nun, junger Mann", wandte Perenolde sich wieder dem Boten zu, „wie lautet die Botschaft für mich?"

„Fürst Lothar möchte, dass Ihr Eure Truppen nach Lordaeron führt. Die Horde wird wahrscheinlich die dortige Stadt angreifen, und Eure Streitkräfte werden für ihre Verteidigung benötigt."

„Ich verstehe", nickte Perenolde und rieb sich das Kinn. Er legte einen Arm um die Schulter des Boten. „Erwartet er, dass Ihr ihm nach Eurer Rückkehr Bericht erstattet?", fragte er.

Der Bote nickte.

„Ich verstehe", sagte Perenolde wieder. „Es ist eine Schande." Er wandte sich dem jungen Mann zu, den er nun fest im Arm hielt. Ruckartig zog er ihn zu sich heran und stach mit einem Dolch zu, den er in der anderen Hand hielt. Die Klinge glitt zwischen die Rippen und drang in das Herz des jungen Boten ein. Er zuckte mehrmals, und Blut quoll aus seinem Mund. Nach wenigen Sekunden brach er zusammen. Perenolde fing den Toten auf, bevor er zu Boden stürzte.

„Es wäre mir lieber gewesen, die Botschaft wäre schriftlich übersandt worden“, sagte Perenolde sanft zu dem Toten, während er seinen Dolch an dem Leichnam abwischte und in die verborgene Tasche in seinem Gewand zurücksteckte. Er schleifte die Leiche quer durch den Raum bis zum Müllschacht in der Ecke und warf sie dort hinein. Er hörte die dumpfen Laute, als der Tote auf dem Weg nach unten gegen die Wände schlug. Dann legte er den blutbespritzten Umhang ab und warf ihn ebenfalls in den Müllschacht.

Eine Schande! Er hatte die kunstvollen Verzierungen an dem Kleidungsstück sehr gemocht.

Nachdem er eine Minute lang gewartet hatte, zog Perenolde das Tuch über dem Müllschacht wieder zu und begab sich zurück in die Mitte des Raumes. Falls Hath noch draußen wartete, würde er ihm sagen, dass der Bote ihn eiligst hatte verlassen müssen und er ihm erlaubt hatte, seinen Privatausgang zu benutzen. Ansonsten würde er den General beim nächsten Wiedersehen kurz darüber informieren, dass der junge Mann zur Allianz zurückgekehrt sei. Wenn er nach dem Inhalt der Botschaft gefragt wurde, würde er ausweichend antworten.

Perenolde lächelte, wusste er doch, dass kein Orc ihre Verteidigung durchbrechen würde. Solange aus der Verteidigung kein Angriff wurde …

Bradok zerrte an den Zügeln, jedoch nicht aus Furcht. Die hatte er bereits hinter sich gelassen, als sein Drache abgehoben und ihn hoch in die Lüfte getragen hatte.

Es war unglaublich gewesen, durch die Wolken zu stoßen. Bradok, der bis dahin ein zwar pflichtbewusster, aber auch stets unzufriedener Krieger gewesen war, hatte plötzlich das wahre Glück entdeckt.

Er war dazu bestimmt, durch den Himmel zu segeln. Sein großer roter Drache schlug mit den Flügeln, und der Wind fuhr ihm durchs Haar. Er erinnerte sich an die Erregung, die er empfunden hatte, als er das erste Mal sah, wie die Flammen aus dem Maul des Drachen zischten. Er hatte miterlebt, wie die Bäume regelrecht zerplatzten, als sie von der plötzlichen Hitze getroffen wurden.

Als er nach unten schaute, sah er einen silbernen Streifen in all dem Grün und Braun dieser üppigen Welt. Das war das Meer, das sie überquert hatten, nachdem sie jenes andere Königreich in Schutt und Asche gelegt hatten.

Mit seinen Absätzen trat er dem Drachen in die Flanken und zeigte ihm so an, er solle tiefer gehen. Der Drache gehorchte, faltete seine Schwingen zusammen und schoss in einem berauschenden Sturzflug in die Tiefe.

Die See wurde immer größer und erstreckte sich jetzt bereits bis zum Horizont. Dort, wo das Meer auf die Küste traf, konnte Bradok mehrere dunkle Umrisse erkennen. Das mussten die Schiffe sein, mit denen die Horde von dem anderen Kontinent zu diesem gelangt war.

Bradok hasste Schiffe und hatte im Großen und Ganzen nicht viel für Wasser übrig. Die Luft hingegen war etwas Wunderbares.

Er befahl seinem Drachen, den beinahe freien Fall abzubremsen, und überflog die Schiffe. Die armen Orcs saßen auf ihren Bänken und mühten sich mit den langen Rudern ab, die das Boot vorwärtstrieben. Ein Oger stand auf jedem Schiff und gab den Takt mit einer großen Trommel vor.

Bradok machte eine Pause und ließ seinen Drachen eine Kehre für einen erneuten Überflug beschreiben. Ja, er hatte beim ersten Mal richtig gesehen: Die Schiffe fuhren auf das Meer hinaus.

Aber sie sollten doch hier ausharren, für den Fall, dass die Horde sie erneut brauchte. Warum hatten sie nun dennoch abgelegt?

Bradok sah sich um und erspähte eine vertraute Gestalt auf dem führenden Boot. Es war Gul'dan, der Hexenmeister. Früher hatte Bradok ihn gefürchtet, doch das war jetzt vorbei, denn jetzt war er ein Drachenreiter. Wovor sollte er noch Angst haben?

Er lenkte seinen Drachen zu Gul'dans Schiff. Der Hexenmeister wandte sich ihm zu, als er ihn bemerkte.

„Warum habt ihr abgelegt?", rief Bradok und winkte mit seinem freien Arm, während sein Drache sich der Geschwindigkeit des Schiffes anpasste.

Der Hexenmeister blickte irritiert und hielt in seiner Verwirrung beide Hände fragend in die Höhe.

Bradok steuerte seinen Drachen näher heran. „Du musst wenden! Die Horde ist in Lordaeron, nicht jenseits des Meeres!", rief er.

Gul'dan machte ihm durch Gesten begreiflich, dass er ihn nicht verstand. Daraufhin lenkte Bradok seinen Drachen beinahe bis zur Spitze des Bootes und war damit keine fünf Schritte mehr von dem Hexenmeister entfernt. „Ich sagte – "

Plötzlich schossen Gul'dans Hände vor, und ein grüner Strahl traf Bradok mitten in die Brust. Er empfand einen starken Schmerz und spürte, wie seine Lunge sich zusammenzog und sein Herz zu rasen begann. Kurz darauf schnappte er nach Luft, als die beiden Organe zeitgleich ihre Funktion einstellten.

Die Welt wurde dunkel. Bradok kippte aus dem Sattel und stürzte knapp neben dem Schiff in die Wellen. Sein letzter Gedanke war, dass er immerhin einmal hatte fliegen dürfen.

Gul'dan lachte höhnisch, als er den Körper des Drachenreiters im Wasser verschwinden sah. Er hatte diesen Narren näher heranlocken müssen, um seine Magie zur Entfaltung bringen zu können. Zudem musste er schnell genug handeln, damit der Kerl sich ihm nicht widersetzen konnte.

Er war besorgt, wie der Drache reagieren würde, nachdem sein Reiter umgekommen war, und beobachtete misstrauisch, wie die rote Bestie aufstieg, ihren Kopf zurückwarf und einen wilden Schrei ausstieß.

Doch dann schlug sie mit den Flügeln und schoss in den Himmel davon. Gul'dan schaute dem Drachen lange genug nach, um sicher sein zu können, dass er nicht wendete und einen neuen Angriff startete.

Schließlich wandte er den Blick ab und betrachtete den Bug des Schiffes. So entging ihm die zweite Gestalt, die hoch über ihm kreiste.

Torgus war mit Bradok um die Wette geflogen, bevor sein Freund die Schiffe erspäht hatte. Er hatte alles beobachtet. Nun wendete er seinen Drachen und jagte zurück nach Quel'Thalas.

Zuluhed würde wissen wollen, was geschehen war, und Torgus vermutete, dass er von ihm ausgeschickt würde, um dem Rest der Horde und vielleicht sogar Schicksalshammer persönlich Bericht zu erstatten.

Die Pässe waren völlig verlassen, und Schicksalshammer führte seine Krieger so rasch wie möglich über sie hinweg. Er war davon ausgegangen, dass der vermummte Fremde sein Wort halten würde, und war froh, dass seine Annahme sich bewahrheitete. Doch der Weg war noch immer voller Gefahren. Die schmalen Pfade zwischen den Felshängen ließen sich mit einer Handvoll Krieger kontrollieren. Wenn sich erst einmal einige Leichen auftürmten, wurde ein weiteres Fortkommen unmöglich.

Nicht zuletzt deshalb trieb er seine Truppen unermüdlich an. Wenn sie nur endlich die kalte Bergregion hinter sich brachten!

Es dauerte zwei volle Tage, die schneebedeckten Berge zu überqueren und in die Täler auf der anderen Seite hinabzusteigen. Während dieser Zeit sahen die Orcs keinen einzigen Menschen. Einige der Krieger beklagten sich, dass sie keine Gelegenheit bekamen, jemanden zu töten, doch ihre Häuptlinge versicherten ihnen, dass sie dazu noch mehr als genügend Gelegenheiten erhalten würden.

Am zweiten Tag stürmten die ersten Reihen der Horde die Berge hinab. Wie stets führte Schicksalshammer sie an. Nach einiger Zeit blieb er stehen, um den Anblick der Landschaft zu genießen, die sich vor ihm ausbreitete.

Jenseits der Hügel erstreckte sich ein riesiger See. Sein Wasser glitzerte silbern im frühen Morgenlicht. Auf der anderen Seite dieses Sees erhob sich eine majestätische Bergkette in den Himmel.

Die Berge, die die Orcs gerade überquert hatten, waren ähnlich gewesen und verliefen in nordöstlicher Richtung. Die Gipfel auf der anderen Seite des Sees formten eine Kette, die sich nach Nordwesten hin erstreckte, und zusammen bildeten die beiden Bergketten ein riesiges V mit dem See in seinem Zentrum. Auf der nördlichen Seite lag eine majestätische und offensichtlich bestens befestigte Stadt.

„Die Hauptstadt!" Schicksalshammer betrachtete sie eine Weile. Schließlich hob er seinen Hammer mit beiden Händen hoch über seinen Kopf und stieß einen Kriegsruf aus.

Die Kämpfer der Horde nahmen diesen Ruf sofort willig auf, und bald schon hallte von den Hügeln ringsum ihre Wut, ihre Freude und ihr Blutdurst wider.

Schicksalshammer lachte. Die Stadt sollte ruhig wissen, dass er und seine Leute hier waren. Dieses Gebrüll würde ihre Bewohner erzittern lassen, und die Horde würde über sie kommen, noch bevor sie sich von dem Schrecken erholt hatten.

„Auf zur Stadt!", rief er und hob seinen Hammer erneut. „Wir werden sie zerstören – und damit das Herz des Widerstandes! Vorwärts, Krieger! Lasst uns den Kampf zu ihnen tragen, noch während ihnen unser Kriegsruf in den Ohren schallt!"

Schicksalshammer stürmte vorwärts, den Blick unverwandt auf die schwer befestigte Stadt gerichtet.

SECHZEHN

„Sire! Sire! Die Orcs greifen an!"

König Terenas blickte erschrocken auf, als Morev, der wachhabende Offizier, in den Thronsaal stürzte. „Was?" Er erhob sich, ignorierte die panischen Ausrufe der Adligen und Gemeinen, die zu einer Audienz erschienen waren, und winkte den Offizier zu sich. „Die Orcs? Hier?"

„Ja, Sire", antwortete der Mann. Morev war ein erfahrener Veteran, den Terenas seit seiner frühesten Jugend kannte. Es war erschreckend, ihn kreidebleich und vor Angst schlotternd zu sehen. „Die Orcs müssen über die Berge gekommen sein. Sie marschieren in diesem Moment auf der anderen Seite des Sees auf die Stadt zu."

Terenas eilte an den Kommandeuren vorbei und rannte aus dem Thronsaal. Rasch durchquerte er die Halle und hastete eine kleine Treppe hinauf zum nächstliegenden Balkon, der sich an der Außenwand des Malzimmers seiner Gattin befand. Lianne hielt sich dort mit ihrer Tochter Calia und ihren Hofdamen auf. Sie schauten überrascht auf, als er an ihnen, Morev im Gefolge, vorbeieilte.

Terenas riss die Tür auf, trat auf den Balkon hinaus ... und blieb wie gebannt stehen. Normalerweise hatte man von hier aus einen atemberaubenden Blick auf die Berge und den See. Das war auch heute nicht anders. Doch der grüne Streifen, der zwischen dem Wasser und den Bergen lag, war nun schwarz vor Orcs.

Der König sah, wie sie sich bewegten. Die Horde war wahrhaftig eingetroffen!

„Wie konnte das geschehen?“, wollte er von Morev wissen, der ebenfalls auf den Balkon hinausgetreten war und sich das Spektakel mit weit offen stehendem Mund ansah. „Die Horde ist offensichtlich über Alterac gekommen. Warum hat Perenolde sie nicht aufgehalten?“

„Sie müssen ihn ausgeschaltet haben, Sire“, antwortete Morev. Seine Meinung von dem König Alteracs und seinen Soldaten war nicht die beste.

„Die Bergpässe sind schmal, und ein fähiger Trupp hätte die Horde leicht aufhalten können – aber nicht, wenn die Soldaten den Befehlen eines Narren gehorchen müssen.“

Terenas runzelte die Stirn und schüttelte den Kopf. Er teilte Morevs Ansichten, hatte er Perenolde doch nie ausstehen können. Der Herrscher von Alterac war selbstsüchtig und durchtrieben. Aber Hath, Perenoldes General, war ein fähiger Kommandeur und hervorragender Krieger. Er war in der Lage, eine solide Verteidigung aufzubauen. Wenn Perenolde ihm dies jedoch *verbot*, würde Hath gehorchen müssen.

„Schickt einen Boten nach Alterac“, sagte er schließlich, „und einen weiteren zur Armee der Allianz! Lasst sie wissen, wie es um uns steht! Wir werden später herausfinden, was geschehen ist“, befahl Terenas, verschwieg jedoch wohlweislich, dass seine Entscheidung ihr Überleben voraussetzte. „Wir haben jetzt Wichtigeres zu tun. Zieht die Wachen zusammen, schlagt Alarm und holt jedermann hinter die Tore.“ Er spähte erneut über den See, wo sich die finstere Orc-Horde bereits am Ufer entlangzog.

Nein, viel Zeit blieb ihnen wahrlich nicht mehr.

Brieftauben wurden zu den anderen Anführern der Allianz und zur letzten bekannten Position der Armee im Zwergenkönigreich entsandt.

Eine dieser Tauben war geradewegs nach Stromgarde geflogen. Die kleine Pergamentrolle, die man ihr um ihr Bein gebunden hatte, wurde sofort zu Thoras Trollbann gebracht, dem bärbeißigen Herrscher.

„Was?", rief er, als er die Botschaft gelesen hatte. Er warf seinen schweren hölzernen Bierkrug, aus dem er eben noch einen kräftigen Schluck genommen hatte, an die gegenüberliegende Wand, wo er mit einem lauten Krachen zerbarst. Bier lief an der Wand hinab, und Holzsplitter flogen durch den Raum. „Dieser Dummkopf! Warum hat er die Bande denn durchgelassen?"

Trollbann mochte Perenolde nicht. Nicht nur, weil sie als Nachbarn des Öfteren wegen des Grenzverlaufs zwischen ihren Ländern aneinandergeraten waren, sondern weil er ihn einfach nicht ausstehen konnte. Er war ihm zu glatt und zu unehrlich.

Doch selbst ein arroganter, eitler Schnösel wie Perenolde hätte die heranrückende Armee aufhalten können! Möglicherweise wäre ihr Vormarsch nicht vollständig zum Erliegen gekommen, wenn die Horde wirklich so zahlreich war, wie Lothar behauptete und wie ein Bericht es bestätigt hatte, aber Alterac hätte sie zumindest zeitweise aufhalten und ihr schwere Verluste zufügen müssen. Außerdem hätte Lordaeron rechtzeitig gewarnt werden müssen …

Doch jetzt war es zu spät. Die Orcs befanden sich bereits am See. Terenas konnte nicht viel mehr tun, als die Stadttore zu schließen und darauf zu hoffen, den ersten Ansturm der Horde lebend zu überstehen.

Wütend erhob Trollbann sich. Er ging auf und ab, die Botschaft immer noch in seiner Hand haltend. Er wollte seinem Freund zu Hilfe eilen, war sich jedoch nicht sicher, ob das wirklich die bestmögliche Vorgehensweise war. Terenas war ein ausgezeichneter Stratege, und seine Krieger gehörten zu den besten des Landes. Die Tore und Mauern der Hauptstadt waren massiv und widerstandsfähig.

Trollbann war fest davon überzeugt, dass Lordaeron der ersten Angriffswelle standhalten konnte. Nichtsdestotrotz drohte die Gefahr, dass die Horde die Hauptstadt einfach überrannte.

„Verdammter Bastard!" Trollbann schlug mit seiner Faust gegen die Lehne seines schweren Stuhls. „Perenolde hätte sie aufhalten müssen! Er hätte uns zumindest warnen müssen! Nicht einmal er kann so unfähig sein ..."

Plötzlich kam ihm ein böser Verdacht. Perenolde war nie ein großer Anhänger der Allianz gewesen. Er und Graumarn waren die Einzigen gewesen, die sich nicht uneingeschränkt für den Bund ausgesprochen hatten. Er dachte an das Treffen mit Lothar, Terenas und den anderen in der Hauptstadt zurück.

Graumarn hatte geprahlt, Gilneas würde jedermann umbringen, der dumm genug war, dort einzumarschieren.

Perenolde hingegen verabscheute Kämpfe. Trollbann hatte seinen Nachbarn schon seit jeher für einen Feigling und Tyrannen gehalten, der nur dann zum Kampf bereit war, wenn er sicher wusste, dass er den Sieg davontragen würde. Ein Risiko einzugehen hatte er stets vermieden. Und es war Perenolde gewesen, der die Aufnahme von Verhandlungen mit dem Feind vorgeschlagen hatte.

„Dieser Narr! Dieser verräterische kleine Bastard!" Trollbann trat so fest gegen seinen Stuhl, dass dieser quer durch den Raum geschleudert wurde.

Er hatte es getan – oder nicht? Er hatte mit der Horde verhandelt!

Trollbann wusste, dass er recht hatte. Perenolde interessierte das Wohlergehen anderer nicht. Ihm ging es immer nur um sich selbst. Er würde jederzeit einen Handel mit den Dämonen eingehen, wenn es ihm und seinem Land einen Vorteil einbrachte.

Es passte alles zusammen. So war die Horde durch die Berge gelangt, ohne Alarm auszulösen, und das war auch der Grund, warum Perenolde nicht geantwortet und niemanden gewarnt hatte. Er hatte sie unbehelligt passieren lassen – wahrscheinlich im Gegenzug für die Gewährung einiger Privilegien für die Zeit nach dem Krieg.

„Waaah!“ Wütend riss Trollbann seine Axt aus der Halterung und trieb die Klinge tief in den Tisch vor sich. Er zerschmetterte ihn mit einem einzigen Hieb. „Ich werde ihn töten“, brüllte er.

Seine Krieger und die Adligen zuckten zusammen, und Trollbann erinnerte sich daran, dass er nicht allein war und seine persönliche Rache warten musste. Der Krieg hatte Vorrang.

„Ruft die Truppen zusammen!“, instruierte er seine aufgeschreckten Wachen. „Wir ziehen nach Alterac.“

„Aber, Sire“, antwortete der Hauptmann der Wache, „wir haben bereits die Hälfte unserer Soldaten mit der Armee der Allianz ausgeschickt!“

Trollbann runzelte die Stirn. „Gut, daran kann man nichts ändern. Nehmt jeden, den Ihr finden könnt!“

„Eilen wir Alterac zu Hilfe, Sire?“, fragte einer der Adligen.

„Gewissermaßen“, antwortete Trollbann, der seine Axt wieder zurücksteckte und den Mann angrinste. „Gewissermaßen.“

Anduin Lothar schob sein Visier zurück und blickte sich um. Mit dem Handrücken wischte er sich den Dreck und den Schweiß aus den Augen, während er sein Schwert über den Körper eines gefallenen Orcs zog und so die Klinge vom Blut reinigte.

„War das der Letzte?“, fragte einer der Soldaten.

„Ich weiß es nicht“, antwortete Lothar ehrlich und betrachtete die Bäume. „Ich hoffe es, aber ich würde mich nicht darauf verlassen.“

„Wie viele sind denn hier?“, wollte ein anderer Soldat wissen. Er zog seine Axt aus der Leiche eines Orcs, die zu seinen Füßen lag.

Die kleine Lichtung war übersät mit Toten, und nicht alle waren Orcs. Es war eine hässliche kleine Schlacht gewesen. Da die Äste sehr niedrig hingen, hatten die Wildhammerzwerge ihre Greife nicht einsetzen können. Also hatten Lothar und seine Männer sich allein um die Feinde kümmern müssen. Sie hatten den Kampf zwar gewonnen, jedoch nur, weil diese kleine Gruppe Orcs sich von ihrem Hauptverband weit entfernt hatte.

„Zu viele“, antwortete Lothar und grinste seine Männer geistesabwesend an. „Wenigstens sind es jetzt ein paar weniger!“

Die Krieger lachten. Lothar war stolz. Mehrere dieser Männer stammten aus Lordaeron und Stromgarde, andere kamen aus Gilneas und sogar aus Alterac. Einige hatten ihn von Sturmwind aus hierher begleitet. Während der letzten Wochen hatten sie all die üblichen Streitigkeiten untereinander eingestellt, waren sie doch jetzt Soldaten der Allianz und kämpften Seite an Seite gegen denselben Feind.

Ja, er war stolz auf sie. Wenn der Rest der Armee sich auch so zusammenraufte wie diese Gruppe, bestand Hoffnung für sie alle – sowohl was den Krieg gegen die Horde betraf als auch in den Zeiten des Friedens, die, wie er hoffte, auf den Krieg folgen würden.

Plötzlich bemerkte er eine Bewegung und rief: „Vorsicht!“ Er klappte sein Visier wieder zu und ging in die Hocke, sein Schwert erhoben und in Richtung der Bewegung weisend. Doch die Gestalt, die zwischen den Bäumen hervortrat, war kein Orc, sondern ein Mensch, einer von Lothars Soldaten.

„Sire!“, keuchte der Mann völlig außer Atem. Er schien unverletzt zu sein, und sein Schwert steckte in der Scheide. „Ich habe Nachrichten für Euch, Sire!“

Jetzt erst sah Lothar, dass der Mann eine Pergamentrolle in der Hand hielt, die er ihm sofort überreichte.

„Danke!“, sagte er.

Ein Soldat gab dem Boten einen prall gefüllten Wasserschlauch. Dankbar nahm der Mann ihn entgegen und trank gierig mit großen Schlucken.

Lothar überflog die Nachricht, und die Krieger, die um ihn herumstanden, wurden nervös, als sie sahen, wie seine Kiefer zu mahlen begannen.

„Was ist los?“, wagte schließlich einer der Männer zu fragen, als Lothar aufsah, das Pergament zwischen den Händen zerknüllte und wütend zu Boden warf. „Gibt es ein Problem?“

Lothar nickte und versuchte noch immer die Informationen

zu verdauen, die er gerade erhalten hatte. „Die Horde ist in Lordaeron aufgetaucht“, sagte er leise. Mehrere Soldaten schnappten nach Luft. „Die Orcs greifen die Hauptstadt vielleicht schon in diesem Moment an.“

„Was können wir tun?“, fragte einer der Krieger, der aus Lordaeron stammte, wie Lothar sich erinnerte. „Wir müssen uns unverzüglich auf den Weg machen!“

Lothar schüttelte den Kopf. „Es ist viel zu weit“, antwortete er traurig. „Wir würden niemals rechtzeitig eintreffen.“ Resigniert seufzte er. „Nein. Wir müssen unsere Arbeit *hier* erledigen, um sicherzustellen, dass sich keine Orcs mehr im Hinterland befinden. Wir können der Horde nicht erlauben, sich hier festzusetzen, da sie sich sonst neu gruppieren und auf dem Kontinent in alle Richtungen ausbreiten könnte.“

Die Männer nickten, obwohl sie nicht von dem Gedanken begeistert waren, durch die Wälder streifen zu müssen, während ihre Familien und ihre Freunde sich der Horde erwehren mussten. Lothar konnte es ihnen nicht verdenken. „Turalyon und der Rest der Allianzarmee sind bereits unterwegs“, versicherte er ihnen, und einige Krieger schauten ihn hoffnungsvoll an. „Er wird der Hauptstadt zu Hilfe eilen.“ Er umfasste fest den Griff seines Schwertes. „Sobald wir hier fertig sind, werden wir zur Hauptstadt marschieren und uns der Orcs annehmen, die den Kampf überlebt haben.“

Die Männer jubelten, und Lothar lächelte, obwohl ihn noch immer fröstelte. Er wusste, dass ihnen der Gedanke gefiel, die Allianzarmee würde die Horde so dezimieren, dass sie sich nur noch um die letzten Orcs kümmern mussten.

Er hoffte, dass es tatsächlich so kommen würde.

„Genug der Ablenkung!“, sagte er nach einigen Sekunden. „Lasst uns sicherstellen, dass keine weiteren Orcs in der Gegend sind, und dann gruppieren wir uns neu im Nistgipfel.“

Die Soldaten nickten gehorsam, ergriffen ihre Waffen und stellten sich in Formation auf. Lothar übernahm die Führung. Den Boten in ihrer Mitte, verschwanden sie wieder im Wald.

„Sie kommen!"

König Terenas verzog das Gesicht. Die Horde hatte tatsächlich den See überquert.

Seine Bogenschützen hatten ihm erklärt, die Grünhäute hätten primitive Brücken gebaut, doch von hier sah es aus, als würden sie über das Wasser *laufen.* Gerade erreichten die ersten Orcs die Stadtmauern.

Er war noch immer von ihrer Statur und Anzahl überwältigt. Soweit er vom Wall aus beurteilen konnte, waren sie grobschlächtige Kämpfer, die etwas größer und breiter als die Menschen waren, mit starken Muskeln und wuchtigen Köpfen. Zumindest schienen sie über keinerlei Belagerungsmaschinen zu verfügen – mit Ausnahme eines dicken Baumstamms, der offenbar als Rammbock dienen sollte. Dafür führten die Orcs große Hämmer, Äxte und breite Schwerter mit sich, und Terenas war sicher, dass auch Seile und Kletterhaken zu ihrer Ausrüstung zählten.

Die Mauern der Hauptstadt waren solide gebaut. Kein Feind hatte sie je überwinden können, und Terenas war fest entschlossen, dass das so bleiben sollte.

Die Menschen hatten sich nicht ausreichend auf die Konfrontation mit der Horde vorbereiten können. Die Leute in Sicherheit zu bringen war einfach gewesen, da die meisten ohnehin in der Stadt lebten. Was das Vieh betraf, so war es um einiges schwieriger gewesen, und manches Tier hatten sie seinem Schicksal überlassen müssen.

Der Großteil der Menschen, die in der Umgebung der Stadt lebten, war mit nur wenig mehr als den Kleidern am Leib und dem, was sie gerade mit sich trugen, in die Stadt geflohen. Ihre Häuser würden mit hoher Wahrscheinlichkeit von der Horde zerstört, und Terenas wusste, dass es einige Zeit dauern würde, sie wieder aufzubauen. Bei seinen Überlegungen ging er davon aus, dass die Menschen die Orcs besiegen würden.

Er betrachtete die Verteidigungsanlagen, auf denen seine Wachen und Soldaten bereitstanden. So wenige Krieger, um solch gewaltige Mauern zu verteidigen!

Die meisten seiner Soldaten waren mit Lothar ausgezogen, und Terenas bereute nicht, sie der Allianzarmee zur Verfügung gestellt zu haben. Die Horde hatte aufgehalten werden müssen, und Lothar hatte jeden Kämpfer gebraucht, den Terenas erübrigen konnte.

Natürlich hatte der König nicht erwartet, dass die Horde die Hauptstadt angreifen würde, und schon gar nicht, dass die Streitkräfte der Allianz hinter die Orcs zurückfallen könnten. Doch selbst wenn die Hauptstadt fiel, war ihm das recht, solange die Allianz die Horde letztlich besiegte.

Das bedeutete keineswegs, dass er willens war, sich zu ergeben. Terenas blickte wieder nach unten. Er konnte die Hauer der Orcs von seiner Position aus erkennen, ebenso wie ihre Zöpfe und die Knochen und die Medaillen, die vielen an Lederriemen um den Hals hingen – Trophäen aus vorherigen Schlachten.

Nun, Terenas hatte die Absicht, es der Horde so schwer zu machen wie nur irgend möglich. Ganz egal, wie die Schlacht ausging, die Horde würde sich dieses Kampfes erinnern.

„Das Öl!“, rief er.

Morev und die anderen nickten und kippten den Inhalt der großen Kessel über die Mauern. Die ersten Orcs hatten die Stadtmauer bereits erreicht. Das siedende Öl ergoss sich über sie. Die Orcs schrien vor Schmerzen, als das heiße Öl ihre Haut verbrannte. Ihre gesamte vordere Linie brach zusammen.

Einige Krieger wandten sich taumelnd zur Flucht, doch die meisten standen nicht wieder auf.

„Bereitet mehr Öl vor!“, befahl Terenas.

Mehrere Bedienstete beeilten sich, dem Befehl Folge zu leisten. Mithilfe von dicken Stangen hoben sie die schweren Kessel an und trugen sie davon. Es würde eine Weile dauern, bis sie Nachschub herbeibringen konnten, musste das Öl doch erst erhitzt werden.

Die Horde würde nicht einfach wieder verschwinden, und es würde kein schnelles Gefecht werden.

Terenas richtete sich auf eine lange Belagerung ein, und er

dankte dem Heiligen Licht, dass er Wasser- und Nahrungsmittelvorräte für mehrere Wochen hatte anlegen lassen. Das Öl jedoch würde bald zur Neige gehen. Doch Terenas hatte noch andere Tricks auf Lager, mit denen er diesen unbändigen Orcs, die es wagten, seine Stadt anzugreifen, empfindlich zusetzen würde.

Thoras Trollbann bewegte sich leichtfüßig durch die Berge. Die mit Nägeln versehenen Schuhe verschafften ihm einen sicheren Halt auf dem rauen grauen Granit. Seine Männer, ausnahmslos erprobte Gebirgsjäger, befanden sich hinter ihm.

Stromgarde war ein Königreich in den Bergen, und bereits die Kinder dort lernten, wie man Felsen erklomm und Gipfel bestieg.

Vor ihm lag der erste von Alteracs Gebirgspässen. Trollbann konnte bereits einige Gestalten durch das Schneegestöber erkennen: große, klobige Wesen, die sich zwar etwas linkisch, aber stetig vorwärtsbewegten.

Die Orcs der Horde waren eindeutig nicht an die Höhe gewöhnt. Die Pässe waren gerade für solch ungeübte Kletterer aus dem Fels geschlagen worden, damit Alterac und Stromgarde mit ihren tiefer gelegenen Nachbarn Handel treiben konnten.

Trollbann und seine Leute waren auf die Pässe nicht angewiesen. Sie kletterten mit unnachahmlichem Geschick selbst steilste Bergflanken entlang und hielten sich abseits der schmalen Pfade, die man allzu leicht blockieren konnte, um einen Hinterhalt anzulegen.

Er ging in die Hocke, die Axt kampfbereit in seiner Hand. Per Handzeichen kommunizierte er mit seinen Männern: Noch nicht, noch nicht ... *Jetzt!*

Mit einem gewaltigen Satz sprang er vorwärts und landete sicher zwischen zwei Orcs, die von seinem Angriff völlig überrascht wurden.

Seine Axt blitzte auf, schlug einem der Hordekrieger den Kopf ab und durchtrennte die Kehle des anderen. Beide Gegner brachen tot zusammen, ohne einen Laut von sich gegeben zu haben.

Nichtsdestotrotz hatten die Orcs auf der anderen Seite des

Passes mitbekommen, was ihren Kameraden widerfahren war. In der aufkommenden Hektik gerieten sie ins Straucheln und behinderten sich gegenseitig, doch dann schafften sie es endlich, ihre Waffen ziehen.

Vier von Trollbanns Kriegern sprangen ihnen entgegen, zwei zu jeder Seite, und attackierten die Grünhäute. Weitere Männer folgten ihnen und griffen in den Kampf ein. Binnen Minuten waren zwei Dutzend Orcs tot und der Pass mit Leichen übersät.

Trollbann und seine Männer warfen die Toten auf einen Haufen. Zehn Mann als Wache an der improvisierten Barrikade zurücklassend, machte er sich mit dem Rest seiner Krieger auf den Weg.

„Gut", sagte Trollbann unterwegs. „Einen der Pässe haben wir von den Orcs gesäubert."

Der nächste Pass lag weniger als eine Stunde entfernt. Auch hier trafen sie auf eine Orcmannschaft und griffen sie auf dieselbe Art und Weise an wie die erste Gruppe.

Trollbann erkannte, dass die großen und starken Grünhäute hartgesottene und furchtlose Krieger waren. Doch sie verfügten über keinerlei Erfahrungen mit der Kälte in den Bergen und hatten Schwierigkeiten, sobald der Feind aktiv gegen sie vorging.

Den zweiten Pass eroberten Trollbann und seine Krieger ebenso leicht wie den ersten, und auch am dritten Pass erging es ihnen nicht anders. Am vierten Pass hatten sie jedoch einige Schwierigkeiten, da er deutlich breiter war. Vier Männer – oder drei Orcs – konnten ihn nebeneinander hergehend bequem passieren. Also sprang Trollbann mit dreien seiner Männer gleichzeitig vor, und schnell waren auch hier alle Feinde beseitigt. Mit einer Felsbarrikade verlegten sie anschließend den Weg.

Der letzte Pass war frei von Orcs. Bei den fünf Kriegern, die hier stationiert waren, handelte sich um Menschen, die mit der orangefarbenen Alterac-Uniform bekleidet waren.

„Halt!", rief einer der Soldaten und richtete seinen Speer auf Trollbann. „Nennt Euren Namen und Euer Begehr!" Zwei seiner Kameraden eilten hinzu.

„Thoras Trollbann, König von Stromgarde“, antwortete Trollbann knapp. Er starrte die Soldaten durchdringend an, obwohl er wusste, dass sie nur ihren Befehlen nachkamen. „Wo ist Perenolde?“

„Der König ist im Schloss“, antwortete der Soldat, dessen Speer noch immer auf Trollbann zeigte, hochmütig. „Ihr befindet Euch auf unserem Territorium.“

„Und die Orcs?“, fragte Trollbann. „Sind sie eure Gäste oder nur auf der Durchreise?“

„Die Orcs kommen an uns nicht vorbei“, erklärte ein anderer Soldat. „Wir werden diesen Pass mit unserem Leben verteidigen.“

„Gut“, sagte Trollbann, „es ist nur so, dass die Grünhäute hier nicht aufkreuzen werden. Sie halten die vier Pässe im Süden besetzt.“

Der Soldat schaute ihn verwirrt an. „Uns wurde gesagt, dass wir hier Wache halten sollen“, sagte er. „Die Orcs sollen *hier* durchkommen.“

„Nun, das tun sie aber nicht“, schnappte Trollbann. „Glücklicherweise kontrollieren jetzt meine Männer die Pässe, aber viele Feinde sind bereits in Lordaeron einmarschiert.“

Einer der Soldaten war älter als seine Kameraden. Es handelte sich eindeutig um einen Veteranen. Sein Gesicht wurde kreidebleich, als er begriff, was geschehen war. Trollbann wandte sich an ihn. „Wo ist Hath?“

„General Hath befindet sich beim nächsten Pass, ebenso wie der größte Teil unserer Armee“, antwortete der Soldat. Er dachte eine Sekunde lang nach, bevor er fortfuhr: „Ich kann Euch hinbringen, wenn Ihr das wünscht.“

Trollbann kannte den Weg zwar, aber er wusste, dass er leichter mit Hath würde sprechen können, wenn er mit einer Eskorte dort eintraf. Also nickte er und bedeutete seinen Männern, ihm und dem Alterac-Soldaten zu folgen.

Sie benötigten eine gute Stunde, um den Pass zu erreichen, der so breit war, dass zwei Wagen aneinander vorbeifahren konnten, ohne die Felswand zu berühren. Es war naheliegend, hier die meisten Soldaten zu stationieren – jedoch nur, wenn die Orcs nach Norden statt nach Süden gezogen wären.

Trollbann erblickte Hath, der sich mit mehreren jungen Offizieren unterhielt. Er wartete, bis der Soldat, der sie begleitet hatte, den stämmigen General begrüßte.

„General Hath!“, rief der Mann. „Besucher aus Stromgarde, die Euch sehen wollen!“

Hath sah auf und runzelte die Stirn, als er Trollbann erkannte. „Danke, Sergeant!“, sagte er, ging zu Trollbann und grüßte respektvoll.

„Euer Majestät!“

Trollbann nickte. „General!“ Trollbann hatte Hath immer gemocht. Der Mann war ein tüchtiger Soldat, ein guter Taktiker und schien aufrichtig zu sein. Er hatte immer ungern gegen Hath gekämpft und hoffte, dass es nun nicht dazu kommen würde. „Die Orcs überqueren Eure südlichen Pässe“, sagte er. „Wir haben sie für Euch aufgehalten.“

Hath wurde bleich. „Unsere südlichen Pässe? Seid Ihr sicher? Natürlich seid Ihr das! Aber wie kann das sein? Der König hat mir persönlich versichert, die Horde würde sich von Norden her nähern. Aus diesem Grund bewachen wir diese Pässe.“

Trollbann sah sich um. Keiner der Soldaten von Alterac konnte hören, was er sagte. Trotzdem senkte er seine Stimme. „Ihr seid ein guter Soldat und ein ebenso guter Kommandeur, Hath“, begann er leise, „aber Ihr wart immer schon ein miserabler Lügner. Ihr wusstet, dass die Orcs südwärts ziehen, nicht wahr?“

Der General seufzte und nickte. „Perenolde hat sich irgendwie mit der Horde arrangiert“, gestand er. „Er hat ihnen freie Durchreise gewährt gegen das Versprechen, sein Land und seine Bevölkerung unangetastet zu lassen.“

Trollbann nickte. Er hatte etwas Derartiges vermutet. „Und Ihr habt da mitgemacht?“, wollte er wissen.

Hath versteifte sich. „Uns drohte die Vernichtung!“, erwiderte er scharf. „Wir wären alle getötet worden. Die Horde hätte unsere Leute niedergemacht, und es war niemand da, der uns hätte helfen können!“ Er schüttelte den Kopf. „Perenolde traf diese Entscheidung, weil er Alterac schützen wollte. Vielleicht war dieses Verhalten nicht gerade ehrenhaft, aber es hat ungezählte Leben gerettet!“

„Und was ist mit der Bevölkerung Lordaerons?“, fragte Trollbann leise. „Dort sterben nun Menschen, weil ihr der Horde freies Geleit gewährt habt.“

Hath sah ihn an. „Das sind Soldaten! Sie kennen das Risiko! Die Horde hätte unsere Familien getötet, unsere Kinder! Das ist nicht dasselbe!“

Trollbann empfand Sympathie für den alten Mann. „Nein, das ist es nicht“, sagte er. „Eure Loyalität Euren Leuten gegenüber ist lobenswert, doch wenn die Horde erst einmal Lordaeron erobert hat, wird sie den ganzen Kontinent einnehmen. Wie könnt Ihr da glauben, sicher zu sein?“

Hath seufzte. „Ich weiß es nicht“, gab er zu. „Ihr Anführer gab Perenolde sein Wort, aber ich weiß nicht, inwieweit man einer solchen Kreatur trauen kann.“ Er schüttelte den Kopf. „Ich habe Perenolde gedrängt, unseren Bund mit den anderen Nationen aufrechtzuerhalten, doch er widerrief ihn. Da ich meinem König Treue geschworen habe, musste ich ihm gehorchen. Auch dachte ich, er könnte vielleicht recht haben. Möglicherweise war das tatsächlich unsere einzige Chance zu überleben.“ Er furchte die Stirn. „Das Überleben unseres Volkes ist wichtiger als das eines Königreichs, und wenn wir unsere Ehre verlieren, bleibt uns gar nichts mehr.“ Er reckte sein Kinn vor und blickte ernst drein. „Nun, ich werde unsere Ehre zurückfordern“, erklärte er. Dann wandte Hath sich seinen Soldaten zu. „Korporal! Sammelt Eure Männer und begebt Euch schnellstmöglich zu den südlichen Pässen! Wir helfen unseren Freunden aus Stromgarde bei ihrer Verteidigung!“

„Aber …“, wollte der Offizier widersprechen.

Hath brüllte ihn kurzerhand nieder. „*Sofort*, Soldat!“

Der Offizier salutierte erschrocken und gehorchte. Daraufhin wandte sich Hath an Trollbann. „Er ist im Schloss“, sagte der General knapp. Er musste nicht erklären, von wem er sprach. „Seine Leibwache wird noch dort sein, aber das sind höchstens zwanzig Mann. Ich kann ihn absetzen.“

Trollbann schüttelte den Kopf. „Wir haben keine Zeit, uns um ihn zu kümmern. Außerdem gibt es folgendes Problem: Wenn *ich* ihn absetze, ist es ein Angriff auf Euer Land und Eure Souveränität. Wenn *Ihr* es tut, ist es Hochverrat.“ Er runzelte die Stirn. „Die Allianz wird sich später um Perenolde kümmern. Im Moment ist das einzig Wichtige, dass wir die Horde aufhalten.“

Der General nickte. „Danke!“ Damit wandte er sich ab und begab sich zu den Offizieren, die damit beschäftigt waren, die Soldaten zusammenzutrommeln.

„Verdammt, wir sind zu spät!“ Turalyon zügelte sein Pferd und blickte über das Tal, das sich vor ihm erstreckte.

Er, Khadgar und die anderen Kavalleristen hatten ein scharfes Tempo vorgelegt, während die Truppen ihnen folgten, so schnell es eben ging. Sie waren westlich durch die Hügel von Hearthglen gezogen, um sich dann aus nördlicher Richtung der Hauptstadt zu nähern. So erreichten sie die Stadt auf der Seite, an der sich die Haupttore befanden.

Die Idee hatte gut geklungen, doch jetzt war Turalyon sich nicht mehr sicher, ob die bessere Positionierung die längere Marschzeit wert gewesen war.

Er hatte auf weitere Truppen von Thoras Trollbann gehofft, doch Stromgarde lag weitab von ihrer Route. Also hatte er überlegt, einen Umweg dorthin einzuschlagen, aber die Nachricht, dass die Horde vor ihnen durch die Berge gezogen war, hatte ihn zur Eile angehalten. Sie mussten die Hauptstadt unbedingt rechtzeitig erreichen!

Nun blickte er eine abfallende Bergflanke hinunter über das Tal nach Lordaeron und den dahinterliegenden See. Er hatte versagt. Die Horde war bereits in das Tal einmarschiert und hatte die stolze Stadt eingekesselt.

„Sie haben die Mauern noch nicht überwunden", meinte Alleria, die neben ihm stand. Die Elfen und die Waldläufer hatten mühelos mit den Pferden Schritt gehalten. Alleria und Lor'themar Theron hatten ihn begleitet. „Es ist noch nicht zu spät."

„Ja, du hast recht", sagte Turalyon. „Diese Schlacht ist noch nicht verloren, und mit unserer Hilfe wird die Hauptstadt nicht fallen." Er rieb sich das Kinn. „Es könnte sogar unser Vorteil sein ...", sagte er leise und überdachte die Lage. „Die Horde ahnt nicht, dass wir bereits hier sind. Deshalb können wir die Grünhäute in die Zange nehmen." Er furchte die Stirn. „Wir sollten Terenas wissen lassen, dass wir hier sind. So können wir unser Vorgehen koordinieren."

Theron nickte und beäugte die Masse der Orcs unter ihnen. „Ein guter Plan", stimmte er zu, „aber wie sollen wir die Stadt erreichen? Niemand kommt unbeschadet an den Orcs vorbei, nicht einmal ein Elf."

Alleria nickte. „Wenn dies ein Wald wäre, könnte ich es schaffen", erklärte sie. „Auf der offenen Ebene gibt es jedoch keinerlei Deckung. Jeder Versuch käme einem Selbstmord gleich."

Khadgar streckte sich auf seinem Pferd und lächelte verschmitzt. „*Ich* werde es wagen, und ich werde es schaffen", versicherte er ihnen und quittierte ihren ungläubigen Gesichtsausdruck mit einem weiteren Lächeln. „Natürlich nur mit ein wenig Unterstützung", fügte er hinzu und blickte zu der kleinen tätowierten Gestalt hinüber, die sich auf einem Felsblock neben ihnen niedergelassen hatte.

„Sire!"

Terenas sah auf und bemerkte einen Soldaten, der hinter die Mauern wies. Einen Moment lang glaubte der König, die Orcs hätten sich für einen neuen Angriff zusammengezogen. Mit seinem Blick folgte er dem ausgestreckten Arm des Mannes. Der Soldat zeigte nach oben statt nach unten. Terenas keuchte entsetzt, als er die dunkle Gestalt auf sich zufliegen sah.

„Bogenschützen, bereitmachen", rief er, nachdem er sich wieder gefangen hatte, und starrte erneut in den Himmel. „Feuert erst, wenn ich es befehle!"

Etwas an dieser Situation war merkwürdig. Warum schickte die Horde fliegende Einheiten voraus, wenn sie über Tausende Orcs verfügte? Handelte es sich um einen Kundschafter, einen Spion? Oder um etwas ganz anderes?

Die Bogenschützen nahmen Aufstellung. Sie hatten die Pfeile eingelegt, die Langbögen gespannt und warteten geduldig. Die Gestalt am Himmel wurde größer, und nun erkannte Terenas, dass es ein Greif war, der um vieles beeindruckender und schöner war als die Tiere auf den Wappen, die er kannte. Seine Federn leuchteten golden, violett und rot im Sonnenlicht, und sein Kopf ruckte herum. Große, goldene Augen musterten die Umgebung.

Auf seinem Rücken saß eine Gestalt, die Zügel in der Hand haltend. Sie hatte es sich auf einem Sattel bequem gemacht, als säße sie auf einem Pferd. Der Reiter war groß, jedoch nicht so groß wie ein Orc und – anders als die grünhäutigen Krieger der Horde – bekleidet.

Terenas atmete erleichtert auf, als er die violette Robe erkannte. Das konnte nur eines bedeuten.

„Senkt eure Waffen!", rief er den Bogenschützen zu. „Das ist ein Zauberer aus Dalaran!"

Der Greif glitt auf sie zu. Seine Flügel schlugen mächtig aus, und bald kreiste er über ihnen. Die Bogenschützen zielten wieder auf die Orcs. Der Greif suchte eindeutig nach einem Landeplatz. Schließlich schien er auf dem nahe liegenden Turm niedergehen zu wollen, der über eine große Plattform für mehrere Katapulte verfügte. Terenas eilte ihm entgegen, Morev dicht hinter ihm. Sie erreichten den Turm, als der Greif gerade aufsetzte und seine riesigen Flügel zusammenfaltete.

„Es ist gut zu wissen, dass ich es nicht verlernt habe", verkündete der Reiter und schwang sich aus dem Sattel. „Danke!"

Terenas hörte, wie der Zauberer mit dem Greifen sprach, der zur Antwort einen krächzenden Laut ausstieß. Dann wandte der

Ankömmling sich um. Sein kurzer weißer Bart machte ihn unverkennbar, und Terenas atmete tief durch.

„Khadgar!", rief er, hielt ihm die Arme entgegen und drückte dem Magier erfreut die Hand.

„Ich komme mit guten Neuigkeiten", antwortete der alt scheinende Magier und grinste. Er sah müde aus, doch ansonsten schien es ihm gut zu gehen. „Turalyon und seine Streitkräfte stehen auf der anderen Seite des nördlichen Tals", informierte er Terenas und ergriff dankbar den Weinschlauch, den Morev ihm hinhielt. Er nahm einen großen Schluck. „Wir werden die Horde von hinten angreifen und sie von der Stadt weglocken."

„Ausgezeichnet!" Terenas klatschte in die Hände und spürte, wie die Erleichterung ihn überkam. „Wir können die Horde von zwei Seiten angreifen und die Orcs zwischen uns zerquetschen!"

„Das war Turalyons Plan", stimmte der Magier ihm zu. „Kurdran hat mir seinen Greifen geliehen, um in die Stadt zu gelangen, damit ich alles koordinieren kann. Ich bin dankbar, dass ich von Medivh gelernt habe, wie man ein solches Tier lenkt."

„Kommt", sagte Terenas. „Meine Diener werden sich um den Greifen kümmern. Er wird Wasser bekommen, und ich bin mir sicher, wir werden auch etwas zu essen für ihn auftreiben. Lasst uns über Turalyons Pläne sprechen und wie wir die Orcs dazu bringen, dass sie den Tag bereuen, an dem sie es wagten, ihre Waffen gegen unsere Stadt zu erheben."

„Attacke!" Turalyon hielt den Hammer wie eine Lanze vor sich. Er trieb sein Pferd aus dem Wasser ans Ufer und jagte auf die Reihen der Orcs zu.

Die Krieger der Horde konzentrierten sich noch immer auf die Stadtmauern, gegen die sie mit grimmiger Entschlossenheit anrannten. Einige Orcs bemerkten jedoch den Hufschlag und wandten sich um.

Ein Orc öffnete bereits das Maul, um einen Warnschrei auszustoßen, doch Turalyons Hammer erwischte ihn oberhalb des Kiefers, zerschmetterte das Gesicht des grünhäutigen Wesens und brach ihm durch die Wucht des Schlages zugleich das Genick. Der Orc fiel um, und Turalyons Pferd sprang über die Leiche hinweg.

Hinter Turalyon sprengte die Kavallerie heran, gefolgt von den Fußsoldaten, die die Ebene nördlich der Stadt überquert hatten und sich jetzt der Horde entgegenwarfen.

Das war der Moment, in dem die Katapulte der Stadt zu feuern begannen. Steine prasselten auf die Orcs herab, und zugleich hagelte es unzählige Pfeile.

Turalyon und seine Reiter preschten in die vordersten Reihen der Horde und durch sie hindurch, wendeten ihre Pferde und schlugen mit ihren Waffen eine Schneise in die Menge der Feinde.

Die Verteidiger der Stadt waren ebenso erbarmungslos wie die Belagerer.

Die Orcs zeigten sich verunsichert durch die Wucht des Angriffs, die Entschlossenheit, mit der er geführt wurde, und das strategische Geschick der Menschen. Richteten sie ihre Waffen gegen die Stadt, griffen die Soldaten der Allianz sie von hinten an. Wandten sie sich den Soldaten der Allianz zu, wurden sie von den Soldaten, die sich in der Stadt befunden hatten, attackiert.

Noch trotzten die Stadtmauern dem Ansturm der Horde, sodass die Orcs nicht in die Hauptstadt zurückweichen konnten. Der Weg zum See, auf die Ebene hinaus oder in die Berge wurde ihnen von den Soldaten der Allianz versperrt.

Wohin die Orcs sich auch wandten, überall lauerte der Tod.

Unglücklicherweise waren die Krieger der Horde so zahlreich, dass sie sich diese Verluste leisten konnte. Eine Reihe massiger Orc-Krieger marschierte mit erhobenen Waffen vorwärts, und Turalyon war gezwungen, seine Reiter zurückzuziehen. Die elfischen Bogenschützen schossen eine Pfeilsalve ab, die auf die Hordekrieger herabregnete. Viele Orcs gingen tödlich verwundet zu Boden, doch andere Krieger nahmen sofort ihren Platz ein. Die Horde begann sich der Allianzarmee entgegenzuwerfen, die dadurch zum Rückzug gezwungen wurde. Schritt um Schritt wurden Turalyon und seine Männer über die Brücken zurückgedrängt.

Als die Streitkräfte der Allianz schließlich außer Reichweite waren, wandten die Orcs ihre Aufmerksamkeit wieder der Hauptstadt zu. Sie rannten gegen die Mauern an, und die Ölvorräte der Stadt waren schnell aufgebraucht, ebenso wie die Steine und alles andere, was zur Verteidigung genutzt werden konnte.

Die Katapulte konnten nicht überallhin feuern, denn sonst riskierten die Verteidiger, dass die Treffer den Mauern mehr Schaden zufügten, als die Horde es vermochte. Aus diesem Grund befanden sich einige Orcs in einer sicheren Position, um die Wälle zu erklimmen und gegen die Stadttore vorzugehen. Noch hielten sie stand, doch niemand wusste, wann sie schließlich nachgeben würden.

Die Orc-Krieger erreichten jetzt die Befestigungsanlagen, zogen sich mithilfe von Enterhaken daran hoch und warfen sich darüber. Die meisten Orcs wurden von den Verteidigern zurückgestoßen, erstochen oder erschlagen, sobald sie die Mauerkrone erreichten. Einige Orcs schafften es jedoch, sich über die Mauer zu schwingen, und attackierten die Wachen und rissen Lücken in die Reihen der Verteidiger.

Die Krieger der ersten Welle, die versuchten, den Wall zu überwinden, starben praktisch sofort, doch es folgten ihnen stetig weitere Orcs. Die sich auftürmenden Leichen verhalfen ihnen zu ein wenig Deckung, und sie kletterten über sie hinüber, um ihre Waffen in Position zu bringen und die Stadtwachen zu attackieren.

„Unser Plan funktioniert nicht“, rief Khadgar Turalyon zu, als sie sich über eine der Brücken zurückzogen, die die Orcs errichtet hatten, um den See zu überqueren. „Wir haben nicht genug Krieger, um die Horde niederzuringen. Wir müssen etwas anderes versuchen!“

„Ich bin dankbar für jeden Vorschlag“, antwortete Turalyon und erschlug einen vorstürmenden Orc mit seinem Hammer. „Kannst du deine Magie nicht noch einmal einsetzen?“

„Doch, aber sie würde uns nicht viel nützen", antwortete Khadgar. Rasch stach er einen Orc, der ihm zu nahe kam, mit dem Schwert nieder. „Leider kann ich immer nur ein paar Gegner auf einmal töten. Ich könnte einen Sturm heraufbeschwören, aber das würde uns keinen großen Vorteil verschaffen, denn danach wäre ich zu ausgelaugt, um weitere Zauber wirken zu können."

Turalyon nickte. „Lass uns die Männer über den See zurückführen und diese Brücke halten", schlug er vor und schwang seinen Hammer. Mit einem wuchtigen Schlag beförderte er einen Orc ins Wasser.

„Dann müssen wir abwarten, bis sie das Interesse an uns verlieren. Sobald sie die Stadt wieder angreifen, werfen wir uns erneut auf sie."

Khadgar, der nicht antworten konnte, da er sich gerade eines Angreifers erwehren musste, nickte. Er hoffte, dass sein neuer Plan zum Erfolg führen würde. Wenn die Horde auf die Idee kam, die Brücke anzuzünden, konnte sie sich völlig ungestört um die Stadttore kümmern. Waren die Orcs erst einmal in der Stadt, würden die Allianzkrieger sie dort nicht wieder herausbekommen. Er hatte schon bei anderer Gelegenheit gesehen, was geschah, wenn die Orcs eine Stadt einnahmen, nämlich in Sturmwind. Er wollte so etwas nicht noch einmal erleben.

„Die Tore geben nach!"

Terenas schüttelte den Kopf, als könnte er den Angriff auf diese Weise ungeschehen machen. Er war zu beschäftigt, um auf sich selbst zu achten. Ein Orc war auf die Mauer geklettert, nicht weit von der Stelle entfernt, an der Terenas stand und die Schlacht beobachtete. Die Grünhaut kam auf ihn zu. Sie grinste breit, fletschte ihre scharfen Hauer und ließ ihren Kriegshammer langsam kreisen.

Terenas bemerkte sie, ergriff widerwillig ein herrenloses Schwert und wurde sich schmerzhaft der Tatsache bewusst, dass er kein Kämpfer war.

Plötzlich tauchte jemand an seiner Seite auf, und zu seiner Erleichterung erkannte er Morev. Der Kommandant der Wache trug eine Lanze und stach damit nach dem Orc, ihn Schritt für Schritt zurücktreibend.

„Ihr müsst zum Tor, Sire", sagte er ruhig und stach unablässig nach dem Orc. „Ich kümmere mich schon um diese Grünhaut."

Terenas bemerkte, dass weitere Wachen heranstürmten, von denen zwei ebenfalls mit Lanzen bewaffnet waren.

Er wurde hier nicht länger gebraucht. Erleichtert legte er das Schwert ab und lief hastig eine Treppe innerhalb der Wälle hinab, die nahe einer kleinen Waffenkammer endete. Von hier aus führte ein schmaler Weg über mehrere Etagen und die Brustwehr an der Mauer entlang und endete vor einer Treppe direkt über dem Haupttor.

Terenas spürte das schwere Pochen, bevor er das Ende der Brustwehr erreichte. Seine Zähne klapperten, und die Mauern erbebten.

Er sah, wie die Orcs mit einem schweren Baumstamm gegen das Haupttor anrannten. Selbst von hier aus konnte er erkennen, dass es bei jedem Schlag heftig erschüttert wurde.

„Verstärkt das Tor", befahl er einem jungen Offizier, der in der Nähe stand. „Nehmt Euch ein paar Männer und verstärkt das Haupttor."

„Womit?", fragte der Mann.

„Mit allem, was Ihr finden könnt. Nun macht schon!" Terenas blickte über die Mauern hinweg. Auf der anderen Seite versammelte sich eine unglaubliche Zahl von Orcs, die gegen ihn und seine Stadt zogen. Auf der Brücke hinter ihnen bemerkte er das Glitzern von Metall und sah, dass Turalyon und seine Streitkräfte sich zurückgezogen hatten, um ihren nächsten Schritt zu planen.

Terenas hoffte inständig, dass sie damit endlich Erfolg hatten.

SIEBZEHN

„Wir haben sie!“, rief ein Orc, und Schicksalshammer grinste zufrieden. Der Sieg war nicht mehr fern. Die Mauern der Stadt hielten zwar noch immer stand, wie viele Krieger sich auch dagegenwarfen, doch die Tore begannen unter dem nahezu pausenlosen Ansturm nachzugeben. Wenn sie sich erst einmal öffneten, würden seine Krieger in die Stadt hineinströmen, erbarmungslos jeden Bewohner niedermachen und jedes Haus plündern.

Mit der Stadt und dem Elfenwald als Basis würden die Orcs sich schnell über den Rest des Kontinents ausbreiten, die Menschen bis an die Küsten drängen und schließlich ins Meer treiben. Das Land würde der Horde gehören. Sie konnte diesen Krieg beenden, und die Orcs würden endlich ein neues Leben beginnen.

Wenn doch nur die Oger hier wären!, dachte Schicksalshammer erneut. Er stützte sich auf seinen Hammer und beobachtete, wie seine Leute wieder gegen die stabilen Tore, die aus Holz und Eisen angefertigt worden waren, anrannten. Die Oger wären in der Lage gewesen, die Mauern zu überklettern oder – noch besser – mit ihren gewaltigen Knüppeln Löcher hineinzuschlagen. Er fragte sich, warum Gul'dan und Cho'gall und ihre Klans noch nicht eingetroffen waren. Er war sehr rasch über die Berge gezogen, das wusste er, aber trotzdem hätten sie mittlerweile hier auftauchen müssen.

„Schicksalshammer!“

Einer seiner Krieger wies zum Himmel hinauf. Näherten sich

etwa weitere Greife? Unwillig verzog er das Gesicht. Die gefiederten Flugtiere hatten sich in den Wäldern des Hinterlandes und Quel'Thalas' als tödliche Gegner erwiesen. Bislang hatte er etwa eine Handvoll dieser fliegenden Bestien zu Gesicht bekommen. Eine war zur Burg und wieder zurück geflogen, hatte jedoch in keiner Weise an der Schlacht teilgenommen. Doch Schicksalshammer war vorsichtig. Die Wildhammerzwerge waren stark und zäh, ihre Reittiere schnell und ihre Sturmhämmer so tödlich wie die Kriegshämmer seines eigenen Volkes. Diesen Feind durfte man nicht auf die leichte Schulter nehmen, trotz der kleinen Statur. Wenn weitere Zwerge eintrafen, musste er darauf vorbereitet sein.

Die dunkle Silhouette vor den Wolken wurde größer und größer. Sie war zu lang und flog zu geschmeidig für einen Greifen. Schicksalshammer hörte, wie viele seiner Krieger jubelten, als sich ein riesiger Schatten über ihnen ausbreitete.

Ein Drache!

Das waren gute Neuigkeiten! Das schwere Tier konnte seine Flammen gegen die Tore einsetzen und die Burgmauern von den Verteidigern säubern. Die Stadt gehörte so gut wie ihnen!

Der Drache landete in der Nähe des Sees. Ein großer Orc stieg aus dem Sattel, kaum dass der Leviathan aufgesetzt hatte. Schicksalshammer lief ihm entgegen und verstaute seinen Hammer auf dem Rücken.

„Wo ist Schicksalshammer?“, wollte der Drachenreiter wissen. „Ich muss mit ihm sprechen!“

„Ich bin hier“, antwortete Schicksalshammer, und seine Krieger ließen den Reiter ungehindert passieren. „Was gibt es?“

Der Drachenreiter sah ihn an, und Schicksalshammer wurde klar, dass er ihm schon früher einmal begegnet war. Es war einer von Zuluheds Lieblingen, ein mächtiger Krieger, der den Berichten zufolge der Erste gewesen war, der es gewagt hatte, die rebellischen Drachen zu reiten. Sein Name war Torgus.

„Ich bringe eine Nachricht von Zuluhed“, verkündete Torgus mit einem merkwürdigen Ausdruck auf dem breiten Gesicht.

Schicksalshammer glaubte darin Wut, Verwirrung, vielleicht sogar Scham und Angst zu erkennen.

„Berichte!", antwortete Schicksalshammer und trat so nah an den Boten heran, dass er in die Reichweite des Drachenschwanzes geriet, der zusammengerollt auf dem Boden lag. Die Orcs in der Nähe begriffen, was von ihnen erwartet wurde, und traten zurück, damit die beiden ungestört miteinander sprechen konnten.

„Es geht um Gul'dan", begann Torgus. Er war ein großer Orc, so groß wie Schicksalshammer, mied jedoch den Blickkontakt. „Der Hexenmeister ist geflohen."

„Was?" Jetzt verstand Schicksalshammer die Furcht im Gesicht des Drachenreiters. Er spürte, wie sein Blut vor Wut beinahe kochte und seine Hände den Stiel seines Hammers fester umschlossen. Der hölzerne Stiel knackte. „Wann? Und wie?"

„Kurz nachdem du aufgebrochen bist", erzählte Torgus. „Cho'gall begleitet ihn. Sie haben den Schattenhammerklan und die Sturmrächer mitgenommen und sind mit den Schiffen nach Süden hinaus auf die Große See gefahren." Jetzt erst blickte er auf, und seine Angst vor Schicksalshammers Reaktion schien stärker zu sein als seine Wut. „Einer meiner Klanbrüder hat sie gesehen und flog ihnen nach, um sie zu fragen, warum sie in die falsche Richtung unterwegs waren. Gul'dan tötete ihn. Er benutzte dazu seine böse Magie. Ich habe es selbst gesehen! Ich wollte sie weiterverfolgen, aber ich musste ja auch Zuluhed davon berichten. Er hat mich sofort hierher geschickt."

Schicksalshammer nickte. „Das war völlig richtig", versicherte er dem Drachenreiter. „Wenn Gul'dan deinen Klanbruder getötet hat, hätte er nicht gezögert, auch dich umzubringen – und dann hätten wir von seinem Verrat nichts erfahren." Er fletschte die Zähne. „Verdammt sei er! Ich wusste, dass man ihm nicht trauen kann! Jetzt hat er auch noch die Schiffe mitgenommen!"

„Wir können ihn verfolgen", bot Torgus an. „Zuluhed meint, die anderen Drachenreiter seien bereit. Wir könnten die Schiffe in Asche verwandeln – und mit ihnen jeden Orc, der sich auf ihnen befindet."

Schicksalshammer furchte die Stirn. „Ja, aber das gelingt euch nur, wenn ihr nahe genug an die Schiffe herankommt. Gul'dans Magie ist stark, und Cho'gall ist ebenfalls sehr mächtig." Er ließ seinen Hammer auf den Boden krachen. „Mir war bewusst, dass diese Altäre zum Problem würden! Ich habe auch noch zugelassen, dass er die Oger in neue Krieger verwandelt, die seine Reihen verstärken!" Schicksalshammer biss sich auf die Lippe. Er war so begierig gewesen auf neue Waffen, die er im Krieg gegen die Menschen einsetzen konnte, dass er seinen eigenen Instinkten misstraut hatte.

Torgus wartete noch immer auf Schicksalshammers Befehle. Doch plötzlich tauchte ein anderer Orc auf. Es war Tharbek, Schicksalshammers junger Schwarzfels-Stellvertreter.

Er blieb außerhalb der Reichweite des Drachenschwanzes stehen, der ärgerlich zuckte.

„Ja?"

„Es gibt ein Problem", informierte Tharbek seinen Kriegshäuptling ohne Umschweife. „Der Weg durch die Berge ist abgeschnitten."

„Warum?" Schicksalshammer starrte an dem Drachen vorbei in Richtung der Berge von Alterac und bemerkte, dass der stete Strom der Orcs zum Erliegen gekommen war. „Was ist geschehen?"

Tharbek schüttelte den Kopf. „Ich weiß es nicht, aber wir kommen nicht mehr über die Pässe. Ich habe Krieger ausgesandt, um zu erfahren, was dort vor sich geht, doch sie sind nicht zurückgekehrt." Sein Gesichtsausdruck machte klar, dass sie bereits einige Zeit überfällig waren.

„Verdammt!" Schicksalshammer biss die Zähne zusammen. „Dieser Mensch hat uns betrogen! Ich wusste, dass man jemandem, der seine eigene Rasse verrät, nicht trauen kann!"

Trotz seiner Vorbehalte hatte er darauf gesetzt, dass der vermummte Mann zu feige war, sich gegen ihn zu wenden. Entweder hatte die Allianz Stärke bewiesen, oder man hatte dem Kerl mit etwas Schlimmerem als der Rache der Horde gedroht. Vielleicht hatte man auch den Verrat durchschaut und ihn seines Amtes enthoben. Ja, das war am wahrscheinlichsten. Dieser Mann war auf das Stillhalteabkommen viel zu versessen gewesen, als dass er einen Rückzieher gemacht hätte. Offenbar war er entmachtet und durch jemand anders ersetzt worden, der nun die Bergregion kontrollierte.

„Wie viele Orcs sind dort gefangen?", wollte er wissen.

Tharbek zuckte die Achseln. „Unmöglich zu sagen. Mindestens der halbe Klan, wenn nicht mehr." Er sah sich um. „Wir haben hier noch viele Krieger, und wenn Gul'dan und die anderen eintreffen, sind es noch mehr."

Schicksalshammer lachte bitter. Ihm brummte der Kopf. „Die anderen! Die anderen kommen nicht!"

Tharbek blickte überrascht auf.

„Gul'dan hat uns verraten", teilte Schicksalshammer seinem Stellvertreter mit. Er konnte die Worte kaum aussprechen. „Er hat sich die Schiffe und zwei unserer Klans unter den Nagel gerissen und ist hinaus auf die Große See gefahren."

„Aber warum?", fragte Tharbek verwundert. „Wenn wir diesen Krieg verlieren, haben wir alle kein Zuhause mehr. Er ebenso wenig wie wir."

Schicksalshammer schüttelte den Kopf. „Der Krieg war ihm nie wichtig." Seine Gedanken kehrten zu seinen Begegnungen mit dem Hexenmeister in Sturmwind zurück. „Er hat etwas anderes gefunden, etwas überaus Mächtiges", erinnerte er sich, „etwas, was ihn so stark machen kann, dass er den Schutz der Horde nicht mehr braucht."

„Was sollen wir nun tun?", fragte Tharbek. Ratlos sah er zur Stadt hinüber. „Wir haben vielleicht nicht genug Krieger, um sie jetzt noch einzunehmen", sagte er schließlich.

Schicksalshammer weigerte sich, seinen Blick auf die Stadt zu richten, aber er wusste, dass sein Stellvertreter recht hatte. Sie war schwerer einzunehmen, als er erwartet hatte. Der Angriff durch die Streitkräfte der Allianz hatte die Orcs überrascht und ihre Zahl merklich reduziert, und jetzt konnten sie nicht einmal mehr auf Nachschub hoffen.

Doch das war nicht der einzige schwerwiegende Rückschlag, mit dem sie fertig werden mussten. Gul'dans Verrat war schon schlimm genug, aber er hatte es vermocht, zwei Klans auf seine Seite zu ziehen. Diese hatten ihre eigenen Ziele über die der Horde gestellt. Ihr selbstsüchtiges Verlangen war ihnen wichtiger gewesen als die Bedürfnisse und das Wohlergehen ihres Volkes.

Wegen eines solchen Vergehens hatte Schicksalshammer einst Schwarzfaust getötet, und er hatte geschworen, der Korruption ein Ende zu bereiten und die Ehre seines Volkes wiederherzustellen. Folglich durfte dieser Verrat nicht ungesühnt bleiben, ganz egal, was es kostete und ob er selbst dabei umkam.

„Rend! Maim!“, bellte Schicksalshammer. Die Schwarzfaust-Brüder kamen sofort angerannt. Wahrscheinlich hatten sie bemerkt, dass der Tonfall ihres Kriegshäuptlings keinen Aufschub duldete.

„Führt euren Black-Tooth-Grin-Klan nach Süden!“, instruierte sie der Kriegshäuptling. Vor seinem geistigen Auge sah er die Karte, die die Kundschafter mit Hilfe der Trolle angefertigt hatten. „Zieht euch vom See zurück und marschiert durch die Hügellande zum Meer! Gul'dan ist geflohen, aber er hat sicherlich nicht alle Boote mitgenommen, da ihn nur zwei Klans begleiten.“ Angewidert verzog er das Gesicht und zeigte seine Hauer. „Verfolgt die Verräter und vernichtet sie bis auf den letzten Orc. Versenkt ihre Leichen im Meer.“

„Aber ... die Stadt!“, protestierte Rend. „Der Krieg!“

„Die Ehre unseres Volkes steht auf dem Spiel!“, blaffte Schicksalshammer, erhob seinen Hammer und knurrte die Häuptlinge an. Er provozierte sie förmlich, seine Befehle zu missachten. „Wir dürfen sie nicht ungestraft davonkommen lassen!“ Aufmerksam musterte er die beiden Schwarzfäuste. „Betrachtet es als Möglichkeit, eure Ehre wiederherzustellen.“ Er atmete tief durch, um sich zu beruhigen. „Ich werde meinen Klan langsam südwärts führen und mich der Allianz in den Weg stellen, damit sie euch nicht folgt. Gleichzeitig werden wir das Land verwüsten und den Weg zur Stadt offen halten. Wir werden wiederkommen", versicherte er ihnen, „und beenden, was wir begonnen haben."

Er sagte das, obwohl er Zweifel an seinen eigenen Worten hegte. Dieses Mal hatten sie die Stadt überrascht, doch das würde ihnen nicht noch einmal gelingen.

Die Schwarzfäuste nickten, obwohl sie nicht sonderlich erfreut schienen. „Es sei, wie du befiehlst."

Maim und sein Bruder erteilten den anderen Kriegern kurz darauf Marschbefehle.

Schicksalshammer wandte sich wieder Torgus zu, nachdem er abgewartet hatte, dass die beiden Brüder seine Befehle ausführten. „Sag Zuluhed, er soll alle Drachen zur Großen See schicken", instruierte er den Reiter. „Flieg, so schnell du kannst! Du wirst die Chance bekommen, den Tod deines Klanbruders zu rächen."

Torgus nickte und grinste düster bei dem Gedanken an Vergeltung. Dann wandte er sich seinem Drachen zu, wartete, bis Schicksalshammer einige Schritte zurückgetreten war, und ließ die riesige Kreatur ihre Flügel ausbreiten und abheben.

Schicksalshammer sah zu, wie der Drache an Höhe gewann und sich entfernte, und knirschte mit den Zähnen. Seine Hände zitterten vor Wut. Er war so nahe dran gewesen! Nicht mehr als ein Tag, und die Stadt wäre sein gewesen!

Jetzt aber war diese Möglichkeit vertan. Die Chancen, diesen Krieg doch noch zu gewinnen, standen schlecht.

Doch die Ehre stand an allererster Stelle.

Teron Blutschatten stand in der Nähe. Schicksalshammer wandte sich an den Todesritter. „Was ist mit dir, du verfaulender Leichnam? Du bist einst Gul'dan gefolgt und hast uns verraten. Gehst du jetzt wieder zu ihm?"

Der untote Krieger sah ihn einen Moment lang mit seinen glühenden Augen an, dann schüttelte er den Kopf. „Gul'dan hat unser Volk verraten", antwortete Blutschatten. „Wir tun das nicht.

Die Horde ist alles, und ihr gebührt unsere Treue – so wie dir, solange du sie anführst."

Schicksalshammer nickte brüsk, überrascht von der Antwort der Kreatur. „Dann geh und beschütze unser Volk, während es sich von der Stadt zurückzieht", befahl er.

Blutschatten gehorchte und ging zu den anderen Todesrittern und ihren untoten Pferden. Tharbek entfernte sich ebenfalls. Innerhalb weniger Augenblicke stand Schicksalshammer allein da.

„Gul'dan!", brüllte er, riss seinen Hammer in die Höhe und schüttelte ihn gen Himmel. „Dafür wirst du sterben! Ich werde dafür sorgen, dass du diesen Verrat mit unendlichen Qualen bezahlst!"

Der Himmel antwortete nicht, doch Schicksalshammer fühlte sich nach diesem Gefühlsausbruch ein wenig besser. Er senkte seinen Hammer und ließ seinen Blick über das Schlachtfeld schweifen. Er musste sich zwingen, darüber nachzudenken, wie er seine Krieger am schnellsten nach Süden und den Rest der Horde zum Meer führen konnte.

Gul'dan lehnte sich über den Bug des Schiffes und atmete die Seeluft ein. Er schloss die Augen und brachte seine mystischen Sinne zur Entfaltung. Mit seinem Geist suchte er nach der charakteristischen Aura der Magie.

Fast augenblicklich fand er sie. Sie war so stark, dass er sie wie das metallische Aroma frischen Blutes schmecken konnte, und so machtvoll, dass seine Haut und seine Haare zu knistern begannen.

„Halt!", rief er über die Schulter, und seine Klanleute hörten auf zu rudern und brachten das Boot zum Stehen. Gul'dan lächelte. „Wir sind da", verkündete er.

„Aber … hier ist nichts", sagte einer der Orcs, ein Mitglied des Sturmrächerklans namens Drak'thul. Gul'dan wandte sich ihm zu, öffnete schließlich die Augen und starrte den jungen Hexenmeister an.

„Nein?" Er grinste. „Dann werden wir dir Ketten anlegen

und dich auf den Meeresgrund schicken, damit du ihn für uns erforschst. Oder würdest du es vorziehen, hier zu sitzen und darauf zu vertrauen, dass ich weiß, was ich tue?"

Drak'thul zog sich verschreckt zurück, eine Entschuldigung murmelnd. Gul'dan hatte ihn bereits wieder vergessen und blickte über das Wasser zum nächsten Boot hinüber. Cho'gall stand dort an der Reling.

„Informiere die anderen", rief Gul'dan seinem Offizier zu. „Wir werden sofort beginnen. Schicksalshammer hat vielleicht schon von unserer Abfahrt erfahren. Ich will nicht riskieren, dass er uns stört, bevor wir unser Ziel erreicht haben."

Der zweiköpfige Oger nickte und wandte sich an das nächste Boot, um Gul'dans Befehle weiterzuleiten, von wo dann die Botschaft wiederum weitergegeben wurde. Taue wurden von Schiff zu Schiff geworfen, und schon bald wechselten Ogermagier und Orctotenbeschwörer zu Gul'dans Schiff über. Manche benutzten die Taue, um sich daran entlangzuhangeln, andere schwammen hinüber, je nachdem, wie geübt sie im Schwimmen waren.

„Wir suchen einen alten Tempel, der unter uns liegt", erklärte Gul'dan, als sich all seine Hexenmeister auf dem Deck seines Schiffes versammelt hatten. „Wir könnten jetzt versuchen, dort hinunterzutauchen, aber ich weiß nicht, wie tief das Wasser hier ist. Außerdem ist es da unten dunkel und kalt, und das mag ich überhaupt nicht." Er grinste. „Also werden wir den Boden anheben und den Tempel *zu uns* bringen."

„Geht das denn?", wollte einer der Ogermagier wissen.

„Allerdings", antwortete Gul'dan. „Vor nicht allzu langer Zeit haben wir Orcs auf unserer Heimatwelt einen Vulkan im Schattenmondtal angehoben. Ich leitete damals den Schattenrat an, und heute werde ich uns entsprechend anleiten." Er wartete auf weitere Fragen oder Einwände, und als sich niemand zu Wort meldete, nickte er zufrieden. Seine neuen Untergebenen waren nicht nur stärker als die alten, sondern auch gehorsamer – etwas, was er aus tiefstem Herzen schätzte.

„Wann fangen wir an?", fragte Cho'gall schließlich.

„Sofort", antwortete Gul'dan. „Warum sollen wir warten?" Er ging zur Reling, und seine Assistenten stellten sich zu seiner Rechten und seiner Linken auf. Gul'dan schloss die Augen und begann nach der Kraft zu tasten, die er tief unter sich spüren konnte. Sie war leicht zu erfassen. Als er sie fest im Griff hatte, begann er an ihr zu zerren. Magisch zog er die Energie und ihre Quelle zu sich. Zur selben Zeit streckte er seinen Geist aus und weitete seinen Zauber auch auf die Umgebung aus, die er ebenso anhob. Der Himmel verdüsterte sich, und die See wurde zusehends unruhiger.

„Ich hab's", teilte er seinen Helfern mit zusammengebissenen Zähnen mit. „Vereint euch mit meiner Magie, und ihr werdet es selbst spüren. Gebt eure Energien dazu und hebt es mit mir an. Jetzt!"

Er spürte den Ruck, als erst Cho'gall und dann auch die anderen Hexenmeister ihre Kraft mit seiner vereinten. Ein tiefrotes Leuchten erfüllte den Himmel, es donnerte und begann zu regnen. Mächtige Wellen warfen das Boot hin und her. Das gewaltige Gewicht wurde leichter. Es war zwar immer noch unsagbar schwer, aber nun weitaus erträglicher, und sein Zug verursachte keine Schmerzen mehr. Mit jedem Ruck wurde die Magie stärker und Gul'dans Griff fester. Die Natur widersetzte sich, doch er hielt ihr stand und gab nicht nach.

Stundenlang standen sie so da, unbeweglich, wie die Krieger annahmen, und versunken in den Kampf gegen die Kräfte des Ozeans. Die Gischt durchnässte sie bis auf die Haut. Der Donner ließ sie beinahe taub werden, und die Blitze blendeten sie.

Die Boote waren aneinandergebunden worden, und die Krieger griffen nun nach ihren Rudern, um nicht zu Fall gebracht zu werden, da das Schiff mittlerweile besorgniserregend schlingerte. Einige schauten zu Gul'dan und seinen Helfern hinüber und warteten auf Anweisungen, doch nicht einer der Hexenmeister bewegte sich.

Einige Meter vom vordersten Schiff entfernt stieg eine kleine Wolke auf und erfüllte die Luft mit Feuer, Asche und Rauch.

Durch die brennende Luft konnten die Orcs erkennen, dass etwas durch das Wasser stieß wie der Schnabel eines Kükens, das sich aus seiner Eierschale befreite. Das Etwas schien aus Gestein zu bestehen, und die Krieger beobachteten starr vor Staunen, wie die Landmasse sich aus den Wellen erhob, immer größer wurde und Wasser und Lava von ihr abtropften. Aus dem kleinen Felsen wurde ein größerer Felsen, der sich in ein kleines Plateau verwandelte, das wiederum überging in eine felsige Ebene.

Weitere Formen stiegen unweit der ersten Landmasse aus der tobenden See auf.

Schließlich blickten die Orcs auf eine vollständige Insel, die Feuer, Staub und Dampf ausspie. Eine zweite, kleinere Insel folgte, dann eine dritte und eine vierte.

Nach einiger Zeit lichtete sich der Himmel. Seine Farbe veränderte sich von wirbelndem Rot zu einem düsteren Grau. Die See beruhigte sich, und die Wellen verloren zusehends an Höhe und Kraft.

Gul'dan öffnete die Augen. Er schwankte leicht und lehnte sich an die Reling, wie auch einige seiner Hexenmeister es nun taten.

Zufrieden blickte er auf die neue Inselkette, die noch immer dampfte, knirschte und knarzte, bis sich ihr neues Aussehen gefestigt hatte.

Er lächelte. „Bald“, sagte er leise, während er das Land betrachtete und mit seinem Geist erkundete. „Bald werde ich uns zu dem Tempel führen, in dem der Lohn all unserer Mühen auf uns wartet …“

„Ich kann sie sehen“, rief ein Krieger. „Da sind sie, bei den Inseln dort drüben!“

Rend Schwarzfaust, einer der beiden Häuptlinge des Black-Tooth-Grin-Klans, schaute in die angegebene Richtung. Sie hatten miterlebt, wie die See und die Luft sich wie verrückt gebärdeten, und schließlich den schmalen Landstreifen im Westen und die dunklen Umrisse darum herum entdeckt.

„Gut“, sagte er, nickte und ließ seine Hände auf dem Stiel

seiner Axt ruhen. „Erhöhe die Geschwindigkeit“, wies er den Trommler an. „Ich will sie einholen, bevor sie in einem Versteck verschwinden können.“

Auf einem der anderen Boote sah er seinen Bruder Maim mit dessen Trommler sprechen. Gewiss erteilte er ihm denselben Befehl.

„Was machen wir, wenn sie Magie gegen uns einsetzen?“, fragte einer der jüngeren Krieger. Mehrere andere nickten zustimmend.

Vor der Magie der Hexenmeister hatten sie die meiste Angst, noch mehr als davor, von der Allianz gefangen genommen oder von einem Drachen gefressen zu werden.

Rend konnte ihnen ihre Bedenken nicht verübeln. Er war auch nicht gerade begeistert von dem Gedanken, Gul’dan und seine Getreuen bekämpfen zu müssen.

Schicksalshammer hatte ihnen einen Befehl erteilt, und der Ruf des Namens Schwarzfaust stand auf dem Spiel. Rend wollte seine Anordnungen befolgen, selbst wenn er dabei sein Leben aufs Spiel setzen musste.

„Seine Magie ist mächtig“, gab er zu. „Gul’dan allein könnte leicht drei oder vier von uns binnen weniger Minuten töten. Aber er braucht Zeit dazu und physischen Kontakt, oder er muss uns zumindest nahe sein oder über etwas verfügen, was aus dem Besitz des Opfers stammt.“ Er grinste. „Hat jemand dem Hexenmeister einen Wasserschlauch, ein paar Handschuhe oder einen Schleifstein geliehen?“ Wie er gehofft hatte, brachte ihm dieser Scherz einige Lacher ein. „Dann bleibt den Hexenmeistern fern, bis wir da sind. Lasst sie nicht zu nah an euch herankommen, und greift sie an, bevor sie ihre Zauber wirken können.“ Zur Bekräftigung seiner Worte fuhr er mit der Hand über seine Axt. „Trotz ihrer Macht sind sie doch immer noch Orcs, die verletzlich sind und sterben können. Es ist nichts anderes, als wollte man einen Oger jagen. Jeder einzelne Hexenmeister mag stärker sein als einer oder zwei von uns, aber wir können sie überwältigen, wenn wir in Gruppen angreifen.“ Seine Krieger nickten. Sie verstanden, worauf er hinauswollte, und die Magie war schließlich auch nur eine Art Waffe.

„Wir sind fast da", verkündete der Steuermann. Rend blickte an ihm vorbei. Die Konturen der Insel waren klar zu erkennen. Anhand der Schiffe, deren Gul'dan sich bemächtigt hatte, konnte Rend abschätzen, dass die neue Insel groß war, größer als die meisten Inseln, die er auf dieser Welt gesehen hatte.

Er beobachtete, wie die Orcs aus den Schiffen kletterten oder von ihnen heruntersprangen und über den Strand liefen.

Rend unterdrückte ein wütendes Knurren, das tief in ihm lauerte. „Bereitet euch auf die Landung vor! Zielt auf die Hexenmeister und tötet jeden, der sich euch in den Weg stellt!"

„Wir haben Gesellschaft bekommen", sagte Cho'gall. Gul'dans Boot lag am Strand der Insel, die noch immer bebte, Dampf ausstieß und Feuer und Lava in den Himmel spie.

Gul'dan betrachtete die Flotte, die sich der Insel von der anderen Seite her näherte.

Seiner Insel.

Dass das Schiff keine Segel gesetzt hatte und von Ruderern angetrieben wurde, konnte nur eines bedeuten: Es wurde von Orcs gesteuert.

Schicksalshammers Krieger hatten sie gefunden.

„Verdammt soll er sein!", murmelte Gul'dan. „Warum trifft er seine Entscheidungen immer so rasch? Nur ein Tag mehr, und wir wären fertig gewesen ..." Etwas lauter fügte er hinzu: „Du wirst sie eine Weile hinhalten müssen, während ich in den Tempel gehe und nach der Gruft suche."

Auf Cho'gall Gesichtern breitete sich ein Grinsen aus. „Nur zu gerne." Der riesige zweiköpfige Oger war ebenso fanatisch wie der Rest seines Klans und überzeugt, dass er in der Lage war, das Ende der Welt einleiten zu können – vorzugsweise durch Gewalt und ein großes Blutvergießen.

Die Orcs des Schattenhammerklans teilten denselben Glauben und würden mit Freuden jeden bekämpfen, wenn es die Welt ihrem Untergang näher brachte. Dabei war es nicht von Schaden, dass das Dämonenblut, das sie auf Draenor getrunken hatten, ihre natürliche Gewaltbereitschaft noch gesteigert hatte.

„Sie werden nicht an uns vorbeikommen“, versprach der Oger und zog sein langes Krummschwert.

Gul’dan nickte. „Gut.“ Vorsichtig machte er sich auf den Weg über die Insel, von der vielerorts Rauch aufstieg.

Drak’thul und die anderen Totenbeschwörer und Ogermagier folgten ihm.

„Angriff!“, brüllte Rend, die Axt in der Hand und gemeinsam mit seinen Kriegern vorwärtsstürmend. „Tötet die Verräter!“

„Tod den Verrätern!“, griff Maim die Losung auf.

„In den Kampf!“, rief Cho’gall. Er hielt seine sensenähnliche Klinge erhoben, und ihre scharfe Schneide glänzte matt im schwachen Nachmittagslicht. „Tränkt dieses Land mit ihrem Blut, auf dass ihr Tod das Ende aller Zeiten einläute!“

Die beiden Armeen trafen auf dem lavaumfluteten steinigen Strand aufeinander. Orc kämpfte gegen Orc. Waffen blitzten, Äxte, Hämmer, Schwerter und Speere wurden geschwungen, und voller Leidenschaft und Kraft wurde auf den Gegner eingeschlagen. Das Blut floss in Strömen, erfüllte die Luft mit einem roten Sprühnebel und färbte die Wellen, die auf dem Strand ausliefen, rot. Viele Krieger verloren auf dem nun glitschigen steinigen Boden das Gleichgewicht und wurden erschlagen, während sie sich mühten, wieder auf die Beine zu kommen.

Die Schlacht wogte wild hin und her. Cho’galls Krieger kämpften ohne Rücksicht auf ihre eigene Sicherheit. Das Einzige, was sie beseelte, war der Wille, so viele Gegner wie nur irgend möglich abzuschlachten.

Schicksalshammers Soldaten stritten für die Gerechtigkeit und um Gul’dans Verrat zu rächen. Die Schlacht hatte ihnen bereits einen hohen Blutzoll abverlangt, denn beide Seiten glaubten an ihre Bestimmung und wollten keinesfalls nachgeben.

Gul'dan gebot über zwei Klans: seine Sturmrächer und Cho' galls Schattenhammerklan. Die Sturmrächer waren der kleinste Klan, der sich ausnahmslos aus Hexenmeistern zusammensetzte. Sie alle begleiteten Gul'dan. Damit blieb nur der Schattenhammerklan, um sich Rend und seinen Kriegern entgegenzustellen.

Rend und Maim hatten den Großteil ihres Black-Tooth-Grin-Klans mitgebracht, der einer der größten Klans der Horde war. Der Schattenhammerklan war ihnen zahlenmäßig unterlegen, und Cho'galls Kämpfer wussten das.

Als beide Seiten im Verlauf des Kampfes schwere Verluste hatten hinnehmen müssen, begann sich der zahlenmäßige Unterschied auszuwirken.

Die fanatischen Orcs kämpften bis zum bitteren Ende und nahmen viele von Schicksalshammers Kriegern mit in den Tod. Cho'gall selbst schlug einem der besten Black-Tooth-Grin-Krieger den Arm ab, bevor er fiel. Die beiden Äxte des Orc-Kriegers steckten in seiner Brust.

Ein anderer Streiter verlor ein Auge durch einen gut gezielten Hieb mit einer Kriegsaxt. Schließlich war der Strand mit Leichen übersät, und nur die Überlebenden des Schwarzfaustklans waren noch übrig.

„Und nun ...", Rend wischte seine Axt an der Brust eines gefallenen Orcs ab, und Blut sickerte aus einer langen Wunde, die quer über seine Brust verlief, „... nehmen wir uns Gul'dan vor. Der Hexenmeister ist mir einige Antworten schuldig!"

Gul'dan stand am Fuß des alten Tempels. Seine äußeren Mauern waren kaum noch zu erkennen unter der jahrhundertealten Schicht aus Moos, Korallen und Entenmuscheln. Aber er konnte die Spuren einer Architektur ausmachen, die, sowohl was die Größe anging als auch den Stil, zu dem passte, was er in Quel'Thalas gesehen hatte.

Elfen hatten diesen Bau entworfen, und einst war er prächtig verziert gewesen, dessen war Gul'dan sich sicher. Jetzt waren die

Wände zum Teil eingestürzt, und die Ruine erinnerte in keiner Weise an etwas, was nach einem genau ausgearbeiteten Plan errichtet worden war.

Doch das interessierte Gul'dan nicht im Mindesten. Was ihn anzog, ja geradezu *erregte*, war das Pulsieren, das er in seinem Geist spürte, eine Kraft, die ihn so stark anzog, dass er sie beinahe greifen konnte.

„Hinein", sagte er zu Drak'thul und den anderen. „Wir müssen hinein."

Er hatte mit ihnen vereinbart, sie in den Tempel zu bringen. Dass die Gruft, die das Auge des Sargeras barg, darin lag, wusste er. Es war das Auge, das ihm gottgleiche Fähigkeiten verleihen würde. Doch würde er das allein schaffen, oder musste er diese Fähigkeiten mit den Mitgliedern des Schattenrats teilen?

Schließlich war er zu dem Schluss gelangt, dass er nicht absehen konnte, was der Tempel noch alles enthielt. Daher hielt er es für das Beste, seine Diener mitzubringen. Sollte es sich als notwendig erweisen, konnte er sie immer noch töten, sobald sie die Gruft erreichten.

Vorsichtig trat er in die Ruine ein und erschuf eine Kugel aus grünem Licht, um etwas erkennen zu können. Die Räume waren so verschmutzt und baufällig wie das Äußere der Ruine, und der Boden mit Sand, Trümmern und Seegras bedeckt. An den Wänden wucherten Pflanzen empor, und an ihnen hafteten Muscheln verschiedener Größe und Art. Selbst die Durchgänge hatten sich verändert. Sie waren deformiert worden von den Kreaturen, die hier während unzähliger Jahre gelebt hatten.

„Schnell, ihr Dummköpfe", ermahnte er seine Klanbrüder ungeduldig. „Los doch, vorwärts, sucht den Hauptdurchgang! Wir müssen die Kammer des Auges erreichen, bevor der Wächter der Gruft erwacht!"

„Wächter?", fragte Urluk Wolkentöter, einer der Hexenmeister, zögerlich. „Du hast diesen Wächter nie erwähnt!"

„Erbärmlicher Feigling!", schrie Gul'dan und schlug Urluk ins Gesicht. „Ich habe *vorwärts* gesagt."

Seine Wut erschreckte sie und trieb sie vorwärts. Aus Furcht vor Gul'dans Zorn vergaßen sie ihre Angst vor dem seltsamen Ort und den Schrecken, die hier lauern mochten, und durchsuchten das Gebäude. Schließlich fanden sie den Hauptgang und folgten ihm.

Als sie weiter in das Innere der Ruine vordrangen, bemerkten sie, dass das Gebäude zunehmend weniger Schäden aufwies. Bald waren filigrane Verzierungen an den Säulen und Pfeilern erkennbar. Die Mauern waren kunstvoll gestaltet, und die Böden und Decken mit bunten Mosaiken bedeckt. Die Farben waren vom Salzwasser ausgelaugt worden, doch noch immer konnte man erahnen, wie prachtvoll das Gebäude einst gewesen war: ein wahrhaft imposanter Tempel, der die Besucher tief beeindruckt haben musste.

Gul'dan hatte für die Schönheit des Tempels jedoch keinen Blick. Er wollte nur eines: die Magie, die in der Kammer auf der untersten Ebene auf ihn wartete.

Als er sie schließlich erreicht hatte, blieb er einen Augenblick lang bewegungslos stehen, um das Gefühl des Triumphs auszukosten.

„So, Sargeras“, flüsterte er, „jetzt werde ich für mich beanspruchen, was von deiner Macht noch übrig ist. Ich werde diese erbärmliche Welt in die Knie zwingen!“

Er konnte die in der Kammer schlummernde Energie beinahe spüren. Sie regte seine Sinne an und ließ seinen Geist vor Erwartung erbeben.

Als er die Lichtkugel herbeigezaubert hatte, war sie nicht größer als sein Kopf gewesen. Nun jedoch war sie auf die doppelte Größe angewachsen und von einem wilden grünen Feuer erfüllt. Er konnte nicht in sie hineinsehen, denn ihr Lichtschein war so gleißend hell und die Kugel so heiß, dass er achtgeben musste, sich nicht an ihr zu verbrennen.

Noch war er weit von der Quelle entfernt.

Wozu würde er erst fähig sein, wenn er jene Macht *berührte* … und sie völlig in sich aufsog?

In solche Gedanken versunken befahl Gul'dan den anderen, sich auf die linke Seite des Raumes zurückzuziehen.

Die Hexenmeister gehorchten augenblicklich.

Gul'dan legte eine Hand auf den steinernen Ring, der an einer massiven schwarzen Metalltür angebracht war. Sie war offenbar die einzige Stelle im ganzen Tempel, die völlig schmucklos war. Ihre Schlichtheit verlieh ihr eine Eleganz, die all die Statuen und Schnitzereien nicht zu erzeugen vermochten.

Dieser Ort war zu wichtig für irgendwelchen Firlefanz. Begierig, endlich zu sehen, was sich hinter der Tür verbarg, zog Gul'dan mit aller Kraft an dem steinernen Ring.

Nach den vielen Jahrhunderten klemmte die Tür ein wenig, und er spürte das unverkennbare Prickeln von Magie.

Es war nichts Gefährliches, sondern eher ein Hinweis darauf, dass hier Magie gewirkt wurde. Gul'dan konnte den mächtigen Spruch erahnen, der damit verbunden war.

Der Anfangszauber, dieser Vorbote von etwas Größerem, glitt durch ihn hindurch, ohne jeglichen Schaden anzurichten, und der eigentliche Zauber wurde gar nicht erst ausgelöst.

Es war genau so, wie Sargeras es ihm versichert hatte.

Aegwynn hatte die Gruft gegen das unerlaubte Eindringen von Menschen, Elfen, Zwergen und selbst Gnomen gesichert – kurz gesagt, gegen die Vertreter aller Völker, die auf dieser Welt ansässig waren.

Doch Gul'dan war ein Orc, und Aegwynn hatte niemals etwas von Draenor gehört. Folglich schloss ihr Spruch ihn nicht mit ein, und so war er in der Lage, die Tür zu öffnen.

Ein lautes Knirschen ertönte, und mit einem heftigen Ruck schwang die Tür weit auf.

Vor ihm herrschte eine Finsternis, die selbst Gul'dans Licht nicht zu durchbrechen vermochte, eine Finsternis, die so kalt war, dass seine Finger binnen einer Sekunde taub wurden und sein Atem sich in Eiskristalle verwandelte.

Langsam nahm diese Dunkelheit Form an und wurde zu einzelnen kriechenden Schemen, sich krümmenden Schatten mit

Augen, die dunkler glühten als die Körper, so dunkel, dass es Schmerzen bereitete, sie anzusehen.

Befriedigt lächelten diese dunklen Schemen, als sie die Tür der Gruft erreichten und ihr uraltes Gefängnis verließen. Sie traten auf den wie versteinert dastehenden Gul'dan und seine Hexenmeister zu.

Dämonen! Dämonen, wie er sie noch nie zuvor erblickt hatte!

Gul'dan hatte geglaubt, in der Vergangenheit bereits wirklich schrecklichen Kreaturen begegnet zu sein, doch diese hier machten alle anderen vergessen und ließen sie wie Schoßhündchen erscheinen.

Nein!, schrie Gul'dans Geist auf. Er war noch immer nicht fähig, seinen Mund zu bewegen, um die Worte laut auszusprechen. *So war das nicht vereinbart! Sargeras hat es versprochen!*

Er versuchte, Magie zu wirken, die Hände zu heben, fortzulaufen, *irgendetwas* zu tun, doch der Anblick dieser grauenerregenden Wesen lähmte ihn. Er lähmte sowohl seinen Körper als auch seine Seele.

Er, Gul'dan, der sich für den Meister gehalten hatte, konnte nichts anderes tun als hilflos und vor Entsetzen schaudernd zuzusehen, wie sie ihm entgegenkamen, zuzusehen, wie ihre schattenhaften Klauen auf ihn zuschossen und ... sein Gesicht liebkosten.

Die erste Berührung reichte aus, um die Erstarrung zu lösen, und Gul'dan wurde überrascht gewahr, dass er losrannte, um diesem albtraumhaften Ort zu entkommen.

Drak'thul und die anderen Hexenmeister hatten unmittelbar hinter ihm gestanden. Nun waren sie jedoch nicht mehr zu sehen. Sie mussten bereits das Weite gesucht haben.

Schreie hallten hinter ihm her, als Gul'dan einen Gang nach dem anderen entlanghetzte. Wo die Klauen ihn berührt hatten, brannte die Haut in seinem Gesicht. Als er mit einer Hand über seine Wange tastete, erkannte er, dass er einen tiefen Schnitt davongetragen hatte.

„Verdammt seist du, Sargeras!“, fluchte er, zwischen Säulen

und Pfeilern hindurchrennend und einen Raum nach dem anderen durchquerend. „Ich werde mich nicht geschlagen geben! Ich bin Gul'dan, die Inkarnation der Finsternis! Es kann … es darf nicht so enden!"

Er hielt kurz inne, um zu Atem zu kommen und zu lauschen. Nichts. Die Schreie hatten aufgehört. *Verdammte kleingeistige Schwächlinge*, dachte er und stellte sich die Sturmrächer vor, die ihm hier hinunter gefolgt waren.

„Sie sind wahrscheinlich längst alle tot!" Seine Wange pochte, und er presste eine Hand darauf, um die Blutung zu stillen. Schwindel überkam ihn, und seine Glieder schien jegliche Kraft zu verlassen. „Ich muss weitermachen", knurrte er grimmig. „Meine Kraft allein sollte ausreichen, um …"

Gul'dan verstummte, um besser hören zu können. Auf seinen Armen bildete sich eine Gänsehaut. Was war das für ein Geräusch? Es war schwach und wiederholte sich und klang grausam und … amüsiert zugleich …

„Dieses Gelächter … bist du das, Sargeras?", fragte er laut. „Willst du mich verspotten? Wir werden sehen, wer zuletzt lacht, Dämon. Wenn ich deine brennenden Augen für mich beanspruche …"

Er bog um eine Ecke und fand sich in einem großen Raum wieder, dessen Wände überraschenderweise von einem makellosen Weiß waren. Inspiriert von etwas, was er nicht benennen konnte, trat Gul'dan zur nächstgelegenen Wand. Mit seinem Blut kritzelte er eine Beschreibung der Gruft und ihrer Wächter auf ihr nieder. Mehrere Male unterbrach er sich, denn seine Hand war zu schwer, um sie zu erheben.

„Überfallen … von den Wächtern", schrieb er schwach. „Ich … sterbe."

Er wusste, dass dem so war, und kämpfte darum, seine Niederschrift zu beenden, bevor er tot zu Boden sank. Hinter sich konnte er bereits das trockene, hungrige Geräusch ausmachen, das er in der Gruft gehört hatte.

Sie kamen, um ihn zu holen.

„Wenn meine Diener mich nicht verlassen hätten“, schrieb er, doch seine Augen waren kaum noch in der Lage zu entziffern, was er an die Wand schmierte.

Schlagartig erkannte er, dass es nicht ihr Fehler gewesen war, sondern sein eigener. Die ganze Zeit über hatte er geglaubt, alles unter Kontrolle zu haben, doch in Wirklichkeit war er nicht mehr als ein Tölpel gewesen, ein Werkzeug, ein Sklave. Seine gesamte Existenz war nur Schein gewesen, ein Witz, und bald würde es vorbei sein.

Ich war ein solcher Narr, dachte er und stützte sich an der Wand ab. Mühsam wandte er sich um, wollte seine letzten Kräfte mobilisieren, um davonlaufen … und wusste doch, dass es dazu längst zu spät war.

Als die Klauen ihn berührten, gewann Gul'dan lange genug seine Stimme zurück, um lauthals und verzweifelt aufzubrüllen.

Rend streckte seinen Arm aus und hinderte Maim daran weiterzugehen. „Nein“, sagte er leise. Blut quoll unter der primitiven Binde hervor, die er aus dem Gürtel eines gefallenen Kriegers angefertigt hatte.

„Wir müssen hinter Gul'dan her“, sagte Maim, obwohl er zahlreiche Wunden davongetragen hatte und die Verbände, die er um ein Bein und die Schulter trug, bereits blutdurchtränkt waren.

„Dafür gibt es keinen Grund mehr“, versicherte ihm sein Bruder. „Diese … Kreaturen haben Gul'dan für uns erledigt.“

Etwas Erstaunliches, nein, etwas *Ungeheuerliches* war von dem Gebäude vor ihnen aufgestiegen, etwas mit vielen Gliedern und vielen Gelenken … und viel zu vielen Zähnen. Das Ungetüm war von anderen Wesen, die von derselben Gestalt waren, begleitet worden, und gemeinsam hatten sie die Orcs attackiert. Sie hatten sie zerrissen wie rasende, ausgehungerte Bestien.

Etliche Orcs waren aus Angst vor diesen schrecklichen Kreaturen regelrecht erstarrt, andere hatten gekämpft und schließlich auch das letzte dieser unheimlichen Lebewesen besiegt, obwohl es zuvor ein Dutzend Orcs niedergemacht hatte.

Die Ungetüme waren aus dem Gebäude gekommen. Nur einer der Orc-Krieger, nämlich Rend, hatte ein Gespür für Magie. Er hatte die Zauberei in dem merkwürdigen alten Gebäude vor ihnen *riechen* können. Diese Mauern waren von Hass erfüllt, einem Hass, der geradezu übermächtig war und gegen alles und jeden gerichtet schien.

Ohne jede Vorwarnung hatte eine gewaltige Erschütterung die Orcs zu Fall gebracht. Dieses Beben war begleitet gewesen von einem ohrenbetäubenden Geräusch, das aus der Richtung des Tempeleingangs kam.

Ein dunkles Rumpeln und Rumoren, das entfernt an Gelächter erinnerte, war aus der Tiefe zu ihnen heraufgedrungen. Stinkende, faulige Luft war aus dem Gebäude geströmt und noch etwas anderes, was Rend blankes Entsetzen hatte empfinden lassen. Er hatte nichts erkennen können, doch er war sicher gewesen, dass er etwas Böses gespürt hatte, was von diesem merkwürdigen Ort ausging. Das Rumpeln hatte unvermindert angehalten, und jäh hatten sich unter ihren Füßen Risse im Felsboden aufgetan. Die ganze Insel war in zwei Teile gebrochen.

„Gul'dan stellt keine Bedrohung mehr dar", sagte Rend, als er wieder auf die Beine kam.

Aus einem ihm unerfindlichen Grund wusste er, dass das den Tatsachen entsprach. Was auch immer Gul'dan zu finden gehofft hatte, auf dieser Insel hatte der Tod auf ihn gewartet.

Rend hoffte, dass Gul'dan langsam und qualvoll hatte sterben müssen. Er war beinahe sicher, dass dem so gewesen war.

„Was machen wir jetzt?", fragte Maim, als sie sich abwandten und den Tempel hinter sich zurückließen.

„Wir kehren zu Schicksalshammer zurück", sagte Rend, „schließlich haben wir noch immer einen Krieg zu führen. Zumindest brauchen wir uns jetzt keine Gedanken mehr um Verräter zu machen, die unsere Stärke von innen heraus zersetzen."

Einträchtig begaben sich die Brüder zum Strand, wo die Boote auf sie warteten.

ACHTZEHN

„Sind wir bereit?“

„Bereit, Sire.“

Admiral Daelin Prachtmeer nickte und blickte unverwandt geradeaus. „Gut. Gebt das Signal, in Position zu gehen. Wir greifen an, sobald wir in Reichweite sind.“

„Ja, Sire.“ Der Quartiermeister salutierte und läutete die große Messingglocke neben dem Steuerrad.

Prachtmeer hörte, wie die Füße seiner Leute über das Deck trommelten, Seile gestrafft wurden und die Männer auf seinem Flaggschiff eiligst ihre Positionen einnahmen.

Er lächelte. Auf Ordnung und Präzision legte er besonderen Wert, und seine Mannschaft wusste das. Alle Besatzungsmitglieder waren handverlesen. Nie war er mit besseren Männern gesegelt. Auch wenn er das niemals offen zugegeben hätte, so wusste die Mannschaft doch, dass er große Stücke auf sie hielt.

Prachtmeer richtete seine Aufmerksamkeit wieder auf das Meer und beobachtete die Wellen und den Himmel. Er hob sein Fernrohr ans Auge und suchte nach den dunklen Schemen, die er bereits bemerkt hatte.

Da! Die Schiffe hatten sich weiter genähert, und er konnte nun deutlich ihre Mastspitzen erkennen.

Der Ausguck hatte von seinem Krähennest aus eine viel bessere Sicht. In spätestens zehn Minuten würden die Schemen sich in klar erkennbare Schiffe verwandeln. Orcschiffe! Die Flotte der Horde, um genau zu sein.

Prachtmeer schlug mit der Faust auf die hölzerne Reling – das einzige sichtbare Zeichen seiner Erregung.

Davon hatte er seit Beginn des Krieges geträumt. Er hatte sich gefreut über die Nachricht Turalyons, der zufolge die Horde nach Süderstade segelte. Als der Ausguck die Orcschiffe auf der Großen See erspäht hatte, konnte Prachtmeer seine freudige Erregung kaum noch unterdrücken.

Der Ausguck hatte ihn auch darüber informiert, dass die Orcs zwei Gruppen bildeten. Die erste hatte rasch das offene Meer angesteuert, während die zweite sich mühte, zu der anderen Gruppe aufzuholen. Es war schwer abzuschätzen, ob ihr Vorgehen schlecht koordiniert war oder ob die zweite Gruppe die erste verfolgte.

Konnte es so etwas wie Orcrebellen geben? Prachtmeer wusste es nicht, und es war ihm auch vollkommen gleichgültig. Es zählte nicht, wohin die Grünhäute gefahren waren oder was sie vorhatten. Ihn interessierte lediglich, dass die Orcschiffe zurückkehrten, zurück nach Lordaeron.

Und jetzt kamen sie endlich in seine Reichweite.

Mittlerweile konnte Prachtmeer die Schiffe mit bloßem Auge erkennen. Sie bewegten sich sehr schnell vorwärts, obwohl sie keine Segel gesetzt hatten. Er hatte bislang nur wenige Orcschiffe aus der Nähe gesehen, aber er wusste, dass die Orcs absolut synchron rudern mussten, um dieses Tempo zu erreichen. Die hohe Geschwindigkeit bedeutete jedoch auch, dass das Boot nur schwer zu manövrieren war. Seine Schiffe konnten die Orcs leicht umkreisen …

Prachtmeer wollte um jeden Preis vermeiden, dass die Orcs sie zu früh bemerkten. Seeschlachten waren ein riskantes Unterfangen, und er beabsichtigte, die Orcflotte so rasch und effizient wie möglich zu versenken.

Nun also harrte er hinter der Insel Wappenfall aus, nordöstlich seines geliebten Kul Tiras. Seine gesamte Flotte war gefechtsbereit und wartete darauf, dass die Gegner endlich in ihre Reichweite gelangten.

Und genau das geschah in diesem Augenblick.

„Feuer!", brüllte Prachtmeer, als das zehnte Orcschiff ihre Position passiert hatte. Die Grünhäute schienen nicht bemerkt zu haben, dass er mit seiner Flotte zwischen den beiden Inseln auf sie wartete. Die Segel seiner Schiffe waren noch nicht gesetzt und die Laternen verhängt.

Die erste Salve erwischte das anvisierte Schiff mit voller Wucht. Die Kugeln trafen es genau in der Mitte. Noch im Auseinanderbrechen begriffen sank das Schiff binnen Sekunden.

„Segel setzen, volle Kraft voraus!", befahl Prachtmeer. Sein Schiff schoss förmlich über das Wasser, als der Wind die Segel erfasste und fast bis zum Zerreißen blähte. Er wusste, dass seine Kanoniere bereits nachluden, und weitere Seeleute standen mit Armbrüsten und kleinen Fässern mit Schwarzpulver bereit.

„Zielt auf das nächste Schiff in der Reihe", wies Prachtmeer sie an. Die Besatzung bestätigte den Befehl und schleuderte die Fässchen auf das nächste Orcboot, das in ihre Nähe kam. Rasch entzündeten sie ölgetränkte Lappen, die um die Bolzen der Armbrüste gewickelt waren, und feuerten sie ab. Eines der Fässchen explodierte, und eine Feuerwalze raste über das Deck. Ein zweites Fässchen detonierte kurz darauf, und das Schiff brannte im Nu lichterloh.

Prachtmeers Schiff hatte die Orcboote passiert und drehte bei, um sie von der anderen Seite her anzugreifen.

Es lief alles genau so, wie Prachtmeer es geplant hatte. Die Orcs waren keine erfahrenen Seeleute und ungeübt im Manövrieren eines Schiffes. Von der Kriegsführung zur See verstanden sie nicht das Geringste. Aber sie waren unerschrockene Krieger, und es konnte gefährlich werden für Prachtmeers Schiffe, wenn es den Orcs gelang, sie zu entern. Aus diesem Grund hatte der Admiral seine Kapitäne angewiesen, auf einen ausreichenden Abstand zu achten. Mehrere seiner Schiffe waren ihm gefolgt und bedrohten die Fahrzeuge der Grünhäute nun von der anderen Seite. Eine zweite Gruppe hatte nahe bei Wappenfall auf die Orcs gewartet und schlug von dort aus zu. Ein dritter Verband hatte sich nach Norden gewandt, die kämpfenden Schiffe passiert und versperrte den Orcbooten, die zu fliehen versuchten, den Weg. Der vierte Verband hatte sich südlich hinter die Orcschiffe gesetzt, sodass sie vollständig umzingelt waren.

Drei Boote hatte die Horde bereits verloren. Prachtmeers Flotte dagegen hatte bislang keinerlei Verluste zu beklagen.

Der Admiral gestattete sich ein zufriedenes Lächeln. Bald würde das Meer wieder orcfrei sein ...

In diesem Moment meldete sich der Ausguck. „Admiral! Da ... da kommt was auf uns zu ... Aus der Luft!“

Prachtmeer schaute zu dem Seemann hinauf, der kreidebleich geworden war, sich ungläubig schüttelte und nach Norden starrte. Der Admiral richtete sein Fernrohr in diese Richtung und sah schon bald, was den Ausguck so sehr verängstigte.

Kleine, dunkle Flecken stießen aus den Wolken auf sie herab. Sie waren noch zu weit entfernt, um erkennen zu können, um was es sich bei ihnen handelte, aber er sah, dass sie sich seinen Schiffen rasch näherten.

Prachtmeer hatte keine Ahnung, über welche fliegenden Einheiten die Horde verfügte, doch etwas sagte ihm, dass diese Schlacht noch lange nicht gewonnen war.

Er stand neben dem Steuermann. „Was war das?“, wandte er sich an den Mann im Ausguck, aber der war in seinem Krähennest zusammengesunken und gab keine Antwort.

Der Admiral überlegte nicht lange, sondern eilte zum Hauptmast. Gewandt kletterte er über die Aufbauten zum Krähennest hinauf.

„Gerard?“, rief er, oben angekommen. „Alles in Ordnung?“

Der Mann sah ihn mit Tränen in den Augen an. Er schüttelte den Kopf und kauerte sich zusammen.

„Was ist?“ Daelin Prachtmeer kletterte in das Krähennest und setzte sich neben den Seemann. Er kannte Gerard seit Jahren und vertraute ihm blindlings.

Nach einer Weile begriff er, dass der Mann nicht krank, sondern völlig verschreckt war, vor Angst unfähig zu sprechen. Die

Tatsache, dass ein tapferer Seemann, der an ungezählten Schlachten teilgenommen hatte, derart verängstigt war, ließ den Admiral erschaudern.

„Hast du irgendetwas gesehen?“, fragte er.

Gerard nickte und kniff die Augen zusammen, als wollte er das Gesehene aus der Erinnerung löschen.

„Wo?“

Nachdem er nochmals heftig den Kopf geschüttelt hatte, zeigte Gerard schließlich mit zitternder Hand in Richtung Norden.

„Ruh dich aus!“, sagte Daelin leise, erhob sich und versuchte herauszufinden, was seinen alten Kameraden derart erschüttert hatte. Vor Verblüffung wäre er beinahe über das Geländer gekippt.

Ein Drache stürzte aus den Wolken herab. Seine Schuppen glänzten blutrot im frühen Morgenlicht. Hinter ihm entdeckte Daelin einen zweiten und einen dritten Drachen und noch weitere, bis Prachtmeer schließlich über ein Dutzend der massigen Kreaturen gezählt hatte. Ihre ledrigen Flügel schlugen kraftvoll, um die großen Tiere in der Luft zu halten. Mit jedem Flügelschlag kamen sie ihrem Ziel näher: Prachtmeers Flotte.

Der Admiral bemerkte nicht das Leid in den großen goldenen Augen der Drachen und die grünhäutigen Gestalten, die auf ihren Rücken saßen, sondern überlegte fieberhaft, wie das Auftauchen dieser Kreaturen sich auf den Verlauf der Schlacht auswirken würde. Jeder einzelne Drache war größer als ein ganzes Schiff, deutlich schneller und weitaus beweglicher.

Ihre scharfen Krallen würden sich mit Leichtigkeit in die Bordwand bohren und die Masten wie dünne Zweige zerbrechen.

Er musste den Rest der Flotte warnen, er musste seinen Vater warnen!

Prachtmeer beugte sich über das Geländer des Krähennests, um dem Steuermann etwas zuzurufen, als er eine Bewegung bemerkte und aufblickte.

Der führende Drache war bereits so nah, dass der Admiral das Grinsen auf dem Gesicht des Orcs erkennen konnte, der ihn ritt.

Die Echse öffnete ihr gewaltiges Maul. Prachtmeer sah die lange, schlangenartige Zunge, die umgeben war von scharfen dreieckigen Zähnen, die so groß waren wie ein Mensch.

Nun bemerkte er auch das Glühen im Schlund des Drachen, der sich stetig näherte und immer größer wurde.

Mit einem einzigen Angriff zerstörten die Drachen den gesamten dritten Verband, der aus sechs Schiffen bestanden hatte. Nicht einem der Männer an Bord gelang es, dem Verderben zu entgehen.

Die Drachenreiter rissen ihre Tiere herum und wandten sich dem ersten Verband zu, den Schiffen, die den Orcs den Fluchtweg abgeschnitten hatten.

„Verdammt seien sie! Verdammt seien sie alle!“ Admiral Prachtmeer schlug hart auf die Reling. Er sah gerade noch, wie der Zerstörer des dritten Verbands in den Wellen versank. Zurück blieb lediglich die auf den Wellen treibende Asche. Prachtmeer wusste, dass keine Chance bestand, eines der Mannschaftsmitglieder jemals wiederzusehen. Doch jetzt war keine Zeit zum Trauern. Das musste warten – wenn er denn noch lange genug lebte. Er schob alle Gedanken an Derek, seinen ältesten Sohn, beiseite, der sich auf dem Zerstörer befunden hatte, und konzentrierte sich darauf, was jetzt zu tun war.

Die Orcschiffe konnten ungehindert in nördlicher Richtung ihren Weg fortsetzen, während die Drachen Prachtmeers Verband bedrängten. Wenn es dem Admiral nicht gelang, die Orcs aufzuhalten, würden sie in den Hügellanden oder bei Süderstade an Land gehen und sich mit der Horde zusammentun.

Wenn ihnen das gelang, hatte er versagt. Auf keinen Fall durfte das geschehen.

„Wendet!“, befahl er und machte seinem Steuermann Beine. „Ich will, dass die Hälfte unserer Schiffe nach Norden fährt und den Orcs den Weg dort wieder verlegt! Der Rest bleibt, wo er ist, und greift weiter an!“

Der Seemann nickte. „Aber die Drachen …“, begann er, das Ruder bereits herumwerfend.

„Die Orcs sind ganz gewöhnliche Gegner", schnitt Prachtmeer ihm das Wort ab. „Wir gehen gegen sie vor wie gegen andere Gegner auch."

Seine Männer nickten und befolgten seine Befehle. Segel wurden gerefft und das Schiff vor den Wind gebracht. Hastig wurden die Kanonen geladen und Keile untergelegt, um sie in einem steileren Winkel zu positionieren. Schließlich machten die Seeleute ihre Armbrüste und die Fässchen mit dem Schwarzpulver bereit.

Als ihnen der erste Drache entgegenflog, zog Prachtmeer sein Schwert und reckte es in die Höhe, bis er es ruckartig herabsausen ließ.

„Angriff!"

Sie kämpften verzweifelt, doch der Angriff verpuffte wirkungslos. Der Drache wich den Kanonenkugeln geschickt aus, die harmlos ins Meer stürzten. Er schlug die Fässchen mit seinen Flügeln beiseite und ignorierte die brennenden Armbrustbolzen, die von seinen Schuppen abprallten. Zumindest wurde er durch die Wucht des Angriffs zurückgeworfen, sodass Prachtmeer die Möglichkeit erhielt, sich etwas anderes zu überlegen.

Glücklicherweise musste er sich nichts Neues einfallen lassen. Er dachte noch darüber nach, wie er die Leinen oder Ketten gegen die Drachen einsetzen konnte, als mehrere Gestalten aus den Wolken herabstießen.

Sie waren deutlich kleiner als die Drachen, ungefähr doppelt so groß wie ein Mensch und hatten lange, gefiederte Flügel und scharfe, gebogene Schnäbel. Auf dem Rücken eines jeden Tieres saß eine Gestalt, die wie ein zu klein geratener Mann aussah. Diese Gestalten waren in merkwürdige, mit Federn geschmückte Rüstungen gekleidet und hielten gewaltige Hämmer in ihren Händen.

„Wildhammerzwerge, zum Angriff!"

Kurdran Wildhammer stand auf seinem Sattel, schleuderte seinen Sturmhammer und traf einen Drachenreiter an der Brust.

Der überraschte Orc kippte aus dem Sattel, und die Zügel entglitten seinen leblosen Händen. Kurz darauf verschwand er in den Wellen.

Sein Drache brüllte vor Überraschung und Wut auf, was trotz des Donnerschlags deutlich zu hören war. Doch das Geräusch verwandelte sich in Schmerzenslaute, als Sky'ree seine scharfen Krallen tief in die Flanke des Drachen schlug. Sie schnitten durch die Schuppen hindurch, zwischen denen schwarzes Blut hervordrang.

lomhar und sein Greif befanden sich neben Kurdran. Der Greif riss mit seinem Schnabel und seinen Klauen ein großes Stück aus dem linken Flügel des Drachen. Zugleich sauste Farands Hammer von der gegenüberliegenden Seite auf den Drachen zu und krachte gegen seinen Kopf. Orientierungslos blinzelnd verlor der Drache zusehends an Höhe. Eine riesige Welle entstand, als er auf der Wasseroberfläche aufprallte, und nach einigen Sekunden versank er reglos in der Tiefe.

Kurdran flog über das größte Schiff hinweg. „Wir helfen Euch!", rief er dem großen älteren Mann zu, der auf der Brücke stand. Der nickte und grüßte mit dem Schwert in der Hand. „Wir nehmen uns diese Bestien vor", versicherte ihm der Zwerg. „Kümmert Ihr Euch um die Schiffe."

Admiral Prachtmeer nickte wieder, und ein verschmitztes Grinsen umspielte seine Lippen. „Oh ja, wir werden uns um sie kümmern", versprach er dem Zwerg. Dann wandte er sich an den Steuermann. „Halte Kurs!", befahl er. „Wir schneiden ihnen den Weg wie geplant ab, und dann schnappt die Falle zu. Ich will nicht, dass auch nur ein einziges Schiff der Orcs entkommt!"

Die Wildhammerzwerge griffen die Drachen an, töteten mehrere der riesigen Tiere und vertrieben den Rest. Prachtmeers verbliebene Schiffe kreisten die Orcs ein und nahmen sie von allen Seiten unter Feuer.

Der Admiral büßte ein weiteres Schiff ein, das von den Grünhäuten, die von ihrem eigenen sinkenden Schiff geflohen waren, geentert wurde. Sie töteten den größten Teil der Besatzung, bevor der mit dem Tod kämpfende Kapitän ein Pulverfass entzünden und so sein eigenes Schiff versenken konnte.

Insgesamt hatte die Allianz den ganzen dritten Verband und einige weitere Schiffe an die Drachen verloren, doch die Verluste der Orcs lagen beträchtlich höher. Eine Handvoll ihrer Schiffe schaffte es, Prachtmeers Flotte zu entkommen, der Rest fiel jedoch seinem Zorn zum Opfer.

Einige Hordenkrieger schwammen im Wasser oder klammerten sich an umhertreibende Trümmer. Die meisten ertranken schließlich, verbrannten oder wurden erschossen. Ihre Leichen schaukelten auf den Wellen auf und ab.

Als die letzten Orcschiffe außer Sichtweite waren, entschieden die restlichen Drachenreiter, dass sie hier nichts mehr ausrichten konnten. Sie wendeten und flohen nach Osten, nach Khaz Modan. Die Wildhammerzwerge nahmen mit Gebrüll ihre Verfolgung auf.

Prachtmeer nahm müde, aber zufrieden mit dem Ausgang des Gefechts den Rest seiner Flotte in Augenschein. Dieser Sieg war wahrlich teuer erkauft worden!

„Sire!", rief einer der Seeleute. Er hatte sich weit über die Reling gebeugt und deutete auf etwas, was im Wasser zu treiben schien.

„Was ist denn?", zischte Prachtmeer und trat neben den Mann. Sein Ärger verwandelte sich in Hoffnung, als er sah, was der Seemann ausgemacht hatte: einen Menschen, der sich an einer Planke festhielt!

„Werft ihm ein Seil zu!", befahl der Admiral, und die Seeleute gehorchten hastig. „Sucht das Wasser nach weiteren Überlebenden ab!" Prachtmeer hatte keine Ahnung, wie jemand aus dem dritten Verband so weit hatte schwimmen können. Aber offenbar hatte es einer tatsächlich geschafft, und das bedeutete, dass auch noch andere den Kampf überlebt haben konnten.

Hoffnung kam auf in ihm, dass Derek einer der Überlebenden war. Diese Hoffnung verwandelte sich jedoch zunächst in Verwirrung und dann in Wut, als der Mann schließlich an Bord geholt wurde. Statt der grünen Kleidung von Kul Tiras trug der Halbertrunkene das mit Wasser vollgesogene Hemd von Alterac. Es gab nur eine Möglichkeit, wie Perenoldes Männer auf die Große See gekommen sein konnten: mit der Flotte der Orcs.

„Was hast du auf einem Orcboot gemacht?“, wollte Prachtmeer wissen und setzte dem Mann sein Knie auf die Brust.

Bereits stark geschwächt, schnappte der Mann nach Luft und wurde bleich.

„Sprich!“

„Fürst Perenolde … hat uns geschickt. Wir … führten die Orcs zu ihren … Schiffen. Er befahl … uns … ihnen … jede mögliche … Hilfe zu gewähren.“

„Verräter!“ Prachtmeer zog seinen Dolch und presste ihn an den Hals des Mannes. „Verbrüderung mit der Horde! Ich sollte dich wie ein Tier ausweiden und deine Innereien an die Fische verfüttern!“ Er verstärkte den Druck auf die Klinge und beobachtete, wie eine dünne rote Linie auf der Haut des Mannes sichtbar wurde. Die Klinge war überaus scharf.

Doch dann zog Prachtmeer seinen Dolch zurück und erhob sich. „Ein solcher Tod wäre zu gut für dich“, verkündete er und steckte seine Waffe weg. „Lebendig kannst du Perenoldes Verrat bezeugen.“ Er wandte sich an einen der Seeleute. „Fesselt ihn und bringt ihn unter Deck! Dann sucht weiter nach Überlebenden. Je mehr Beweise wir gegen Perenolde zusammentragen können, desto schneller wird er hängen.“

„Jawohl, Sire!“ Der Mann salutierte und eilte davon. Es dauerte eine weitere Stunde, bis sie die Wasseroberfläche in der näheren Umgebung gründlich abgesucht hatten. Sie zogen drei weitere Männer an Bord, die alle die Geschichte des zuerst Geretteten bestätigten. Es befanden sich auch zahllose Orcs im Wasser, doch diese ließen Prachtmeers Männer nur zu gern ertrinken.

„Kurs setzen Richtung Süderstade“, befahl Prachtmeer seinem Steuermann, nachdem auch der letzte überlebende Verräter aus Alterac aus dem Wasser geborgen worden war. „Wir werden uns mit der Armee der Allianz vereinen und unseren Erfolg und Alteracs Verrat verkünden."

Mit diesen Worten wandte er sich um und stapfte in seine Kabine, wo er sich seiner Trauer hingeben konnte. Später würde er einen Brief an seine Frau schreiben, um ihr mitzuteilen, was ihrem ältesten Sohn widerfahren war.

NEUNZEHN

„Sie kommen nicht mehr."

Der junge Tharbek wandte sich Schicksalshammer zu. Er verstand die unerwartete Aussage seines Anführers nicht. „Was meinst du damit?", wollte er wissen.

Schicksalshammer verzog das Gesicht. „Der Rest der Horde ... Sie kommen nicht mehr."

Tharbek sah sich um. „Du hast sie den weiten Weg zur Großen See hinuntergeschickt", sagte er vorsichtig und versuchte, nicht den Zorn seines Vorgesetzten zu erregen. „Es wird viele Tage dauern, bis sie zurückkehren."

„Sie haben Drachen, du Dummkopf!" Schicksalshammers Faust schoss vor und erwischte Tharbek an der Wange. Der jüngere Orc taumelte zurück. „Die Drachenreiter hätten uns schon vor Tagen informieren müssen. Irgendetwas ist geschehen! Die Flotte ist weg, und der Hauptteil unserer Truppen mit ihr!"

Tharbek nickte und rieb sich schweigend die Wange. Er musste nichts sagen. Schicksalshammer wusste auch so, was sein Stellvertreter dachte.

Hätte er die anderen Klans nur nicht ausgeschickt, um Gul'dans Verfolgung aufzunehmen ...

Schicksalshammer biss die Zähne zusammen. Warum verstand niemand seine Beweggründe? Tharbek schaute ebenso misstrauisch drein wie jeder andere Orc, dem er begegnet war, nachdem er ihren Rückzug angeordnet hatte.

Die Tore hatten bereits erste Risse aufgewiesen und unter den

Schlägen des Rammbocks zusehends nachgegeben. Die Stadtwachen hatten ihr Öl schon lange aufgebraucht und sahen sich gezwungen, kochendes Wasser zum Einsatz zu bringen. Die Streitkräfte der Allianz waren über den See zurückgetrieben und an der Brücke aufgehalten worden.

Der Sieg war zum Greifen nahe gewesen, und doch hatte Schicksalshammer die Armee von der Schlacht abgezogen und fortgeschickt. Die verbleibenden Truppenteile waren zu schwach gewesen, um die Stadt weiter zu belagern.

Die Allianz hatte die Zeit zu nutzen gewusst und ihren Vorteil aus dem plötzlichen Rückzug der Horde gezogen. Die Menschen waren sofort über die Brücke gestürmt, kaum dass die Schwarzfäuste ihren Klan fortgeführt hatten. Sie hatten die zurückbleibenden Orcs förmlich überrannt und waren so wieder auf das Schlachtfeld zurückgelangt. Die Orcs waren plötzlich eingekeilt gewesen zwischen den Reitern und den Fußsoldaten auf der einen Seite und den verschanzten Wachen auf der anderen.

Hilfe war nicht in Sicht gewesen. Wie Tharbek gesagt hatte, konnte es Tage, wenn nicht gar Wochen dauern, bis der Rest der Horde zurückkehrte – und das auch nur, wenn sie es geschafft hatten, Gul'dan, seine Hexenmeister, seine Oger und was auch immer er sonst noch beschworen haben mochte, zu vernichten.

Die Krieger, die in den Bergen in die Falle gegangen waren, hatte Schicksalshammer völlig abschreiben müssen. Sie waren den Menschen zum Opfer gefallen, als diese die Pässe zurückerobert und den Weg verlegt hatten. Die wenigen Orcs, die vor der Stadt standen, waren alles gewesen, was ihm für einen Angriff noch zur Verfügung gestanden hatte.

Deshalb hatte er den Rückzug befohlen. Er hatte gehofft, schnell wieder auf die anderen Klans zu treffen. Zumindest die Drachen hätten schon längst wieder hier sein müssen.

Zweifellos war irgendetwas schiefgegangen. Schuld daran war allein Gul'dan. Selbst wenn der Hexenmeister die Krieger der Horde nicht persönlich getötet hatte, so war es doch sein Verrat gewesen, der Schicksalshammer dazu gezwungen hatte, seine Streitkräfte aufzuteilen.

Das war seine Pflicht gewesen. Er hatte den Ahnen geschworen, seine Rasse zu rehabilitieren und die Korruption zu bekämpfen, ebenso wie den Blutrausch, dem die Orcs anheimgefallen waren, und die Brutalität, die sie beseelte ... Dazu war ihm jedes Mittel recht. Es ging nicht darum, den Krieg zu gewinnen. Sein eigenes Überleben bedeutete nichts. Ohne Ehre waren die Orcs nicht besser als Tiere, möglicherweise sogar schlimmer, weil sie das Potenzial in sich trugen, so unendlich viel mehr zu sein.

Einst waren die Orcs eine ehrenvolle Rasse gewesen. Doch diese Ehre hatten sie aufgegeben, um ihren Blutrausch zu stillen und im Hass aufzugehen. Wenn er Gul'dan hätte entkommen lassen, um die Stadt zur Steigerung seines persönlichen Ruhms zu erobern, wäre das selbstsüchtig und er zumindest mitverantwortlich gewesen für die fortschreitende Degenerierung seines Volkes.

Immerhin konnte er jetzt sagen, dass er sein Bestes gegeben hatte. Er hatte seine Ehre gewahrt und somit auch die Ehre der Horde. Vielleicht verloren sie den Krieg, aber sie würden mit Stolz untergehen: fest auf ihren Füßen stehend und mit der Waffe in der Hand, nicht jammernd und voller Selbstmitleid.

Zudem war der Krieg noch nicht vorbei. Er würde seine Krieger statt nach Westen nach Süden führen. Dort, zwischen Lordaeron und Azeroth, lag Khaz Modan, die Heimat der Zwerge. Sie hatten dieses Gebiet passiert, um hierher zu gelangen, und sie hatten sich als ausgesprochen zähe Gegner erwiesen, doch ihre Bergfestungen hatten der Macht der Horde letztlich nicht widerstehen können. Alle waren sie gefallen – mit Ausnahme der Stadt Eisenschmiede.

Schicksalshammer hatte Kilrogg Totauge und seinen Klan des Blutenden Auges dort zurückgelassen, um die Minenarbeiten zu beaufsichtigen. Wenn es ihm gelang, seine Krieger dorthin zurückzuführen und mit Kilroggs Kräften zu vereinen, würde ihnen wieder eine schlagkräftige Streitmacht zur Verfügung stehen, die stark genug war, die Kräfte der Allianz zu stellen und zu vernichten.

Die Schlacht würde ihnen alles abverlangen und die Eroberung viel länger dauern als ursprünglich geplant. Doch noch immer konnten sie diesen Kontinent unter ihre Herrschaft zwingen und ihre eigenen Städte errichten. Vorausgesetzt, von nun an ging nichts mehr schief.

„Menschen!", keuchte der Orc-Kundschafter und fiel vor Erschöpfung auf die Knie. „Östlich von uns!"

Schicksalshammer starrte ihn an. „Östlich? Bist du dir sicher?" Er bedurfte des müden Nickens des Kundschafters nicht, um zu wissen, dass der Orc die Wahrheit sagte. Doch wie waren die Menschen dorthin gelangt, wo die Orcs sie doch die ganze Zeit verfolgt hatten und Lordaeron im Nordwesten lag?

Plötzlich kam ihm ein Gedanke. Das Hinterland! Er hatte einen ganzen Klan dort zurückgelassen, um die Menschen abzulenken, während der Hauptteil seiner Streitmacht auf Quel'Thalas zumarschiert war.

Die Finte hatte funktioniert, und die Menschen hatten die Hälfte ihrer Armee dort belassen, um die Orcs in den Wäldern zu jagen.

Offensichtlich waren diese Krieger niemals zur Hauptstadt gelangt und näherten sich nun von Osten her. Das bedeutete, dass die beiden Armeen der Allianz die Orcs zwischen sich einschließen und die letzte Chance der Horde auf Flucht – und letztlich den Sieg – zunichtemachen konnten, wenn er nicht achtgab.

„Wie viele sind es?", wollte er von dem Kundschafter wissen, der einen Wasserschlauch ergriffen hatte und gierig trank.

„Hunderte, vielleicht mehr", antwortete der Orc schließlich und schaute finster drein. „Einige davon tragen schwere Rüstungen."

Schicksalshammer verzog das Gesicht und wandte sich ab. Um seiner Wut Herr zu werden, rammte er seinen Hammer tief in den Boden.

Verdammt sollten sie ein! So viele Allianzsoldaten konnten

seine Krieger leicht vernichtend schlagen, insbesondere mit ihren schnellen Reitern, wenn diese sich von hinten näherten … Und er war noch immer mehrere Tagesmärsche von Khaz Modan entfernt!

Von den Drachenreitern und den anderen ausgesandten Truppenteilen gab es nach wie vor kein Lebenszeichen.

Ihm blieb keine Wahl. Schicksalshammer starrte Tharbek an. „Erhöhe das Tempo“, befahl er. „Voller Lauf, keine Pausen mehr. Wir müssen Khaz Modan so schnell wie möglich erreichen.“

Tharbek nickte und brüllte einige Befehle. Schicksalshammer knurrte, als er sah, wie der junge Krieger sich entfernte. Laufen zu müssen erinnerte stark an Niederlage. Diese Möglichkeit auch nur ins Auge zu fassen, war etwas, was er abgrundtief verabscheute.

Ein offenes Gefecht konnte er jedoch keinesfalls riskieren. Er musste den Klan des Blutenden Auges unbedingt erreichen, denn erst dann konnte er sich der Armee der Allianz stellen.

„Dort!“ Tharbek wies ihm die Richtung, und Schicksalshammer nickte. Er hatte den Orc-Kundschafter, der gerade über den Hügelkamm kam, bereits ausgemacht.

„Sei gegrüßt, Schicksalshammer!“, rief der Kundschafter, nachdem er sich aufgerichtet und seine Axt zum Gruß erhoben hatte. „Der Klan des Blutenden Auges heißt dich in Khaz Modan willkommen!“

„Danke!“, antwortete Schicksalshammer. Er reckte seinen schwarzen Steinhammer ebenfalls in die Höhe, sodass der Kundschafter ihn selbst aus der Entfernung gut erkennen konnte. „Wo sind Kilrogg und die anderen?“

„Wir lagern in einem Tal mitten in den Bergen“, antwortete der Kundschafter und sprang auf einen tiefer liegenden Felsvorsprung, damit sie leichter miteinander sprechen konnten. „Ich gehe und berichte von eurer Ankunft.“

Er blickte auf, und Schicksalshammer wusste, dass er die Krieger hinter ihm beobachtete. „Wo ist der Rest der Horde?“

„Tot, zumindest die meisten“, antwortete Schicksalshammer

offen. Als sich die Augen des Kundschafters vor Überraschung weiteten, zeigte er seine Hauer. „Die Armee der Allianz ist uns auf den Fersen. Sag Kilrogg, er soll seine Krieger für den Kampf bereitmachen!“

Der Kundschafter schien noch eine Frage stellen zu wollen, überlegte es sich jedoch anders. Er grüßte zum Abschied und kletterte den Hügel hinauf. Kurz darauf verschwand er hinter einer Erhebung.

Schicksalshammer nickte. Wenigstens die Krieger vom Klan des Blutenden Auges würden sie an ihrer Seite haben, wenn sie den Menschen erneut entgegentraten.

Kilrogg war trotz seines Alters sehr gewieft und besaß noch immer großen Einfluss. Sein Klan war hoch motiviert und noch lange nicht des Kriegs müde. Gegen die Schwarzfäuste und die Krieger vom Blutenden Auge als vereinte Streitmacht würde die Allianz sich sehr, sehr schwertun …

„Wir können sie nicht bekämpfen, jedenfalls nicht mit unserer vollen Stärke.“

Schicksalshammer starrte Kilrogg an, der den Kopf schüttelte. Sein Gesicht war mürrisch, drückte jedoch auch die felsenfeste Überzeugung aus, die er gerade in Worte gefasst hatte.

„Was? Und warum nicht?“, wollte Schicksalshammer wissen.

„Wegen der Zwerge“, antwortete Kilrogg knapp.

„Die Zwerge?“ Zuerst dachte er, der Häuptling meine die Greifenreiter. Doch der Nistgipfel lag weit entfernt. Also konnte er nur die Zwerge meinen, die hier in den Bergen lebten. „Aber wir haben ihre Armee zerschlagen und sie aus ihren Festungen vertrieben.“

„Bis auf eine“, korrigierte ihn Kilrogg. Er hatte sich Schicksalshammer zugewandt, sodass dieser das gesunde und das tote Auge gut sehen konnte. „Wir konnten Eisenschmiede nicht besetzen. Ich habe viele gute Krieger bei dem Versuch verloren.“

„Dann lass es doch sein“, sagte Schicksalshammer. „Die Stadt brauchen wir jetzt nicht. Wir müssen uns gegen die Menschen wenden, bevor sie die Brücken überqueren und sich auf dieser

Seite des Kanals sammeln. Wenn wir ihre Armee vernichtet haben, können wir uns Eisenschmiede immer noch vornehmen. Dann stationieren wir unsere Krieger dort, während wir nach Norden weitermarschieren, um die Eroberung zu ihrem Ende zu bringen."

Kilrogg schüttelte den Kopf. „Die Zwerge sind zu gefährlich, als dass man ihnen den Rücken zukehren könnte. Ich habe in den letzten Monaten oft gegen sie gekämpft, und ich sage dir, wenn wir sie sich selbst überlassen, werden sie aus ihrer Festung kommen wie wütende Hornissen. Sobald wir eine ihrer Festungen eingenommen haben, sind die Überlebenden nach Eisenschmiede geflohen, wo man sie gerne aufgenommen hat. Ich kann nur schätzen, wie tief die Festung in den Berg hineinreicht, aber die gesamte Zwergennation steckt darin und wartet ungeduldig darauf, sich zu rächen. Wenn wir den Ort nicht bewachen und die Zwerge beschäftigt halten, werden wir es nicht nur mit einer Armee zu tun haben, sondern mit zweien."

Schicksalshammer ging auf und ab und überdachte diese neuen Informationen. Er vertraute Kilroggs Einschätzung, doch das bedeutete, dass sie nicht genügend Krieger gegen die Allianz würden aufbieten können.

„Bleib hier", erklärte er Kilrogg schließlich. „Behalte so viele Krieger, wie du brauchst, um die Zwerge in Schach zu halten und die Menschen zu beschäftigen. Ich werde die anderen Krieger zur Festung Schwarzfelsspitze führen, hinter deren Mauern wir uns verschanzen können." Er schaute den älteren Häuptling an. „Wenn du kannst, dann bring deine Krieger dorthin, oder falle den Menschen in den Rücken! Vielleicht tauchen doch noch ein paar versprengte Einheiten unseres Volkes von der See her oder aus dem Dunklen Portal auf." Er richtete sich auf. „Die Feste Schwarzfelsspitze ist unsere Zuflucht. Wenn wir die Menschen dort nicht schlagen können, können wir sie nirgendwo besiegen, und dieser Krieg ist verloren."

Kilrogg nickte. Eine Sekunde lang sah er den Kriegshäuptling der Horde an. Als er nun das Wort ergriff, sprach er in einem sanfteren Tonfall, als Schicksalshammer den mürrischen alten Häuptling jemals zuvor gehört hatte. „Du hast die richtige Entscheidung getroffen“, versicherte ihm Kilrogg. „Ich weiß auch, wie schwer Gul’dans Verrat uns getroffen hat. Er hätte uns in die Zeit der Tage zurückkatapultiert, bevor sich das Portal geöffnet hat – als wir beinahe wahnsinnig waren vor Wut, Hunger und Verzweiflung.“ Er nickte. „Was immer auch geschieht, du hast unserem Volk seine Ehre zurückgegeben.“

Schicksalshammer nickte ebenfalls. Er empfand plötzlich großen Respekt und beinahe so etwas wie Zuneigung für den einäugigen Häuptling, den er bislang gefürchtet und nicht sehr geschätzt hatte. Stets hatte er Kilrogg für einen brutalen, barbarischen Krieger gehalten, der mehr an seinem Ruhm als an der Ehre der Orcs interessiert war. Vielleicht hatte er sich all die Jahre getäuscht …

„Danke!“, sagte er schließlich. Es gab nicht mehr zu sagen, und so ging er zurück zu seinem Klan. Er musste seine Befehle erteilen und einen weiteren Marsch organisieren. Vielleicht den letzten.

ZWANZIG

„Turalyon!“

Turalyon blickte auf und glaubte, seinen Augen nicht trauen zu dürfen. Ein Mann in voller Rüstung ritt auf ihn zu. Das Löwenabzeichen von Sturmwind glitzerte golden auf seinem verbeulten Schild, und der Griff des großen Schwertes ragte über seiner Schulter auf.

„Fürst Lothar?“ Aufgeregt erhob sich Turalyon, der neben einem Lagerfeuer gesessen hatte, und schaute dem Helden von Sturmwind und Kommandeur der Allianzarmee entgegen.

Schließlich stieg der ältere Mann vom Pferd und schlug ihm auf die Schulter. „Schön, dich zu sehen, Junge!“ Er spürte, dass Lothar es ernst meinte. „Man hat mir gesagt, dass ich dich hier finde!“

„Man?“ Turalyon sah sich um, immer noch verwirrt durch die unerwartete Ankunft seines kahlköpfigen Mentors, der müde, aber zufrieden schien.

„Ich habe Alleria, Theron und die anderen getroffen, als ich nach Norden ritt. Sie haben mir berichtet, was in der Hauptstadt geschehen ist und dass du den Rest der Armee hergebracht hast und das, was noch von der Horde übrig ist, verfolgst.“ Er schlug ihm erneut auf die Schulter. „Gute Arbeit, mein Sohn!“

„Mir wurde sehr große Hilfe zuteil“, gab Turalyon zu bedenken. Einerseits war er dankbar für das Lob, andererseits aber auch ein wenig verstört. „Um die Wahrheit zu sagen, bin ich mir nicht sicher, was genau geschehen ist.“

Lothar und er setzten sich an das Feuer. Der alte Mann nahm dankbar etwas zu essen und einen Weinschlauch entgegen, den Khadgar ihm reichte. Turalyon erklärte dem Befehlshaber der Allianzstreitmacht, dass er ebenso überrascht gewesen war wie jeder andere, als sich das Gros der Horde von der Hauptstadt abgewandt und sich eiligst in Richtung Süden abgesetzt hatte. Kurze Zeit später hatte er Prachtmeers Bericht über die Seeschlacht und ihren Ausgang erhalten.

„Der Rest der Horde war zu schwach, um gegen uns zu bestehen, besonders als König Terenas sie attackierte, sobald sie in die Nähe der Stadtmauern kamen. Ihr Anführer muss das gewusst haben. Deshalb haben sie sich zurückgezogen, und seitdem sind wir ihnen auf den Fersen."

„Vielleicht wartete er darauf, dass diese Orcs von der See zurückkehrten", meinte Lothar und knabberte an einem Stück Käse. „Als das nicht geschah, muss er geahnt haben, dass sie sich in Schwierigkeiten befinden." Er grinste. „Außerdem hatte er keine Fluchtmöglichkeit mehr, nachdem die Pässe in den Bergen von uns besetzt worden waren. Dass ihn von dort kein Nachschub mehr erreichte, muss ihm arg zugesetzt haben."

Turalyon nickte. „Hast du von Perenolde gehört?"

„Allerdings." Lothars Gesichtsausdruck wurde ernst. „Wie ein Mann sich gegen sein eigenes Volk stellen kann, werde ich nie verstehen. Dank Trollbann müssen wir uns um Alterac jedoch nicht mehr sorgen."

„Und das Hinterland?", fragte Khadgar.

„Orcfrei", antwortete Lothar. „Es dauerte eine Weile, sie alle zu vernichten. Einige Orcs hatten sich tief eingegraben und sogar unterirdische Verstecke angelegt, in denen sie verschwinden konnten, sobald wir in ihre Nähe kamen. Aber schließlich haben wir sie doch erwischt. Die Wildhammerzwerge patrouillieren dort noch immer."

„Und die Elfen kehren heim nach Quel'Thalas, um auch dort aufzuräumen", fügte Turalyon hinzu. „Die Orcs scheinen den Wald verlassen zu haben. Aber die Trolle treiben sich dort immer noch herum." Er lächelte, als er an Alleria und ihre Artgenossen dachte und deren „Zuneigung" zu den Waldtrollen. „Ich möchte nicht in der Haut dieser Biester stecken, wenn sie erneut auf die Waldläufer treffen." Er schaute sich um. „Wo sind Uther und die anderen Paladine?"

„Ich habe sie nach Lordaeron geschickt", antwortete Lothar, leerte den Weinschlauch und legte ihn beiseite. „Sie sorgen dafür, dass die Region sicher bleibt, und werden uns später folgen." Er lächelte kurz. „Uther könnte beleidigt sein, wenn wir ihm niemanden übrig lassen, den er bekämpfen kann."

Turalyon nickte und stellte sich vor, wie sein eifriger Paladinkollege reagieren würde, wenn er das Ende des Krieges verpasste. Obwohl die Orcs durchaus noch sehr zahlreich waren, schien es doch, als neigte sich der Krieg seinem Ende entgegen.

Er hatte befürchtet, die Schlacht um die Hauptstadt bereits verloren zu haben, doch als das Gros der Horde das Schlachtfeld verließ, hatte sich das Blatt gewendet. Die Zahl der Hordekrieger war stark gesunken, und sie waren verzweifelter gewesen denn je.

„Sie versuchen, sich in Khaz Modan einzuigeln", sagte Khadgar, doch Turalyon schüttelte den Kopf. Er bemerkte mit Stolz, dass Lothar dasselbe tat.

„Dann bekommen sie es mit den Zwergen zu tun", erklärte Lothar. „Eisenschmiede haben sie noch immer nicht einnehmen können, und die Zwerge warten nur auf ihre Chance, die Berge zurückzuerobern."

„Wir sollten ihnen dabei helfen", erklärte Turalyon und unterbrach Khadgar und Lothar, die ihm nun ihre ungeteilte Aufmerksamkeit widmeten. „Wir könnten einen Abstecher nach Eisenschmiede machen, wenn die Orcs dort nicht von sich aus hingehen, und die Greifenreiter einsetzen, um der Horde auf der Spur zu bleiben. Wenn wir die Zwerge befreien, können sie die Berge halten und verhindern, dass sich die Orcs dorthin zurückziehen. Außerdem können sie die Grünhäute jagen, die sich dort noch rumtreiben."

Lothar nickte. „Das ist ein guter Plan", meinte er lächelnd.

„Gib die entsprechenden Befehle! Wir marschieren am frühen Morgen los." Er stand auf und streckte sich. „Ich brauche etwas Schlaf", sagte er. „Es war ein langer Ritt, und ich bin leider nicht mehr der Jüngste." Er warf Turalyon einen ernsten Blick zu. „Du hast dich gut geschlagen während meiner Abwesenheit. Ich war mir sicher, dass du mich nicht enttäuschen würdest." Lothar machte eine Pause und schaute ihn mit einer Mischung aus Trauer und Respekt an. „Llane", sagte er sanft. „Du erinnerst mich an ihn. Du bist genauso tapfer."

Turalyon schluckte, zu keiner Antwort fähig.

Als der ältere Krieger sich abwandte, um sich zur Ruhe zu begeben, trat Khadgar neben Turalyon. „Es sieht so aus, als hättest du dir seinen Respekt doch noch verdient", stichelte der Magier. Er wusste, dass Turalyon allergrößten Wert auf Lothars Meinung legte und wie sehr er sich davor gefürchtet hatte, als Kommandeur zu versagen.

„Sei bloß still", sagte Turalyon abwesend und stieß Khadgar leicht in die Seite. Er lächelte, als er seine Decke ausrollte, sich darauflegte, die Augen schloss und versuchte, ein wenig Schlaf zu finden, bevor der Morgen graute und sie weiterziehen würden.

„Zum Angriff!", rief Lothar. Er hatte sein Schwert gezogen, dessen goldene Runen im Sonnenlicht glänzten, während sie auf dem Pfad um die schneebedeckten Berge herumritten. Nahe der Bergspitze war der Fels glatt geschliffen und in eine riesige Wand verwandelt worden. In diese Wand eingelassen und über eine kurze Treppenflucht erreichbar war ein riesiges Tor, das beinahe zwanzig Meter in der Höhe maß und auf dem das Bild eines mächtigen Zwergenkriegers prangte. Über diesem Tor erstreckte sich ein majestätischer Bogen, auf dem ein gewaltiger Amboss zu sehen war. Der Eingang nach Eisenschmiede bot ein wahrhaft beeindruckendes Bild.

Die schweren Torflügel wurden rasch geschlossen, und ein anderer Zugang war nicht auszumachen. Das hinderte die Orcs jedoch nicht daran, vor dem Tor auszuharren und ein ums andere Mal vergeblich gegen die alten Verteidigungsanlagen der Zwerge anzurennen.

Gegen diese Orcs traten Lothar und seine Soldaten nun an, als sie das Ende des Weges erreicht hatten und auf den Felsvorsprung vor dem gigantischen Tor stürmten.

Die Orcs wirbelten überrascht herum. Sie waren so mit ihrem Angriff beschäftigt gewesen, und der Wind, der den Gipfel umtoste, heulte so laut, dass sie nicht mitbekommen hatten, dass die Allianzkrieger eingetroffen waren.

Jetzt versuchten sie verzweifelt, sich gegen Lothars Soldaten zur Wehr zu setzen. Die erste Reihe der Orcs war bereits niedergemäht worden, bevor sie sich in Position hatte bringen können.

„Nicht nachlassen!“, brüllte Lothar. Er schlug einem Orc mit seinem Schwert den Arm ab und schlitzte einen zweiten auf. „Drängt sie zu den Felsen!“

Seine Männer hoben ihre Schilde und schritten unnachgiebig voran, mit ihren Schwertern und Speeren jeden Orc niedermachend, der versuchte, ihre Linie zu durchbrechen. Unaufhaltsam drängten sie ihre Gegner vor das Gebäude, das diese vergeblich zu erobern versucht hatten.

Wie von Lothar erhofft, waren die Zwerge bestens vorbereitet. Das riesige schwarze Tor schwang auf, und kleine, zähe Kämpfer in schweren Rüstungen strömten hervor, allesamt mit Hämmern, Äxten und Pistolen bewaffnet. Sie warfen sich von hinten auf die Orcs, die, eingekeilt zwischen den Menschen und den Zwergen, keine Chance hatten und rasch niedergemetzelt wurden.

„Seid unseres Dankes gewiss“, erklärte einer der Zwerge an Lothar gewandt. „Ich bin Muradin Bronzebart, der Bruder von König Magni. Die Zwerge von Eisenschmiede stehen tief in Eurer Schuld.“ Die Farbe seines dichten Bartes passte perfekt zu seinem Namen. Seine Axt war voller Scharten von den vielen Kämpfen, an denen Bronzebart teilgenommen hatte.

„Anduin Lothar, Oberkommandierender der Allianz“, stellte Lothar sich seinerseits vor und streckte dem Zwerg die Hand entgegen. Muradins Griff war so fest, wie Lothar es erwartet hatte. „Wir freuen uns, euch helfen zu können. Unser Ziel ist es, dieses Land vom Einfluss der Horde zu befreien."

„So soll es sein", stimmte Muradin zu und nickte. Er runzelte die Stirn. „Die Allianz? Wart Ihr es, der vor Monaten die Boten aus Lordaeron zu uns gesandt hat?"

„Das stimmt." Lothar wurde klar, dass König Terenas auch hierher Kuriere geschickt hatte, ebenso wie nach Quel'Thalas. Der König von Lordaeron hatte offensichtlich keinen möglichen Verbündeten unberücksichtigt gelassen. „Wir haben uns zu unser aller Vorteil zusammengeschlossen."

„Und was habt ihr als Nächstes vor?", fragte ein Zwerg, der nah genug stand, um der Unterhaltung folgen zu können. Sein Gesicht war nicht so faltig wie das von Muradin, aber es hatte dieselben Züge und wies einen ähnlichen Bart auf.

„Das ist mein Bruder Brann", erklärte Muradin.

„Wir verfolgen die Überreste der Horde", antwortete Lothar. „Eine Menge Orcs haben wir bereits erwischt. Jetzt wollen wir auch den Rest erledigen und diesen Krieg ein für alle Mal beenden."

Die Brüder tauschten einen raschen Blick miteinander aus und nickten. „Wir werden Euch begleiten", entschied Muradin. „Viele Mitglieder unseres Volkes werden die Berge nach Orcs durchkämmen, unsere alten Festungen zurückerobern und sicherstellen, dass keine Grünhaut sich mehr in Khaz Modan herumtreibt." Er lächelte. „Einige Kameraden werden uns ebenfalls begleiten und der Allianz beitreten."

„Wir danken Euch für die Hilfe", sagte Lothar erfreut. Er war den Zwergen in Sturmwind schon ein- oder zweimal zuvor begegnet und von ihrer Stärke und ihrem Durchhaltevermögen beeindruckt gewesen. Wenn diese Bronzebartzwerge im Kampf so gut waren wie ihre Verwandten vom Wildhammerklan, stellten schon wenige von ihnen eine wertvolle Unterstützung dar.

„Gut. Wir schicken einen Boten aus, um unseren Bruder auf dem Laufenden zu halten, und werden uns mit Vorräten versorgen." Muradin schulterte seine Axt und sah sich um. „Wohin ist die Horde gezogen?"

Lothar blickte Khadgar an, der grinste. Dann zuckte er mit den Achseln, lächelte und wies nach Süden.

„Sie bewegen sich in Richtung Schwarzfelsspitze", verkündete Kurdran und stieg nahe der Stelle, an der Lothar und seine Offiziere um ein kleines Lagerfeuer herumsaßen, von seinem Greifen. Er war mit den anderen Wildhammerzwergen gerade erst von einer Patrouille zurückgekehrt.

„Schwarzfelsspitze? Seid Ihr Euch sicher?", fragte Muradin überrascht.

Turalyon war klar geworden, dass die Wildhämmer sich nicht gerade sehr gut mit den Bronzebärten verstanden.

Nein, das war nicht ganz richtig. Sie verhalten sich wie streitlustige Geschwister, dachte er. Zwar mochten sie einander offenbar, doch mussten sie ständig miteinander zanken und den anderen ärgern.

„Natürlich bin ich mir sicher!", zischte Kurdran. Sky'ree krächzte eine leise Warnung. „Ich bin ihnen schließlich gefolgt!" Ein listiger Ausdruck breitete sich auf Kurdrans Gesicht aus. „Oder willst du selbst nachsehen?"

Muradin und Brann erbleichten und traten einen Schritt zurück. Kurdran lachte. Die Bronzebartzwerge liebten das Fliegen so sehr wie die Wildhammerzwerge das Herumkriechen in dunklen Höhlen.

„Die Schwarzfelsspitze ...", überlegte Lothar. „Dort befindet sich doch eine Festung, oder nicht?"

Die anderen nickten.

„Eine starke Verteidigungsposition", sagte er, „freie Sicht nach allen Seiten, stabile Befestigungen, leicht zu verteidigen, die Wege hinein und hinaus lassen sich unschwer und effektiv überwachen." Er schüttelte den Kopf. „Wer auch immer der Anführer der Horde ist, er weiß, was er tut. Das wird kein Kinderspiel."

„Ja, und diese Festung ist auch noch verflucht", fügte Muradin hinzu. „Doch, doch, das stimmt“, fuhr der Zwerg fort, als die anderen ihn ungläubig anstarrten.

Turalyon sah, dass sowohl Brann als auch Kurdran zustimmend nickten.

„Unsere Vettern von den Dunkeleisenzwergen ...“ – Muradin unterbrach sich, um angewidert auszuspucken, als müsse er seinen Mund von ihrem Namen reinigen – „... haben diese Festung erbaut. Etwas sehr Düsteres lebt unter diesem Gemäuer.“

Er und die anderen Zwerge erschauderten.

„Wenn dort noch etwas anderes ist, scheint es die Orcs nicht zu stören“, merkte Lothar an. „Sollten sie sich dort verschanzen, werden wir es schwer haben.“

„Wir können es schaffen“, sagte Turalyon und war selbst überrascht von seinen Worten. „Es wird eine Herausforderung, aber das gilt schließlich für alles, was hohen Lohn verspricht.“

Er wollte noch etwas sagen, als sie das unverkennbare Knirschen einer Plattenrüstung bemerkten. Sie wandten sich um und erblickten einen Mann, der sich ihnen näherte. Seine Rüstung war verbeult, glänzte jedoch noch, und auf seinem Brustpanzer prangte dasselbe Wappen, das auch Turalyon trug: das Zeichen der Silbernen Hand. Der Lichtschein des Feuers ließ sein flammend rotes Haar und seinen Bart geradezu leuchten.

„Uther!“ Lothar erhob sich und reichte dem Paladin die Hand, die dieser freudig ergriff und fest umschloss.

„Mein Fürst“, antwortete Uther. Er schüttelte auch Turalyon die Hand und nickte den anderen höflich zu. „Wir sind so schnell gekommen, wie wir konnten.“

„Ist Lordaeron befreit?“, fragte Khadgar.

Uther setzte sich auf einen Stein neben ihm. Er war offensichtlich erschöpft. „Ja, ist es“, antwortete er. Stolz schimmerte unverkennbar in seinen leuchtend blauen Augen. „Meine Leute und ich haben dafür gesorgt. Kein Orc ist zurückgeblieben, und das gilt auch für die Berge.“

Eine Sekunde lang spürte Turalyon einen merkwürdigen Schmerz, als hätte er bei seinem Orden bleiben müssen. Doch er war von Faol persönlich mit einer anderen Aufgabe betraut worden, und er erfüllte seine Pflicht ebenso gut wie Uther und die anderen.

„Ausgezeichnet." Lothar lächelte. „Ihr seid zur rechten Zeit gekommen, Sir Uther. Wir haben gerade erfahren, wohin die Orcs sich zurückgezogen haben. Diesen Ort erreichen wir in …?" Er wandte sich an die Zwergenbrüder, die neben ihm standen, denn sie kannten sich in dieser Region am besten aus und konnten die Entfernung am ehesten einschätzen.

„In fünf Tagen", antwortete Brann, nachdem er einen Moment überlegt hatte. „Sofern sie uns auf dem Weg keine Überraschung hinterlassen haben." Er schaute seinen Bruder an und nickte. „Wenn Ihr zum Schwarzfels geht, werden wir Euch natürlich begleiten. Wir werden Euch nicht im Stich lassen."

„Mir sind keinerlei Hinterhalte aufgefallen", sagte Kurdran, als wären seine Fertigkeiten als Kundschafter infrage gestellt worden. „Die gesamte Horde bewegt sich geschlossen in Richtung der Bergspitze." Er schaute Lothar an, als würde er dessen nächsten Einwand bereits erahnen. „Ja, die Wildhammerzwerge werden auch mitkommen. Zusammen sind wir der Horde zahlenmäßig überlegen, wenn wir auch nicht gerade eine große Übermacht darstellen."

„Wir benötigen keine große Übermacht", antwortete Lothar ernst. „Was wir brauchen, ist ein fairer Kampf. In fünf Tagen also beenden wir das alles."

Für Turalyon klang das, was am Ende dieser Frist auf sie wartete, etwas zu sehr nach Hölle und ewiger Verdammnis. Er hoffte, dass seine Vorahnung sich nicht erfüllte und die Verdammnis nicht ihnen drohte.

EINUNDZWANZIG

„Die Menschen kommen!"

Schicksalshammer blickte geistesabwesend auf und ärgerte sich über die Angst in Tharbeks Stimme. Wann war sein barbarischer Stellvertreter derart schwach geworden?

„Das weiß ich", knurrte er und blickte an dem Orc vorbei. Sie standen hoch über der Felsebene auf einer schroffen Platte, die aus der Spitze herausgetrennt worden war. Hinter ihnen erhob sich die Festung.

Von ihrer Position aus konnte Schicksalshammer die Horde, die dort unten lagerte, gut erkennen. Beim letzten Mal, als er diesen Anblick genossen hatte, war die Ebene voll von seinen Kriegern gewesen. Es hatte keinen freien Platz mehr gegeben. Jetzt konnte man große schwarze Lücken erkennen sowie grüne und braune, wo der Boden sichtbar war. Die einzelnen Familien lagerten zusammen, klar von den anderen Sippen getrennt.

Wann hatte die Zahl seiner Krieger so sehr abgenommen? Wohin hatte er sie nur geführt, und warum hatte er nicht früher die Worte seines alten Freundes Durotan beherzigt? All das, wovor er ihn gewarnt hatte, war eingetroffen!

„Was sollen wir tun?", fragte Tharbek und trat hinter ihn. „Wir sind zahlenmäßig nicht mehr stark genug, um die Allianz zurückzuschlagen."

Schicksalshammer schaute seinen Stellvertreter an. Die Wut, die ihn erfüllte, schien ihm anzusehen zu sein, denn Tharbek zuckte erschrocken zurück. Es stimmte, die Orcs waren nun weniger zahlreich und konnten nicht mehr die ganze Welt besetzen. Aber bei den Ahnen, sie waren immer noch Orcs!

„Was wir tun werden?“, blaffte er seinen Offizier an und erhob seinen Hammer. „Wir werden kämpfen!“

Er wandte sich von dem zitternden Tharbek ab und trat weiter auf die Felsplatte hinaus. „Mein Volk, hört mich an!“, brüllte er und riss seinen Hammer hoch.

Einige Orcs schauten auf, andere jedoch nicht, und das erzürnte ihn zusätzlich. Mit seinem Hammer führte er einen mächtigen Schlag gegen den Felsen. Das gewaltige Krachen bescherte ihm augenblicklich die ungeteilte Aufmerksamkeit der gesamten Horde.

„Hört mich an!“, brüllte er erneut. „Ich weiß, dass wir Niederlagen hinnehmen mussten und die Zahl unserer Krieger schmerzlich gesunken ist. Ebenso weiß ich, dass uns Gul’dans Verrat teuer zu stehen kommt. Aber wir sind immer noch Orcs! Wir sind immer noch die Horde, und diese Welt soll unter unseren Schritten erzittern!“

Jubel brandete unter den Kriegern auf, doch klang er nicht halb so überzeugt, wie Schicksalshammer es erhofft hatte.

„Die Menschen haben uns hierher verfolgt“, fuhr er fort, jedes einzelne Wort förmlich ausspuckend. „Sie denken, sie haben uns geschlagen! Sie glauben, wir wären vor ihrer Stärke hierher geflohen wie ein geprügelter Hund, aber sie irren sich!“ Erneut erhob er seinen Hammer. „Wir sind hier, weil hier unsere Festung ist, unser Ort der Stärke. Wir sind gekommen, weil wir von hier aus erneut losschlagen und das Land unterwerfen können. Wir sind hierhergekommen, um wieder auszuschwärmen, auf dass die Menschen beim Klang unseres Namens erzittern!“

Diesmal war der Jubel beträchtlich lauter, und Schicksalshammer ließ ihn über sich hinwegbranden, badete geradezu darin. Die Krieger standen auf und schwangen ihre Waffen. Er hatte eine Aufgabe für sie, und das war genau das, was sie brauchten.

„Wir warten nicht darauf, dass sie zu uns kommen“, sagte er, „und wir werden nicht hier ausharren und sie die Schlacht bestimmen lassen. Nein! Denn wir sind Orcs! Wir sind die Horde! Wir bringen den Kampf *zu ihnen*! Sie werden bereuen, dass sie uns hierher gefolgt sind! Wenn wir sie vernichtet haben, werden wir über ihre Leichen hinwegschreiten und dieses Land für uns in Besitz nehmen!"

Er hielt den Hammer mit beiden Händen hoch und wirbelte ihn über seinem Kopf herum. Der Jubel brachte den Fels, auf dem er stand, zum Erzittern. Schicksalshammer lächelte zufrieden.

Dies war sein Volk! Es würde nicht heulend untergehen! Und wenn es denn tatsächlich untergehen musste, so würde es im Kampf und mit Blut an den Händen aufrecht und stolz seinem Ende entgegengehen.

„Mach die Krieger unseres Klans bereit!", befahl er dem wie versteinert dastehenden Tharbek. „Meine Leibwächter und ich werden den Angriff anführen. Der Rest der Horde soll uns folgen." Schicksalshammer schaute auf die stämmigen Gestalten seiner Oger-Leibwache, die etwas abseits standen und warteten. Sie strafften sich und nickten, als sie spürten, dass sein Blick auf ihnen ruhte. Der Kriegshäuptling nickte zurück.

Schicksalshammer war durch und durch ein Orc und hatte in seiner Jugend die Oger hassen gelernt. Doch diese hier waren anders. Sie waren intelligenter als die meisten ihrer Art und keine Hexenmeister, sondern Krieger. Zudem waren sie ihm – und nur ihm – treu ergeben. Er wusste, dass sie seine Stärke und Tapferkeit schätzten. Sie schienen ihn für einen kleinen Oger zu halten und hatten sich seinem persönlichen Befehl unterstellt. Er wiederum respektierte sie wegen ihrer Stärke und verließ sich auf sie. Sie waren bereit, für ihn zu sterben, und erstaunlicherweise war er ebenfalls gewillt, im Ernstfall sein Leben für sie zu geben.

Jetzt würden sie alle ihr Leben in die Waagschale werfen, da der Sieg der Horde auf dem Spiel stand.

Zumindest war das Portal in Sicherheit. Rend, Maim und einige ihrer Stammesgenossen hatten den Kampf gegen Gul'dan und einen Angriff der Flotte der Allianz überlebt. Sie hatten einen

Boten zu Schicksalshammer ausgesandt, und er hatte ihnen befohlen, sich mit dem Rest ihres Klans zum Portal zu begeben. Er traute den Brüdern immer noch nicht, doch sie hatten sich der Horde gegenüber als loyal erwiesen, und er benötigte starke Kämpfer, die den Übergang nach Draenor sicherten – auch wenn er eine Flucht nicht einmal für den Fall in Erwägung zog, dass die Horde die Schlacht verlieren sollte.

Er nickte seinen Ogern erneut zu, verließ das Felsplateau und stellte sich dem Kampf, der sie erwartete.

Die Allianz war nicht auf den Angriff der Orcs vorbereitet, und Schicksalshammers Hoffnung hatte ihn nicht getrogen. Die Menschen hatten sich auf eine Belagerung eingerichtet und erwarteten, die Orcs aushungern und immer nur einzelne Krieger angreifen zu können, die dumm genug waren, sich zu weit vorzuwagen.

Schicksalshammers Angriff erwischte sie eiskalt.

„Orcs!“, schrie ein Soldat und rannte zu Lothar und dessen Offizieren. „Sie haben unsere Stellung überrannt!“

„Was?“ Lothar trieb sein Pferd an und galoppierte durch das schwarze Tal, in dem die Truppen der Allianz stationiert waren. Turalyon und die anderen folgten ihm dichtauf.

Unzweifelhaft war das der typische Lärm einer Schlacht, den er nun vernahm. Kurz darauf befand er sich in unmittelbarer Nähe des Schlachtfelds. Eine Partei bestand aus Orcs, doch solchen, wie er sie noch nie zu Gesicht bekommen hatte. Es waren massige Kreaturen mit dicken Armen und großen, breiten Füßen. Ihre Haare waren zu stacheligen Spitzen angeordnet und erinnerten an Vogelnester oder Pferdemähnen. Die Orcs trugen keine Rüstung, nur einen Lendenschurz, Schulterpolster und Fellstiefel. Sie führten ihre Waffen mit wilder Entschlossenheit und hackten und schlugen erbarmungslos auf alles ein, was in ihre Reichweite geriet.

Ihre grüne Haut war mit Tätowierungen übersät. Die meisten hatten Metallteile oder kleine Knochenstücke durch Ohren,

Nase, Augenbrauen, Lippen und selbst die Brustwarzen gezogen. Es waren Barbaren, und die Menschen wurden von ihrem stürmischen Angriff zurückgeworfen.

„Uther!“, brüllte Lothar. Der Paladin trat vor. Lothar senkte sein Schwert und zeigte auf die Orcs. Der Paladin nickte und bedeutete den Mitgliedern der Silbernen Hand, ihm zu folgen. Er senkte sein Visier und erhob den Kriegshammer.

„Beim Heiligen Licht!“, schrie Uther. Um ihn und seine Waffe herum breitete sich ein Leuchten aus. „Wir lassen diese Bestien nicht davonkommen!“ Mit diesen Worten stürzte er sich ins Getümmel, und sein Hammer krachte auf den Kopf des nächstbesten Orcs herab und zerschmetterte ihn.

Der Himmel war von rußigen Wolken bedeckt, die alles verdunkelten.

Das änderte sich abrupt. Die Wolken teilten sich, und ein Strahl hellen Sonnenlichts schien vom Himmel herab und umgab Uther, während er sich durch die Horde kämpfte. Der Paladin wurde zu einer Lichtgestalt, die ehrfurchtgebietend und erschreckend war. Mit jedem seiner Schläge tötete er einen Orc-Krieger.

Die anderen Paladine kämpften an seiner Seite, und das Licht erfasste nun auch sie. Die Silberne Hand hatte in den Monaten, die der Krieg bereits andauerte, weitere Mitglieder gewonnen. Mittlerweile standen zwölf Paladine unter Uthers Kommando, Turalyon nicht mitgezählt.

Diese zwölf wateten regelrecht durch die Reihen der Orcs. Ihre Hämmer, Äxte und Schwerter glühten ob des unerschütterlichen Glaubens ihrer Träger, und die Allianzsoldaten machten den Streitern der Silbernen Hand ehrfürchtig Platz.

Die Orcs wandten sich ihren neuen Gegnern zu. Es war ein gnadenloser Kampf: tätowierte und mit metallenem Körperschmuck versehene Wilde gegen Glaubenseiferer in strahlenden Rüstungen. Die Orcs waren stark, unerbittlich und wahnsinnig genug, den Schmerz zu ignorieren und gegen die Silberne Hand anzutreten.

Die Paladine waren von einem gerechten Zorn und der Macht ihres Glaubens erfüllt. Ihre heilige Aura trieb mehr als einen Orc in die Flucht.

Die Paladine umzingelten die Orcbarbaren und metzelten sie einen nach dem anderen nieder, bis sie reglos zu ihren Füßen lagen.

„Gute Arbeit“, lobte Lothar gerade, als ihn ein weiterer Bote erreichte. *Was ist denn jetzt schon wieder?*, dachte er. *Hoffentlich nicht noch ein Angriff!*

„Ein weiterer Angriff“, meldete der Soldat und ließ Lothars Befürchtung wahr werden. „Diesmal im Westen!“

„Verflucht sollen sie sein!“, murmelte Lothar, trieb sein Pferd an und ritt zu der angegebenen Position.

Die Orcs waren gerissen, das musste er ihnen lassen. Er hatte keinen weiteren Angriff erwartet, und seine Männer waren nicht darauf vorbereitet. Die meisten hatten sich ausgeruht und auf eine lange Belagerung eingerichtet. Einige hatten sogar ihre Rüstungen abgelegt, obwohl er angeordnet hatte, trotz allem wachsam zu bleiben.

Jetzt zahlten sie den Preis für ihre Nachlässigkeit. Wenn es den Orcs gelang, mit diesen militärischen Nadelstichen die Verteidigungslinie der Allianz zu schwächen, würden sie irgendwann durchbrechen und in die Berge fliehen können. Dann würde es Monate dauern, vielleicht sogar Jahre, sie zu jagen und zu vernichten. Dadurch erhielt die Horde die Möglichkeit, sich neu zu formieren und die Streitkräfte der Allianz abermals anzugreifen.

Das durfte er auf keinen Fall zulassen.

Er stürzte sich den Angreifern entgegen, ritt einen Orc nieder, der nicht schnell genug zur Seite sprang, riss sein Pferd herum und zügelte es, um sich ein Bild von der Lage zu machen.

Dieser Angriff war deutlich bedrohlicher als der erste. Insgesamt mussten es ungefähr sechzig Orcs sein. Noch erschreckender waren die sechs Oger, die sich unter den Orcs befanden. Sie kämpften wild entschlossen, wenn auch nicht so unüberlegt wie die anderen Angreifer, und bewiesen ein gewisses Gespür für

Taktik. Besonders gefährlich schien der riesige Orc zu sein, dessen Haar zu bunt geschmückten Zöpfen geflochten war. Wild tanzten die Orcs um ihn herum, während er seinen gewaltigen schwarzen Hammer auf die Allianzsoldaten hinabsausen ließ und mit jedem Schlag einen Gegner ausschaltete.

Lothar fiel auf, wie der Riese sich bewegte: schnell, doch stets mit Bedacht und beinahe schon anmutig trotz des schweren schwarzen Plattenpanzers. Das, wurde ihm instinktiv klar, musste der Anführer sein.

Rasch lenkte er sein Pferd in das Zentrum des Kampfes, als der Riese plötzlich aufblickte. Seine Augen leuchteten nicht rot, wie Lothar es von den Orcs gewohnt war, sondern glänzten in einem intensiven Grau. Eine gewisse Intelligenz war in ihnen nicht zu verkennen. Sie weiteten sich leicht, als hätte der Orc Lothar ebenfalls gerade gemustert und wiedererkannt.

Dort war er!

Schicksalshammer lächelte, als er den großen Menschen betrachtete, der ganz in seiner Nähe auf dem Pferd saß: die imposante Gestalt, der Schild, das riesige Schwert und die klugen blauen Augen.

Das musste der Anführer der Allianzsoldaten sein, derjenige, den Schicksalshammer zu finden gehofft hatte. Wenn er diesen Mann tötete, würde der Widerstand der feindlichen Armee in sich zusammenbrechen.

„Zur Seite!", brüllte Schicksalshammer und schleuderte einen menschlichen Soldaten aus dem Weg. Selbst einen Orc stieß er rüde beiseite.

Die charismatische Erscheinung, der sein Augenmerk galt, stürzte sich ebenfalls in den Kampf, hieb mit ihrem Schwert um sich und schien dem Blutbad, das sie anrichtete, keinerlei Beachtung zu schenken. Der Blick des Anführers der Allianzarmee haftete auf *ihm*.

Um Schicksalshammer tobte der Kampf, doch er behielt seinen Feind ebenfalls unablässig im Blick. Er stampfte vorwärts, sich mit seinem Hammer einen Weg bahnend und jeden niederschlagend, der ihn aufzuhalten drohte, egal ob Mensch oder Orc. Alles, was zählte, war, zu diesem Mann zu gelangen.

Der Mensch ging kaum vorsichtiger zu Werke, auch wenn er bemüht schien, keinen seiner Soldaten zu verletzen oder gar zu töten. Schicksalshammer sah, dass er sie nicht selten mit seinem Pferd zur Seite stieß.

Schließlich standen sich der Anführer der Horde und der Kommandeur der Allianz unmittelbar gegenüber.

Dass er auf dem Pferd saß, bedeutete einen Vorteil für Lothar. Schicksalshammer löste das Problem, ohne auch nur eine Sekunde nachzudenken. Der schwere steinerne Kopf seines Hammer krachte auf den Schädel des Tieres hernieder, das wie vom Blitz getroffen zusammenbrach. Blut schoss aus der Wunde hervor, und seine Beine zuckten unkontrolliert.

Zu Schicksalshammers Enttäuschung ging der Mensch nicht mit seinem zusammenbrechenden Pferd zu Boden. Er zog seine Füße aus den Steigbügeln, schwang sich aus dem Sattel und sprang seitwärts ab, bevor das Pferd ihn mit sich niederriss. Sofort war er wieder auf den Beinen und stellte sich zum Kampf.

Das Geschehen um sie herum verlor jegliche Bedeutung, als die beiden Anführer ihre Waffen erhoben und wortlos aufeinander losstürmten. Die beiden wollten nur noch eines: den Tod des anderen.

Es war ein unbarmherziger Kampf. Lothar war ein großer, kräftiger Mann, beinahe so groß und stark wie ein Orc-Krieger. Schicksalshammer war jedoch *noch* größer und stärker und zudem jünger als der Anführer der Allianz. Doch das, was Lothar an Jugend und Schnelligkeit fehlte, machte er durch Erfahrung und Geschicklichkeit wett.

Die beiden Kontrahenten trugen eine schwere Panzerung und brachten Waffen zum Einsatz, die Krieger von geringerem Rang und mit weniger Erfahrung niemals hätten führen können. Das glitzernde runenverzierte Schwert aus Sturmwind traf auf den schwarzen steinernen Hammer des Geschlechts, das Schicksalshammer hervorgebracht hatte. Jeder musste um jeden Preis den Sieg davontragen.

Lothar schlug als Erster zu. Sein Schwert schwang von der Seite her auf Schicksalshammer zu, doch dann änderte Lothar leicht den Winkel, um Schicksalshammers Verteidigung zu unterlaufen. Sein Hieb hinterließ eine tiefe Scharte in der Rüstung des Orcs.

Der Kriegshäuptling der Horde grunzte unwillig nach dem Treffer und revanchierte sich umgehend, indem er mit seinem Hammer zuschlug. Er verfehlte Lothar jedoch, da dieser einen raschen Ausfallschritt machte.

Schicksalshammer drehte den Griff seiner Waffe plötzlich und riss den Hammer hoch. Der Hammerkopf traf Lothar unter dem Kinn. Während Lothar leicht benommen zurücktaumelte, folgte der nächste Hammerschlag, doch Lothar wehrte ihn mithilfe seines Schwerts ab.

Die beiden Krieger rangen kurz miteinander, da sich ihre Waffen ineinander verhakt hatten. Schicksalshammer wollte erneut mit seinem Hammer zuschlagen, und Lothar versuchte, seinen Gegner mit einem Tritt auf Abstand zu halten. Ihre Waffen lösten sich jedoch nicht voneinander.

Abrupt vollführte Lothar eine Drehung mit seiner Klinge, worauf der Hammer des Orcs abrutschte. Rasch trat er dicht an Schicksalshammer heran, während dieser seine schwere Waffe zurückzog, und traf den Orc mit der stumpfen Seite seines Schwertes mitten im Gesicht. Eine Sekunde lang stand der Kriegshäuptling wie erstarrt da, doch dann schoss seine freie Hand nach vorn und versetzte Lothar einen harten Schlag gegen den Hals. Schicksalshammer gewann sowohl seinen Hammer als auch seine Fassung zurück, während der Anführer der Allianz einige taumelnde Schritte machte.

Turalyon kämpfte unermüdlich gegen die Orcs. Ein kräftiger Schlag mit seinem Hammer schickte gerade einen seiner Gegner tödlich getroffen zu Boden, als er bemerkte, dass Lothar und der riesige, schwarz gepanzerte Orc in einen Kampf miteinander verwickelt waren.

„Nein!“, schrie Turalyon. Mit seinem Hammer tötete er einen Orc nach dem anderen und versuchte verzweifelt, zu den beiden Anführern zu gelangen. Diese gingen soeben mit hoch erhobenem Schwert und kreisendem Hammer wieder aufeinander los.

Schicksalshammer traf Lothars Schild, auf dem das Wappen mit dem Löwen prangte. Unter der Wucht des Schlages wäre Lothar beinahe zu Boden gegangen. Mit seinem Schwert versetzte er dem Orc einen Hieb auf die Brust. Die Klinge drang tief in die Panzerung ein. Schicksalshammer trat zurück, fletschte vor Schmerz und Wut die Zähne und riss sich die zerstörte Rüstung vom Leib, als Lothar gerade wieder auf die Beine kam und seinen nutzlos gewordenen Schild beiseitewarf.

Laut brüllend droschen die beiden Anführer neuerlich aufeinander ein.

Schicksalshammer war ohne seine Rüstung schneller und wendiger, doch Lothar führte sein Schwert mit beiden Händen und unterlief immer wieder die Deckung des Orcs.

Beide steckten sie harte Treffer ein. Schicksalshammer trug eine klaffende Fleischwunde an seinem Bauch davon und Lothar eine schwere Prellung an der rechten Hüfte. Die Kämpfer wankten, als sie sich das dritte Mal voneinander zurückzogen. Um sie herum fochten die Orcs und die Menschen derweil ihre eigenen Kämpfe aus.

Wieder und wieder droschen die beiden mächtigen Krieger aufeinander ein, stets den Schwachpunkt in der Verteidigung des anderen suchend und die Treffer des Gegners einsteckend.

Wieder näherten sich die beiden einander, und Schicksalshammer traf Lothar mit einem mächtigen Hieb gegen die Brust. Der Aufprall zwang den Anführer der Menschen auf die Knie und zerbeulte seinen Brustpanzer. Bevor er sich richtig erholen konnte, trat Schicksalshammer einen Schritt zurück und holte beidhändig mit seinem Hammer aus. Er legte all seine Kraft in den Schlag.

Lothar riss sein Schwert hoch, um den Angriff abzublocken, und führte die Klinge so schwungvoll, dass sie beim Aufprall zerbarst.

Lothar keuchte, als die Teile des legendären Schwertes zu Boden fielen. Schicksalshammers Waffe krachte mit einem hässlichen Geräusch auf die Spitze von Lothars Helm.

Der Löwe von Azeroth wankte, senkte reflexartig sein abgebrochenes Schwert ... und rammte es in Schicksalshammers Brust, bevor er zusammenbrach.

Eine bedrückende Stille breitete sich aus, als sowohl die Orcs als auch Lothars Soldaten den Kampf unterbrachen und auf den Anführer der Allianz starrten, der am Boden lag. Seine Glieder zuckten, während das Leben aus ihm strömte. Blut quoll aus seinem geborstenen Schädel, und nach einigen Sekunden lag er vollkommen reglos da.

Schicksalshammer machte einen unsicheren Schritt vorwärts, eine Hand auf die Wunde in seiner Brust gepresst. Das Blut rann ihm zwischen den Fingern hindurch, doch er stand noch immer aufrecht und hielt, wenn auch nur mit großer Anstrengung, seinen Hammer triumphierend in die Höhe.

„Ich habe gesiegt!“, verkündete er heiser flüsternd, taumelnd und Blut spuckend. „So sollen all unsere Feinde sterben, bis eure Welt uns allein gehört!“

ZWEIUNDZWANZIG

„Nein!" Das Wort drang Turalyon über die Lippen, als er durch die Menge hastete und neben dem Leichnam seines Mentors, Anführers und Helden auf die Knie fiel. Sein Blick richtete sich auf den Orc, der sich über ihm auftürmte, und plötzlich wurde ihm etwas klar.

Seit Monaten haderte Turalyon mit seinem Schicksal und einer ganz bestimmten Frage: Wie konnte das Heilige Licht alle Kreaturen vereinen, alle Seelen, wenn etwas derart Monströses, Grausames und wahrlich Böses wie die Orc-Horde auf dieser Welt wandelte?

Da es ihm nicht gelingen wollte, auf diese Frage eine Antwort zu finden, war er sich seiner selbst und der Lehren seiner Kirche unsicher gewesen und hatte Menschen wie Uther und die anderen Paladine beneidet, die Segen spendeten und ob des tiefen Vertrauens in ihren Glauben hell erstrahlten.

Er wusste, dass er nicht über ihre Fähigkeiten verfügte.

Irgendetwas hatte dieser Orc, dieser Schicksalshammer, gerade gesagt, auf einer unbewussten Ebene, und Turalyon musste herausfinden, was es bedeutete.

„Bis eure Welt uns gehört", hatte der Kriegshäuptling der Horde gebrüllt. „*Eure* Welt", nicht „*unsere* Welt" oder auch nur „*diese* Welt"!

Das war die Antwort!

Die Orcs stammten nicht von diesem Planeten, nicht von dieser Daseinsebene, sondern aus einer anderen Welt und wurden von Dämonen angetrieben, deren Heimat noch weiter entfernt war.

Das Heilige Licht einte jegliches Leben dieser Welt – wozu die Orcs definitiv nicht gehörten.

Turalyon sah seine Aufgabe nun klar vor sich. Er wollte die strahlende Pracht des Heiligen Lichts dazu nutzen, die Welt von allem zu befreien, was sie von außen bedrohte, und die Reinheit auf ihr erhalten.

Die Orcs gehörten nicht hierher, was bedeutete, dass er sie ungestraft vernichten durfte.

„Beim Licht, deine Zeit auf dieser Welt ist abgelaufen!“, schrie er und stand auf. Ein helles Leuchten entstand um ihn herum. Das Licht war so hell, dass Orcs und Menschen gleichermaßen beiseiteblickten und ihre Augen bedecken mussten. „Du bist nicht von dieser Welt, nicht vom Heiligen Licht. Du gehörst nicht hierher! Verschwinde!“

Der Kriegshäuptling der Horde verzog überrascht das Gesicht und trat einen Schritt zurück. Mit einer Hand bedeckte er seine Augen. Turalyon nutzte die Gelegenheit, um sich neben Lothars Leichnam auf den Boden zu knien.

„Geh mit dem Licht, mein Freund“, flüsterte er und berührte die zerschmetterte Stirn sanft mit dem Zeigefinger. Seine Tränen vermischten sich mit dem Blut des toten Kriegers. „Du hast dir einen Platz unter den Heiligen erkämpft, und das Licht heißt dich in liebender Umarmung willkommen.“ Eine Aura entstand um die Leiche Lothars, die in einem weißen, reinen Licht erstrahlte, und Turalyon meinte zu sehen, wie sich die Gesichtszüge seines toten Freundes entspannten und einen friedlichen Ausdruck annahmen.

Turalyon erhob sich, das zerstörte Schwert in der Hand haltend. „Und nun zu dir, du verkommene Kreatur“, begann er und wandte sich dem noch immer geblendeten Schicksalshammer zu. „Jetzt wirst du für deine Verbrechen an dieser Welt und ihren Völkern bezahlen!“

Schicksalshammer musste die Drohung in Turalyons Tonfall

verstanden haben, denn der Anführer der Orcs ergriff seinen Hammer mit beiden Händen und schwang ihn in die Höhe, um den Schlag abzublocken, den er kommen gespürt hatte.

Turalyon schloss beide Hände fest um den Griff des zerbrochenen Schwertes. In einem grellen Blitz schoss seine Hand vor ...

... und die zerstörte Waffe prallte gegen den massiven steinernen Kopf des Kriegshammers. Die Erschütterung setzte sich den hölzernen Stiel hinab fort und entriss ihn den Händen seines Besitzers. Der Hammer fiel zu Boden.

Schicksalshammer riss die Augen weit auf, als er begriff, was geschehen war. Dann schloss er sie und nickte, den tödlichen Streich erwartend, der allem ein Ende machen würde.

Doch Turalyon hatte die Klinge in letzter Sekunde etwas gedreht und traf den Orc mit der stumpfen Seite. Schicksalshammer sank auf die Knie und brach neben Lothar zusammen. Turalyon sah, dass er noch atmete.

„Du wirst dich für deine Verbrechen vor einem Gericht verantworten müssen“, sagte er zu dem bewusstlosen Orc, der von dem Licht, das aus Turalyon drang, beleuchtet wurde. „Du wirst in Ketten geschlagen und in die Hauptstadt gebracht.“ Es war jetzt heller als der hellste Tag, und sämtliche Orcs wandten den Blick ab, um ihre Augen vor dem gleißenden Licht zu schützen. „Die Herrscher der Allianz werden über dein Schicksal entscheiden, und damit wird deine Niederlage besiegelt sein.“

Nach diesen Worten blickte er auf und wandte sich an die Orc-Krieger, die voller Entsetzen hatten mit ansehen müssen, wie der vermeintliche Sieg ihres Anführers sich in eine völlige Niederlage verwandelt hatte.

„Ihr aber werdet so viel Glück nicht haben“, begann Turalyon und zeigte mit dem zerstörten Schwert auf sie. Licht strömte davon aus, ebenso wie von seiner Hand, seinem Kopf und seinen Augen. Der schwarze Fels war bereits gebleicht von der Kraft des Lichts, das Turalyons Körper durchfloss. „Ihr werdet hier sterben, und die Welt wird für immer von euch befreit sein!“ Er sprang vor, die gleißend helle Klinge ausgestreckt. Den ersten

Orc traf er an der Kehle, bevor dieser auch nur reagieren konnte. Blut pulsierte aus der Wunde hervor, während Turalyon schon auf den nächsten halb geblendeten Krieger der Horde zustürmte.

Das riss die Orcs und die Krieger der Allianz aus ihrer Erstarrung. Uther und die Ritter der Silbernen Hand hatten während Lothars und Schicksalshammers Kampf ebenfalls in die Schlacht eingegriffen. Nun stürmten sie vorwärts, und ihre Auren brachen hervor. Die Soldaten der Allianzstreitkräfte folgten ihnen.

Die nun entstehende Schlacht war nur von kurzer Dauer. Etliche der Orcs waren zu panischen Zeugen der Niederlage Schicksalshammers geworden. Viele flohen, andere ließen ihre Waffen fallen und ergaben sich. Sie wurden trotz der anderslautenden Ankündigung Turalyons gefangen genommen und nicht niedergemacht. Er wollte keine hilflosen Gefangenen töten, ganz gleich, was sie sich hatten zuschulden kommen lassen.

Viele Orcs zogen es jedoch vor, sich nicht kampflos zu ergeben, aber sie stellten für die entschlossenen Soldaten der Allianz keine allzu große Herausforderung mehr dar.

„Eine Gruppe aus ungefähr vierhundert Kriegern flieht nach Süden in Richtung des Rotkammgebirges“, berichtete Khadgar, eine Stunde nachdem der Kampf beendet war.

Im Tal war es still geworden. Lediglich das Stöhnen der Verwundeten und das Knurren der Gefangenen war zu hören.

„Gut“, antwortete Turalyon. Er schnitt einen langen Streifen aus seinem Umhang und verknotete ihn um seine Hüfte. Dann steckte er Lothars zerstörtes Schwert in die Schlaufe. „Verfolgt sie, aber nicht zu schnell! Wir wollen sie nicht einfangen.“

„Warum nicht?“

Turalyon sah seinen Freund an und rief sich ins Gedächtnis, dass der Magier trotz all der Fähigkeiten, über die er verfügte, kein Taktiker war. „Wo ist das Dunkle Portal, das in die Welt der Orcs führt?“, fragte er.

Khadgar zuckte mit den Achseln. „Das wissen wir nicht genau. Irgendwo im Sumpfland.“

„Die Horde hat eine vernichtende Niederlage erlitten. Wohin werden die wenigen Überlebenden sich wohl zurückziehen?"

Der alt wirkende Magier lächelte. „Sie werden versuchen, nach Hause zu gelangen."

„Genau." Turalyon richtete sich auf. „Wir werden ihnen bis zu diesem Portal folgen und es ein für alle Mal zerstören."

Khadgar nickte, wandte sich um und hielt Ausschau nach den Truppführern, als Uther eintraf.

„Es gibt keine Orcs mehr außer denen, die wir gefangen genommen haben", verkündete der Paladin.

Turalyon nickte. „Gute Arbeit! Einige sind entkommen, aber wir werden sie verfolgen und vernichten oder ebenfalls festsetzen."

Uther betrachtete ihn. „Du hast das Kommando übernommen", sagte er sanft.

„Ja, ich denke, das habe ich." Turalyon hatte bislang keinen Gedanken daran verschwendet. Er war es mittlerweile gewohnt, den Soldaten Befehle zu erteilen, seit er auf Lothars Anweisung als Kommandeur im Hinterland unterwegs gewesen war. Er zuckte die Achseln. „Wenn du möchtest, können wir einen Greifenreiter nach Lordaeron entsenden und König Terenas und die anderen Herrscher fragen, wer das Kommando führen soll."

„Dazu besteht keine Veranlassung", sagte Khadgar, der neben ihn trat. „Du warst Lothars Offizier und Stellvertreter, und dir wurde ein Großteil der Armee anvertraut. Du bist sein legitimer Nachfolger, nun, da er tot ist." Der Magier sah Uther an, als wollte er ihn zu einem Widerspruch herausfordern.

Zu Turalyons Überraschung nickte Uther. „Das stimmt", sagte er. „Du bist unser Oberkommandierender, und wir folgen dir ebenso, wie wir Fürst Lothar gefolgt sind." Freundschaftlich legte er Turalyon die Hand auf die Schulter. „Ich bin froh, dass dein Glaube endlich offenbar geworden ist, mein Bruder."

Seine Worte waren aufrichtig gemeint. Turalyon lächelte, zufrieden, dass der ältere Paladin ihm seine Unterstützung zuteilwerden ließ.

„Ich danke dir, Uther Lichtbringer!" Turalyon bemerkte, wie sich die Augen Uthers angesichts des Titels weiteten. „So sollst du fortan genannt werden, zu Ehren des Heiligen Lichts, das du heute über uns gebracht hast."

Sichtlich bewegt verneigte Uther sich, bevor er sich ohne ein weiteres Wort abwandte und zu den Rittern der Silbernen Hand zurückging, um sie von den neuen Marschbefehlen in Kenntnis zu setzen.

„Ich dachte, er wolle um den Posten kämpfen", sagte Khadgar.

„Er wollte das Kommando nicht", antwortete Turalyon, der noch immer Uther nachsah. „Er will anführen, aber nur als Vorbild. Die Leitung des Ordens genügt ihm, da der sich aus Paladinen zusammensetzt."

„Und du?", fragte ihn sein Freund freiheraus. „Gefällt es dir, über uns alle zu befehlen?"

Turalyon dachte kurz über diese Frage nach, dann zuckte er mit den Achseln. „Ich denke nicht, dass ich es verdient habe. Aber ich weiß, dass Lothar mir vertraut hat, und ich glaube an ihn und seine Urteilskraft." Er nickte und blickte Khadgar selbstbewusst an. „Aber jetzt lass uns diese verdammten Orcs jagen!"

Es dauerte eine Woche, bis sie eine Gegend erreichten, die, wie Khadgar erklärte, *Sümpfe des Elends* genannt wurde. Sie hätten bereits früher dort eintreffen können, doch Turalyon hatte seine Soldaten zur Vorsicht ermahnt. Sie mussten herausfinden, wo sich das Portal befand, bevor sie zuschlagen konnten.

Lothars Tod hatte die Anhänger der Allianz zutiefst erschüttert, aber er hatte sie auch zusammengeschweißt. Männer, die völlig erschöpft gewesen waren, zeichneten sich nun durch ihre Zielstrebigkeit und Härte aus. Sie alle hatten ihren Kommandeur verehrt und sannen auf Rache für seinen Tod. Turalyon wurde als Lothars Nachfolger allgemein akzeptiert und ganz besonders von denen, die mit ihm in Quel'Thalas gekämpft hatten.

Sich durch die Sümpfe zu kämpfen war mühsam und verlangte ihnen große Opfer ab, doch niemand beklagte sich. Die Kundschafter behielten die Orcs im Auge, und der Haupttross konnte sich nur langsam vorwärtsbewegen, um nicht Gefahr zu laufen, vom Feind entdeckt zu werden.

Sämtliche Überlebenden der Horde zog es in dieselbe Richtung, doch marschierten sie ihrem Ziel völlig ungeordnet entgegen. Jeder bewegte sich gemeinsam mit seinen Kameraden so rasch oder so langsam vorwärts, wie es ihm gefiel.

Turalyon hoffte, dass das so blieb. Er vermutete, dass Schicksalshammer einige Krieger und einen Offizier bei dem Portal zurückgelassen hatte. Wenn dieser Offizier über genügend Autorität verfügte, konnte er die verbliebenen Orcs möglicherweise wieder zu einem ernst zu nehmenden Gegner machen.

Der neue Oberkommandierende der Allianz wies seine Offiziere an, die Soldaten in Alarmbereitschaft zu halten, damit sie nicht unvorsichtig und nachlässig wurden. Wenn sie diesen Gegner zu leicht nahmen, konnten sie der Horde noch immer unterliegen.

Eine weitere Woche mussten die Allianzsoldaten sich durch die Sümpfe bewegen, bevor sie schließlich eine Gegend erreichten, die *Der schwarze Morast* genannt wurde. Hier zeigte sich selbst Khadgar von der Landschaft überrascht.

„Das verstehe ich nicht", sagte der Magier und betrachtete den Felsboden, auf dem sie standen. „Eigentlich müssten wir uns hier noch in einem Sumpfgebiet befinden! Es sollte nicht anders sein als das Land, das wir gerade durchquert haben: morastig, feucht und nach Fäulnis stinkend." Er berührte das rote Gestein und runzelte die Stirn. „Hier stimmt etwas ganz und gar nicht."

„Es sieht aus, als würde der Boden glühen", meinte Brann Bronzebart. Die Zwerge hatten darauf bestanden, die Allianzkrieger bei der Verfolgung der Orcs zu unterstützen.

Turalyon war ihnen für ihre Gesellschaft überaus dankbar, verfügten sie doch über umfangreiche Erfahrungen im Kampf. Er mochte die beiden Brüder mit ihrem breiten Lächeln und ihrem Faible für einen anständigen Kampf, wohlschmeckendes Bier und schöne Frauen. Brann war offensichtlich der Gebildetere der beiden. Er und Khadgar hatten mehrere Abende damit verbracht, über geheimnisvolle Texte zu diskutieren, während die anderen weniger akademische Dinge besprachen.

Die Zwerge von Eisenschmiede waren Experten auf dem Gebiet der Mineralien und vor allem der Edelsteine. Aus diesem Grund beunruhigte es sie in nicht geringem Maße, dass Khadgar die Beschaffenheit des Bodens Rätsel aufgab.

„Ein Feuer kann so etwas nicht hervorrufen" – Brann Bronzebart kratzte mit dem Fingernagel über den Fels – „und schon gar nicht auf einer so großen Fläche." Das rote Gestein erstreckte sich bis zum Horizont. „Ich habe so etwas noch nie gesehen."

„Unglücklicherweise habe ich das jedoch", brummte Khadgar, der sich wieder aufgerichtet hatte, „wenn auch nicht auf dieser Welt." Er erklärte sich nicht weiter, und etwas in seinem Gesichtsausdruck ließ die anderen davon absehen, in ihn zu dringen.

Nur Muradin setzte zu einer Frage an, doch sein Bruder stoppte ihn. „Weißt du, was dein Name auf Zwergisch bedeutet, Kumpel?", fragte Brann an Khadgar gewandt. „Er bedeutet ‚Vertrauen'." Der Magier nickte. „Wir vertrauen dir. Sag uns, was du weißt, wenn die Zeit dafür gekommen ist."

„Es hat auf jeden Fall mit den Orcs zu tun", schaltete sich Turalyon in das Gespräch ein. „Zum Glück fällt es uns leichter, sie auf felsigem Boden zu verfolgen als durch Sumpfland. Deshalb habe ich gegen diese Veränderung der Landschaft nichts einzuwenden." Die anderen nickten zustimmend, obwohl Khadgar noch immer gedankenvoll dreinschaute.

Einige Nächte später blickte Khadgar, der mit den anderen um ein Lagerfeuer herumsaß, plötzlich auf und sagte: „Ich denke, wir haben ein Problem." Die Gespräche verstummten, und alle wandten sich überrascht dem Zauberer zu. „Ich habe mit den anderen Magiern gesprochen, und wir glauben zu wissen, was den Boden verändert hat", erklärte er. „Es ist das Dunkle Portal. Seine Anwesenheit beeinflusst unsere Welt. Es beginnt mit dem Land, das es unmittelbar umgibt, und ich glaube, dass es sich *ausbreitet.*"

„Warum sollte das Portal eine solche Veränderung bewirken?“, fragte Uther. Der Anführer der Silbernen Hand hatte den Magiern gegenüber nie eine große Zuneigung empfunden. Er vertrat die weitverbreitete Auffassung, dass ihre Magie unheilig sei, möglicherweise sogar dämonisch. Doch er hatte gelernt, sie zumindest zu respektieren, und vielleicht würde es im Laufe des langen Krieges sogar dazu kommen, dass er ihre Fähigkeiten bewunderte.

Der Zauberer schüttelte den Kopf. „Ich muss es erst sehen, um sicherzugehen. Ich glaube, dass dieses Portal zwei Welten miteinander verbindet: diese Welt und Draenor, die eigentliche Heimat der Orcs. Das Tor tut mehr, als nur eine Brücke zu schlagen. Es scheint beide Welten miteinander zu verschmelzen, zumindest dort, wo der Übergang geschaffen wurde, also wo es zu einer Berührung kommt.“

„Die Heimat der Orcs besteht also aus rotem Stein?“, fragte Brann nachdenklich.

„Nicht vollständig“, antwortete Khadgar. „Vor einiger Zeit hatte ich eine Vision von Draenor. Was ich sah, war ein eintöniger Ort mit einem roten Boden wie hier. Dort ist nur wenig Fruchtbares übrig geblieben, da die Natur selbst dem Land entzogen wurde. Ich glaube, es waren ihre Magier, die das Land befleckten. Diese Befleckung breitet sich nun durch das Portal aus. Jedes Mal, wenn die Orcs ihre Magie anwenden, wird es schlimmer.“

„Ein Grund mehr, das Portal zu zerstören“, verkündete Turalyon. „Und je eher, desto besser.“

Sein Freund nickte. „Ja, das sehe ich genauso. Je eher, desto besser.“

Es dauerte mehr als drei Tage, bis die Kundschafter zurückkehrten und berichteten, dass die Orcs sich auf eine längere Rast eingerichtet hatten. „Sie befinden sich in einem großen Tal direkt vor uns“, sagte einer der Kundschafter. „In der Mitte dieses Tals steht eine Art Tor.“

Khadgar tauschte vielsagende Blicke mit Turalyon, Uther und den Bronzebart-Brüdern aus. Das musste das Dunkle Portal sein!

„Gebt diese Nachricht an die Männer weiter!", befahl Turalyon leise. Er zog Lothars zerbrochenes Schwert aus seinem Gürtel, und in der anderen Hand hielt er seinen Hammer. „Wir greifen sofort an." Khadgar wunderte sich erneut, wie sehr sein Freund sich in den letzten Monaten verändert hatte. Turalyon war ernster geworden, sich seiner selbst sicherer und geübt darin, Entscheidungen zu treffen und Befehle zu erteilen. Von einem unerfahrenen jungen Mann war er zu einem erfahrenen Krieger und fähigen Anführer herangereift.

Seit Lothars Tod umgab ihn eine Aura der Ruhe, der Weisheit und beinahe etwas Majestätisches. Bei Uther und den anderen Paladinen war es ähnlich, doch sie schienen abgeklärter, als stünden sie über den Problemen dieser Welt. Turalyon hingegen war offensichtlich eins mit der Welt, die ihn umgab. Es war eine Magie, die Khadgar nicht verstand, der er jedoch großen Respekt zollte. In vielen Bereichen war sie das genaue Gegenteil seiner eigenen Magie, mit der er die Elemente und andere Kräfte kontrollierte.

Turalyon kontrollierte nichts, doch indem er sich denselben Kräften öffnete, bekam er die Möglichkeit, sich ihre Fähigkeiten zunutze zu machen. Er tat das weniger durch Kontrolle, dafür jedoch mit mehr Raffinesse als jeder Magier.

Die Soldaten waren bereit und schritten neben ihren Pferden her, um auf dem harten roten Stein weniger Lärm zu verursachen. Das Gelände stieg zunächst leicht an, bevor es abrupt in ein tiefes Tal abfiel, auf dessen gegenüberliegender Seite mehrere Berge hoch aufragten.

Im Zentrum dieses Tales befand sich – genau wie der Kundschafter berichtet hatte – ein massives Tor, das nicht in eine Wand oder ein Gebäude eingelassen war, sondern völlig frei stand.

Khadgar keuchte, als er das Tor entdeckte. Das Dunkle Portal – es konnte sich um nichts anderes handeln – war mindestens dreißig, wenn nicht gar fünfunddreißig Meter hoch und beinahe ebenso breit. Es bestand aus einem grünlich grauen Stein. Beide Seiten waren mit ungelenken wirbelnden Mustern versehen, die um einen finster dreinblickenden Schädel angeordnet waren. Das

Mittelstück des Tors wies an seiner Unterseite bunte Bänder auf, während es an seiner oberen Seite vollkommen schmucklos war.

Vier breite Stufen führten zu dem Portal hinauf, das grünlich glühte und offensichtlich von einer ungeheuren Energie erfüllt war, was durch ein leichtes Pulsieren sichtbar wurde.

Für Khadgar war es wie ein Mahlstrom, der Macht ausstrahlte und eine merkwürdige Ahnung entstehen ließ von einer großen Entfernung. Er konnte spüren, wie es sich ausdehnte, in das Land vordrang und sich seine Energie einverleibte.

Die Orcs hatten sich vor dem Portal zusammengefunden, vermittelten jedoch den Eindruck, als wüssten sie nicht recht, was sie nun unternehmen sollten. Es waren deutlich mehr Orcs als nur diejenigen, die die Allianzsoldaten verfolgt hatten. Turalyon behielt offensichtlich recht. Schicksalshammer hatte einen Trupp Orcs bei dem Portal zurückgelassen, um es zu bewachen.

Doch die Allianzstreitkräfte waren in der Überzahl. Die Orcs waren in nicht allzu große Gruppen zersplittert, als hätten sie keinen Grund mehr, einander zu vertrauen, und hatten sich wieder ihren Familien und Stämmen angeschlossen. Sie bildeten keine in sich geschlossene Armee mehr, sondern eine Ansammlung kleinerer Banden.

„Jetzt!", brüllte Turalyon, setzte über die Kuppe des Hügels und rutschte den langen Abhang hinunter. Beinahe landete er auf einigen Orcs, die am Ende des Hangs saßen. Lothars Schwert stieß vor, spießte einen Orc auf, und eine Sekunde später erschlug Turalyons Hammer einen weiteren Gegner, indem er seinen Schädel zerschmetterte. Als Turalyon sein Schwert zurückzog, fiel der bereits tote Orc zu Boden.

Uther und seine Paladine hasteten heran, deckten Turalyons rechte und linke Seite und stürzten sich auf die Orcs. Der Rest der Allianzarmee folgte ihnen auf dem Fuße.

Khadgar wusste, dass er im Kampf Mann gegen Mann kaum eine Chance hatte. So blieb er mit den anderen Magiern auf der Hügelkuppe zurück und verfolgte gespannt den Kampf, der schnell entschieden war.

Lothar und Turalyon hatten aus den Soldaten der Allianz eine verschworene Gemeinschaft gebildet, und entsprechend verhielten sie sich im Kampf. Die Männer hatten einen gemeinsamen Feind, den es zu vernichten galt. Mit der Pike bewaffnete Soldaten, Schwertkämpfer und Axtkämpfer standen Seite an Seite und stürmten unaufhaltsam auf den Feind ein. Die Bogenschützen wachten über allem und griffen ein, wo immer es ihnen notwendig erschien.

Die Orcs waren zu unorganisiert, um sich effektiv zur Wehr setzen zu können. Jede einzelne Gruppe kämpfte für sich. Das erleichterte es Turalyon, seine Männer loszuschicken, um eine Orcgruppe zu umzingeln und sie entweder zu töten oder gefangen zu nehmen. Er arbeitete sich methodisch durch das ganze Tal vor und bekämpfte Orc für Orc. Inzwischen lagen ebenso viele Krieger der Horde in Ketten wie tot auf dem Boden.

Doch eine große Zahl von Orcs, Todesrittern und anderen hatte sich bereits durch das Portal in Sicherheit gebracht, um dem Tod oder der Gefangenschaft zu entkommen. Nur eine kleine, abgekämpfte Gruppe war zurückgeblieben und sicherte den Rückzug der anderen.

Schließlich hatte Turalyon den Sockel des Portals erreicht. Zwei stämmige, mit schweren Äxten bewaffnete Orcs standen auf der obersten Stufe. Knöcherner und metallener Schmuck war in ihre Haare eingeflochten, und auch an den Nasen, den Ohren, den Augenbrauen und überall an ihrer Rüstung war ebensolcher Schmuck angebracht. Ihr Haar stand wie ein Hahnenkamm von ihrem Kopf ab, als wäre es ebenfalls eine Waffe.

Einer der beiden trug einen blutdurchtränkten Verband um seine linke Schulter und das linke Bein. Nichtsdestotrotz grinsten sie überheblich und siegesgewiss und schienen vollkommen ungerührt von der Niederlage und dem Los ihres Anführers.

„Ihr tretet Rend und Maim Schwarzfaust vom Black-Tooth-Grin-Klan gegenüber“, rief einer der Orcs und stieg die Stufen hinab auf Turalyon zu. „Unser Vater, Schwarzfaust, führte die Horde, bis der Emporkömmling Schicksalshammer ihn erschlug.

Jetzt, da er endlich fort ist, werden wir die Horde zu neuer Stärke führen, bis sie größer ist als zuvor, und wir werden euch und eure Rasse auslöschen."

„Das glaube ich nicht", antwortete Turalyon, und seine Worte hallten weithin durch das Tal. Gegen die wirbelnde Energie des Portals schien er nicht mehr als ein kleines, aber helles Licht zu sein. „Euer Anführer ist in Gefangenschaft, eure Armee vernichtet, eure Klans sind in Auflösung begriffen, und das, was noch von der Horde übrig ist, befindet sich hier, in diesem Tal, das wir umstellt haben." Er hob seinen Hammer und Lothars Schwert. „Stellt euch mir, wenn ihr es wagt, oder flieht in eure Welt und wagt es nicht, hierher zurückzukehren!"

Turalyons Worte zeigten Wirkung: Wutentbrannt stürmten die beiden Brüder die letzten Stufen hinab und warfen sich ihm mit einem wilden Kriegsschrei entgegen.

Der junge Paladin und frischgebackene Oberkommandierende schreckte nicht vor ihnen zurück. Er machte einen Ausfallschritt zur Seite und schlug mit seinem Hammer und Lothars Schwert zu. Die Äxte der Orcs fielen zu Boden. Sofort trat Turalyon wieder vor, riss seine Waffen nach oben und traf beide Orcs hart unter dem Kinn.

Der eine Orc taumelte einige Schritte zurück, während sein Bruder, nur noch halb bei Sinnen, hin und her schwankte. Blut strömte aus der tiefen Wunde unter seinem Kinn.

Khadgar hörte, wie die beiden Orcs rasend vor Wut knurrten und erneut vorstürzten. Ihr Angriff war nun zwar etwas schwerfälliger, dafür jedoch umso wilder, doch Turalyon entging ihrer Attacke, indem er gewandt zwischen ihnen hindurchschlüpfte. Als er sie passierte, versetzte er dem einen Orc einen harten Schlag in den Bauch mit seinem Hammer, dem anderen mit seinem Schwert. Rasch wandte er sich um und trat ihnen von hinten mit aller Kraft in den Rücken, sodass sie vornüber auf den harten Steinboden stürzten.

Sofort war er über ihnen.

Unglücklicherweise waren die Brüder jedoch nicht allein.

„Klanbrüder, steht uns bei!“, brüllte einer der beiden. „Tötet den Menschen!“

Zwei weitere Orcs warfen sich in den Kampf, was den Schwarzfäusten die Möglichkeit verschaffte, sich zurückzuziehen. Offensichtlich hatten sie ihre Aussichten auf einen Sieg über Turalyon neu bewertet.

Eine Lücke tat sich zwischen den Soldaten der Allianz auf, als sie das Portal erreichten. Die Schwarzfaust-Brüder nutzten ihre Chance und rannten los. Eine Handvoll Orcs folgte ihrem Beispiel. Turalyon war zu beschäftigt, um sich um sie zu kümmern.

Viele der Orcs kämpften weiter, einige bespuckten und verfluchten die fliehenden Schwarzfäuste. Die Orcs, die ihnen zu Hilfe gekommen waren, drangen noch immer auf Turalyon ein.

„Raaargh!“, knurrte einer der beiden und schlug mit seiner Axt zu. Turalyon blockte den Schlag mit seinem Hammer ab und lenkte die schwere Waffe seines Gegners zur Seite, bevor er mit dem abgebrochenen Schwert Lothars zustach. Die kurze Klinge schlitzte die Rüstung und das darunterliegende Fleisch auf und drang tief in den Orc ein, der seine Waffe fallen ließ und sich versteifte. Er keuchte, während seine Hände die blutbedeckte Klinge umfassten, und kippte schließlich mit verlöschendem Blick seitlich zu Boden.

„Stirb!“, schrie der andere Orc und warf sich auf Turalyon, der sein ramponiertes Schwert aus dem Toten zog und es sofort gegen den zweiten schwang. Mit der schartigen Bruchstelle erwischte er ihn am Hals. Doch das allein reichte nicht, um den vorwärtsstürmenden Krieger aufzuhalten. Turalyon parierte einen Axthieb mit seinem Hammer und drosch auf den Gegner ein. Der schwere Hammer drang tief in den Schädel des Orcs ein. Der Treffer war tödlich, und der Hordekrieger ging auf der Stelle zu Boden. Blut und Gehirnmasse liefen aus seinem zerschmetterten Schädel.

Turalyon schaute auf die beiden Toten hinab und bemerkte dann, dass die Schwarzfäuste durch das Portal verschwanden. Sein Blick suchte Khadgar. Als er ihn endlich erspähte, wies der Paladin mit Lothars Klinge auf das Portal und rief: „*Jetzt!* Zerstör es!“

„Zieht euch zurück!“, antwortete Khadgar. „Ich weiß nicht genau, was geschehen wird.“ Er bekam kaum mit, dass sein Freund nickte und sich von dem massiven steinernen Portal entfernte. Khadgar und die elf Magier konzentrierten sich bereits auf das Objekt.

Der junge, aber alt scheinende Magier konnte die Macht des Portals spüren, ebenso wie die Verbindung zu seiner Welt und Draenor – und dem Spalt, den er geschaffen hatte, um zwischen den beiden Welten hin- und herwechseln zu können. Der Spalt würde die Magie verschlingen, vermutete er. Die Welten selbst waren zu groß und zu mächtig, als dass man sie hätte beeinflussen können. Selbst wenn die Magier sich zusammentaten, war das unmöglich.

So kam nur das Tor selbst in Betracht. Stein ließ sich zerstören.

Khadgar konzentrierte sich, erweckte die Kraft in sich und spürte, wie sie stetig zunahm.

In diesen Gefilden war nur wenig Energie übrig geblieben, aber das Portal selbst verfügte über eine gewaltige Kraft. Glücklicherweise war es mit keinerlei Schutzmechanismen versehen, die jemanden wie ihn daran hinderteten, diese Kräfte für seine Zwecke zu nutzen.

Genau das taten Khadgar und die anderen Magier nun: Sie lenkten die Energiereserven des Portals direkt in Khadgar hinein. Die Haare standen ihm zu Berge, und die Energie zuckte sichtbar über sein Gesicht und seine Finger. Der Wind heulte, und er dachte, Blitze gesehen zu haben, obwohl es die Energie war, die über – ja selbst *durch* – seine Augen floss. Er hoffte, dass sie ausreichen würde.

Khadgar fixierte das Dunkle Portal und schloss die Augen. Die Handflächen nach oben gerichtet, breitete er seine Arme aus. Er nahm alle Magie in sich auf, derer er habhaft werden konnte, jedes noch so kleine Quäntchen, und verwob es zu einer Art mystischer Kugel, die strahlend und pulsierend vor seinen Augen schwebte. Er konnte die Kugel fühlen und spüren, wie sie pochte, und ihre Zusammensetzung erkennen.

Perfekt! Er richtete seine Sinne auf das Portal, auf die dort lagernden Energien, und orientierte sich anhand ihrer Position.

Unvermittelt öffnete er die Augen, führte die Hände zusammen ... und drehte sie im letzten Moment, sodass die Innenflächen aufeinandergepresst wurden. Die Energiekugel bewegte sich vorwärts, wurde flacher und größer und verwandelte sich in eine schmale Form, die einem Speer ähnelte.

Dieser Speer traf das Portal direkt in seinem Zentrum, und die in ihm enthaltene Energie strömte in das Dunkle Portal und über die Steine, aus denen es sich zusammensetzte.

Die ohrenbetäubende Explosion riss die meisten Soldaten der Allianz und viele der verbliebenen Orcs von den Füßen. Selbst Khadgar wankte. Der schwere Bogen und die Säulen waren verschwunden.

Zum Glück für die in der Nähe befindlichen Allianzstreitkräfte wurden die meisten Steinbrocken in die Tiefen des Portals geschleudert.

Wenige Sekunden später löste sich das Portal selbst auf. Die wirbelnden Farben verblassten und wurden ersetzt durch leeren Raum. Khadgar spürte, dass die Welt wieder atmete, als das, was sie an Draenor gekettet hatte, zerbarst und das Zerren der sterbenden Welt nachließ. Die Natur würde sich von selbst wieder erholen.

Als er nach unten schaute, sah er, wie Turalyon seinen Hammer vom Boden aufhob. Der Paladin war staubbedeckt, jedoch vollkommen unversehrt und blickte dankbar zu ihm auf. Er lächelte Khadgar zu, während er sich den Staub von seinem Gesicht, den Armen und der Brust wischte.

„Ich glaube nicht, dass sie diesen Durchgang noch einmal benutzen werden“, rief er zu Khadgar hoch, und die beiden Männer lachten erleichtert.

Der Krieg war vorbei. Die Allianz hatte gesiegt, und es war ihr gelungen, die Gefahr, in der ihre Welt geschwebt hatte, abzuwenden.

EPILOG

„Es ist ein beeindruckendes Denkmal", sagte Turalyon. Khadgar und er saßen auf ihren Pferden und schauten auf die Ebene hinab, in der Lothar vor mehreren Monaten seine letzte Schlacht geschlagen hatte.

Die Landschaft war eintönig und unwirtlich: schwarzer Stein und erkaltete Lava, wohin das Auge blickte. Nur an einigen Stellen war noch rot glühende Lava auszumachen. Die Luft war voller Asche, und der Himmel schien ständig bewölkt zu sein. Die Berge ragten wie missgelaunte Wächter in die Höhe. Auf der anderen Seite der Ebene erhob sich die Schwarzfelsspitze in den Himmel.

„Das ist es", stimmte Khadgar zu. „Sein Opfer wird auf ewig als Symbol der Treue und Tapferkeit gelten, selbst dann noch, wenn dieser Krieg längst vergessen ist."

Turalyon nickte. Sein Blick ruhte noch immer auf der Statue, die vor der Festung aufragte. Fürst Anduin Lothar, Held von Sturmwind und Oberkommandierender der Allianz, stand dort mit erhobenem Schwert und Schild und starrte zum Himmel empor, als wollte er ihn zum Kampf herausfordern. Er trug seine komplette Rüstung, abgesehen vom Helm. Sein Blick war ernst, aber freundlich.

„Zumindest ist es jetzt vorbei", sagte Khadgar.

Die Schlacht am Dunklen Portal war tatsächlich die letzte dieses Krieges gewesen. Die wenigen überlebenden Orcs hatten sich ergeben und waren gefangen genommen worden. Niemand wusste so recht, was man mit ihnen anfangen sollte, und so hatte man sie dazu eingesetzt, die Baustoffe für das Denkmal herbeizuschaffen – eine Ironie, die Turalyon schmunzeln machte. Nachdem das Denkmal nun fertiggestellt worden war, wurden sie vermutlich anderswo für ähnlich harte Arbeiten herangezogen. Turalyon bezweifelte, dass sie getötet wurden, aber es war unmöglich, sie freizulassen, da nicht auszuschließen war, dass sie die Horde wiederaufleben lassen würden. Einige Orcs, so auch die ehemaligen Angehörigen des Schwarzfaustklans, waren entkommen, doch es waren zu wenige, als dass sie eine ernstliche Gefahr hätten darstellen können.

Wie nun mit den gefangenen Hordekriegern verfahren werden sollte, war nicht Turalyons Problem. Terenas und die anderen Könige würden eine Entscheidung fällen, sobald die Zeit dazu gekommen war.

Nach Lordaerons Befreiung war Terenas mit seinen Streitkräften nach Alterac marschiert und hatte den verräterischen Perenolde unter Berufung auf das Kriegsrecht gefangen genommen. Alteracs Schicksal war noch immer offen, doch die Allianz würde fortbestehen, und die Monarchen hatten Turalyon gebeten, weiterhin das Amt des Oberkommandierenden der Allianzstreitkräfte wahrzunehmen. Da er der festen Überzeugung war, dass dies auch Lothars Wunsch gewesen wäre, hatte er sich einverstanden erklärt. Sein Freund und Mentor hatte stets sein Land und seine Leute beschützen wollen, und Turalyon schwor sich, diese ehrenvolle Tradition fortzusetzen.

„Du wälzt schon wieder schwere Gedanken“, meinte Khadgar und verpasste Turalyon einen freundschaftlichen Rippenstoß.

„Ich denke an die Zukunft und was sie wohl bringen mag“, erwiderte Turalyon.

„Niemand kennt die Zukunft“, sagte sein Freund, wobei ein merkwürdiger Ausdruck über sein Gesicht huschte, „obwohl ich befürchte, dass wir der Horde und ihrer Welt noch einmal begegnen werden.“

„Ich hoffe, du irrst dich“, sagte Turalyon. „Solltest du jedoch recht behalten, werden wir hier auf sie warten und sie ebenso zurückschlagen wie dieses Mal. Diese Welt gehört *uns*, und beim Heiligen Licht, wir werden sie jetzt und für alle Zeiten für uns bewahren!"

Der Magier lachte. „Ein ehrenhafter Schwur, werter Turalyon", stichelte er. „Dafür werden sie dir eines Tages ebenfalls ein Denkmal setzen."

„Ein Denkmal?" Turalyon lachte schallend. „Was könnte jemand wie ich schon Großartiges vollbringen, um sich diese Ehre zu verdienen?"

DANKSAGUNG

Wie immer gebührt mein herzlicher Dank Chris, der den Strom erschaffen hat, und Marco, der ihn unter Kontrolle hält. Weiterhin möchte ich Evelyn für ihre scharfen Augen und ihre freundlichen Worte danken. Den größten Dank schulde ich jedoch den *World of Warcraft*-Fans, ohne die es niemanden gäbe, dem man von Lothar, Orgrim und all den anderen erzählen könnte.

DER OFFIZIELLE ROMAN
ZUM BRANDNEUEN VIDEOGAME

STAR WARS
BATTLEFRONT
EA

STAR WARS
BATTLEFRONT
TWILIGHT-KOMPANIE
ALEXANDER FREED

STAR WARS Battlefront galt schon Monate vor Erscheinen als das vermutlich beste Action Adventure-Spiel des Jahres 2015. Brillante Bilder und eine actiongeladene Story sorgen dafür, dass Fans der erfolgreichsten Space-Opera aller Zeiten nicht nur im Kino, sondern auch auf Konsolen voll auf ihre Kosten kommen. Panini veröffentlicht den offiziellen Roman zum Blockbuster-Spiel.

***STAR WARS* Battlefront**
Twilight-Kompanie
ISBN 978-3-8332-3259-6

www.paninicomics.de